诺贝尔文学奖作家文集　保尔·海泽卷

特雷庇姑娘

[德]保尔·海泽——著
杨武能——译

Das Mädchen
von Treppi

漓江出版社
·桂林·

出版说明

“诺贝尔文学奖作家文集”系我社近年长销经典品种，是对二十世纪八九十年代我社品牌图书、刘硕良主编的“获诺贝尔文学奖作家丛书”的继承与发扬，变之前一人一书阵容为每位作家多卷本。如果说老版“诺贝尔”是启蒙版，那么新版就是深入版，既深入作者的内心，也满足读者的深度需求，看上去是小众趣味，影响的是大众阅读倾向。这就是引领的意义，也是漓江版图书一贯的追求。

漓江出版社中外文学编辑部

保尔·海泽

（Paul Heyse，1830—1914）

↑《特雷庇姑娘》1983 年 5 月，首印 86100 册
↑《特莱庇姑娘》1992 年 6 月 2 版 3 次，累印 105400 册

↑保尔 · 海泽之父 K.W.L. 海泽
↑保尔 · 海泽之母朱丽 · 莎琳

阿道夫·冯·门采尔为保尔·海泽所作画像（1853）

阿道夫·冯·门采尔（中）、保尔·海泽（左）和妻子（右），在海泽位于慕尼黑的公寓（1902）

作家·作品

海泽走的是他自己的路。在审美上，他一直忠于真实，但依照这样一种方式，即反映外在真实中的内在真实。席勒的名言“生活是严肃的，艺术是宁静的”，正确地表达了一个深刻的真理，它能在海泽的生平和著作中找到。美应该是自由的和再创造的：它既不应该奴隶般模仿现实，也不应该将现实拽进尘土，它应该具有一种崇高的纯朴。海泽揭示了这方面的美。

——诺贝尔文学奖授奖词

海泽在创作中还十分注意创新，从而形成了自己鲜明而独特的风格和个性。他既不同于典雅宁静的歌德，更不同于神秘诡谲的霍夫曼，与深刻细腻的凯勒也有显著差别。整个说来，他的创作以现实主义为基调，同时又有着浓重的浪漫主义色彩。在德语 Novelle 的发展史上，保尔·海泽占有一个独特的不可取代的地位。享有“中短篇小说家中的莎士比亚”之称的凯勒，认为他在 Novelle“这一体裁内创造出了一些崭新的东西”；德国批判现实主义的奠基人冯塔纳，称赞他是自己时代“最富于创造力的文学天才”；十九世纪丹麦的大批评家勃兰兑斯，则把他的中短篇小说成就与霍夫曼和梅里美等相媲美。

——杨武能

一部有文学价值的中篇小说，应该表现一种重大的人类命运。它不应该是日常琐事，而应该向我们揭示人性的新侧面。有限的故事容量要求严格的集中。

——保尔·海泽

目　录

附　录

译本前言

每篇作品都要有自己的“鹰”

——中篇小说大师海泽的“猎鹰理论”与创作

杨武能

十九世纪的德语文学，在其特定的社会历史条件影响下，在很大程度上是以 Novelle 这种体裁见长的。Novelle 一词，源出意大利语，本来指的是结构谨严、篇幅比较短小、以一个完整的事件为中心内容的散文体小说，比如像薄伽丘的《十日谈》里的那些故事。十八世纪末，Novelle 这种体裁连同其名称一起由歌德引进德语文学，在往后的一百多年里得到了巨大发展，成了一种颇具特色的文学样式。德语 Novelle，尽管在不同时代和不同作家笔下，写法屡经变迁，风格各式各样，但是仍然保持一些基本的共同的特点。这些特点就是：以篇幅论，多半在三万字左右，但长也可超过十万言，如瑞士作家迈耶尔的著名历史小说《圣者》，短则仅几千字，如施托姆的《迟开的蔷薇》；以内容论，按照歌德和同时代的理论家施莱格尔兄弟的意见，德语 Novelle 的故事应该是“奇特的”(merkwürdig)、“罕见的”(seltsam)、“独特的”(einzigartig)和“闻所未闻的”(unerhört)等。因此，严格地讲，它并不完全相当于我们所谓的中篇小说，与我国唐宋传奇倒是更加相似的。现在通常将 Novelle 译作中篇小说，即以篇幅论，也只差强人意而已。

从歌德到托马斯·曼，德语国家里涌现了一大批以创作这种带传奇色彩的中短篇小说著称的作家，其中霍夫曼、克莱斯特、凯勒、施托姆、茨威格等的名字，早已为我国读者所熟知。本选集的作者保尔·海泽（Paul Heyse），虽然在我国名声不如他们，但也在同一体裁的创作中独树一帜，成就斐然。上世纪[①]六七十年代，他的威望比起同时代的凯勒、施托姆来甚至还有过之，是一位一度产生世界影响的作家。

保尔·海泽有着多方面的文学才能，但主要建树仍在中短篇小说方面。一九一〇年，为了“表彰他作为抒情诗人、剧作家、长篇小说家和世界闻名的中短篇小说家，在长期创作生涯中所显示的、渗透着理想的、非凡的艺术才能”，保尔·海泽成为第一位获得诺贝尔文学奖的德语作家。

一

一八三〇年三月十五日，保尔·海泽出生在德国普鲁士邦的京城柏林。父亲是当时有声望的古典语言学家，与文化界名流如威廉·洪堡等都有很深的交谊。母亲是犹太大银行家的女儿，酷爱文学，精通英、法文，从事过文学翻译和戏剧活动，她的姊妹中有两人成了作家，虽然并未取得什么成就。保尔·海泽不仅自幼受到文学熏陶，而且早

---

① 指十九世纪，下同。

早与文艺界发生接触，诗人、作家如艾兴多夫和凡尔哈根，音乐家如门德尔松和李斯特，甚至还有斐迪南·拉萨尔，都给他留下了深刻的印象。

保尔·海泽资质聪颖，八岁即进入文科中学学习，成绩一直优异。与此同时，对于文学的爱好更急剧增长，甚至在上数学课时还偷偷阅读库柏的小说和海涅的《游记》。在中学的最后一年，与三个同学共同组织了一个名为“俱乐部”的文学团体，每周秘密聚会，朗诵各自的诗作，其中被认为精彩的就抄在团体的“记事册”上。

这本约定对外秘而不宣的抄诗簿，不期却落在作家埃玛努伊尔·盖贝尔手里。盖贝尔时年三十一岁，在文坛上已有相当名声。读罢四个中学生写的诗，他立刻发现保尔·海泽“特别有天才”，遂另眼看待，让这个十六岁的少年成了自己的忘年朋友。这样，海泽便结识了对他一生的发展产生最重大影响的人。

一八四七年三月，海泽中学毕业，进入柏林大学攻读古典语言学。但是不久就心生苦闷，因为他感到，自己的全部心智“都完全集中到了文学事业上”。这时候，是盖贝尔将他引荐给著名的艺术史家弗朗茨·库格勒；在库格勒周围，聚集着一批年轻的学者和文学家，后来成了德国批判现实主义文学重要代表的特奥多尔·冯塔纳也在其内。库格勒大力鼓励海泽写作，并介绍他参加了柏林的著名文学俱乐部“史普里河上的隧道”。四年后，海泽在这里朗诵了自己的 Novelle 处女作《马利昂》和另一篇诗体小说《弟兄们》，并双双获得俱乐部举办的征文竞赛的最佳作品奖。

一八四八年三月，柏林同欧洲其他许多大城市一样，爆发了人民革命，保尔·海泽作为大学生团体的成员，也拿起武器走上街头，同时发表了充满革命激情的诗篇，如《古调德语新诗十五首》。三月革命失败后，海泽于次年春转入波恩大学继续学习，但革命热情不减，当莱茵兰和巴登爆发人民起义时深为振奋，曾考虑参加高特弗里特·金克尔教授组织的志愿军前往声援，只是因故未能如愿。

一八五〇年夏天，海泽前往瑞士旅行，回来后决定放弃古典语言（拉丁语、希腊语）的学习，改学现代罗曼语言（意大利语、法语和西班牙语等），为日后大量翻译介绍外国文学作品打好了基础。

但是，成为海泽一生发展的重要转折的，是另外一次旅行。一八五二年，大学刚毕业的海泽获得普鲁士政府资助，到意大利游学一年。正式任务是研究考察罗曼语古代手稿，但是成果并不多，且发生一件不愉快的事：梵蒂冈教廷图书馆将他逐出门外，理由一说是他违反规定偷抄古手稿，一说是他一八五〇年写的剧本《罗马的弗朗西斯卡》触怒了教廷，被教廷视为“有伤风化”。然而对于海泽的文学事业，意大利之行的收获却太大了。一年中，从北到南，他遍游这个南方古国：在佛罗伦萨，他研究文艺复兴的宏伟建筑和艺术珍品；在罗马，他广交来自世界各地的艺术家；在那不勒斯，他流连忘返于维吉尔墓前；在卡普里，他对渔民的生活进行深入考察；在米兰、在威尼斯、在比萨……意大利纯朴善良的人民，明媚旖旎的风光，古老悠久的文化和历史，在在都给他留下终生难忘的印象。从长远看，在意大利的经历不仅为他以后创作的相当大一部分作品特别是中短篇小说提供了素材，而且对他以追求明朗、和谐为主的美学思想和创作风格，也产生了明显影响。再看直接的具体的结果，就是他在旅途中写成了反映卡普里渔民生活的《犟妹子》（L'Arrabbiata）这篇Novelle。《犟妹子》长仅一万余字，只能算个短篇小说，但一经问世却给作者带来巨大声誉，真正奠定了他在文坛上的地位。从此，大量的作品便从海泽的笔底涌了出来。

一八五三年秋，海泽回到柏林，正在考虑是否做专业作家而犹豫未定之际，突然接到巴伐利亚国王马克西米连二世要他去慕尼黑的邀请。国王答应给他每年高达一千金币的俸禄，所求于他的不过参加宫中不太经常举行的科学文艺讨论会而已。原来，和自己的父亲路德维希一世一样，马克西米连二世也雄心勃勃，企图把慕尼黑变成为德国科学文化中心，因此，不但广事收罗学者文人，而且自己还出席和主持讨论会。年仅二十三岁的海泽所以能得到如此一个"美差"，又是先一年到慕尼黑的盖贝尔大力举荐的结果。海泽于一八五四年移居慕尼黑，在这里生活了半个多世纪。悠闲而优裕的生活使他能集中思想和精力从事创作。在以盖贝尔为精神领袖的所谓"慕尼黑作家集团"中，海泽不久就成为作品最多、成就也最高的佼佼者，与盖贝尔和后来很快便湮没无闻的弗里德利希·波登施德特一起，被时人称为慕尼黑文坛的三巨星。

一八六四年，马克西米连二世死了，其子路德维希二世要求盖贝尔和海泽自行提出申请，否则停发年金。二人不予理睬，新国王没办法，只好继续施予"恩泽"。四年后，他终于以盖贝尔在一首诗中支持普鲁士的政策为理由，停发他的俸禄；为表示对国王不满，海泽也自动放弃了俸禄。不久后，盖贝尔因病返回故乡吕贝克，海泽遂成为慕尼黑乃至整个南德文坛的领袖，国内外的重要作家如冯塔纳、施托姆、凯勒、劳伯、格里尔帕策、黑勃尔以及挪威的易卜生和比昂逊等，都与他有或多或少的交往和通信联系。在上世纪六七十年代，海泽的声誉和影响达到了高峰。

八十年代以后，由于自身题材来源枯竭和德国自然主义崛起等原因，海泽的创作开始走下坡路，声望也逐渐衰落。他这段时间的主要贡献是在编辑出版、提携后进和帮助同行方面。例如奥地利大戏剧家和小说家格里尔帕策，就是由于他的介绍才免于湮没无闻；另外如冯塔纳等相当一批作家，则由他提名而获得各种文学奖金。由于他推荐的人不为官方认可，海泽于一八七四年和一八九三年先后辞去了马克西米连奖金和席勒奖金的评审人职务。一八八四年，保尔·海泽以剧作《赛拜恩妇女》成为席勒奖金的获得者；一九一〇年的诺贝尔文学奖虽说姗姗来迟，却成了八十高龄的作家的晚年安慰。

一九一四年四月二日，保尔·海泽病殁于慕尼黑。

二

保尔·海泽兼为小说家、诗人、戏剧家，从中学时代开始写作，在半个多世纪的漫长岁月中作品是异常丰富的，计有：长篇小说九部，中短篇小说一百八十多篇，大量的抒情诗和政治诗，戏剧近七十出，此外还有相当多的论文、回忆录、日记以及与冯塔纳、凯勒和施托姆等的文学通信，等等。不仅如此，海泽还是一位杰出的成就斐然的翻译家，翻译出版过西班牙和法国的诗歌，意大利的童话、民歌、喜剧和小说，以及玛基雅弗里·奥里约斯托和莎士比亚等一系列重要外国作家的作品，其译作很得时人好评。最后，在一八七一至一九〇三年三十二年间，他编选出版了《德语中短篇小说宝库》《外国中短篇小说宝库》和《新编德语中短篇小说宝库》，三套选本加在一起多达六十二卷，可以说集十九世纪以前的世界中短篇小说之大成，其贡献与功绩，也不可低估。

在德国文学史上，保尔·海泽的名字通常都与所谓“慕尼黑作家集团”联系在一起，他的创作被认为体现了这个集团的思想和美学观点，一般说来，这种看法是不无道理的。因为，他一生的主要活动都集中在慕尼黑，与该集团成员特别是它的精神领袖盖贝尔关系密切，思想和创作自然会在不少方面受其影响。但是，作为思想敏锐的天才，早年又深受以歌德为代表的德国古典主义以及意大利人文主义的熏陶，再加上与国内外的优秀作家有着直接间接的广泛接触，其作品，特别是较早期的小说和诗歌，便经常突破了盖贝尔等的思想和美学窠臼。

所谓“慕尼黑作家集团”产生于十九世纪五十年代中期，其思想倾向和美学观点乃是一八四八年革命失败后德国相当一部分知识分子中存在的悲观失望情绪的反映；加之慕尼黑当时还是个行会手工业居于统治地位的落后城市，该集团成员中的小市民气也比较重。盖贝尔本人的政治态度则更加保守，一八四八年以前即反对革命，热衷于鼓吹中世纪的君主制。在美学上，他主张所谓“纯艺术”和“为艺术的艺术”，反对文艺干预现实生活，更鄙视革命前后产生的政治诗歌。整个说来，慕尼黑的作家们都倾向于唯美主义和形式主义。

海泽的创作，特别是晚期创作，的确反映重大社会题材的极少，也有过于讲求形式的唯美主义倾向和较浓厚的小市民气，这无疑都与盖贝尔的影响和保守环境的局限有关。但是，他始终坚持自由民主的信念，忠于人道主义传统，同情被压迫民众，与盖贝尔等又有着明显的差别。他早期的成功创作，更与慕尼黑其他作家那些“为艺术而艺术”的作品不可同日而语。

保尔·海泽用不同的体裁创作的作品都很多，但是成就却参差不齐，在当时虽然全得到推崇，真正价值和对后世的影响却很不一样。

海泽以写抒情诗开始创作，早年受浪漫主义诗人艾兴多夫影响，后转而师承意大利文艺复兴时期的大师，形式与风格多所借鉴，作品虽也传诵一时，曾被勃拉姆斯、舒曼等一百多位著名作曲家谱曲，但终因缺少独创性而经不住时间考验，在今天其价值已远不如他翻译介绍的外国诗歌。

海泽的戏剧创作也对德国古典戏剧传统和奥地利大戏剧家格里尔帕策亦步亦趋，加之又多以古代希腊、罗马和意、法等异国的题材为内容，在六十多部剧作中涉及德国现实生活的仅《汉斯·朗格》和《巴伐利亚人路德维希》等两三部，整个说来意义也不大。

在长篇小说的创作中，保尔·海泽则遵循青年德意志派的古茨诃夫和施毕尔哈根的路子，但却被认为没达到前者的哲学深刻性和后者的政治尖锐性。在他的九部长篇小说里，唯有《世界的孩子们》（1872）和《众峰之上》（1895）这两部取得了成功。前一部揭露教会的伪善和资本主义社会的道德沦丧，出色地塑造了一个被视为“现代答尔丢夫”的伪君子形象；后一部则有力地批判尼采的超人哲学，鞭挞了残酷压迫劳动人民的统治阶级。

用以上几种体裁，海泽都未能创作出具有长远和巨大价值的杰作，原因归纳起来主要有两点：一是形式和风格方面因袭多，创新少；二是内容和题材脱离现实，缺乏社会意义。因此，八十年代以后，随着一大批自然主义作家和批判现实主义作家登上文坛，海泽即被讥为“专事模仿”和“已经过时”，是毫不奇怪的。

保尔·海泽的全部创作，只有 Novelle 这种体裁成就突出，一些优秀代表作在世界上产生过广泛影响，至今生命力不衰。

三

在德国，Novelle 的创作有着深厚的传统，从歌德到托马斯·曼，一代一代都名家辈出。保尔·海泽进行创作的年代，德国的 Novelle 正好发展到了最高峰。他不但可以向歌德、霍夫曼、蒂克、克莱斯特等前辈借鉴学习，更可以与同时代的凯勒、施托姆、迈耶尔等取长补短；他与凯勒、施托姆长期通信，主要内容就是就创作问题进行探讨、切磋。对于薄伽丘以来的外国中短篇小说大师，他都有深入了解，其中特别推崇法国的梅里美、缪塞、莫泊桑和俄国的屠格涅夫，从他们的创作中显然也汲取了不少营养。这样，他在学习借鉴方面便不是囿于某一家一派，像在不成功的其他体裁创作中那样，而是博采众长，融会贯通。不仅如此，海泽在创作中还十分注意创新，从而形成了自己鲜明而独特的风格和个性。他既不同于典雅宁静的歌德，更不同于神秘诡谲的霍夫曼，与深刻细腻的凯勒也有显著差别。整个说来，他的创作以现实主义为基调，同时又有着浓重的浪漫主义色彩。在德语 Novelle 的发展史上，保尔·海泽占有一个独特的不可取代的地位。享有“中短篇小说家中的莎士比亚”之称的凯勒，认为他在 Novelle“这一体裁内创造出了一些崭新的东西”；德国批判现实主义的奠基人冯塔纳，称赞他是自己时代“最富于创造力的文学天才”；十九世纪丹麦的大批评家勃兰兑斯，则把他的中短篇小说成就与霍夫曼和梅里美等相媲美。

作为中短篇小说家的海泽之所以独树一帜，取得突出成就，与他对 Novelle 这一体裁的本质有着深刻的、独到的理解是分不开的。在一八七一年出版的《德语中短篇小说宝库》第一卷序言中，他把自己的理解做了系统而生动的阐述，提出了著名的“猎鹰理论”。“猎鹰”一词典出薄伽丘的《十日谈》。在《十日谈》中讲的每一个故事前面，都有一段简短的引语，其中第五日第九个故事前的引语是这样的：

费得里哥为一位太太耗尽了家财，总不能获得她的欢心，从此只得守贫度日。后来那位太太去看他，他把自己最心爱的一只鹰宰了款待她，她大为感动，就嫁给了他，并且给他带来丰厚的陪嫁。[1]

从这段引语中，海泽悟出了 Novelle 的一个基本特征，要求每一个作者经常向自己提出问题："我的'鹰'在哪里？那使我的故事区别于其他成千上万篇故事的独特之点在哪里？"海泽的"猎鹰理论"，对于歌德和施莱格尔兄弟关于 Novelle 应该讲一个"新鲜""独特""闻所未闻"的事件的提法，做了很好的发挥，很受人们的重视。应该指出，这种每篇作品都得有自己的"鹰"的主张，就是要求作者刻意求新，标新立异，不仅仅指作品的情节而言，而是指作者的整个风格；不仅仅适合于带有传奇性质的 Novelle，也可以和应该在原则上适合于其他文学样式，因为，雷同刻板，因袭模仿，平平淡淡，对于整个文艺创作来说都是不可取的。

在中短篇小说的创作中，海泽看来是自觉地实践了上述主张，因此他的作品，特别是早期的优秀作品，不论题材内容或是艺术形式都富于个性特色，叫人一读就被吸引住，读完后久久不会忘怀。

就内容论，他的小说的题材不论是古代的或是现实的，不论是意大利的或是德国的，都始终重在发掘人性中的善和美。因此，他常常描写人与人之间纯真的爱情（如《犟妹子》）和无私的友谊（如《台伯河畔》），常常歌颂舍己助人（如《死湖情澜》）和杀身成仁（如《安德雷亚·德尔菉》）这样的壮举。他小说中的主人公，几乎都是心灵纯善、气质高尚、独立不羁、热爱自由、富于自我牺牲精神的

① 译文摘自方平、王科一译本，上海译文出版社 1980 年版。

正面形象。对于剥削阶级中的伪善、自私、贪婪、残忍、凌弱谄强这些丑恶性格，他虽也揭露和讽刺（如《安妮娜》和《安德雷亚·德尔菜》），却只是作为陪衬，顺便为之而已。在他的作品中也有一些恶人坏人，如密探萨姆埃勒、贵妇人阿迷黛、富商贝佩以及教皇和他身边的教士等，但多半只像在讽刺漫画中似的粗粗勾勒出来，形象远远不如正面人物典型、充实。这些，一方面说明海泽在创作中坚持西欧资产阶级文学的人道主义传统，是他的一个可贵的优点；但是，另一方面，在自由资本主义逐渐过渡到垄断资本主义，阶级矛盾尖锐化，社会道德沦丧，恶之花滋生蔓长的十九世纪后半期，这样一味追求美和善有时又不免使他失去坚实的立足之地，堕入唯心主义的理想主义。

在一篇题为《比萨的寡妇》（1865）的小说里，保尔·海泽明确地谈到自己创作的上述特点，说："我从来不能塑造一个身上没有某些可爱之处的主人公，尤其是从来不能塑造一个女性形象，自己不是在一定程度上爱上了她的。"又说："有足够的人宁肯去写丑恶的东西。让各人爱怎么写怎么写吧！"

对于自己作品中的正面主人公，海泽的确是怀着爱，努力发掘他们身上的美与善。但与此同时，他并不违背现实，无限制地片面地美化自己的主人公，使其成为"道德的典范"，而是也写出他们的弱点、缺点，比如劳蕾拉的固执，费妮婕的迷信，安妮娜的软弱，海伦娜的溺爱儿子，比安基的玩世不恭、生活放浪，安德雷亚·德尔菜的相信恐怖手段、脱离群众，等等。这样，海泽作品中的主人公就更加像活生生的人，更加富于立体感，更加真实可信。他们身上的好的品质，受到作者的热情赞扬；对他们的缺点，他则给予善意的讥讽，结果给他的早期代表作《犟妹子》《特雷庇姑娘》(1855)和《安妮娜》(1860)等，都增加了一种幽默风趣的特色。

保尔·海泽的人物还有一个重要的特点，就是女性多而出色。在他笔下，妇女的优点不仅仅是一般作者所描写的美丽、温柔、善良，而且往往胜过男子，在生活中扮演着更重要的角色。她们或独立不羁，或敢作敢为，或聪明贤惠，或忍辱负重（如《失去了的儿子》中的海伦娜夫人）。特别是海泽作品里的意大利妇女，更为人所称道。凯勒一八五九年十一月三日写信给他说："您用这些意大利少女的形象，塑造出了一种具有古代人式的纯朴和真挚热情的光辉典型，赋予单纯的自然肌体以热烈绚丽的色彩，从而产生出了特殊的魅力。"

还值得注意的是，海泽在创作中对劳动人民表现了相当深厚的同情。他所塑造的正面形象不少都出自下层，人性中的美和善多存在于他们身上；而剥削阶级、统治者、教会则往往被描写成丑恶可厌的。特雷庇山民挺身对抗官府，帮助费妮婕搭救菲利普，罗马小酒馆中下层民众之间真诚相待，一起欢乐歌舞，这些场面写得十分令人感动。

以上内容方面的种种特点，虽然有的也表现了海泽在美学观点方面的唯美主义倾向，但历史地看，仍说明他坚持资产阶级文学的人道主义传统，忠于一八四八年革命时期的自由民主信念。就算对于今天的读者来说，海泽作品中所体现的美和善，也未必都已完全失去价值吧。

可是，要真正了解海泽中短篇小说的特色，还不能不注意他在艺术形式方面的追求和创造。与内容上求美、求善相适应，他在形式上也力求和谐、完整。早期，在内容充实、新鲜的情况下，他的确以高超的技巧创造出了一些瑰宝似的艺术珍品。他的构思布局精巧别致，故事情节变化多端，几乎每一篇较优秀的作品都富有戏剧性和浪漫色彩，都有其出人意表和引人入胜之处，也就是说都有自己的“鹰”。他的语言纯净、明快，不少时候还诗意浓郁。他对自然风物的描绘特别是对意大利的描绘真实生动，常使人有身临其境之感。他的作品情节发展起伏跌宕，变化有致，如《安德雷亚·德尔菜》中三次行刺的描写，由暗到明，由虚到实，一次比一次更加扣人心弦。他小说的结尾也多半颇见匠心，令人叫绝。当然，他的某些作品特别是后期作品，由于刻意求工难免显出雕琢的痕迹，犯了唯美主义的毛病。他偶尔也有败笔，如《安妮娜》的开头和《台伯河畔》的结尾，似乎就可以作为例子。但不管怎么讲，像保尔·海泽这样一位独具风格的中短篇小说家，他在艺术方面可供我们研究借鉴、阅读欣赏的地方是不少的。

这个选集收了八篇小说，仅占保尔·海泽所作中短篇小说的一个很小的部分；不过最有代表性的早期杰作都已包括在内，同时也选了两篇较晚的作品（《死湖情澜》和《失去了的儿子》），以利于读者看出题材和风格的变化。保尔·海泽在我国尚属第一次系统地介绍，加之参考资料十分缺乏，译者对他的评介和译文在传达原著风格方面都难免有缺点、错误，敬请读者指正。

犟妹子

太阳还没有升起。维苏威山[①]上弥漫着一片灰色的浓雾；雾朝着那不勒斯方向延伸，沿岸一带的城镇都被笼罩住了。海静静躺着。但在索伦多镇陡峭的岩岸下，在狭窄的海湾的沙滩上，渔夫和他们的妻子已经开始活动。他们挽着粗大的缆绳，把在海上打了一夜鱼的船和网拖回岸边来。还有一些人在收拾小船，整理风帆，或者把桨和桅杆从巨大的洞窟里搬出来；这些洞深挖在岩壁里，装着栅门，是渔民们夜间存放船具的地方。看不见一个闲人，就连那些不能再出海的老头儿，也加入了拖网的长长的行列；这儿那儿的平屋顶上，站着一些个老婆婆，要么纺线，要么照看孙儿，好让女儿去帮助丈夫干活儿。

“瞧见啦，蕾切拉？咱们的神父先生在那儿。”一个老婆婆对她身边摆弄纺锤的十岁小姑娘说，“他正在上船。他让安东尼送他上卡普里去。圣母玛利亚啊，瞧他老人家简直还没睡醒哩！”她边说边举起手来，对下面船上一位矮小和气的神父打招呼；神父正撩起黑袍子来细心地铺在木凳上，然后坐定。岸边的其他人也停下工作，看这位不住向左右两边和蔼地点头的神父离去。

“他干吗一定得去卡普里呢，奶奶？”女孩问，“是那儿没有神

① 意大利著名火山，在那不勒斯市附近。

父，要向咱们借吗?”

“别发傻,”老婆婆说，“他们那儿有的是，他们有顶美丽的教堂，还有一位咱们没有的隐士。只不过那里有位高贵的太太，她在索伦多住过多年，并且得了重病，家里人几次都以为她熬不过夜了，每次都请神父去为她送临终。可瞧，这时童贞圣母帮助了她，她又变得结实起来，又好每天在海里洗澡啦。后来，她从这儿搬去卡普里，临走时送了一大堆钱给教堂和穷人。据人讲，她让神父答应了常去看她，听她忏悔；不然呐，她是不肯走的。真奇怪，她就这么信赖他。咱们真运气，有他这个神父。他跟个大主教似的有能耐，大人老爷们都来请教他。愿圣母与他同在!”她边说边向就要离岸的小船挥手。

“咱们会碰上晴天吗，我的儿子？”矮小的神父问，同时担心地向那不勒斯方向眺望。

“太阳还没出来,”小伙子回答，“这点儿雾它是会驱散的。”“那就开船吧，我们好在天热之前赶到。”

安东尼抓起长桨，正想把船撑开，但突然又停下来，眼睛望着从索伦多镇下港湾来的那条陡峻的小路的高处。

那儿出现了一个少女苗条的身影，正匆匆走下石阶，边走边摇动手绢。她腕子上挎个小包，衣着相当简朴。然而，她高傲地、简直可以说桀骜不驯地昂着头，黑色的辫子盘在额上，就像戴着一顶王冠。

“还等什么?”神父问。

“有人朝船走来了，大概也想上卡普里。要是您允许的话，神父——船不会慢下来的，她只是个不到十八岁的女孩子。”

说话间，姑娘已从围绕着小路的墙后转了出来。“劳蕾拉？”神父问，“她上卡普里干什么？”

安东尼耸耸肩。——姑娘疾步来到跟前，眼睛望着前方。

“你好啊，犟妹子！”年轻船夫中有几个喊道。看来他们还要说些什么，要不是神父在面前，使他们怀着敬畏的话；姑娘对待他们问候的态度，很叫他们不开心。

“你好，劳蕾拉。”这时神父也大声问，“过得怎么样？想搭船去卡普里吗？”

“要是您允许，神父！”

“问安东尼吧，他是船主。每个人都是自己财产的主人，而上帝，是我们大家的主宰。”

“给你半卡尔令[①]，”劳蕾拉对青年船夫正眼不瞧地说，“要是够我做船钱。”

“你留下自己用更好。”小伙子嘟囔着，把几篓橘子推顺，腾出一个座位来。他准备把橘子运到卡普里去卖，那边岛上遍地岩石，长的橘子满足不了众多游客的需要。

“我可不白搭你的船。”姑娘黑色的眉毛一扬，回答道。

“来吧，孩子。”神父说，“他是个好青年，不想靠你这可怜的一点钱发财。喽，上来呀。”他把手伸给她，“就坐在我旁边。瞧，他把自己的衣服给你垫上啦，让你坐得软和一些。对我他可没这么好。

---

① 意大利古币名。

年轻人都是这样的，他们照顾一个年轻姑娘，比照顾十个教士还周到呐。得了，得了，安东尼，别道歉啦；这是我们上帝的安排，人以群分嘛。”

这当儿，劳蕾拉已上了船，坐下来；但坐下之前，她一声不吭地把那件上衣推到了边上。安东尼也让它摆着，只在牙齿缝里嘀咕了几句。随后，他猛一撑岸，小船便飞快地射向海湾。

“你那包里头装些什么？”神父问。这时候，他们行驶在刚刚被第一抹霞光照亮的海面上。

“丝、线，和一块面包，神父。丝准备卖给卡普里一位太太织带子，线卖给另一位。”

“你自己纺的吗？”“是的，大人。”

“要是我记得不错，你也学过织带子。”

“是的，大人。只是母亲的病更重了，我离不开家，要自己买架织机又没钱。”

“更重了！唉，唉！我复活节来你家，她还坐得起来嘛。”

“春天一向是她最难熬的季节。自打那几场大风暴和地震，她就痛得起不来床啦。”

“别少祈祷和请求啊，我的孩子。求童贞圣母代你母亲说情。你要诚实而勤劳，她才会听你的祈祷。”

停了一停，他又道：“当你走到海边来的时候，人家对你喊：‘你好，犟妹子！’他们为什么这样叫你啊？对于一个基督徒，这个名字可不好，一个基督徒应该温顺谦卑才是。”

姑娘棕色的脸庞通红，两眼闪闪发光。

"他们讽刺我，因为我不像别的女孩子一样跳舞、唱歌、喜欢讲话。他们就该让人家自己走自己的路嘛，我又没有碍着谁。"

"可你也该对每个人都和和气气呀。跳舞和唱歌，尽可让生活轻松的人去唱，去跳；但说话和气，对一个苦闷的人也是应该的。"

她低下了头，双眉蹙得更紧，好似要在眉毛底下，藏起她那对黑色的眼睛。他们默默地航行了一会儿。这时，辉煌的太阳已升起在群山顶上，维苏威山的峰尖高高耸出云端，而山脚一带仍雾气环绕；索伦多平原上的房舍，在一座座绿色橘园的掩映中，闪着白光。

"那位画家，那个想娶你的那不勒斯人，他再没有消息了吗？"神父问。

姑娘摇摇头。

"他那次来画你的像，你为什么拒绝他呢？"

"他画这干吗？比我好看的女孩子有的是。而且——谁知他要拿去做什么。母亲说，他会用它对我施魔法，戕害我的灵魂，甚至弄死我的。"

"别信这些罪过。"神父严肃地道，"你不是一直在主的手掌中吗？没有主的意志，你头发也掉不了一根。难道一个人手头拿着张画像，就比主还强？——再说，你也看得出来，他是对你好的。要不，他肯娶你吗？"

姑娘不作声。

"可你为什么回绝他？据说，他是个正派人，又挺阔气的，他一定会养活你和你母亲，比你靠缫丝挣点钱好得多。"

"咱们是穷人，"姑娘激动地说，"母亲又病了这么久。咱们只会成为人家的累赘。再说，咱也配不上一位上等人。要是他的朋友来看他，他会为了我害羞的。”

“瞧你说些什么话！我不是告诉过你，人家是正派人。他还打算搬到索伦多来住。这样一个好人，不会很快再有啦；他像是上天专门派来扶助你们的。”

“我根本不要嫁人，永远不嫁！”她十分执拗地说，像在自言自语。

“你许了愿吗，还是想去做修女？”

她摇摇头。

“人家说你性子犟，说得对，虽然那个名字不好听。你没想过吗，你并不是独自生活在世界上；你这个倔脾气，只会使你生病的母亲生活更苦，病更重的。你有什么重要理由，竟拒绝任何诚恳地伸过来扶助你和你母亲的手？回答我呀，劳蕾拉！”

“我有个理由，”她迟疑地低声说，“可我不能讲。”

“不能讲？对我也不能讲？对你平时那么信赖他，相信他对你是一片好意的忏悔神父也不能讲？或者并非这样？”

她点点头。

“那就让你的心轻松轻松吧，孩子。要是你说的对，我第一个表示赞成。不过，你还年轻，对世界了解太少，也许将来有一天，你会后悔，后悔不该为着一些孩子气的想法，断送了自己的幸福。”她羞怯地瞥了小伙子一眼。他坐在船尾，用力划着桨，羊毛帽子低低地拉到了额头上。他盯住船旁的海水，像是独自堕入了沉思。神父发现姑娘看了他，便把耳朵凑近姑娘。

“您不认识我父亲。”她悄声说，目光变得阴沉起来。

“你父亲？我记得他过世那会儿，你还不满十岁。可是你父亲，愿他的灵魂早升天堂，他与你这倔脾气又有什么关系？”

“您不了解他，神父。您不知道，我母亲的病，就完全是他弄出来的。”

“怎么会呢？”

“因为他虐待她，打她，用脚踢她。我还记得那些个他怒气冲冲回家来的晚上。母亲从不说他一句话，对他真是百依百顺。可他呢，却揍她，揍得我心都快碎了。我只好用被子蒙着头装睡，实际上整夜在哭。后来，他见她躺在地上起不来了，又突然变了态度，抱起她来拼命地吻，使得她大叫要憋死啦。母亲不准我提一个字，但她被折磨得很惨，所以父亲死了很多年，她身体还没复原。要是她早早地去世——求主保佑不会这样——我就知道是谁害死了她。”

矮小的神父摇晃着脑袋，像是拿不定主意，该在多大程度上赞成他的忏悔女。临了，他说：“宽恕他吧，就像你母亲宽恕他那样。别再老是想着那些悲惨的事情，劳蕾拉。将来你会过上好日子，并且忘记这一切的。”

“我永远也忘不了。”她回答，身上不禁战栗起来，“现在您明白了，神父，因此我要永远做闺女，不去给任何一个先虐待我、过后又来亲我的人当奴隶。要是现在有谁来打我，或者吻我，我就知道反抗。母亲却无法反抗，既不能反抗别人打，也不能反抗别人吻，就因为她爱他。我才不愿这样爱任何人，爱得自己生病，爱得自己受苦。”

“瞧你还不是个孩子，说起话来完全和个不知世事的人一样吗？难道所有男人，都像你那可怜的父亲，纵情任性，虐待自己的妻子吗？难道你在左邻右舍中，没有见到很多好人？难道没有见到很多妻子，与自己丈夫过着宁静和睦的生活吗？”

“但我父亲待我母亲的情况，也没谁知道呀。她宁肯死一千次，也不愿告诉人，向人诉苦。而所有这一切，都是因为她爱他。要是爱情就是这样，在该呼救时堵住你的嘴，在受恶人侵害时使你无力反抗，那我就永远不会倾心于任何男人。”

“我告诉你，你是个孩子，自己不知道自己在讲些什么。等到了时候，你的心就会不断问自己，到底爱还是不爱；到那会儿，不管你往自己脑袋里塞些什么想法，都不顶事啦。”又停了一停，“再说那位画家吧，你相信，他也会虐待你么？”

“他瞅人家那眼神，就跟我看见我父亲求母亲原谅，抱起她来用好话诓她时的眼神一样。我熟悉这眼神。一个忍心殴打从未损害过自己的老婆的人，也有这样的眼神。我害怕再见到这样的眼神啊。”说完，她便固执地一声不响了。神父也沉默下来。看样子，他在想着种种可以用来开导姑娘的箴言隽语。只是当着年轻的船夫，他不便开口。在姑娘忏悔快结束时，小伙子变得烦躁不安了。

航行两小时后，他们在卡普里小小的码头靠了岸。安东尼把神父从船里抱起来，涉过最后几道平缓的海浪，恭恭敬敬地放在岸上。劳蕾拉却不等他回来接她，扎起裙子，右手提木屐，左手挎小包，扑喇扑喇就踩着水跑上了岸。

“我今天在卡普里可能待很久，”神父说，“你不用等我。也许我要明天才回去。你，劳蕾拉，回去后代我问候你母亲。我这个礼拜就来看你们。天黑前你还回去吧？”

“要是有机会就回去。”姑娘一边回答，一边整理自己的裙子。

“你知道我是得回去的。”安东尼用自以为满不在乎的口气说，“我等你到响晚祷的钟声。要是你那会儿不来，我也无所谓。”

“你一定得来，劳蕾拉。”矮小的神父插进来道，“你不能让你母亲单独过夜。——你要去的地方远吗？”

“我到安那卡普里的一个葡萄园去。”

“可我得去卡普里。上帝保佑你，孩子，还有你，我的儿子！”

劳蕾拉吻他的手，随后说了声“再见”，既像对神父说的，又像对安东尼说的。但安东尼装作没听见。他朝神父摘下帽子，看都不看劳蕾拉一眼。

可是，在他们俩转过身去以后，小伙子的目光只跟着困难地走在卵石滩上的神父移动了短短一会儿，就追着向右边高坡走去的姑娘看起来，同时还把手举到额前遮住刺目的阳光。上坡以后，道路眼看要转进两堵围墙之间，这时她停下来，像是想喘口气，同时回头瞭望。她脚下就是码头，四周怪石嶙峋，海水湛蓝湛蓝的，异常美丽——这景致的确是值得停下来欣赏一番的。然而，事有凑巧，她的目光在掠过安东尼的船旁时，与安东尼追赶她的目光碰在了一起。于是，双方就像无意间干了错事的人那样，做了个表示歉意的动作，然后，姑娘一噘嘴便向前走去。

午后才一点钟，安东尼已经在渔民酒馆前的长凳上坐了两小时啦。他心头必定有什么事，每过五分钟就跳起来，跑到太阳地里去，仔仔细细朝着通向岛上两个小镇的道路张望。他对酒馆的老板娘解释：他是怕要变天了。天色虽还明亮，但天空和海水的这种颜色他是认识的。去年起风暴之前，天空和海水正是这样。那一次，他险些把一家英国人划不到岸边来。这她还记得吧。

“记不得。”女人说。

那好，要是傍晚时变了天，她就该想起他的话来了。

“老爷太太去你们那边的多吗？”老板娘过了一会儿问。

“刚开始来。在这以前我们的日子可苦啦。洗海水浴的游客迟迟未到。”

“春天来得迟。比起我们卡普里这儿，你们挣的钱多吗？”

“还不够一礼拜吃两顿空心粉啰，要是我光靠划船过日子的话。时不时地送封信去那不勒斯，或者把位想钓鱼的老爷划到海上去，这就是全部营生。不过，您知道，我舅舅有几个大橘园，是一位有钱的人。‘托尼诺①，’他说，‘只要我还在，就不让你吃苦，就算以后吧，也会考虑到你的。’这样，上帝保佑我才熬过了冬天。”

“他有儿女吗，您舅舅？”

“没。他没结过婚，在国外住了很久，很攒了两个钱。眼下，他有心开个大渔行，要我去总管一切，帮他把事情料理料理。”

“那，您就成了位有靠头的人了哟，安东尼。”

年轻的船夫耸耸肩。“谁都有自己的难处哩。”他道。说着又跳

① 安东尼的爱称。

起来左瞧右瞧，尽管他完全清楚，只有一方才可能变天。

“我给您再来瓶酒吧。您舅舅反正付得起账。”老板娘说。

“只来一杯得啦，你们这酒烈着哩。我脑袋都已经发热了。”

“这酒不醉人。您想喝多少，尽管喝多少。正好我男人来了，您得和他再坐一会儿，聊一聊。”

果然，身材魁梧的酒馆老板从高坡上下来，肩搭渔网，鬈发上盖着顶红色便帽。他刚进城给那位贵夫人送鱼去。为了招待索伦多来的小个子神父，夫人专门订了鱼。一瞧见年轻船夫，他便挥手热情欢迎，然后坐到他身边，开始问长问短，讲这讲那。正好老板娘又提来一瓶没掺水的纯卡普里酒，左边的沙地便响起咔嚓咔嚓的声音，劳蕾拉从通往卡普里的路上走来了。她向众人点了点头，沉默地站在那儿，不知如何是好。

安东尼一跃而起。“我该走了，”他说，“这姑娘是索伦多镇的，今儿一早随神父先生一块儿过来，天黑前得回家去照料自己生病的母亲。”

“得，得，离天黑还早着呐，”老板说，“她有的是时间来喝一杯。喂，老婆，再拿个酒杯来。”

“谢谢，我不会喝。”劳蕾拉回答，仍站得远远的。

“只管斟吧，老婆，斟啊！她要人劝哩。”

“随她去吧，”小伙子道，“她是个顽固脑瓜，什么事她要不愿，就连圣者也说不动她。”说完，他便急匆匆地告了辞，跑到底下船边去，解开缆，站在那里等着姑娘。她又向酒馆老板夫妇点点头，然后才步履踟蹰地向小船走去。上船前，她环顾四周，好像盼着谁来和她搭伴。然而，码头上空无一人：渔民们要么在午睡，要么在海上垂钓撒网；少数几个妇女小孩在自家门口，打盹儿的打盹儿，纺线的纺线；再就是那些外来的游客，也一早就过去了，要等天凉了才乘船回来。但她也没能望多久，她还未来得及反抗，安东尼已一把抱起她，把她像个小孩似的抱到船上去了。他自己跟着也跳上去，抓起桨来，三划两划便到了海上。

姑娘坐到船头，半背向着他，使他只能看见她的侧面。眼下，她的表情比平时更严肃。鬈发低覆在额头上，纤细的鼻翼执拗地颤动着，丰满的嘴唇紧闭。他们这样默默地在海上航行了一些时候，她给太阳晒热了，便从手帕中取出东西，把帕子包在头上。接着，她吃起面包来，当她的午餐。她在卡普里什么也没吃啊，安东尼看不下去。他从早上装满橘子的筐子中，取出两个橘子来，说："喏，拿去和你的面包一块吃吧，劳蕾拉。别以为是我特意为你留的。它们从筐子中滚了出来，我搬空筐子回船时在舱板上发现了。"

"你自己吃吧。我吃面包就够了。"

"大热天橘子可以解渴，瞧你跑了这么老远。"

"人家给了我一杯水喝，我已经不渴了。"

"随你便吧。"他说着，便把橘子扔回筐里。

又一阵沉默。海面平明如镜，船头的水声很轻很轻。就连那些栖息在岩岸洞穴中的白色水鸟，在飞来飞去地觅食时也悄然无声。

"你可以把这两个橘子捎给你母亲。"安东尼又提起话头。

"咱们家里还有橘子。就算吃完了，我再去买就是。"

"你就捎去吧，算我的一点儿心意。"

“可她不认识你呀。”

“那你可以告诉她我是谁嘛。”“我也不认识你。”

她说不认识他，这已经不是第一次了。一年前的一个礼拜天，就在那位画家来索伦多的时候，安东尼和当地的几个小伙子正好在大街旁的广场上玩地滚球。就在那儿，画家初次见到了劳蕾拉；她头上顶着水罐，打他身边走过，压根儿没有注意到他。那不勒斯人一见她便着了迷，呆呆立在那儿盯着她瞧，不顾自己正好站在滚球道上，只要再跨两步就可以让出来。这当儿，重重的一球滚到了他的脚踝上，提醒他，此处不是发呆的地方。他回头瞅了瞅，像是等着谁去向他道歉。掷这一球的年轻船夫却傲慢地站在伙伴中间，一声不吭；陌生人觉得还是避免口角，走开为妙。可是，这件事后来传开了；画家来正式向劳蕾拉求婚时，又被人们提了起来。画家曾经问劳蕾拉，她是不是为了那个不懂礼貌的愣小子才拒绝他的。劳蕾拉不耐烦地回答：“咱不认识他。”上述那件事，也传到了她耳朵里。这以后，她碰见安东尼就该认得了吧。

眼下，他俩坐在船上，就像一对仇敌，各人的心都跳得要命。安东尼平时那和善的面孔涨得通红。他击打着海水，让水花溅到自己身上。他的嘴唇时而哆嗦，像是在骂人似的。姑娘装作没有看见，完全漫不经心的样子。她把身子倾出船外，让水流从手指间滑过。随后，她解下手帕，整理头发，就像船上只有她一个人似的。不过，她的眉毛微微抽动，两颊发烧，她用湿淋淋的手去冰也没有用。这时，他们已在大海中间，远近都见不到半点帆影。卡普里岛被抛在了身后；前面的海岸躺在迷眼的阳光中，还离得很远很远。甚至没有一只海鸥，来冲破这深沉的岑寂。安东尼环顾四周。突然，他像是拿定了主意，脸上的红色褪了，放下了桨。劳蕾拉情不自禁地回过头来看他，心情十分紧张，但一点也不害怕。

“我必须了结这事。”小伙子冲口说道，“拖了这么久啦，我差不多奇怪自己竟没有因此死掉。你说，你不认识我。难道你没有一次一次地瞧见，我怎么疯子似的打你面前跑过，有满肚子话要对你说？可你总是把嘴一噘，转过身去不理我。”

“我有什么好和你谈呢？”她干巴巴地说，“我看得出，你想和我搭讪。可我不愿让别人嚼舌头，无缘无故地嚼舌头。我不愿意嫁给你，不愿意嫁给你或任何人。”

“不嫁给任何人？你以为打发走了那个画家，就好总这么讲么？呸！你那会儿还是个孩子。你将来会感到寂寞，到那时，像你这么个怪脾气，就会随随便便嫁个人了事的。”

“谁知道自己将来怎样呢？就算我会改变主意，可这跟你什么相干？”

“跟我什么相干？”他大叫一声，从桨手凳上跳起老高，弄得小船也颠来簸去，“跟我什么相干？在知道了我的境况以后，你还能这样问？你将来对谁比我好，谁就不得好死！”

“难道我答应过你吗？你自己头脑发昏，又关我什么事？你有什么权利，要我跟你好？”

“哦，”他吼道，“这在书上自然没有写，任何法律家也不会用拉丁文把它写下来，盖上封印的；不过，我知道，我有权讨你做老婆，就跟我有权升天堂一样，因为我是个好小伙子。你以为，我肯眼睁睁瞧着你被另外的男人带着上教堂去吗？姑娘们打我面前经过，都会耸肩膀，这我受得了吗？”

“您想咋办就咋办吧。你再怎么吓唬，我都不害怕。我将仍旧照自己的想法去做。”

“你才不会老是这么讲哩，”他浑身颤抖着说，“我是一个男子汉，不会长此下去，让自己的生活给一个犟妮子给糟蹋了。你明白吗，你现在在我的手心里，我要你怎的，你就得怎的？”

“弄死我吧，要是你敢。”她慢吞吞地说。

“那就来个干脆，”他嚷道，声音变得嘶哑起来，“海里有的是咱俩的地方。我帮不了你啦，妹子。”他几乎是满怀同情地说，犹如是在梦呓。“不过，我们必须同时一起去，两人一块儿，马上！”他大声吼叫，蓦地用双手抓住了她。但转瞬间，他缩回右手，鲜血涌了出来：她狠狠地咬了他一口。

“你要我怎的，我就得怎的吗？”她叫道，身子猛地一扭，撞开了他，“咱们等着瞧吧，看我是不是在你手心里！”说完，便跳下船去，一眨眼便消失在大海深处。

一会儿，她浮出了水面，裙子紧紧裹住身体，辫子叫海浪冲散了，沉甸甸地拖在脖子上。她双臂不停地划水，一声不响地奋力游着，从小船旁向岸边游去。

突然的震惊，使小伙子几乎失去了知觉。他站在船上，弓着腰，目光盯在她身上，好似眼前出现了奇迹。随后，他晃了晃脑袋，便扑到桨前，使出全部力气追着她划去。这当儿，他手上喷涌出来的鲜血，已把舱底给染红了。

转眼间，他就到了她身边，尽管她游得很快。

“看在圣母玛利亚的分上！”他喊道，“上船来吧！我是个疯子，天晓得我怎么失去了理性。就像给闪电打着了一样，我脑子里突然一热，就发起狂来，连自己干些啥，说些啥，也全不晓得啦。我不求你原谅我，劳蕾拉；我只希望你救自己的命，上船来啊！”

她只顾游着，仿佛什么也没听见。

“你到不了岸边，还有两海里呐。想想你母亲吧。要是你遭不幸，我会吓死了的。”

她用眼睛估量了一下到岸边的距离，然后也不答话，就游到船边，攀住了船舷。他赶去帮助她，姑娘的体重使小船倾到了一边，他放在凳子上的衣服便掉进了海里。她敏捷地翻进船来，回到老位子上。他看见她平安无事了，又划起桨来。她拧着湿淋淋的裙子，挤掉辫子里的水。这时，她望着舱底，才发现了血。她迅速地瞅了瞅那只手，他仍在划着桨，压根儿就像没有受伤似的。

“拿去！”她递过手帕去。

他摇摇头，继续朝前划。临了，她站起来，走到他身边，用手帕把他那很深的伤口紧紧包扎起来。然后，她不顾他的反抗，从他手中夺过桨，坐到他对面，正眼也不瞧他，只是盯住被血染红了的桨，一下一下地猛力划起来。两人都默默无语。快到岸边，正碰上出海进行夜间捕捞的渔民们。他们招呼安东尼，并拿劳蕾拉打趣。可两人都没抬头，也不回答一句。

进港的时候，太阳还高高挂在波希达岛上空。劳蕾拉抖了抖在海上差不多已经干了的裙子，跳上岸去。早上看见他们离开的那个老婆婆，这会儿又站在屋顶上。“你那手怎么啦，托尼诺？耶稣基督啊，整个船都给血泡起来了。”

“没事儿，教母，”小伙子回答，“我让一颗突出的钉子刮伤了。明儿个就好了的。该死的血一碰着便出来，其实并没有多少危险。”

“我来给你敷点草药吧，小伙子。”

“不劳神啦，教母。已经包扎好，明儿个就没事儿了。我的皮肤健康着哩，任何伤口都会一下子长好。”

“再见！”劳蕾拉道，转身朝上山的路走去。

“晚安！”小伙子在后面大声说，但眼睛并未看她。随后，他把船具和筐子从船上搬下来，爬上狭窄的石级，走回自己的小屋去了。

在那两间他眼下走进走出的小屋里，除去他没有任何人。透过几孔只装着木条子的小敞窗，风吹进来，带着比在平静的海面上更多的凉意。寂静使他感到舒服。刚才，他在圣母的小像前站了很久，虔诚地望着贴在像上的、银纸剪成的星辉状灵光。但他并未想到祈祷。他不再有任何希望，还祈祷什么呢？

白天似乎停住了脚步。他渴望黑夜快快到来，因为，他疲倦了，失血过多也使他虚弱，尽管他不承认。他感觉手上阵阵剧痛，便坐到一张小凳上，解开手帕。被堵住的血又渗了出来，伤口周围肿得老高。他仔细地洗净伤口，把它久久地浸在水里冰。当他再取出手来时，便清楚地辨出了劳蕾拉的齿痕。“她说得对，”他自言自语着，“我是个野兽，活该如此。明天我让乔西普把手帕交给她。我不想让她再见我的面。”他在用左手和牙齿重新扎好右手以后，便仔仔细细洗起手帕来，洗好又摊开，在太阳底下晒。他自己则倒在床上，闭上了眼睛。

皎洁的月光，使他从似睡非睡中醒来；再说手上的疼痛，也不让他安睡。他跳起来，想再把手浸到水里止止痛。这当儿，他听见门上发出了响声。“谁呀？”他大声问，同时拉开门。劳蕾拉站在他面前。

也没问是否允许，她就走进屋去。她解下裹在头上的帕子，把一只小提篮搁在桌上，便喘起长气来。

“你来取手帕的吧，”他说，“其实你不必劳这个神，明天一早我就要请乔西普送给你。”

“不关手帕什么事。”她立即回答，“我上山去给你采了些止血药。这儿！”她边说边揭提篮盖。

“太麻烦你，”他说，口气中全无讽刺意味，“太麻烦你。已经好些了，已经好多了；就算更坏了吧，那也是自讨的。你这时来干吗呢？要是给人碰见怎么办！你知道，他们会怎么胡扯，虽然他们不知道自己在说些啥。”

“我才不管任何人咧，”她急躁地说，“我只想看看你的手，给它敷上草药，要知道你用左手可弄不好啊。”

“我告诉你，这不必要。”

“那让我瞧瞧，好让我相信。”她二话不说，就抓起那只无力反抗的手，解开布条。一见那巨大的肿块，她就怔住了，叫道：“圣母玛利亚！”

“有一点儿肿，”他说，“过一天一宿就没事儿了。”

她摇摇头说："像这样，你一礼拜也出不了海啦。"

"我想后天就可以。又有什么关系呢？"

说话间，她端来面盆，重新洗那伤口。他也像个孩子似的，听凭她摆布。然后，她把草药叶子铺在伤口上，用自己带来的夏布条包扎好。立刻，他就觉得疼痛减轻了。

包扎完毕，他说："谢谢你。听我说，你要是肯对我再行个好，就请原谅我今天发了狂，并把我说的和我做的一切，统统忘了吧。我自己也不知是怎么搞的。你从来不曾逗引过我，真的没有。往后，你再也听不见我说任何使你生气的话了。"

"该我求你原谅，"她抢过话头，"我本可以更好地向你说清楚一切，不该不理不睬地气你。再说，还有这手上的伤口……"

"你那是自卫，而且在该让我恢复理智的万不得已的时候。我说过了，这不要紧的。甭提什么让我原谅你了。你这样做对我有好处，我感谢你。好了，回家睡觉吧。这儿——这儿是你的手帕，你可以马上带回去。"

他递给她。她站着一动不动，像是在进行思想斗争。终于，她说："你为了我的缘故，把上衣也丢了，而且我知道，卖橘子的钱也在里边。这是我在回家的路上才想起的。我无法赔偿你，因为我没有钱。就算我有点，那也是母亲的。不过，我有个银十字架，那个画家最后一次上我家，给我留在桌上的。可我瞧都不愿瞧一眼，恨不得从箱子里把它甩出去。要是你拿去卖掉——母亲说，可以值几个钱——就可补偿你的损失。要是还不够，我就设法在夜里母亲睡觉时，再纺线挣点钱给你。"

“我什么也不收。”他坚决地说，并且把她从衣袋里掏出来的那个亮晶晶的十字架推开。

“你一定得收下。”她说，“谁知你这手多久才能干活呢。我放它在这儿了，我再不想让自己的眼睛看见它。”

“那就扔它到海里去吧！”

“这可不是我送给你的礼物呀。这纯粹是你的权利，是你理所应得的。”

“权利？我没有权利要你的任何东西。要是你往后再碰见我，就对我行行好，别再瞧我；不然，我就会想，你是在提醒我曾经对不起你。好啦，晚安，就让这是最后一次吧。”

他给她把手帕放进提篮，再将十字架搁在上边，然后盖上篮盖。可当他抬起头来看见她的脸时，他吓了一跳。大颗大颗的眼泪滚过她的面颊。她任其自由地流淌。

“圣母玛利亚啊！”他喊出来，“你病了吗？瞧你浑身都在哆嗦！”

“没什么，”她说，“我要回家！”边说边朝门口歪歪倒倒走去。终于，她忍不住哭出声来，额头抵在门柱上，发出大声而急促的抽泣声。但在他追上去劝阻她之前，她突然转过身来，扑到了他的脖子上。

“我受不了啦。”她喊道，紧紧地抱住他不放，就如垂死的人抱住生命一样，“我不能听你对我这么好言好语，然后叫我走，使我良心上过意不去。你打我吧，踢我吧，咒骂我吧！——或者，要是真的，你真爱我，在我对你这么狠以后还爱我，那么，就收留我吧，想把我怎样，就怎样吧。只是别打发我离开你！”又一阵急促的抽泣，使她讲不下去了。

他默默地搂住她有好一会儿。

“你问我还爱你吗?”他终于大声说，“圣母玛利亚啊！你难道以为，这小小的伤口，就把我心里的血全部流光了吗？你没感觉到这颗心，它在我胸中激烈跳动，就像要跳出来献给你吗？要是你讲这些话只是想试试我，或者因为你同情我，那你就去吧。就连这些我也会忘记的。你不必因为知道我为你吃了许多苦，就觉得自己对不起我。”

“不，”她从他肩上抬起头来，眼泪汪汪地盯着他的脸，坚决地说，“我爱你。让我说了吧，我只是一直害怕会爱上你，一直想反抗。现在我可要变个样子了，因为当你在巷子里打我身边走过，要叫我不看你我就再也受不了啦。这会儿，我还要吻你哩，”她说，“这样，要是你又发生怀疑，你就可以对自己讲：她吻过我了。而劳蕾拉是不吻任何人的，除非她让这人做她的丈夫。”

她吻了他，然后挣脱身，说：“晚安，我亲爱的！睡觉去吧，把你的手养好。不用跟着我，要知道我不害怕任何人，只害怕你。”

说罢，她便一溜烟跑出门去，消失在围墙的暗影里。小伙子却还久久地凝视着窗外的大海。海上，星星们好像全在轻轻地摇曳。

下一次矮小的神父听完劳蕾拉长时间的忏悔，从忏悔室中走出来时不禁暗自发笑。

“谁想得到呢，”他自言自语说，“天主这么快就垂怜这颗奇异的心。我还在责备自己，没有更严厉地警告她身上那个犟性子魔鬼哩。

然而，我们的眼光都太短浅，看不见通往天国的条条道路。喏，愿上帝赐福给她，并让我活到劳蕾拉的大小子能代替他爸爸送我过海去的那一天吧！哎呀呀，这个犟妹子！”

特雷庇姑娘

在亚平宁山脉从托斯卡纳和南面的教皇国[1]之间穿过的那段高原上，有一座牧羊人居住的孤寂小村，名叫特雷庇。向上通往那儿去的全是些无法行驶车辆的羊肠小道，为了翻过山去，邮车和出租马车都只好兜一个大圈，走往南几公里外的公路。到特雷庇来的只有必须与牧羊人做交易的农民，白天偶尔还有个把画家或讨厌走公路的徒步旅行者。可到了夜里，赶着马队的走私客却常到这个荒村中来歇脚，他们走的是一些别的人全不知道的更加崎岖的山路。

眼下才刚要到十月中旬，往常在这季节，此地的高原之夜还十分明净。可是今天，由于一整天烈日暴晒，峡谷中便升起一片片轻雾，正慢慢在雄伟的没有树木的山岗上铺撒开来。时间约九点光景。在那些零零落落的矮小的石头房子里，却已灯光暗淡。白天，留在房里看家的只有衰老的妇女和幼弱的儿童。眼下，在一处处上面吊着大锅的火塘周围，牧人及其全家都躺在地上睡着了，连狗也在热灰中伸展开了四肢；也许就只剩下一个没有睡意的老奶奶，还坐在一堆老羊皮上，手中机械地摆弄着纺锤，嘴里喃喃祈祷，要么就摇着旁边摇篮中睡得不安稳的婴儿。夜风从拳头大的墙缝中吹进来，潮湿而微带秋意。快要熄灭的火塘冒出浓烟，让外面的雾气逼回房

---

① 意大利在 1870 年实现统一之前，还是许多分裂的小国家，在罗马教廷统治下的教皇国（Kirchenstaat）便是其中一个。

中，在屋顶下面飘浮着，老奶奶对此却习以为常。这以后，连她也半闭着眼睛打起盹儿来，能睡一忽儿就睡一忽儿吧。

唯独在一所房子里，还有人在走动。跟其他房子一样，它也仅有一楼一底；不同的只是石头砌得整齐些，房门也高大一点，四方形的正屋旁边，还多几间堆杂物的棚子以及后来添盖的小房，再就是有几个马厩和一眼砌得很讲究的烤饼灶。房门前面，站着一群驮着货物的马匹，一个小伙子正要搬走已经吃得光光的料槽。这时从屋里走出来六七个武装起来的壮汉，到了夜雾中，急急忙忙动手整理马具。房门旁边，躺着一只很老很老的狗，在那伙人离开时，它只把尾巴轻轻地摇了两摇。随后，它便吃力地从地上爬起来，慢慢走进屋去，里面的炉火正在熊熊地燃烧。炉旁站着它的女主人，脸朝着火，胳膊垂在腿边，高大的身躯一动不动。直到狗用嘴去轻轻舐她的手，她才猛然转过头来，恍如大梦初醒。“富科[①],”她说，“我可怜的畜生，睡去吧，你病啦！”狗汪汪叫着，感激地摇了摇尾巴。接着便爬到火炉旁的一张老羊皮上，咳嗽着，呜咽着，躺了下去。

其间又进来几个伙计，坐到一张大桌子旁边，端起了刚才离开的走私客们放下的碗。一个老女仆从大锅里舀出玉米粥来，把他们的碗装满，然后自己也坐到桌前，用调羹吃起来。大伙儿一言不发地吃着，只听见火焰在毕毕剥剥地爆响，狗在睡梦里发出沙哑的呻吟声。神色严肃的姑娘坐在炉台旁的石板上，老女仆特地为她端过去一小碗玉米粥，她却连碰也不碰，目光扫视着室内，一副怅然若

① 狗名，原为意大利文，意思为“火焰”。

失的模样。门外的雾气眼下已宛如一道挡在面前的白墙。与此同时，从山峰背后正慢慢升起来半个月亮。

这当儿，像突然从山下的大路上传来马蹄声和人的脚步声。“彼得罗!”年轻的女主人用平静的提醒的声调喊道。一个瘦长的小伙子应声从桌旁站起来，消失在雾幕后面。

现在杂沓的脚步声和说话声变得更近了，那马终于停在了门前。再过一忽儿，门口出现三个男子，打了个招呼便走进房中。彼得罗凑到姑娘身边，她正心不在焉地盯着火焰。“是打波雷塔来的两伙计，”他对她说，“没带货，准备送一位先生去山那边，他的护照成问题。”

“尼娜!”姑娘叫了一声。老女仆起身来到火炉跟前。

“他们不光要吃的，姑娘，”小伙子继续报告，“他们问，这位先生可不可以在此地住一夜。他打算拂晓前再上路。”

“给他在外面的小房里铺个草铺。”——彼得罗点点头，回到了桌旁。

三个男子也坐下了，伙计们对他们并不特别在意。其中两个是走私客，全副武装，上衣胡乱披在肩上，帽檐压得低低的。他们对大伙儿像老相识似的点点头，把一个宽大的座位让给了自己护送的人，然后在胸前画个十字，便开始吃起来。

随他们来的这位先生却不吃。他从高高的额头上摘下帽子，手指理了理头发，眼睛匆匆地把屋子以及里边的人扫了一遍。他看见，墙壁上有用木炭涂写的箴言；墙角里供着一张圣母像，面前点着盏小油灯；像旁边，一群站在栖木上的鸡正在睡觉；此外还有从屋顶上垂下来的一串串玉米棒子，一块摆着各式各样陶瓷水罐和坛子的搁板，一沓山羊皮以及许多筐子篮子。坐在火炉旁边的姑娘终于吸住了他不安的目光。在炉头闪烁的红光映衬下，她深色的侧影显得格外端庄、美丽；一大丛黑色的发辫低垂在颈后；她双手交叠着按在一只脚的膝头上，另一只脚则踏着室内的石板地。她可能有多大年纪了，他猜不出来。但他从她的举止看出，她是这所房子的主人。

“您这儿有酒吗，小姐？”他终于问。他的话刚说出口，姑娘便像给闪电惊着了似的一跃而起，直愣愣站在火炉边，双手撑在石板上支持着身体。与此同时，睡着了的狗也蹦了起来，从气喘吁吁的胸腔里迸出一阵野性的狺狺声。陌生人一下子便发现自己面对着四只闪闪发光的眼睛。

“难道不允许问您这儿有没有酒吗，小姐？”他又说了一句。可还没等他把最后一个字说出来，那狗已处在一种莫名其妙的狂怒状态中，吠叫着扑向他，用牙齿撕掉了披在他肩上的斗篷，眼看着又要第二次扑上来，要不是女主人严厉地叫了一声，喝住了它的话。

“回来，富科，回来！静一静，静一静！”狗站在屋子当中，尾巴猛力地抽打着身子，眼睛直勾勾地瞪着那不速之客。“把它关进圈里去，彼得罗！”姑娘压低嗓子说。她仍旧挺直身子站在火炉边，发现彼得罗有些犹豫，又重复了一次她的命令。要晓得，这只老狗多年来夜里都是睡在炉子旁边的。伙计们交头接耳起来。狗不情愿地被牵走了，屋外还不断传来它可怕的吠声和呜咽声，直到它似乎精疲力竭了，才渐渐低沉下去。

这期间，姑娘已示意女仆去取了酒来。陌生人自己饮着，也把酒杯递给护送他的两个走私客，心中却暗暗纳闷，不明白自己怎么无意间会引起如此巨大的骚动。伙计们一个接一个放下调羹，道一声“晚安，姑娘”，便出房去了。最后室内只剩下三个来客以及女主人和她的老女仆。

“太阳要四点钟才出来。”其中一个走私客低声对陌生人说，“为了准时赶到皮斯托亚，先生您也不用起来太早。再说咱们的马也须站足六个小时，然后才好动身。”

“好的，朋友。你们请去歇着吧。”

“我们会来叫您的，先生。”

“那当然好。”陌生人回答，“虽然圣母知道，我是很少能一觉睡六个小时的。晚安，卡尔洛；晚安，比乔师傅。”

两人恭敬地提了提头上的帽子，离开了桌旁。其中一个朝火炉走去，说：“姑娘，康斯坦佐在波洛尼亚让我问您好。他上个礼拜把自己的刀丢了，想打听一下是不是在您这儿。”

“没。”姑娘不耐烦地应了一声。

“可不，我也对他讲，要是刀在您这儿，您早就给他送去啦。再说——”

“尼娜！”姑娘截断他的话，“告诉他们上小房去的路，要是他们忘记了的话。”

女仆站起身来。“我只想再说一句，姑娘，”那走私客偷偷挤了挤眼睛，战战兢兢地说，“要是您能给这位先生准备一张比我们软和一些的床铺，他是不会吝惜钱的。这就是我要讲的话，姑娘。喽，愿圣母保佑您一夜安宁，Signora[①] 费妮婕！”

他边说边朝自己的伙伴走去，两人一同对屋角里的圣像行了一个礼，画了个十字，便跟着女仆往外走。“晚安，尼娜！”姑娘高声道。到了门口的老女仆转过身来，做了个表示疑问的手势，随即却顺从地带上房门走了。

房里刚一剩下他们两人，费妮婕便马上抓过火炉边上的一盏铜灯台，急急忙忙地把灯点上了。炉火渐渐灭了，灯台上的三股红色火苗只照亮了宽大房间的一小部分。黑暗似乎对陌生人起着催眠作用，只见他坐在桌旁，头枕在胳膊上，斗篷紧紧裹着身体，好像就打算这么过夜似的。蓦地，他听见有人叫他的名字，便抬起头来。他面前的桌上灯光明亮，年轻的女主人站在他对面，适才叫他名字的人便是她。姑娘的目光和他的目光相遇在一起，显示出来一股咄咄逼人的威力。

“菲利普，”她说道，“您不认识我了吗？”

他久久地打量着她那美丽的脸庞。使这脸庞变得通红的不只是桌上的灯光，还有期待着对她这个问题做出回答的紧张情绪。应该说，这张脸庞是值得回忆的啊。她那长而柔软的睫毛缓缓眨动着，使她的额头和高高的鼻梁不再显得那么严厉。她的嘴唇红艳艳的，充满着青春的魅力。只有在沉默无言之际，这嘴才流露出烦闷、痛苦和粗野的表情，就跟她那对黑眼睛里的神气一样。眼下，她站在桌子跟前，更显出了她身材的粗犷美，尤其是那后颈与脖子，更是

---

① 意大利语，意为“夫人”或“小姐”。

迷人至极。然而，在想了半晌以后，菲利普仍然回答：

“我真的不认识您，小姐！”

“这不可能。”她以确信无疑的、出奇低沉的声调说，“您有整整七年的时间来记住我。这时间是够长的呐，足以把一个人的模样牢牢记住。”

这一句离奇的话，此刻似乎才完全打消了他的疑虑。“不错，姑娘，”他说，“谁如果七年中不干任何别的事，仅仅想着一个美丽少女的模样的话，那他临了儿一定能闭着眼睛就想出她来啦。”

“是的，”姑娘沉吟着说，“是这样，当初您也正是这样讲的，您讲您任何别的事情都不愿想。”

“七年前？可七年前我还是一个爱闹着玩儿的人啊。难道你就把那当真了吗？”

她十分严肃地一连把头点了三点。“为什么我不该当真呢？我可是从自己的亲身经历中认识到，您当初是对的呐。”

“姑娘，”他带着使自己的刚毅面容变得好看的和蔼表情，说道，“这使我感到遗憾。七年前，我大概还以为所有女子都明白，男人的甜言蜜语就跟赌博的筹码一般，本身是毫无价值的，虽然有时在商量好了的情况下，也能换成响当当的金圆。七年前，我的心思什么时候不在你们女人身上啊！可如今，老实说吧，我很难再想到你们了。可爱的姑娘，我有重要得多的事情要想呐。”

她一言不发，好像全未听懂似的，只是静静地等着，等他说出什么真正与她有关的话来。

“不错，我这会儿慢慢想起来了，”他考虑了一下，然后说，“这一带山区我确曾来过。要不是有雾的话，我没准儿早认出这个山村和这所房子来啦。是啊，是啊，那确实是在七年以前，当时大夫让我到山里来走走，我就真跟个傻瓜一样，跑遍了最险峻崎岖的小道。”

“这我知道得很清楚，”姑娘说，在她嘴唇上掠过了一丝动人的微笑，“这我知道得很清楚，您是不可能忘记的啊。就连那狗，就连富科，它也没有忘记，没有忘记对您旧日的仇恨——还有我也没有忘记——我的旧日的爱情。”

这一席话姑娘讲得那么坚定，那么坦然，他仰望着她，表情变得越来越惊异。“我这会儿也想起了一个姑娘，”他说，“我在亚平宁高原上遇见她，她把我带到了她的父母家里。要不是她，我那回就得露宿在巉岩峭壁上。我还记得，我当时爱她——”

“是的，”她打断他，“非常爱！”

“不过姑娘却不爱我。我与她谈了很久，她的回答却充其量不过十句话。临了儿，我想吻吻她那阴郁的小嘴儿，以唤醒她的沉睡的热情——可她一步从我身旁跳开去，从地上拾起一块石头，差点儿没把我给砸死，她当时那模样还历历在我眼前呐。如果你就是这个姑娘的话，你又怎么能对我讲你那旧日的爱情呢？”

“我当时才十五岁，菲利普，我非常害羞啊。我生来性子倔，又一个人过惯了，不知道该怎样表达自己的感情哩。再说，我还怕我父母亲，他们那会儿还活着，这您知道。我父亲有许多牧人和羊群，以及这个酒店。自那以后情况也没多少变化，只是他不再管事了——愿他的灵魂已升入天堂！而在我母亲面前呢，我也害臊得什么似的。您该还记得，当时您正好就坐在这个位子上，还直夸咱们从皮斯托亚买来的酒不错哩。其他我就什么也没听见，我的母亲把我盯得可紧了，我只好走出房去，躲在窗子背后瞧您。您当时年轻些，态度也自自然然，可并不比现在更美。您这双眼睛仍旧和当年一样，当年您想用它们讨谁欢心，就能够讨谁欢心。您说话的嗓音也仍然这么低沉，难怪那狗一听就嫉妒得发起狂来，可怜的畜生！到今天为止，我爱的只有它。它显然察觉，我更加爱您，它知道这个比您本人还要清楚啊。”

“不错，”他说，“那晚上它就跟疯了似的。真是个奇妙的晚上呐！你确实把我给迷住了，费妮婕。我记得，我一直心神不安地等着你，可你却再也不肯回到房里来了，我便只好出去找你。我看见你的白头巾一晃，但马上就没影儿了，你一下便躲进马厩旁的小屋里去啦。”

“那是我的卧室，菲利普。那儿可是不准您进去的哟。”

“然而我就是想进去。我还记得，我久久地站在门口，打着门，哀求了又哀求。我这个坏小子，我当时想，要是我不能再见到你的话，我的脑袋就要炸开啦。”

“脑袋吗？不，心——您说。我还清清楚楚地记得它们，记得您说的每一个字！”

“可你当时却装作没有听见。”

“我当时心里难受得要命。我躲在屋角里，心想要是能鼓起勇气溜到门边来，把嘴对着您讲话的地方，哪怕就透过门缝感觉到您的一点呼吸也好啊。”

“好一对儿痴情的年轻人！要不是你母亲出来了的话，我还会一直等在那儿，你没准儿也就会开门了的。我现在想起来还感到害臊，我离开你时真是怒气冲冲，后来做了一通宵的梦，梦见的都是你。”

“我却一直坐在黑暗中，一夜没睡，”她说，“直到天快亮了，才打了一会儿盹。跳起身来看见太阳已经升得老高——可是您在哪儿呢？这个问题谁也不回答我，而我又不好问。我那一阵子真是见到谁都恨，就像是他们把您杀死了，使我再见不到您似的。我坐立不安，在山上四处乱跑，不时地呼唤着您的名字，不时地诅咒您；要知道为了您的缘故，我从此不能再爱任何人了呀。临了儿，我跑下山去了，可在那儿又害怕起来，只好往回走。我离开家整整两天，回来挨了父亲一顿揍，母亲也不肯理我了。她明白我为什么出走。只有我那小狗富科和我在一起，但每当我在寂寞中呼唤您的名字，它便汪汪直叫。”

此刻两人都沉默下来，而目光却聚到了一起。后来，菲利普又开了口：“你的父母亲去世多久啦？”

“三年了。他俩死在同一个礼拜——愿他们的灵魂已升天堂！随后，我便上佛罗伦萨去了。”

“上佛罗伦萨？”

“不错。您不是讲，您是佛罗伦萨人吗？我住在城外圣米尼亚托教堂附近的一家咖啡馆里，有几个走私客介绍我认识了那里的老板娘。我在她家住了一个月，每天都请她进城去探听您的下落。傍晚我自己也到城里去找您。末了，才打听到您早已离开，可去了哪儿却谁也不知道。”

菲利普站起身来，在室中大步踱来踱去。费妮婕转过脸来，目光一直紧盯着他，然而丝毫也没流露出类似他那样的坐立不安的情绪。终于，他走到她面前，端详了她好一阵，然后问：“可是，你向我表白这一切又有何用呢，姑娘？”

“我花了七年的时间来鼓起勇气。唉，要是当初我就向您承认了我爱您，我就不会这么不幸。我这颗怯懦的心啊！不过，菲利普，我知道您一定会再来的；我只是没料到会等这么久，真等得我好苦哟。——我这么讲够孩子气的。事情既已过去，还想它干吗呢？菲利普，现在您总算来啦，来到了我身边，我这就是您的了，永远永远是您的了！”

“亲爱的姑娘哟！”他柔声说，但马上又把已到舌尖上的话咽了下去。姑娘却没有感觉到，他思虑重重，默默无言地站在她面前，目光越过她头顶盯着对面的墙壁出神。她继续平心静气地诉说着，仿佛要讲的话她早已背熟了似的，仿佛她私下已想象过一千次：他一定会来的，到时候得对他讲这个和那个才是。

“我从佛罗伦萨回来以后，这儿山上已经有不少人来向我提过亲。可我非您不嫁。每当有谁来求我，对我甜言蜜语，我耳畔总响起您的声音，听见您那天晚上对我讲的话，它们比世间任何情话都更甜蜜啊。最近两年，人家便不再来纠缠我了，尽管我还没有老，还和从前一样美丽。好像他们全知道，您很快就要来啦。”接着，她又说：

“你打算带我去哪儿呢？你愿意留在山上吗？不，这儿对你不合适。自从我去过佛罗伦萨，我就知道了这山里的生活有多么可悲。我们可以把房子和羊群卖掉，这样我便有钱了。对这儿人的粗野我也腻烦啦。到了佛罗伦萨，你得教会我一个城里女子必须会的一切，我理解任何东西都快得惊人哩。自然，我以往时间不多，再说所有的梦都告诉我，你日后与我团聚的地方仍是在这山上。我还去请问过一位女巫，她说的一切也全应验啦。”

“假使我现在已有了妻子呢？”

姑娘瞪大眼睛望着他。“你这是在试探我，菲利普！你没有妻子。这点女巫也告诉我了。可你住在哪儿，她却不知道。”

“你说得对，费妮婕，我是没有妻子，不过那女巫，她，或者说你自己，又从哪儿知道我什么时候想娶妻子呢？”

“你能说你不想娶我吗？”姑娘带着不可动摇的自信，反问道。

“坐到我旁边来吧，费妮婕！我有许多话对你说啊。把手伸给我，答应我吧，你愿意耐心地听我把话讲完，我可怜的朋友！”她却全然不听他的。他只好仍然站在她跟前，心怦怦跳着，眼睛悲哀地望着她；她的眼睛呢，却一忽儿闭起来，一忽儿瞅着地上，像在臆测着与她生命攸关的什么事情。

“许多年以前，我已被迫逃出了佛罗伦萨，”他开始讲道，“你了解，那里长期以来政局便动荡不定。我是一个律师，结识了许许多多的人，一年到头都要写或收大堆的信件。再说我这个人独立不羁，在必要时总直言不讳，因此招来了当局的仇视，尽管我从来不曾参与什么人的密谋。最后，我不得不出走，否则就会无端受到没完没了的传讯，以至于被投进监狱。我逃到了波洛尼亚，过起深居简出的生活来，除完成诉讼业务外，便很少和人交往，特别是和妇女。要知道，我已不复是七年前被你伤了心的那个轻浮少年啦；在我身上，再没留下他的任何痕迹，只除去一点，也就是这个脑袋，或者如你愿意说的这颗心，它只要一碰上什么克服不了的障碍，仍然是很容易炸开的啊。诚然，今天对我来说，所谓障碍已不是一位漂亮姑娘的卧室门闩，而是一些别的东西。你也许听到了，最近在波洛尼亚也骚动起来啦。当局逮捕了不少头面人物，其中也有我一个朋友。可他的行径我是久已了解的，知道他根本没有心思去管那种事情。他认为，那么搞不可能使一个坏政府变得好一些；正如你们的羊圈中暴发了瘟疫，关一头狼进去又会有什么结果呢？简单讲，我的朋友请我当他的辩护律师，帮助他获得自由。这事刚传出去，有一天我在街上碰见一个人，他对我百般辱骂。我怎么也摆脱不了这个坏蛋，只好当胸给他一掌推倒了他。这家伙喝醉了酒，犯不着与他多扯啊。我挤出人群，进了一家咖啡馆。我前脚刚进，后脚便追来他的一个亲戚。这人酒倒没喝醉，然而却气急败坏，责问我干吗不像个体面人做事，人家动口我却动起手来。我尽可能心平气和地回他的话，因为我已看出，一切全出自政府的安排，为的就是除去我这个眼中钉。一句话，我的敌人终于得计了。那人佯称自己必须去托斯卡纳，硬逼我到那边与他决斗。我同意了，因为作为一个有深谋远虑的人，我当时正需要向那班脑袋发热的朋友证明，我们对他们的行动持保留态度，不是由于缺少勇气，而纯粹是在一个居于巨大优势地位的政权面前，对所有密谋活动一点不抱成功希望的缘故。可是当我前天去申请护照时，人家却拒绝发给我，甚至也不屑说明理由是什么，只讲是最高当局的命令。我明白过来，他们这是想逼我要么接受逃避决斗的羞辱，要么乔装偷越国境，然后又在半道上设下埋伏稳稳当当将我拿获。这样，他们就有了借口审判我，并按照他们的意愿，把案子长期拖下去。”

“这伙无耻的东西！这班亵渎神明的家伙！”姑娘打断他，手握成了拳头。

“所以，没奈何，我便在波雷塔找上了走私客。据他们讲，我们明儿一早便可到皮斯托亚。决斗定在下午，地点是城外的一个花园。”

姑娘突然用双手抓住他的手。“别下山去，菲利普，”她说，“他们想杀死你啊。”

“肯定，他们想的正是这个，姑娘。可你又从哪儿知道的呢？”

“我从这儿看出来的——还有这儿！”她用指头点了点他的前额和心口。

“怎么，你也是个女巫，是个 Stiaga[①] 吗？”他微笑着继续说，“不错，姑娘，他们想杀死我。我的对手是托斯卡纳的神枪手。他们拿这么个好样儿的来对付我，算是瞧得起我哩。所以，我也不想自己往自己脸上抹黑。不过，又有谁知这一切会不会实实在在进行呢？谁知道！要不你有什么魔术，能够预卜真假吧？没办法啊，姑娘！事已至此，毫无挽回的希望了！”

“你必须打消你脑子里的那个念头，”他沉默了半晌，又说，“克

① 意大利语，意为“女巫”。

制住你那愚蠢的旧日的爱情吧。也许之所以发生眼前这一切，就是好让我在离开人世之前来使你获得解脱，使你不再受自己的束缚，受你那不幸的忠诚的束缚，可怜的姑娘。再说，你也看见了，我俩现在也许是很不配了啊。你所倾心的，是另一个菲利普，一个年少轻佻、想入非非、除去爱情的忧愁便别无忧愁的菲利普。对于眼前这思想怪僻、隐逸遁世的人，你又能指望什么呢？”

他来回踱着，一半是自言自语地，说完了最后这几句话。然后，他才来到她面前，想拉她的手，谁料却让姑娘的模样给吓呆了。她脸上的温柔表情消失净尽，鲜红的嘴唇也苍白失色。“你不爱我！”姑娘缓慢地、低沉地说，仿佛说话者是另一个人似的，因此屏息听着，似乎想弄清楚这话的真正含义。随后，她大叫一声，推开他的手，把桌子上的灯都差点儿碰倒了；而与此同时，从外面又突然传来那狗的咆哮声和挣扎声。“你不爱我，不，不，不！”她又一次激动地喊道，“莫非你宁肯去送死，也不肯投入我的怀抱么？莫非你七年后再来这里，就是为了向我告别么？你怎么能谈到自己的死时若无其事，好像它不意味着也是我的死似的？要真如此，我这双眼睛还不如瞎了好，免得再看见你。我这双耳朵还不如聋了好，免得再听到你的残忍的声音，听到它，我活着跟死了没有两样呵。早知你是来撕碎我的心的，干吗不让那狗先把你撕碎呢？干吗你没有一失足，摔下深谷去呢？痛心啊，真叫人痛心！圣母哟，看一看我多悲惨吧！”

她扑倒在圣像前，额头贴在地上，手伸向前方，像是在祷告。菲利普听着狗的吠叫声，夹杂着不幸的姑娘喃喃祈祷和叹息的声音。

这当儿，月亮已经大放光明，把屋里照得透亮了。他正准备打起精神再解释一下，却突然感到自己的脖子让姑娘的胳膊给搂住了，她的嘴唇凑到了他面前，滚滚热泪流到了他脸上。“别去送死吧，菲利普！”可怜的人儿哽咽着说。“你要是留在我身边，谁还能找到你呢？让他们爱讲什么就讲什么好了，这些杀人凶手，这些阴险毒辣的恶棍，他们比亚平宁山上的恶狼更凶残呵。是的，”她泪眼迷离地望着他说，“你待在这儿吧，圣母把你送到了我身边，让我好救你。菲利普，我不知道我说了些什么气话，但我从这颗使我闭不住嘴的痉挛的心感觉到，我这些话是带气的。原谅我吧。我想说，谁只要以为爱情可以忘却，忠诚可以践踏，那谁就该下地狱。你是想要一栋新房子么？那咱们建好啦。不喜欢其他人？那就全打发走，包括尼娜，还有那条狗。你要是还怕他们将来会出卖你，那咱俩自个儿离开这里得啦，今天就走，马上就走。我认识所有的路，在太阳出来之前，我俩便已进入谷底，向着北方继续走啊，走啊，一直走到热那亚，一直走到威尼斯，你想去哪儿就去哪儿。”

“够啦！”他严厉地说，“别再说傻话。你不能成为我的妻子，费妮婕。就算他们明天还没有结果我的话，那我也活不了多久的，因为我明白，我挡了他们的道。”说着，他温柔地，然而坚决地，从她的臂弯中抽出了脖子。

“你瞧，姑娘，”他接下去说，“就这样已经够不幸啰。我们绝无必要再以失去理智的行动，使自己变得更不幸。也许，在将来听见我的死讯时，你已有了丈夫和一群美丽的孩子。望着他们，你将暗自庆幸我这死鬼今天晚上比你理智，尽管在初次见面那天晚上他不如你。好啦，让我睡觉去吧，你也该去休息了，请你安排好别让咱俩明天再见面。我在路上从走私客口中听出你的名声很好。要是明天咱俩再来个拥抱什么的，那你就要招人白眼了，对吧，姑娘？喽——晚安，费妮婕，晚安！”

他边说边亲切地向她伸过手去，可姑娘却碰也不碰。月光下，她脸色煞白，眉毛和低垂的眼睫毛显得更加阴郁。“为了七年前那个晚上我太理智了些，”她悄声地说，“难道我苦头还没吃够么？眼下倒好，眼下他又想让这个万恶的理智来使我不幸，而且是永远地不幸。不，不，不！我绝不放他走——要是让他走了，去送了死，我还有什么脸见人！”

“你听见我的话了吗，姑娘？”他不耐烦地打断她，“我说，我想去睡了，想独自待着！你干吗再胡言乱语，使自己病上加病呢。你难道感觉不出来，我的荣誉迫使我离开你，使你永远不可能做我的妻子。我可不是你怀里的布娃娃，可以任你摆布玩弄啊。我已选定了自己的道路，而这条路两个人走太窄啦。告诉我，我在哪块羊皮上过夜，然后——让咱俩互相忘记吧！”

“不，就算你撵我，打我，我也不离开你！就算死神挡在我们中间，我也要伸出有力的胳膊把你抱过来。死也好，活也好，菲利普，你都属于我！”

“住口！”菲利普大喝一声，额头遽然变得通红，双手猛地推开了姑娘健壮的身体，“住口！今儿个咱们到此为止了，永远也到此为止了。瞧你说的，好像我是件东西，谁喜欢，谁见了，都可以据为己有么？可我是个人，谁想占有我，就必须由我自己心甘情愿给他才成。你为我吃了七年苦——难道第八年你就有权让我自己鄙视自己吗！如果你是想讨我欢心的话，那么你选的手段就太糟了。七年前我爱你，因为你还不是今天这个样子。要是你当初也一头扑到我怀里来，硬逼着我把心交给你，那我也会跟今天一样，以硬对硬，不买你的账哩。如今咱俩一切算完了。我这才知道，我当时对你产生了同情，但还不是爱。我最后再问一次，我的卧室在哪里?”

他疾言厉色、斩钉截铁地讲完这一段话，随后便不吱声了。看得出来，他对自己不得不用这样的调子说话也感到痛苦。尽管如此，他却什么也没再说。他倒是暗暗感到惊讶，姑娘听了他的话并未如他担心的那样激动。他原以为，她会一下子悲痛欲绝，然后他便可以去好言抚慰她。谁料姑娘却漠然地走过他身边，打开一扇远离火炉的厚实的木板门，指了指门上的铁插销，又退回到火炉边去了。

菲利普走进门去，随即插上铁销。不过，他仍在门背后站了很久，偷听着姑娘在外屋的举动。结果毫无动静，整个院子里，只能听见狗的骚动声，厩舍中马的蹴地声，以及野外刮散了残雾的风的呼啸声。此刻，皓月当空，菲利普从当作窗户的墙洞中拔掉一大丛干草，整个房间便明亮起来了。他这才看出，他显然是在费妮婕的闺房中。靠墙摆着一张窄窄的整洁的床铺，旁边有一个没上锁的柜子，一张小几，一只矮凳；四壁贴满了圣者像和圣母像；在房门一侧，挂着耶稣受难十字架，下面摆着个圣水钵。

这当儿，菲利普坐在硬邦邦的床铺上，心潮起伏。他好几次抬起脚来想往外走，想去告诉费妮婕，他之所以伤她的心，是为了要治好她的病。可每次他都用脚跺跺地，不满意自己这种软绵绵的感情。“别无他法啊，”他自言自语说，“只有这样，才能避免作更多的孽，受更多的诅咒。七年啊，可怜的姑娘！”在小几上，放着一把嵌有许多小金饰的大角梳，他机械地拿了起来，于是，他眼前又出现了姑娘浓密的发辫，以及发辫覆盖下的骄傲的脖子、饱满的额头、黝黑的脸庞。临了，他只得把这件诱惑物丢进柜子里，那里边整整齐齐地放着洁净的衣裙、头巾，以及各式各样的小首饰。他慢慢关上柜门，走到墙洞前，往外探望。

这间卧室在住宅的背面，特雷庇村的其他房屋挡不住他的视线，他可以纵览整个沟壑纵横的高原。对面，在峡谷背后，月光中耸立着一座光秃秃的巨岩，看来眼下月亮正悬在屋顶上方。在侧边，他看见有几间仓房，一条小路就从它们旁边通下深谷。在岩石地上，长着一棵枝丫光秃的孤孤单单的小松树，除此而外，地上就只有野草，以及这儿那儿的一两丛荆棘。“在这样一个地方，”他暗忖道，“自然是很难忘怀自己之所爱呐。我真想改变主意哩！是的，是的，归根到底，她才是适合于我的女人；她爱我，胜过了爱梳妆打扮、游乐玩耍，以及花花公子们的窃窃私语。要是我带着这么漂亮一个妻子回家去，我的老马可将如何吃惊啊！我连住宅也无须重新布置，那些空荡荡的房间，本来是够凄凉冷清的。对我这个郁郁寡欢的人来说，偶尔能听见一个女人的笑声也不错——可愚蠢啊，菲利普，愚蠢！你干吗要让这个可怜的女孩子去波洛尼亚当寡妇呢？不能，不能，绝对不能！千万别旧罪未赎，又犯新罪啊！我决心提前一个钟头唤醒我的向导，趁特雷庇还没一个人醒来时便悄悄上路。”

这当儿，他正想从窗前离开，到床上去舒展舒展长途骑马疲乏了的四肢，突然，却发现从房屋的阴影中走出来一个女人，到了月亮地里。她没有回头，可菲利普毫不迟疑地断定她就是费妮婕。只见她稳稳地跨着大步，离开住宅，沿着通向深谷的小路走去。霎时间，他身上起了一阵鸡皮疙瘩，脑子里同时一闪：她莫不是去自寻短见吧。他下意识地冲到门边，用力地拔那插销。但生了锈的旧铁销却死死卡住了，他使出了全身力气仍旧枉然。一股冷汗沁出他的额头，他大声喊叫，用拳头捶门，用脚踢门，门还是纹丝不动。最后，他绝望了，重又奔到墙洞跟前。他发狂似的推墙，眼看墙上一块石头已经动了，可突然，他发现姑娘的身影又出现在小路上，向着房子走来。她手里攥着一样东西，在月光下分辨不出究竟是什么。只是他仍然看清了她的脸，神色严肃，若有所思，但并不激动。她对他的窗户一瞅也不瞅，马上又消失在黑影里。

在受了惊恐和劳累之后，他尚站在原地喘着长气。蓦然间，他又听见一阵巨大的声响，显然是那只老狗发出来的，但既非狂吠，又非呜咽。这个谜使他的心情越发抑郁，越发不安。他把头探出墙洞，但除去万籁俱寂的高原之夜，什么也看不见。突然，那狗发出一声短促尖厉的吠叫，紧接着又是一声惊心动魄的哀号，然后他再怎么竖起耳朵听，都听不见任何声音了。接下去的一整夜，就只有外屋的房门还碰响过一次，传来过费妮婕走在石头地上的脚步声。他久久地站在插着销的房门后面，先是悄悄偷听，然后便发出询问和请求，恳求姑娘哪怕只讲一句话也好——结果毫无回音。临了儿，他只得倒到床上，像高烧病人似的睁着两眼胡思乱想，直到午夜后一小时，月亮开始沉落，疲倦才战胜了他的万千思绪，他睡着了。

一觉醒来，他四周仍朦朦胧胧的。他定了定神，从床上爬起来，感觉出已经不像日出前的晦暝时分了。从侧面墙缝中透进来一线微弱阳光，照在他身上，他立刻发现，那个他临睡着之前还敞着的墙洞，又让乱草堵得严严实实了。他将草捅出去，一束强烈的日光立刻射得他睁不开眼睛。菲利普勃然大怒，既怪走私客没来叫他，也怪自己睡得太死，但最怪的却是姑娘，他断定是她设下了这个狡猾的圈套。他马上奔到门边，这回插销一拔便开了，他走进了隔壁房间。

只见费妮婕一个人悠悠闲闲地坐在火炉旁，像是已经等他很久了。昨晚的风暴已从她脸上消失，在他阴郁的目光盯视下，她甚至未露半点哀愁和强自克制的神情。

“是你想法让我睡过了头，是吗?”他冲着她嚷道。

“是的，”她无动于衷地回答，“您困了嘛。反正您赶到皮斯托亚还够早的，要是您下午才跟那帮杀人犯碰头的话。”

“我没请你来管我困不困的事。你干吗还缠着我？这帮不了你的忙，姑娘。我的向导在哪儿?”

“走啦。”

“走啦？你想哄我吧。他们在哪儿？傻瓜，是你打发他们走的吧？我还没有付他们钱哩！”说着菲利普冲到门口，准备出去。

“钱我付了。我告诉他们，您需要睡眠，等您醒来后，我亲自送您下山去。正好店里的酒没了，我也要到离皮斯托亚一小时路程的地方去进货。”费妮婕一动不动地坐着，仍以漫不经心的调子说。

菲利普气得好一阵连话都讲不出来。

“不，”他终于迸出了一句，“不要你送，一辈子也不要你送！狡猾的毒蛇！可笑，你还老以为使几个诡计就能缠住我。今儿个咱们一刀两断，比先前任何时候都更彻底地一刀两断！我鄙视你，你竟把我当成了个愚蠢的窝囊废，以为耍几个小花招就能征服我。我才不要你领路哩！把你的伙计派一个给我，拿去——还你代我付给走私客的钱。”

他把钱包扔给她，推开房门，打算出去自己找人当向导。

“别费劲啦，”姑娘说，“你谁也找不着的，伙计们全进山里去了。此外在特雷庇再没任何人能给您带路。留下的都是些可怜而衰弱的老头儿、老太和小孩子，本身还要人照顾呐。你要不相信我的话——就自己瞧去呗！”

“再说嘛，”她看见他气恼交加，进退两难地站在门槛上，背朝着她，便往下讲，“您干吗觉得我不能为您带路？莫非这有什么危险不成？夜里我做了好些梦，我从梦里知道，您不适合做我的丈夫。不错，我对您仍然颇有好感，因此只要能陪您聊几小时，心里也很高兴。难道我这样就能暗算您么？您已经自由，可以永远离开我，想去哪儿就去哪儿，去死也好活也好。我这么安排，只不过想再送您一程罢了。我向您发誓，要是这能使您放心的话。我只送您走一段路，绝对不送到皮斯托亚，只送到您上大路为止。因为您要独个儿走去，很快便会迷路，到时候就进不能进，退不能退啦。您上次进山来旅行遭遇的危险，该还没有忘记吧。”

“见鬼！”菲利普嘟囔一声，然后咬住了嘴唇。这时候他发现，太阳已经升高了，便仔仔细细考虑，到底有什么可顾虑的。只不过，他不愿向自己承认那最为可虑的事情。他向姑娘转过脸去，望着她那对目光安详的大眼睛，相信从中找到了证明，她的话没有任何虚假。在他看来，姑娘与昨天相比判若两人。对此他感到惊讶，惊讶之中甚至还渗进了某种不满，因为他不得不对自己讲，她昨天的感情冲动和难过一夜之间便消失得无影无踪了。他盯着她一瞧再瞧，却再也找不出任何可疑之处。

“既然你已变得如此理智，”他干巴巴地说，“那好吧，走！”她站起身，丝毫未表示出特别的高兴，说道：“我们先吃点东西，路上几个钟头什么也吃不上了。”说着便给他端来一碗吃的和一壶酒，随后便自个儿站在火炉旁吃起来，只是酒却一滴未沾。他呢，为早了结这事，在吃了几调羹之后，便端起酒来一饮而尽，接着又在火炉里的木炭上点燃了一支雪茄。在这整个过程中，他一眼未瞅姑娘，只在这时离得近了，才偶然发现她脸颊上泛起了一片奇怪的红晕，眼睛里也闪着类似胜利的光芒。她疾步奔到桌边，提起酒壶来猛地一下在石头地上摔个粉碎。“在您的嘴唇碰过它以后，谁也不许再喝它了！”她说。

菲利普十分愕然，一片疑云在脑子里陡然生起：莫非她给我下了毒吗？但他马上又安慰自己，这不过是她爱心未泯，又在祈神请鬼罢了，因此二话没说，便抢在姑娘前头走出房去。

“马他们也牵回波雷塔去了，”到了院中，她发现他东张西望，便对他讲，“再说，您骑着马下山也很危险的。路比昨天更陡啊。”

说话间，她便走在他的前面，不一会儿，便把村里的石头房屋抛在后面。这些房屋蹲在火辣辣的阳光下，死气沉沉的，连烟囱里也不见冒出一点炊烟。到了这会儿，菲利普才看出在一面明净的天幕下，这个荒无人烟的高原有多么雄伟庄严。道路在宽宽的山梁上蜿蜒向北，在坚硬的岩石上只留下一条隐约可辨的暗线。在左边的远方地平线上，在对面平行的山脉偶尔低下去的地方，便露出闪亮的大海的一角来。远远近近都看不见树木，仅有的是一些坚硬的荆棘和杂草。这当儿，他们离开山梁，走向谷底；要登上对面的山峰，必须先穿越这道山谷。走着走着，他们便看见了针叶林和奔向谷底的泉水，听见了从深涧中传来的哗哗水声。费妮婕仍然步子沉稳地在前面开路，脚下选择着最牢实的石块，既不回头，也不吱声。菲利普呢，除去一双眼紧盯着她以外，就什么也顾不上，因此暗暗佩服她脚力的矫健。姑娘的面孔让一条宽大的白头巾挡着，他一点看不见；可在两人偶尔能并排走着的时候，他却不得不强迫自己平视前方，才没有去瞅她。对他来说，她眼下的模样太迷人了。如今到了大白天，他才察觉出姑娘的脸庞仍然带着一股特殊的稚气，但要让他讲这稚气的特征是什么，又讲不出来。他只仿佛觉得，这脸庞还保持着七年前的某种特征，虽然整个来说她已发育成熟了。

终于，他忍不住先开了口；她呢，也无拘无束给予明白的回答。只不过，她那山区女子惯有的响亮浑厚的嗓音，今天听起来却干巴巴的，就连讲到最无所谓的事情，也十分凄切。他们眼下走的这些山路，近些年常有政治逃亡者走过，而且其中的多数人都曾在特雷庇歇脚。菲利普描述了自己一些熟人的特点，问费妮婕可曾见过这个或者那个。她很少想得起他们，虽然她记得，走私客的确带过许多陌生人来她店里过夜。只有其中一个，她是记得不能再清楚了。

在提起这人时，姑娘脸色立刻绯红，停住脚不走了。“他是个坏蛋!”她沉下脸说，“我不得不在半夜叫醒伙计们，把这家伙撵出店去。”

这么聊着，律师没有发现太阳尽管已升得老高，他们眼前仍未出现托斯卡纳的景物。他甚至压根儿没想到，今天这一天也会有个完结的。他们在杂树丛生的幽径上走着，脚下五十步处便是一条飞瀑，水花不时地溅起来扑在他们脸上。他们看见蜥蜴爬过岩头，一群群蝴蝶儿在迷离的阳光中翩翩飞舞——这一切何等地令人心旷神怡啊，他哪儿还会发现，他们仍一个劲儿逆着溪流的方向在走，压根儿还不曾向西转弯哩。他这位女向导的嗓音，有着一股使他忘怀一切的魔力。而昨天，他在与那两个走私客同行时，脑子里却只顾想着心事。这当口，他们出得峡谷，面前又展现一派峻岭重叠、沟壑纵横的蛮荒景象，他才一下子恍然大悟，停住脚，抬起头去仰望着天空。他看清楚了，他们走的是相反的方向；而今，他离要去的目的地，更远了大约两小时路程啦。

“等一等!”他喝道，“我总算及时发现，你仍旧在骗我啊。这是去皮斯托亚的路吗，你这狡诈的女人?”

“不是。”她毫无惧色地回答，眼睛盯着地上。

“好哇，你这该死的女人，你这么诡计多端，连魔鬼也得当你徒弟哩。恨只恨我自己瞎了眼睛!”

“一个恋爱着的人，可比魔鬼和天使更有力量，能够做到一切啊。”姑娘用低低的、悲戚的调子说。

“不!”菲利普大吼一声，怒不可遏，“别高兴得太早，你这个妄自尊大的女人！要知道一个男子汉的意志，绝不会在某个疯婆子自称为爱情的这个东西面前屈服的。快领我回去，马上走，告诉我最近的路——否则，我用这双手掐死你——你这个傻瓜，你竟看不出来，要是你使我变成了一个世人所不齿的人，我一定会恨你。”

他攥紧拳头，冲到她跟前，可接下去该怎么办却不知道了。“只管来掐死我呀！来呀！”姑娘声音颤抖地大声说，“菲利普，你要是这么干了，你可就会扑在我尸体上，眼睛里哭出血来，却再也无法使我复活了。你的卧席将在我的身边，你将不停地与那些飞来啄我尸体的兀鹰搏斗；白天，烈日将你炙烤，夜里，露水将你湿透，直到你和我一样地死去——要知道，如今你再也离不开我啦。你以为，我这个山里长大的可怜的傻丫头，我能够把七年的光阴像一天似的随随便便抛弃吗？我清楚，我为这七年付出了多大的代价，它们有多宝贵；如果我用它们来买下你的话，那我出的价钱也够公平啦。让你去送死？简直笑话！你离开我试试。你将会发现，我一定能把你弄回来，永远留在我身边。因为在你今天早上喝的酒里，已经加进了爱药，它的魔力啊，世界上还没有任何人抵抗得了哩！”

她在大声说出这几句话时，样子威严得就像个女王。她朝他伸出一条胳膊，恰似向自己的臣下展示她的王笏。可他呢，却倨傲地哈哈大笑，喝道：“你的爱药不灵啰，我这会儿比任何时候都更恨你了。可我犯不着恨你这个傻瓜，不然我自己也成傻瓜啦。但愿见不着我你的疯狂病就会好起来，你的相思病也会好起来。我不需要你这个向导了。我看见对面山岗上有一间牧人小屋，周围有一群羊。篝火正在闪亮。那儿的人会告诉我该怎么走。再见了，可怜的毒蛇，再见！”

菲利普走了。姑娘一句话不回答，反倒安安静静地坐在峡谷边一尊巨岩的阴影中，低垂着她那双大眼睛，凝视着生根在谷底溪涧旁的枞树的浓荫。

菲利普离开她没走一会儿，便陷入了没有路径的乱石和荆棘丛中。他怎么否认也好，那奇怪少女的话却在他心中引起了不安，使他无论如何也不能把心思集中到赶路上来。这当儿，他发现牧人的篝火仍在对面山坡的草地上，便振作起精神往前赶，想首先下了深谷再说。根据太阳的位置，他估计大约十点来钟。在他爬下峭壁以后，发现有一条浓荫蔽日的小路，接下去是一道从另一条溪涧上跨过的小桥；过桥后再往上攀，看来最终就可到达那片草地了。他循着小路疾走，一开始路陡直向上，可走着走着，却绕着山腰转起圈来。他看出，走这条路一时半会到不了目的地啦。可是在笔直往上的方向，却是一些无法逾越的峭崖。他可不想走回头路，便只好听天由命地朝前赶去。一开始步子还很轻快，就像一个才挣脱了罗网的人似的。他不时地瞅瞅那牧人小屋，发现它似乎在不断后退。渐渐地，他的血液流得缓慢了，脑海里又浮现出自己方才经历过的一点一滴的细节。他清楚地看见那个美丽的少女坐在自己面前，不像刚才在盛怒之下模模糊糊地看不真切。他不禁对她产生了深深的同情。“她这会儿还坐在那儿吧，”他自言自语道，“可怜的疯女子，竟真相信她那些魔法哩。怪不得她昨天夜里趁着月光离开房子，鬼知道去采了些什么药草回来。可不是嘛，我那两位勇敢的向导就曾指着山岩间一些奇异的白花对我讲，那是一种很灵验的爱情花。无辜的花朵啊，瞧人们把你说得多可怕！怪不得那酒喝在舌尖上这么苦。人年纪越大，他所表现出来的天真幼稚反倒越可贵，越感人。她站在我面前是那样的自信，就连古罗马那个将自己的著作投进火中的女先知[1]也很难相比吧。可怜的妇人之心，你的痴心妄想使自己变得多么美丽，又多么可悲啊！”

他越走下去，就越被她的柔情所感动，越为她的魅力所吸引。他离开了她，一切反倒更清晰起来。“我不能责怪她哟，她原本一片好心，想要救我的命，并免去我自身无法摆脱的责任。我本该握着她的手，对她讲：我爱你，费妮婕，要是我能活下来，我就再来接你回家去。我真蠢，竟没有想到这么办！可耻，亏你还是个律师！我本该像个未婚夫那样与她吻别才是，这样她就不会怪我骗她。可我不但没有这样做，反而凭着性子硬来，结果弄得一团糟。”

接下去，他便进一步想象自己跟个未婚夫似的向姑娘告别的情景，恍惚觉得真的感到了她的呼吸，以及她的嘴唇与他相触的滋味似的。他这时仿佛听见她在叫他名字。“费妮婕！”他也满怀激情地回答，心突突狂跳，脚也站住不动了。在他脚下，溪水在淙淙流淌；四野里林莽阴森，枞树的树枝静静地低垂着。

那个名字又已经到了他唇边，他突然感到羞耻，便及时闭住了嘴。他既害臊又害怕，伸出手来拍了拍自己的额头。“怎么，难道我已迷到睁着眼睛也梦见她的程度了吗？”他大声问自己，“难道她

① 指古罗马库安城的女预言家。相传她拿自己的著作到暴君塔克文尼（公元前六世纪）处求售遭拒绝，便愤而投进火堆，后者见此情形同意买了剩下的最后三本。她的著作《古罗马神言集》为罗马官方的卜书。

的话真对，世界上的确没人能抗拒这爱情的魔法吗？要真如此，我也就不是什么好样的，活该受她摆布，只配一辈子被人叫作女人的奴隶。不，见你的鬼去吧，你这个漂亮的自欺欺人的女巫！”

此刻，他的头脑又清醒过来，但与此同时，却发现自己是完全迷了路在乱走。想退已不成了，除非睁着眼去冒险。于是，他决定不惜任何代价也要立刻爬到一个山坡上去，以便寻找那所眼下已看不见了的牧人小屋。他脚下很远的地方是琤琤淙淙的流泉，他沿着陡峭的溪岸走着。这当儿，他把斗篷缠在脖子上，选了溪涧两边的峭壁靠得很近的一个安全点，一个箭步跳到了对岸。在那边，他鼓起更大的勇气往上攀，不多时便见到了阳光。

烈日暴晒着他的头，他口干舌燥，但却拼命地爬呀，爬呀。这当口，他突然害怕起来，怕自己即使竭尽全力，也赶不到目的地了。他感觉热血一阵阵往脑袋上涌，他大骂早上喝的那鬼酒，同时不禁又想起昨天路上看见的白色花朵来。瞧，眼前不也长着它们吗——他身上起了一阵寒栗。“要是真有其事，”他想，“真有一种力量，能迷惑我们的心和我们的感官，使一个男人的意志屈从于一个少女的任性——那我宁肯走上绝路，也不甘受此侮辱，宁肯死，也不做奴隶！没的事，没的事！无稽之谈只能制服相信它的人。拿出男子汉的气概来，菲利普！前进，你面前就是草地了。再过一会儿，这该死的山和它的魔法，都会永远给你抛在脑后啦！”

话虽如此，他的血液仍冷静不下来。每一块岩石，每一片滑溜的青苔，每一根固执地横在他面前的树枝，都妨碍着他，他都必须下巨大的决心，才能克服它们。好不容易，他到了山顶，抓住最后几丛荆棘，跃身上去。可一开始，他眼前却什么也看不清，血液冲进了他的眼眶，阳光忽然从四周的黄色岩石上反射过来，耀眼的光线使他头晕目眩。他愤愤地摸了摸前额，摘下头上的帽子，用手把蓬乱的头发理了理。蓦地，他可真听见有谁在唤他的名字，不觉大吃一惊，愕然地向发出喊声的方向望去。在他面前几步远的一块石头上，还跟他刚才离开时一个样子，坐着费妮婕，她在那儿望着他，目光中流露出宁静和幸福的神气。

“你到底来了，菲利普！”她亲切地说，“我原以为你早就到了哩。”

“妖精！”他内心百感交集，又惊又怕，便失声骂了出来，“在我无路可走，痛苦不堪，差点让烈日烤焦了的时候，你还来奚落我么？我不得不再见到你，再诅咒你一次，你因此就扬扬得意么？岂知，尽管我又见到了你，全能的上帝做证，我却并非有意找你，而你仍旧得不到我。”

费妮婕异样地微笑着，摇了摇头。“可你是不知不觉就被吸引到我这儿来了，”她说，“即使我俩之间隔着世界上所有的高山，你也会找到我的；要知道在你喝的酒里，我和进了七滴从狗心里取出的鲜血了啊。可怜的富科！它爱我，恨你。这一来，你就会恨过去的菲利普，恨那个讨厌我的你；只有爱我，你心中才会得到安宁。你瞧，菲利普，我不是终于征服了你吗？好啦，这下让我来指给你去热那亚的路，我的情人，我的丈夫，我亲爱的！”

说着她便站起来，张开双臂去拥抱他，可一看他的脸色，却吓得愣住了。他跟遭雷击了似的面如死灰，只有一双眼睛通红，嘴唇无声地嗫嚅着，头上的帽子掉到了地上，双手狂舞着不许她靠近。

“狗！狗！”这是他吃力地吐出的头两个字，“不！不！不！决不让你得逞——恶魔！宁肯做一个男子汉死，也不当一条狗活！”说到此，从他嘴里迸发出一连串可怕的狂笑，同时两眼死死盯住姑娘，慢慢地，吃力地，一步一步地，踉踉跄跄地向后退去，最后仰面一倒，摔下他刚才爬上来的深谷中去了。

目睹着他高大的身躯在悬崖边上消失了，姑娘只觉眼前一黑，手抓住自己的心口，嘴里迸出一声山鹰般的尖叫，引起了整个山谷的回响。她几步蹿到崖头，站定下来，双手仍按着心口。“圣母啊！”她脱口唤了一声。然后迅速靠近崖边，攀着枞树间的岩壁向下溜去，眼睛一直瞅着谷底。她气喘吁吁，嘴里嘀嘀咕咕地不知所云，一只手紧按着胸口，另一只手抓住石缝和树枝。她这样溜到了枞树的根部，菲利普便躺在那里。只见他两眼紧闭，额头和发间鲜血淋漓。他仰面横靠在一根树干上，衣服撕碎了，右腿看样子也受了伤。他是否还活着呢，她说不准，她把他抱起来，感觉他还在动。他紧紧缠在肩上的斗篷，可能减轻了他摔到树干上时的力量。“赞美耶稣！”姑娘松了口气。此刻，她恰似生出了巨人般的力量，怀中抱着那个动弹不得的男子，重新开始往上爬。她爬了很久很久，有几次不得不把他放在青苔和岩石中间歇口气，他仍然不省人事。

终于，她带着她这沉重的负担登上了崖顶，自己却立刻膝头一软，倒在地上失去了知觉。半晌，她苏醒转来，爬起身便朝着牧人小屋的方向走去。离得相当近了，她才打了一个响亮的吆喝，声音一直传到了峡谷对面。首先响起的是回声，接着便传来了一个男人的声音。她再吆喝了一次，不等回答就转身往回走，来到了气息奄奄的菲利普身旁。随后，她喘着粗气，抱起他来，放到自己刚才坐着等他的那面岩壁的阴影下。

仍在那里，菲利普稍稍恢复了知觉，睁开了眼睛。他看见自己身边蹲着两个牧人，一个老头儿，一个十七岁光景的小伙子。他们在他脸上洒水，擦他的太阳穴。他的脑袋枕得软绵绵的。他不知道，他正睡在姑娘怀里。

他似乎压根儿把她给忘了。他深深吸了一口气，竟感觉全身筋骨都震松了似的，便重新闭上了眼睛。临了儿，他上气不接下气地恳求说:“你们两位……好人，请你们去一个到山下的……皮斯托亚，快去。有人等着我。上帝……会保佑你的，如果你能对幸福女神酒店的掌柜……讲一讲……我眼下的情形。我名叫……”说到此，菲利普又没有了声音和知觉。

“我去，”姑娘道，“你们马上抬这位先生去特雷庇，放他到尼娜指定的床上。告诉她去叫齐亚鲁加老婆子，让齐亚鲁加治治这位先生的伤，给他包扎一下。现在把他抬起来，你抬肩，托马索；你，比波，抬脚。好，起来！轻一点，轻一点！慢着——你们把这个浸到水里，搭在他额头上，每遇着一处泉水都再浸一次。懂了吗?”

她从自己的亚麻头巾上扯下一大块来，在水中浸了浸，缠到了菲利普鲜血淋漓的头上。随后两个牧人便抬着他，向特雷庇走去。姑娘目光暗淡地目送着他们，等他们走远了，才急急忙忙紧了紧裙子，沿着崎岖的小路奔下山去。

将近下午三点，费妮婕赶到了皮斯托亚。幸福女神酒店在城门外几百步的地方。眼下正是人们午睡的时候，店里显得冷冷清清的。店前的凉棚下边，停着几辆松了挽具的马车，车夫一个个都坐在弹簧垫子上打盹儿。对面的一家大铁匠铺里也歇了工。大路两旁的树上蒙着一层厚厚的尘土，树叶间不见有一丝儿风。费妮婕走上井台，自己动手把辘轳放下井去，汲出水来，冲了冲自己的手和脸。接着，又慢慢地喝水，喝了很久，解除了饥渴，末了才走进店去。

掌柜睡眼惺忪地从柜台里的条凳上站起来，一看搅扰他午休的原来是个山野姑娘，又一屁股坐了下去。

“干吗?”他冲她问，“你要吃饭喝酒，自个儿下厨房去。”

“您是老板吧?”姑娘不慌不忙地问。

“不是我还是谁?我想没有人不认识我幸福女神的巴尔达萨勒·迪兹的。你找我干啥，小美人儿?”

“我给您捎来了菲利普·曼尼尼律师的口信。”

“噢，噢，真的吗?既这样，那又是另一回事啰。”他赶紧站起来，“这么说，他不能亲自来了，对吗，孩子?可里边有些先生正等着他哩。”

“请领我去见他们吧。”

“哎，哎，还保密呐!难道不能让我听听，他对那些先生要讲什么吗?”

“不行。”

“哦，哦，好吧，孩子，好吧。看起来，谁都有自己的秘密啊，你这个漂亮的小顽固脑瓜儿，跟我这巴尔达萨勒老倔头一样。嗯，嗯，这么说他不来啦。这会儿叫那几位先生很扫兴的，看样子他们有要紧事找他哩。”

掌柜的不吱声了，眼睛眨巴眨巴地从侧面打量着姑娘。她呢，却毫无准备与他深谈的样子，而是推开了门。他就只得戴上草帽，摇着头，陪她进后面去了。

院子后边是一个小小的葡萄园。他们从里面穿过，老头儿不住地问东问西，大惊小怪，姑娘却一言不发，不予理会。在园子中央的林荫道尽头，有一个不显眼的凉亭，百叶窗全关上了，里面还挂着一块厚厚的窗帘。在离亭子几步远的地方，老板叫费妮婕站住，独自走上去敲门。门一敲就开了。随后费妮婕看见窗帘被掀到一边，几对眼睛同时从里面打量着她。老头儿随即又走回来，告诉她，先生们要问她话。

在费妮婕跨进门的当儿，一个本来背向外坐着的男人便站起来，目光犀利地瞥了她一眼。另外两个仍坐着不动。费妮婕看见，桌子上摆着些酒瓶和杯子。

“这么讲，律师先生不肯来赴约啰？”站在她面前的那个男人说，“你是什么人？何以见得你带的口信是可靠的呢？”

“我是特雷庇村的一个女孩子，费妮婕·卡塔涅奥，先生。要凭证吗？我没有。我说的都是实话，这就是我的凭证。”

“律师先生干吗不来了啊？我们还以为，他是位守信用的人哩。”

“他完全是的。虽说他从悬崖顶上摔了下去，头和脚都受了伤，失去了知觉。”

提问的人与另外两个汉子交换了一下眼色，然后又说：

“你终归还是露了馅，费妮婕·卡塔涅奥，你还不善于撒谎啊。他既然失去了知觉，又怎能派你到这儿来给我送信呢？”

“他恢复了一会儿说话能力嘛。他于是讲，在幸福女神酒店有人等他，必须去那儿告诉他们，他出了什么事。”

坐着的汉子中有一个发出了一声冷笑。“你看，”提问的人又说，“这儿的先生们才不相信你那故事哩。诚然，与其做个君子，倒不如当个诗人来得惬意啊。”

“先生，您的意思要是说，菲利普先生是由于胆怯才没有来的话，那么这就是卑鄙的污蔑，为此老天定会惩罚您的。”姑娘口气坚决地说，同时把三个人挨个儿瞅了一遍。

“你真热心啰，小姑娘，”那人讥讽道，“你没准儿是律师先生的好朋友吧，嗯？”

“不，圣母知道！”她回答，声音低得不能再低。三个男人开始交头接耳，费妮婕听见其中一个说：“那地方仍属托斯卡纳管辖。”“您该不会当真相信这个诡计吧？”另一个插进来道，“要说他在特雷庇，倒不如——”

“走，你们自个儿看看去！”费妮婕打断他们的窃窃私语，“不过，如果你们想叫我带路的话，你们就不许带武器。”

“傻瓜！”最先发言的那个男人说，“你以为，我们舍得害你这么个美人儿的性命吗？”

“不。可你们想害他，我知道。”

“除此而外，你还有啥条件，费妮婕·卡塔涅奥？”

“有，带一个治伤的医生去。你们中有谁是大夫吗，先生们？”

她没得到回答。三个家伙又咬起耳朵来了。“我来的时候，碰巧见他在前边，但愿他还没回城里去。”一个男人说完便走出凉亭去了。不多会儿，他带来另一个人，看样子是并不认识他们这一伙的。

“您大概肯费心跟我们去一趟特雷庇吧？”最初讲话的那人问他，“路上会告诉您去那儿干什么。”

新来者默默地鞠了一躬，大伙儿便动身了。在经过厨房时，费妮婕要了一个面包，接过手来便啃了几口。随后，她又赶到一行人前面，沿着上山的路走去。沿途，她丝毫没留心那几个热烈交谈的旅伴，而是拼命赶路，不时地被叫着停下来，人家快跟不上她了。这时候她便站住等他们，目光茫然射向远方，手紧按着心口，怅惘沉思。如此走走停停，他们到达山顶已是黄昏时分。

特雷庇村一如往常地了无生气。只有几张孩子的面孔好奇地凑在窗洞里，几个女人挤在门口，看着费妮婕一行经过。她径直朝家里走去，路上跟谁也不搭腔；邻居们招呼她，她只摇摇手表示回答。在她家门前，站着一群男人在谈话；伙计们正照料着装上了货驮子的马匹；走私客出出进进。大伙儿一发现陌生人，便顿时鸦雀无声了，都从门边退开，让来人进去。在大房间里，费妮婕和尼娜交谈几句，然后便推开了自己卧室的门。

只见室内光线暗淡，床上躺卧着那个受了伤的人；在他旁边的地上，蹲着特雷庇最老的老婆子。

“怎么样，齐亚鲁加？”费妮婕问。

“还好，赞美圣母！”老婆子回答，同时很快瞟了瞟尾随姑娘进来的先生们。

菲利普从迷迷糊糊中清醒过来，苍白的面孔突然亮了。“是你吗！”他说。

“是的，我带来了您准备跟他决斗的那位先生，让他亲眼瞧瞧，您不能去了。除去他还来了一位大夫。”

菲利普躺着用失神的目光慢慢挨个儿端详了四个男人的脸。“他不在这些人里头，”他说，“这几位我一个也不认识。”

说毕，他又想闭上眼睛。这当儿，那三个中的发言人便走上前来，说道：“可咱们却认识您，这就够了，菲利普·曼尼尼阁下。我们奉命在皮斯托亚等候着逮捕您。我们截获了您的信，得悉您此番前来托斯卡纳，不光为了决斗，还要与某些人恢复联系，以便为您在波洛尼亚的同党们寻求援助。现在站在您面前的是警察当局的官员，这儿是给我的命令。”

他从口袋里抽出一张纸来，递到菲利普面前。菲利普眼神痴呆地盯着纸，一副莫名其妙的模样，随即又昏睡了过去。

“检查他的伤口，大夫，”警官转过脸去对医生说，“只要伤势允许，我们得马上把这位先生弄下山去。咱刚才在外面看见了马。咱们把马没收，这样便一举办完两宗案子，因为它们都驮着私货。这下可好，咱们摸清了来特雷庇的都是些什么人，省得往后再调查啰。”

在他讲这些话和大夫去检查菲利普的当口，费妮婕已经溜出房去了。老齐亚鲁加仍静悄悄坐在房里，口中喃喃祈祷。突然，屋外传来一片嘈杂声，以及人们不安地进进出出的声音；墙洞里也探进来一张接一张的面孔，都一晃便消失了。“没问题，”这当儿大夫说，

“只要多包扎一层，就可以弄下去。当然，如果让他在此地静养，由这个老巫婆服侍，他会痊愈得更快一些；老婆子有治伤的草药，连最有学问的名医也甘拜下风哩。不过，半道上伤口发起炎来会要了他的命，对此我可不负任何责任啊，警官先生。”

“没必要，没必要，”警官回答，“只要能搞掉他，方式用不着考虑。快给他包扎吧，您能扎多紧就扎多紧，别浪费任何时间，咱们马上上路。今晚有月光，再找个小伙子领路就行了。莫尔查，你这就出去把那些马给咱们看起来。”

两密探中接到命令的一个立刻拉开门往外走，却突然给意想不到的景象吓呆了。外屋已让一群村民占领，为首者是两名走私客。门开时，费妮婕正在向他们讲话。这当儿，她来到门口，郑重宣告：“先生们，你们马上离开这间屋子，把伤员留下，否则甭想再见皮斯托亚。自打我费妮婕·卡塔涅奥在这儿当家起，这所房子里还没有流过血；愿上帝保佑永远不出这等可怕的事。你们也别企图再上这儿来，即使人更多一些。你们或许都还记得有个地方，在两面峭壁中间的石梯窄得只能容一个人往上爬吧。如此险要的口子，连一个小孩子也守得住，他只需使遍地都是的乱石往下滚就行啦。在这位先生转移到安全的地方之前，咱们将在那儿放一个哨。得啦，你们滚回去吹嘘你们的英雄业绩吧，你们骗住了一个女孩子，还想杀死一个受了伤的人。”

三个密探的脸渐渐变了颜色。姑娘讲完，屋子里一片肃静。突然，三个家伙像听到口令似的同时唰的一下拔出一直藏在衣袋里的手枪，警官冷冷地说：“我们是以法律的名义来的。你们自己不尊重法律，难道还想妨碍别人执行法律吗？你们要是逼得我们用武力维护法律尊严，那么你们中有六个人就甭想活命。”

村民中发出了一阵低语。“静一静，朋友们！”姑娘坚毅地喝道，“他们不敢。他们明白，他们杀死我们一个人，他们就得加倍偿命。瞧您讲起话来像个傻瓜，”她又转过脸去对警官道，“你们满脸的害怕劲儿，至少表明你们还有点理智。识相点，逃命去吧。路给你们留出来了，先生们。”

她退后一步，用左手指着房门。三个家伙悄声商量了几句，便垂头丧气穿过激愤的人群，在越来越响亮的唾骂声中，溜出房去了。医生迟疑不决，想跟上去又不敢，直到姑娘威严地把手一挥，才仓皇地去赶他的同伴。

屋里发生的这整个一幕，菲利普都欠起身来张大眼睛看到了。这当儿，老婆子又走到他床前，为他理好了枕头。“躺下吧，孩子！”她说，“没有危险了。睡一会儿，可怜的孩子，睡吧！我齐亚鲁加老婆子守着您。再说，您很安全，有咱们的费妮婕保护您，她真是个好样儿的闺女啊！睡吧，快睡吧！”

她哼着简单的催眠曲，像哄婴儿似的哄他入睡。他呢，却把费妮婕的名字带进了梦乡。

菲利普在山上一住十天。在老婆子的看护下，夜里睡得香甜，白天便坐在门口，享受着山里的新鲜空气与岑寂。在他能提笔时，立刻写了一封信，派个小伙子送到波洛尼亚去。第二天，回音就来了。可就消息是好是坏，从他脸上却看不出来。除了和守护他的老婆子以及村里的小孩子打打交道外，他跟谁也没讲话。说到费妮婕，也只有当她晚上在火炉旁吩咐这吩咐那时，他才得见一面。要晓得，她总是天一亮便出门，然后整天都待在山里。而从前她不是这样的，他偶然从别人的谈话里知道。就算是姑娘在家的时候吧，他也没机会与她谈谈。从她那举动来看，她似乎压根儿不再注意到菲利普其人的存在，她的生活似乎完全恢复了老样子。只不过，她的脸色现在冷漠得像石板，目光也阴沉沉的。

一天，菲利普受了好天气的诱惑，走得比平时离开房子远一些。在新的生命力推动下，他又第一次下了一个缓缓的斜坡。当他转进一处山谷，不期然发现费妮婕正坐在一股山泉旁边的青苔地上，便惊得呆住了。只见她手把着纺车和纺锤，似乎纺着纺着便堕入了沉思。听见菲利普的脚步声，她抬起头来，可一句话不讲，脸上也无动于衷，站起身来便提着纺车要走。菲利普叫她，她也不理，一转眼就不知去向。

这次碰面后的第二天早晨，菲利普从床上起来，第一个念头就是去找她。这时房门却自行开了，姑娘平平静静地跨了进来。她站在门边，手威严地一摆，使正从窗前迎着她跑来的菲利普又站住了。

“您已经复原了，”她冷冷地说，“我跟老婆子已谈过。她讲您又有力气可以旅行啦。只是别赶得太急，要骑马。明儿一早您就离开特雷庇，从此永远别再回来。这一点，我要求您答应。”

“我答应，费妮婕，可有一个条件。”

姑娘不吱声。

“就是你跟我一道走，费妮婕！”他激动得控制不住自己，说。一股愠怒之气冲上了她的眉梢。可她仍保持着冷静，手抓住门把手，说："凭什么我该受您奚落？您应无条件地答应我，我希望您自重，先生。"

"难道你使和着爱药的酒渗进了我骨髓，使我永远为你所有以后，又想这么赶走我么，费妮婕？"

姑娘平静地摇摇头。"往后在我们之间不存在魔法了，"她低声说，"在爱药生效之前，您便流了血，魔力也就解除了。这倒也好，因为我做得不对呀。让咱们别再提它了吧。您只说，您答应走就得啦。马会为您准备好，还有向导，随您去什么地方。"

"要是这种魔力不存在了的话，姑娘，那么使我离不开你的，现在就必定是另一种魔力，一种你还不知道的魔力。如同上帝真正赐福予我——"

"住嘴！"姑娘打断他，恼怒地噘起了嘴唇，"我才听不进您想说的那些话呐。要是您自以为欠了我的情，或者想可怜可怜我——那您就走吧，咱俩的账清啦。您可别以为，我这个可怜的脑袋什么也学不会呀。我如今懂了，人是买不来的，用什么代价都不行，替他出力帮忙也好——这是理所应该的——七年的等待也好——这在上帝面前算不了一回事。您可别以为，您使我不幸了。不，您治好了我的病！去吧！记住我感谢您！"

"当着上帝回答我啊！"菲利普狂叫着，冲到了她跟前，"我也治好了你的爱情么？"

"没有，"她断然答道，"您问这干吗？这爱情属于我自己，您无权过问，也无力支配。去吧！"

说着，她退了一步，跨出门槛。刹那间，菲利普便扑倒在她跟前的石头地上，抱住了她的膝盖。

“你要说的是真话，”他悲痛欲绝地喊道，“那就救救我吧，那就接受我的爱情，让我和你在一起吧！不然，我这颗靠了奇迹才保持完好的头颅，便会与这颗你想摒弃的心一起，碰得粉碎了的。我的世界已是一片空虚，我的生活中唯有仇恨，我过去的故乡和现在的故乡都容不下我，要是我再不得不失去你，我还为什么活啊！”

这当儿，他抬头看她，发现从她紧闭着的眼里迸出了两行晶莹的泪珠，只是脸上仍纹丝不动。又过了一会儿，她才长长地舒了一口气，眼睛睁开了，嘴唇张了两张，却没有声音——生命之花又遽然在她身体里绽放了。她弯下腰，用强健有力的胳膊搂起他来。

“你是我的！”她声音颤抖地说，“我也愿意是你的！”

第二天，太阳刚刚升起，一对情侣便上了路。菲利普打算去热那亚，以逃避敌人的暗算。高大苍白的男子高坐在马背上，缰绳由他的未婚妻牵着。秋光朗朗，在他们两旁，雄伟的亚平宁山脉峰壑起伏，蜿蜒伸展；在峡谷上空，一只只雄鹰翱翔盘旋；在远方，大海波光闪闪。而在两位旅人面前展现的未来，也如那远方的大海一般，光明、宁静。

台伯河畔

一月末，群山还覆盖着年前的第一场大雪，透过浓雾射下来的阳光仅仅才将山脚下的窄窄一带的积雪融掉，坎帕尼亚荒原上却已绿意盎然，恰似已经春回大地。只有这儿那儿地立在凹地的缓坡上，或者围绕着一所孤零零的小茅屋的一排排橄榄树的秃枝，以及蔓生在大路两旁的披着霜的一丛丛荆棘，仍感觉到严冬的威胁。这时候，散布在荒原上的羊群都还集中关在农舍旁边的畜栏里。为了勉强挨过寒冬，农舍通常建筑在山丘后，并从顶到地铺上了麦秸。牧人中谁要是会唱歌或吹牧笛和风笛，这时便三三两两前往罗马，在那儿要么摆出风笛手的架势给画家当模特儿，要么干其他营生，聊以度过他们穷蹙、寒冷的日子。牧人自顾不暇，牧犬便失去管理，饿得发了疯，一大群一大群地在茫茫无人的野地里乱跑，成了坎帕尼亚荒原的真正主宰。

傍晚，顶着吹得更加猛烈的寒风，一个男子出了庇亚门[①]，循着城外穿过一排排农舍的大道，不慌不忙地朝前走去。在他宽宽的肩膀上胡乱披着一件斗篷，灰色的大檐帽压得低低的。他眺望着对面的群山，直到大路通进一片果园，园墙仅仅给他留下远景的小小的一隅。他似乎感觉太憋闷了，于是重又堕入不愉快的思绪中。他本

① 罗马的城门之一。

是为着摆脱它们，才来到郊外的。一位衣饰辉煌的主教大人带着侍从经过他身旁，他既未看见，也未致敬，直到跟在后面的主教的车辇辚辚驶近，才使他发觉自己的失礼。与此同时，从梯弗里方向也驶来一辆接一辆轿式马车和轻便马车，车上满载着雅兴大发、去观赏山中雪景和小瀑布归来的外国游客们，年轻的英国女人的蓝色头巾在北风中飘舞。对她们娇艳的脸庞他根本不屑一顾，便匆匆离开大道，踅进左边一条田间小路，先经过了几间磨房和小酒店，接着便已深入坎帕尼亚的荒野中。

这时他才停下来，深深吸一口气，享受着冬日辽阔晴空下的自由。夕阳从天边照射过来，映红了古代罗马水渠的废墟，使萨宾山脉的积雪红光闪闪。城市已躺在他身后。但这时从离他不远的什么地方却响起钟声，只是由于逆着风，显得十分微弱罢了。他变得不安起来，又疾步向前赶去，好像连这生命的最后一点音响他也避之唯恐不及。很快他便离开了小径，一会儿上一会儿下地翻越荒野里的一道道波浪形土坡，不时还从夏天圈牛群的木栅上跃过，渐渐地便走进了暮色苍茫、荒凉无人的原野中央。

四周如同在平静的大海上一般死寂，连乌鸦掠过大地的振翅声也清晰可闻。没有蟋蟀叫，从遥远的大道上也传不来回家去的村妇的歌声。这下他才真正感到心情舒畅。他把手杖使劲地往地上戳了几下，欣赏着大地所发出的回响。

"她言语不多，"他操着罗马老百姓的土话，自顾自地说开了，"可她讲的却是实话，不声不响地关心着我们这些践踏在她身体上的孩子，对我们有问必答。从今往后我绝不再听他们的唠叨，那些个轻浮的家伙！我的耳朵已叫他们的空话给磨伤。好像我一文不值，好像我对他们那喋喋不休地谈论的事情不比他们更在行，好像我除了干活便什么都不懂。可是我却靠他们生活，在他们伸长鼻子到我作品上嗅来嗅去时却不得不对他们赔笑脸！真该死！”他狠狠地诅咒着——什么地方像是传来一声回响。他环顾四周，不禁一怔。在半小时路程内的旷野上，见不到一所茅屋，见不到一座土丘，也不能相信附近有什么人。过了半刻，他终于继续往前走，心想刚才准是风在捉弄他。可是突然又出现那声音，而且比刚才更近更响。他停住脚，竖起耳朵听去。

“我也许已走到一所农舍或者仓房近旁，从那儿传来了牛群的哞叫吧？这不可能——声音不一样——就是不一样——听，听啊，”他不禁浑身打了个冷战，“是狗群！”他嗓音喑哑了。

那怪声越来越近，嗷嗷地如同狼嚎，既非狂吠，也非高叫，而是一种重浊粗野的吼声，让风送过来就变成了一支绵绵不绝的凄厉可怕的曲调。这曲调似乎有着摄人心魄的魔力。你看那漫游者呆若木鸡地站着，张大了嘴和眼睛，脸侧向传来那些疯狂的畜生的战斗呐喊的一方，完全不能动弹了似的。他终于强自振作起来，说：“太晚啦，它们早已嗅到了我的气味。要跑吧，天已这么半明不暗，不出十步准会摔倒的。算了吧，活着既已像条狗，这会儿再让自己的同类来结果掉——倒也挺有意思。我要是有把刀就好了，可以更省我那些伙计的事儿。不过，”他说着试了试自己手杖下的大铁尖，“要是它们为数并不多——谁知道呢，也许我还能比它们多挨几天饿吧？”

他转过斗篷，用右手活动自如地紧紧握住手杖；左胳臂则一道一道地用斗篷缠起来，做好防卫的准备。他怀着冷静的决心，检查自己所站的地面。只见地上寸草不生，布满乱石，异常坚硬。

“让它们来吧。”他说，同时摆好架势。他现在依稀看见它们了，开始数道：“五只！那儿又来了第六只！瞧它们跟地狱里跑出来的恶鬼似的气势汹汹，腿那么长，那么瘦骨嶙峋。等着吧，畜生！”他说着拾起一块大石头：“可也得按照规矩，宣一宣战啊。”

话音未落，石块已朝着五步开外领头的狗飞去。只听一片更加凄厉的嚎叫，狂奔而来的狗群蓦地停住了。它们的一个伙伴倒在地上，浑身剧烈抽搐。

“休战啦！”那男子说。他的嘴唇哆嗦，痉挛地紧捏着斗篷的左手脉搏跳动十分剧烈，但一双锐利的眼睛上睫毛一眨不眨。他看见他的敌人又开始蠢动，一双双巨眼在苍茫暮色中闪着凶光。它们两只两只地逼上前来，最大的一只领头。第二块石头飞过去，被它肋骨凸现的胸部弹到了一边；被激怒的畜生嗄哑地嗥叫着，向着黑色的人影扑来。猛地一击，它便倒在石头地上，旋风似的舞动的手杖一下子戳进了它那大张着的嘴。

这当口，离进行搏斗的地点几百步远处，一名骑手穿过冬季的茫茫夜色，从没有路径可寻的坎帕尼亚荒原上急驰而来。他定睛朝那断断续续传来嗥叫声的地方望去，看见一个男人被围困在狗群中，受到野狗从四面八方向他发动的轮番攻击，两条腿已经摇摇晃晃，让敌人逼得连连后退，好不容易才支撑着没有倒下。骑手大吃一惊，用马刺猛刺马肋，飞奔向前。马蹄声传到正在做殊死搏斗的人耳里，可也许是突然产生的希望太使他震惊了吧，他的力气也一下子就没啦。他胳臂沉下来，头昏目眩，感到身后让什么一扯，一个踉跄便倒到地上。他在迷迷糊糊之中还听见几声枪响，随后完全失去了知觉。

当他再强打精神睁开眼时，却见俯在自己头上的是一张年轻小伙子的脸，自己的后脑勺枕在那人的膝上，那人正在拿刚拔出的湿润的青草替自己擦太阳穴。马站在他们身边喘着粗气；马的脚下躺着两只血肉模糊的大狗，还在地上扭来滚去，进行临死前的最后挣扎。

“您受伤了吗？”他听见问。

“不知道。”

“您住在罗马？”

“离海神喷泉很近。”

年轻人扶他站起来。可是他站不住，左脚痛得太厉害。他光着脑袋，斗篷已被撕得粉碎，衣袖被咬破了，胳膊上鲜血长流，脸色苍白，神情呆滞。他什么也没说，就任凭自己的救命恩人半扶半背，把他弄到几步之外的马前。他好不容易才坐上马鞍，然后由年轻人牵着缰绳，慢慢走回城去。

走到城外的第一家小饭馆前，他们便停下来。年轻人叫老板娘取酒。受伤的男子喝完一杯，神情立刻变活跃了，对年轻人说道：

“您帮了我的忙，先生。但我也许并不因此感激您，相反倒加倍诅咒人生。不过，暂且还是让我向您表示一下谢意吧。人到底也像丢不掉其他恶习一样舍不得自己的生命。谁都知道空气中充满了腐烂发臭的气息和人所吐出来的浊气，却又偏偏觉得呼吸是件好事。”

“您把人都说得太坏啦。”

“可我没见过任何一个人，当我说他好话时他不当我是个傻瓜。请原谅，您不是罗马人吧？”

“我是德国人。”

“上帝保佑您！”

他俩默默地到了城门口，进城后向着巴尔伯利尼广场走去。受伤的男子指了指广场角落里一所又破败又黑暗的小房。当马一站在那低矮的门前，他就从马背上翻下来，可是还没等年轻人来得及扶住他，他已经无力地摔倒在地上。

“情况比我想象的糟糕，”他说，“再劳您一次驾，扶我进去吧，钥匙在那儿。”

年轻人扶着他，没有吭声，只叫一个小男孩替他牵住马，让一个无所事事的青年打开房门。房子里黑洞洞的，迎面扑来一股阴冷潮湿的霉气。两个青年遵照男子的吩咐，把他抬进左手边的一间空荡荡的大屋子里。

“您的床在哪儿？”德国人问。

“您认为哪儿好就在哪儿，不过还是放我在那边墙壁前面吧，这后面的一堵墙已经靠不住。这座漂亮的老皇宫，一开春人家就要来拔掉它啦，可我想它没有耐心等到那个时候。”

“可您在这儿怎么受得了啊？”

“这就是埋葬自己的最便宜的办法，”他无动于衷地回答，“我用不着付房钱，却跟主人一般自由自在。”

说话间，帮忙的小伙子已经打着火石，点燃了窗台上的一盏黄铜小灯。年轻的德国人则扶着他躺到一条下铺麦草的单子上，再用斗篷勉勉强强将他盖起来。受伤的男子长长地舒了口气，伸展开强壮的四肢，合上了眼睛。德国人给小伙子钱，吩咐他去办这样那样的事；随后，他没有告辞便走出房子，跃身上马，匆匆而去。

一刻钟后他重新跨进房间，身后跟着一位大夫。大夫替病人检查和包扎腿上的一处处伤口，病人一声不吭，听凭人家摆布。趁这空当儿，德国青年环视着房内。只见四壁空空如也，敷在上面的泥灰已大块大块地剥落；屋梁光秃秃地露在外面，已经让烟熏黑；刺骨的寒风透过破烂的窗户直往里灌；屋子里只有零零落落几件用具。这时小伙子抱来一抱柴，在壁炉中生起了火。当炉火噼噼啪啪地爆响着，散射出红光，屋角里便显现出几座扑满了灰尘的黏土塑像和石膏模型：一条背上托着个死男孩的大海豚；一座巨大无比的美杜莎头像，只是凌乱地垂挂在她痛楚的太阳穴上的发辫还不曾变成一条条活蛇罢了——年轻的德国人想不起在古希腊的雕塑中见过这样的形象。此外还有比真人更大的石膏模型：几条胳膊，几只脚，一个少女的胸部，其间还立着些黏土习作，全都乱糟糟地挤在一起。在桌上，他看见陈放着一位雕塑家所必需的各式各样的工具，以及一沓沓尚待完成的草图，大部分都画的是美杜莎的脑袋，跟那座大浮雕颇相像，只是所表现的激情和崇高的程度与性质不一般罢了。旁边还有一口小箱子，里边装着未经加工的贝壳、石版画拓片，以及玻璃和石膏坯子，等等。

“我想没有危险了。”大夫终于说，“只需去弄些水来，夜里让小伙子守着他，不断地替他冷敷伤口。它们可把您搞得够呛喽，卡尔洛先生。可在这样的季节和这样的时刻，哪个鬼叫您跑到坎帕尼亚荒原上去的呢？”

“谁？壁炉这坏东西呗，”艺术家回答，“它是如此固执，你不填木柴到它脖子里去，它硬是不肯给你一点点暖气。我有些讨厌我这座豪华的老宫殿，大夫先生，真恨不得给它一脚，让我和它都能暖和起来。喏，为了避免我俩之间真正闹翻，我于是离开了它。”

“您在这儿过得太窝囊啦。”心地善良的小个子大夫说，同时擦拭着蒙上了水汽的眼镜片，“待会儿我让妻子给您送条毯子来吧，明天我再来看您。好好睡一觉，咱们的病睡眠这位大夫全能治。晚安！”

年轻人陪大夫走出房间，两人在过道里谈了一会儿。

“我只知道他的名字。”大夫说，“这人脾气古怪，行径孤僻，偏偏爱跟小酒馆中最下流的人来往，有点什么都全给挥霍掉。但是石雕这一行全罗马都没人可以与他相比。他的手艺是从自己父亲手上学来的，他父亲叫乔万尼·比安基，早已死了。”

“他的伤口当真不要紧吗？”

“只要他好好将息，坚持用冰冷敷。他的身板儿跟铁打的一样，否则也就抵抗不了那些畜生这么久。一共五只，您说！真是个不要命的家伙！他做起事来全这么怪。喏，喏，他会睡着的，别担心，特奥多尔先生！”

特奥多尔回房去时，他果真已经睡着了，尽管脸是冲着明亮的炉火。特奥多尔久久地端详着他。他面目十分清秀，只是鼻梁瘦削了一点儿，头发间或泛白，胡子也未加修整；从他呼吸时微微张开的唇间，露出一排雪白发亮的牙齿。特奥多尔揭开斗篷替他换冰，看见他的四肢果真强健有力。

特奥多尔让帮忙的小伙子搬来足够的木柴和冰，告诉他明天一早再来，就打发他回去了。他自己端了一把藤椅到壁炉跟前，坐下来，把身上的大衣裹紧，做好熬夜的准备。这时约莫十点钟光景，屋外空旷的广场上洒满清朗的月光，喷泉的水花落在海神的贝壳里发出唰唰的响声。从邻近的一幢楼房中送来一个姑娘的低声吟唱：

Chi sa，se mai
Ti soverrai di me！[①]

这是一首古老悲歌的结尾叠句。不一会儿连这歌声也沉寂了，只有它无字的曲调仍在特奥多尔心中发出回响。

他看见自己又站在梯弗里的峡谷边沿上，面对着从无数泉眼里涌出来落进谷底去的小瀑布。因为是在冬天，水已不怎么多。他们漫无目的地并肩走着，他、那位美丽的小姐，以及小姐的矮小灵活的女伴；后面这一位没完没了地抱怨着他们走的路太吃力，太危险。“咱们早该跟着您的爸爸妈妈往回走，玛利，”她已经不止一次地操着英语说，“是的，咱们这会儿还可以这样做。他们还在那儿，姑娘，在那挂瀑布的顶上，您瞧，玛利，但过不多久就会回到女巫大旅馆，舒舒服服地坐在壁炉前，而咱们却要冻掉鼻子。你的鼻子

---

① 意大利语，意为：谁知道，要是你啥时候还想起我来！

不是已经冻得通红了吗，玛利，dear me[①]，瞧您已变成了啥样子，姑娘！再说从瀑布那边刮来的风这么刺骨。我早就说过，先生，并警告过，可咱们的小姐就是异想天开。仁慈的主啊，这些风景咱们在秋天里不是已经来赏过一次了吗，更别提夏天！那时节咱们骑着马舒舒服服地走下山去，哪像这会儿似的非往下滚、往下摔不可！”

“已经不远了，亲爱的 Miss Betsy[②]，”姑娘笑吟吟地说，“上了大路就平坦啦。咱们的朋友自愿搀着您，可您干吗拒绝他呢？”

小个子女人靠到她身边，咬着她耳朵说：

“亏你还这样问我，玛利！您了解我的想法，让一个没结婚的男人这么搀着下山是千万使不得的。咱们脚下一滑，靠在他身上，他就立刻会当作是对他亲热的表示。您叫我真难堪，姑娘。”

玛利偷偷笑了笑，接着就一本正经地走自己的路。她那黑天鹅绒的帽子一直压到额前的棕色发卷上，使年轻人几乎看不见她的脸。

“我的父亲向您承认，您的矜持使他难过。但这并非仅仅是恭维之词，先生。”她无拘无束地望着青年，说，“要是我没有记错，您在我哥哥去世后一共只上咱们家来过四次。”

“四次！”他应着，“难道您数过……”

“咱们老是听见父亲这么念叨。‘自从我失去了我的爱德华，’他说，‘我就不想再跟任何不认识他的人讲话。他还说什么不认识我呢？’接下来，他就会谈您，夸您，想念您。”

“我承认，”特奥多尔说，“当我们在此地碰见的时候，您的父

---

① 英语，意为：我的天啊。
② 英语，意为：蓓姬小姐。

母为欢迎我而表现的亲热和眷爱着实出乎我的意料，令我异常感动。而我自己今年冬天也的确比任何时候都懒于与人交际。去年可不同，去年我刚到此地，不管什么人，只要看上去对我有好处，我便来者不拒。现在我看见自己只是吃了亏。这儿地虽灵，人却并不杰。他们自身也有所感，但为了要撑门面，都不得不自我抬高。这就非常讨厌，大大地败坏了像我这样的诚实人交游的兴致。因此我就独自过活，只和个别与我情况差不多的人来往。我可是在故乡已经给惯坏了，只有在家里才能长久地生活得高高兴兴。”

“您离开您的父母已经很久了吗？”

“我已经失去了父母。”他声音低沉地回答，“他俩死在同一个礼拜。随后我便翻过阿尔卑斯山，上帝晓得什么时候是不是还回去。”

他们漫步在橄榄园里淡淡的树影下。路完全干了。阳光射到他们头顶上的叶簇中，融掉了叶片上的一层薄薄残雪，绿叶像霏霏春雨飞洒过似的熠熠闪亮。矮小的女伴一下子又兴致勃勃，大讲起她独自一人在罗马城中穿街过巷的经历来。要知道，她正在写一部关于罗马的书啊。不管怎么说吧，绝对可靠的事实是她甚至忍痛破坏了自己的行事准则，不惜受人飞短流长，跟一个素昧平生的年轻意大利男子一块儿待了一小时之久，把卡拉卡拉温泉从四面八方详细地考察了一遍，并且没有拒绝他送她回家。

“您大概以为，玛利，”她提高嗓门说，“我能轻易地狠下心来不再见到我那古老的英格兰了么？您了解，我初到此地是怎样地连一个月也待不下去。要知道，咱出生在一个古老的世家，先生。咱那第一位祖先在替自己及其子孙后代争得了土地以后，便在哈斯廷格斯献出了生命。[①]因此，英国有一份土地是属于我的，就像它有很多土地是属于最大的领主一样；而谁又甘愿置自己的土地于不顾哟！可是谁知道呢，我也许就将在此地了结自己的一生，要是忘记祖国并不算什么不高尚的行为；要知道祖国已经忘了咱们，忘了咱们的祖先为它建立的伟大功勋。”

“这我不了解。”特奥多尔笑了笑说，“我想您只能为古老的英格兰建立一种功勋，那就是步贵祖先的后尘，把罗马也给征服。”

“瞧您这张利嘴。”她用扇子轻轻打了年轻人一下，说，“要是我还在您的讽刺显得更合适的年纪，那就好了。不过说真格的——因为您那样讲也有几分道理，现在的确是有谁在动我的脑筋——您是否认为，英国人和意大利人或者具体讲罗马人长期生活在一起，彼此性格能合得来吗？”

“您知道，高贵的女士，爱情能创造奇迹，填平鸿沟，摧毁藩篱。对性格什么的我才不担心哩。只要文化教养相当，还有什么是心灵所不能的呢！我看见因情趣不同而破裂的婚姻，比因性格不同而破裂的要多得多。可是哪一个罗马男子，举例讲，又能不与您对罗马的兴趣发生共鸣呢？”

“您说得对，”她回答，“归根结蒂，爱情是个口味问题。”说完，她把绿纱巾扯下来遮住自己的脸，像是要进行严肃的思索，不希望受到人家打扰。

两个年轻人加快脚步朝前赶了一点儿，因为蓓姬小姐又像经常

---

① 1066年，以征服者威廉为首的诺曼贵族在哈斯廷格斯最后战胜了盎格鲁萨克逊人。

一样地自言自语念叨开了，他们不愿意偷听她心中的秘密。

“这个善良的女人，”玛利声音温柔地说，“旅行使她完全失去了常态。她大概也天生有点儿冒险的性格，只是在英国的政治生活中给白白地消耗掉了。可一踏上大陆，这种奇特的禀性又复发起来，让我们一路上颇替她担心，自然也给大伙儿提供了一些笑料。”

“要是年纪轻一些，这种好幻想的癖性也许是挺可爱的。”特奥多尔说，“可上了几岁年纪的人一般都懂得，命运怎么来就只能怎么顺应，自己去追求是讨不了好的。但愿她很快也能认真对待自己那位殷勤的罗马朋友，就如人家一开始就认真地对待她一样。”

“我见他俩一起回家来过。他要年轻得多，仪表堂堂，有些高傲的样子，不过倒还秀气。”

“对于蓓姬小姐提出的那个疑难问题，您的想法怎样？”特奥多尔停了片刻问。

“什么问题？”

“就是不同民族的人能不能合得来呢。”

玛利沉吟片刻，然后说：

“人们相互希望得越多，想要给予对方的越多，我觉得他们就必定越亲密。不过即便如此——我认识一个英国人，他娶了一个出生在南美洲的欧洲女子。夫妻俩对待生活都很轻率、肤浅。他高兴的是娶了个漂亮妻子，她似乎也对他用财富将她埋起来感到心满意足。可是夫妻之间终究出现了问题，不管生活在什么地方，总像气候水土都不合似的。这一来两人在一起就不那么快活啦。”

“他俩出生的地带不一样。可要是女的也有北方人的血统呢？”

“这可能。不过尽管如此——就以我自己的感受来说吧。我生长在高原，对罗马的柔和的气候就得慢慢地适应。眼下是冬天，那边是一片银白色的世界。等我今天回到父母身边，坐在壁炉前，听着水在茶壶里咕咕歌唱，我生活所需要的一切都应有尽有，近在身边，照这样我本该感到非常幸福了吧。可是不，我坦白说，我这时才真正怀念自己的故乡呐，怀念咱们的乡间别墅，怀念挺立在窗前的那几株老槭树，怀念花园后边白雪覆盖的田野，虽然它远远不如面前的坎帕尼亚荒原这么美，虽然罩在上面的苍穹浓雾弥漫，不像这儿的天空明净得使人心胸开朗，精神清爽。不过，这儿毕竟是陌生的异地。而在人与人之间，大概也总存在一种陌生之感吧。”至此两人一直操着英语在交谈。这当口，年轻人突然开始说起德语来，好在姑娘也完全懂，只是讲的时候稍稍带点英语味儿。

“请允许我讲德语吧。”他说，“您刚才提到自己对故乡的怀念。当您讲着故乡的宁静的冬日时，我不由得也想起德国的冬天，它们对于我已经成为过去，恐怕再也不会回来啦。我仿佛又听见乌鸦从秃树间飞过时细瘦的枯枝折断的咔嚓声，听见雪花飘落在窗前的簌簌声。我的母亲因病卧床已经好几个月了，她不能也不愿再回到喧嚣嘈杂的城市里去。从前，这幢老别墅只有夏季才住人，所见的都是愉快的行猎，欢乐的野游；如今它却成了冬天的避风港，母亲在此将息自己长途跋涉去温泉所积下的辛劳。”

“这样，您也待在她身边喽?”

“头几年只在那儿住几个礼拜。最后一个冬天，她却怎么也不让我走了。我整天坐在她床前，有时做自己的工作，有时聊聊天，有时弹她心爱的曲子，都不过是一些眼下已完全不时兴的简单而古老的民歌。小客厅朝着花园，窗户又多又高。我仿佛仍然看见父亲在窗外的阳台上来来回回地踱步，头上戴着熊皮便帽，嘴里衔着短短的烟斗。房里的空气暖和得他受不了。不过他很少离开窗前那地方，谁有事情找他谈，都必须劳驾上那儿去。时不时地他也进房来和我们一块儿待上一刻钟。这时我母亲抬起头来仰望着他的那目光啊，我将永远永远不会忘记。她有一双美丽而清澈的蓝眼睛。”

“后来她去世了？”

“春天。父亲不久骑马出了事。自从母亲离开了我们，他就再静不下来，老爱骑最野的马，常常半天半天地外出不归，不管我如何求他要爱惜自己。我了解他，怎么也摆脱不掉不祥的预感和恐惧——结果我太对了。”

说话间，他俩已下到谷底，便停住脚，等待她的女伴到来。玛利站在离特奥多尔几步远的侧边，当他转过头去观赏山景时，姑娘的整个形象便尽收眼底。只见在她俏丽开朗的脸庞上，平添了几许哀愁；一双低垂着眼睑的明眸，闪动着点点泪光。她抬起眼来，神情肃穆地凝视远方。他发现她那蓝色的眼睛竟是这般大。他曾经见过这双美眸，只是过去一直逃避它们，因为他清楚它们有多大的魅力。只有现在，他才第一次甘心让自己向它们屈服了。“玛利！”他唤了一声。可她却既不动弹，也不瞅他。这工夫，那位矮小的沉思默想的女伴已经赶到了。三人一边爬梯弗里一侧的山坡，一边又交谈起来，只是玛利没有搭腔。

薄暮时分，大伙儿一道从梯弗里动身回城，由于喝了一点酒，兴致都比刚才更好。在特奥多尔把女士们一个个扶上马车以后，老先生立刻亲切地对他说：

“在我知道什么时候能再见到您之前，亲爱的朋友，我绝不上车。我还有一件小事，一件对于我和我全家都非常非常重要的事，想跟您商量一下。此事与咱们可怜的爱德华有关。我相信，如果您知道我们期待着您的帮助，您一定很快就会来的。”

“今晚上就来吧。”老太太也请求。

他答应了。在仆人给他牵马来的一刹那，他看见玛利脸上浮现出某种忧戚的神色。他随即上了马，轻松地驾驭着这生气勃勃的坐骑，陪着马车走了一段路。接下来他便放慢速度，落在后边，让白昼打自己眼前溜过去。黑夜赶上他了，他才重新策马急驰，横越坎帕尼亚荒原，心想这样可以少走一段弯路。结果他就遇上了正与狗群搏斗的比安基。

特奥多尔晃了晃脑袋，给壁炉里添了几块柴，一双黑色的眼睛严肃地瞪着火焰。

“我这样答应去又没去，他们会怎么想啊！”他自言自语说，“她会怎么想啊！现在派人去报信已经太晚，再说又有谁可派呢？她一定还坐在家里，不明白今天的一切意味着什么。要么——Chi sa，se mai…[①]”

随后他替病人更换冰块，换完冰块便在房里踱来踱去，踱着踱着又望着美杜莎的脑袋出神，觉得它给炉火这么一映照，颜色就酷

---

① 意大利语，意为：谁知道，要是你……

似一个垂死者的脸色，在它上面反抗的血液正与死亡的恐怖进行着斗争。那景象深深地打动了他。最后，他不得不强迫自己把视线转开，这下才发现在光线昏暗的壁炉台上有好些淫秽的小雕像，其中几件是臭名昭著的庞贝[1]铜像的仿作，另外几件则是新创作，以神形生动和放纵不羁而论足以与前者比比高低。在小雕像旁边躺着一本破烂不堪、积满灰尘的阿里奥斯托[2]诗集。他拿到手里，好奇地读起来。这是他所能找到的唯一一本书。

这样过了几个钟头。深夜，睡梦中的病人突然大声呻吟起来，挥动胳臂在身旁乱打。特奥多尔推好让他蹬跑了的睡垫，重新给他盖上毯子，他就完全清醒过来，陡然从床上坐起，一边像准备自卫似的在身边摸索武器，一边厉声大喝：

“什么人——您？”

“一个朋友。好好认一下吧！”特奥多尔回答。

“骗人，我没有朋友！”病人喊叫着，拼命想站起来。包扎在绷带里的手脚的疼痛终于使他清醒了，他倒下身去，回忆着经历过的事。他静静躺了一会儿，然后语气缓和下来说：

“是您啊。我现在认出您来了。您这时候在我房里干吗？为什么不回家去？难道您跟旁人不同，在诚实地过完白天以后，不想也得到安静的睡眠吗？您走！您该去睡觉，干吗半夜三更还守着我？”

“大夫说，您的伤口夜里也得冷敷。我不放心让不相干的人来

---

① 古罗马时代的城市，公元79年维苏威火山爆发时被埋入地下，18世纪以后发掘出大量艺术品。

② 阿里奥斯托(1474—1533)，意大利文艺复兴时期的诗人，代表作为《疯狂的罗兰》。

做这件事。”

“这事跟您不是也不相干吗？”

“不对。要知道我可不是为了要挣几个小钱。我完全是为了您好。”

病人躺着不作声了。可过了一会儿又异常粗暴地说：

“您行行好，给我走吧。知道有人在关照自己，我就像生病一样难受；如果要我表示感谢，那我可比老头子侍候起小娘儿们来还要笨拙。”

“您的感谢跟我不相干！我留下，是因为您需要我。要是没我您也成，就等不到让您来抱怨我打搅了您。”

“可我知道您坐在旁边挨冻，我就睡不着。”

特奥多尔拨旺炉火，说：

“我希望，您在那儿也感觉得到，我是挺暖和的。”

病人合上眼，躺了一会儿又重新问：

“您是一个路德信徒吧，先生？”

‘是的。”

“我早知道，”比安基自言自语说，“他想把一个灵魂从教会[①]的怀抱中骗过去，所以才干这一切。他们并不比我们好呵。”

“您在说胡话。”特奥多尔加重语气指出，“说吧，您想说什么都成啊。”

接下来是长时间的沉默。特奥多尔如先前似的给比安基更换冰

① 指天主教，即旧教。路德派是主要流行于德国的新教。

块。比安基脸冲墙壁躺着，一动不动，像睡着了。突然，当特奥多尔又去照料他时，他一翻身就撑了起来，伸出受伤的胳臂急切地想抓特奥多尔的手，抓住后用自己温暖的手握着，同时低声地、缓慢地说道：

“您太好了！您太好了！您是一个真正的人。”说完便虚弱地倒到草铺上，剧烈抽泣起来。等到眼泪流尽以后，他又重新睡着了。

当比安基醒转来时，明亮的日光已透过百叶窗的缝隙射进屋里，使他周围形成了一片迷蒙的光雾。他看见床前站着来帮忙的那个小伙子和大夫，听他们告诉他说，一大早小伙子刚来到，特奥多尔就进城去了，也没讲一声是不是还来。

整整有半天工夫，比安基都显得焦躁不安，心事重重，时不时地倾听着走道上的动静。几只他在最穷迫困苦的情况下也没忘记给予周济的小老鼠，让他给完全驯化了，这时都跑到屋子中间来，对他忽闪着小眼睛，叽叽地叫着，还直摇小尾巴，可他却不屑一顾。帮忙的小伙子不了解它们在这所房子里享有特权，把它们给轰走了。随后一个人来打门，给他带来了艺术品商人的一项订货，要他用红贝壳雕几只耳环。他可是二话不说，就让小伙子打发人家走路。他认识的一位雕刻师，风闻他死里逃生，好心好意跑来探望这个孤独的人，所受到的对待也没有两样。

特奥多尔呢，却早早地跑上一所高大的楼房前的石阶，玛利一家就住在这所楼房中。老用人给他开了门，对他讲：

“昨晚上老爷太太等了您好久。还派我到您府上去，可您没有回家。玛利小姐说，但愿您别出什么事儿才好，因为您是骑马回城的！感谢上帝，您平安无事。”

特奥多尔没有答话。他听见房里传来琴声，弹的是贝多芬的奏鸣曲。他正听着，琴声戛然而止，代之而起的是推开靠椅的声音，以及衣裙的窸窣声。他跨进房，一下子就到了玛利面前；她已停在房间中央，似乎正在奔向房门。她激动得不知讲什么好，双颊烧得通红。他急忙捧起姑娘的手，这才发现她的眼睛都哭肿了。

“玛利，”他说，“我已经知道了，我应该比我想象的更多地请求你们原谅。让你们为我担心了！”

姑娘强作笑颜。

“我很高兴，担心是多余的，”她说，“您看来是让什么事给拖住了。一下子就想到最坏的方面，真傻。我这就叫爸爸妈妈。”

他赶紧制止她。

“您哭了吗，玛利……”

“没什么。我夜里睡得很不好，刚才弹琴太激动。”

他放开她的手。她站在原地，身子倚在椅子的靠背上。他在房中来来回回走了几趟，然后重新停在她面前，抓住她的手，嘴里嗫嚅了点什么，突然猛地抱住她。姑娘啜泣着，静静偎在他怀里，内心非常激动、幸福。

“咱们上爸爸妈妈房里去吧，”玛利从第一次热烈的拥抱中脱身出来，说，“跟着我！”

她温柔地牵着他的手。他却巴不得哪儿也别去；他觉得，好像一和其他人在一起，她就会被夺走。不过他仍然跟随着她。在母亲的房间里，他们找到了两位老人。在跨进门时，特奥多尔觉得似乎有必要请求自己的爱人，叫她别提刚才他俩之间发生的事。他感到，在自己目前的陶醉状态中，只能与她本人无言相对，而已失去向其他人做出解释和交代的能力。谁知姑娘却已经把话讲出来了。母亲是位雍容大度的夫人，亲切地拥抱了特奥多尔。她平时就比较看重礼仪，对眼下这件大喜事自不免郑重其事地进行祝福，话尽管说得很诚恳，与特奥多尔的心情总还有些不协调。做父亲的却什么也没说，只是一次一次地握他这未来的女婿的手，亲吻自己女儿的额头。

特奥多尔开始讲昨天晚上发生的事情。玛利靠在他胸前，当他讲到与狗群格斗时害怕地用胳臂搂住他的身子，仿佛这样才能使自己确信，一切已经过去，他已安然来到她的身边。母亲给女儿使了个眼色，但却没有逃过特奥多尔的注意。这一来姑娘便抽走了胳臂，端端正正坐在他身旁，不再碰他一碰。他觉得挺尴尬。几个小时后，他不得不走了，临别时在门口再一次衷心亲吻姑娘，但感到她吻他时也是怯生生的，而且先于他将嘴唇抽了回去。他离开时产生了一种异样的感觉，心口压抑得慌，血管似乎给堵住了，热辣辣的。他在大门外静静地站了一会儿。街上空无一人。他在石头门柱上冰了冰前额，向上伸展双臂，活像要把天空撕下一块来按在自己胸口上似的，然后情绪才稍稍稳定下来，向着海神喷泉的方向走去。

比安基听见门外传来特奥多尔的脚步声，苍白的脸颊立刻现出红润。他激动地坐起来，目不转睛地、坚定地望着跨进门来的特奥多尔，觉得他似乎比自己昨天见到的更高大，更有男子气。特奥多尔走到他跟前，说：

“您好多了，比安基，医生挺满意的。安静地躺着吧，我求您。让我自个儿在房里踱一会儿，我的脑子还乱哄哄的，我的心思还静不下来。”

他没有告诉比安基他从何处来，没有告诉他，几个小时以前他刚把自己的命运与一个女人的命运结合在一起。不过，在他身体周围似乎绕着一圈荣光，比安基怎么也不能将视线移开去。他摘掉了帽子，大衣搭在一边肩膀上，昂着头，挺着宽阔的胸部，鬈发蓬松，额头饱满、高贵。他这么沉思默想着，双臂抱在胸前，来来回回地走啊，走啊，仿佛压根儿忘记了是来探望病人；走着走着，他又用脚踢一踢燃烧的木柴，盯着火苗出神。终于，他转过身来，说道：

“就讲讲您吧，比安基？”

“您想知道什么呢？”

比安基反问的口气中含有疑虑甚至反感，不过仍然是如此顺从和谦恭，令敏锐的特奥多尔听来十分感动。他推了一把椅子到床前，握住比安基的手说：

“什么也不想知道，只想知道您感觉怎么样。如果您没情绪讲话，那么您的手已经告诉了我，它使我知道您已经不怎么发烧啦。”

这时他感觉比安基握紧他的手，然后又不好意思地将手抽了回去。

“您很快就会好的，到时候咱俩就可以各奔东西，永不再见。可眼下您还得忍受我的打搅，您必须知道，我是不想让一个粗手笨脚的小伙子来把您这样的艺术家给毁了的。”

“我这样的！”比安基发出一声苦笑，“您知道我是怎样的？谁又知道我是怎样的？我不过是个短工，拿出了妇人的耐性为妇人雕刻贝壳，以致强健的胳臂不好意思再去碰一块大理石。喏，昨天多承关照，这样也许使可怜的残废人少了一个抢面包的。”

“您的话挺有意思。难道用两句话可以揭示的思想，用两寸大的贝壳就不足以表现么？”

“表现思想也许可以，但要表现形式就困难了。”

“您想必身有所感。”特奥多尔说，“可为什么，您被迫做自己不愿做的事呢？”

雕刻家目光平静地扫视了一下光秃秃的四壁，答道：

“因为我已经过惯如您所见到的这种奢侈生活。我自然也曾想过，要到外面广场上去开始一件大作品，白天饿了以野草果腹，夜里就睡在自己的雕像脚下。可是，人偏偏如此弱不禁风，胆小怯懦，而且经不住人家议论。加之我又少不了酒，少不了女人。”

“那您要是得到机会，可以无忧无虑地雕一件大理石作品吗？”

病人腾地从床上坐起。

“您知道，您这个轻率的问题将造成什么后果吗？”他两眼冒着火星，大声问道，“您瞧瞧那边屋角！我把随着这样的问题所产生的一切，全都扔到了那里。灰尘已经渐渐把它们埋葬掉，这些轻浮多事的家伙，我一看见他们在屋里转来转去，就不能原谅他们。可我却也够傻的，竟让人又骗了一次；因为人家告诉我，要我为已故教皇的纪念像塑一些模型去。好几个礼拜我啥也不看，啥也不想，以全部的热诚投身工作，结果自己挺满意。我这个傻子，瞧我多么想入非非！就是昨天的事呐。我用一块布将模型裹起来，夹着它老远地去见主教会议的秘书。要知道我一心牵挂着这件事，生怕另一个人去会把事情给弄砸啦。于是乎就不得不对看门的那坏蛋说好话，还把自己的最后一个银毫子奉献给了他，他才放我进府去。在府中，那些穿黑袍、红袍和紫袍的教士从头到脚地打量着我，因为我穿着普普通通的衣服，直接从作坊里就跑去了。我心想：让他们爱瞧不瞧！自己只管拿出勇气，带着自己的作品恭恭敬敬地见大主教去得啦。一到他跟前，我立刻发现他情绪恶劣，左右的人已经吃过他的苦头了。我只好简单说明来意，求他赏光看一看我的模型。老头子心不在焉地点点头，对我如今在一伙形容猥琐的教士包围下显得更有气派的塑像还没瞅上一眼，便开口道：'倒也不坏，可是不行，不行！缺少了高贵，我的儿子，对教会的神圣注意不够！带回去熔掉做别的吧，趁料子还是湿的！'我几乎给气疯了。熔掉做别的，好像我已形成的思想也是蜡泥什么的。——我一句话也答不上来。这时他那班扈从却纷纷靠拢，一个个架上他们那表示博学的眼镜，前后左右地品评开了，直到把我的作品骂得体无完肤，就像一头被老狼咬得半死的绵羊；又给拖到狼子狼孙中，让它们练牙劲儿一般。要是我还能讲话，我就会告诉老头子我在工作时所产生的种种想法，因为据说他是一个很有头脑的人，也许听我讲后就会另眼看待我的作品。只是眼下他正没好气儿，所以就让我受尽了糟蹋。终于，我听那些胡说八道听得够了，对那班小人也讨厌透顶；他们讲的与艺术毫不相干，只着眼于伤害我这个人，使我心里像箭穿针刺一般难受。要换成其他艺术家，也许会冷言相讥，挺身自卫。可我——从哪儿我能学到这种本领呢？我的父亲对自己的作品从来不肯多言。

他死去了，罗马城既不因此更热闹，也不因此更安静。加之我向来不乐意与学究们打交道，所以这次我也敬而远之，发誓从此再不跟他们发生任何关系。我走到下面的利别塔街，心中懊恼到了极点，一下就把我的塑像扔进了台伯河。让台伯河去替我熔掉另塑吧，我说。这样心里才稍许轻松了一点，不知不觉就信步走进坎帕尼亚荒原，在那儿让您给发现了。”

“您可注定了逃避不开学究。”特奥多尔过了片刻后以开玩笑的口气说，以便把堕入了沉思的艺术家拉回到现实中来，“您不乐意与我接近，说明您的感觉很准确。要知道我来罗马也是为了啃羊皮古书，发掘那些已少有人过问的久已湮灭的事物，意大利古老城市的历史呀，与外国签订的条约呀，法律文书呀什么的。所以说在双重意义上咱俩都各行其道。”

“您高兴是什么就是什么，高兴做什么就做什么。”艺术家振作精神自顾自地说，“您善良，英俊，又是个德国人。”

“您对德国的学者们不了解。德国学究气比罗马学究气更可怕。我自己有时都对它怀着恐惧。脆弱的心灵让它一瞪，就会变成石头，就像那些看见了美杜莎面孔的可怜虫一样。”

“美杜萨?”

“您了解她想必定比我更清楚。您不是也把她扔到了那边屋角里，动手在贝壳里刻过她多次，但一次一次地半途而废，让她躺在您的工作台上了么?”

“关于她我知道得不多。只不过我还是个孩子时，父亲就给了我个模型让我照着刻。我喜欢这个脑袋，因为我在生活中很少乐趣，所以便受到这个美丽女人所体现的阴郁的死的诱惑。后来，在卢多维希宫[1]，我看到她的全貌，心中再也不能平静，直到在家尽可能地把她仿刻了出来。比之在希腊人的石雕上变成了妖怪来，她在卢多维希宫里要有人性得多，激烈得多。我从来不过问关于她有些什么传说，也讨厌读书。”

“要是您乐意，我可以给您念一念古代一位诗人讲的故事。”

“念吧，越快越好，可——什么时候您再来呢？”他看见特奥多尔站起身，便问。

“今天夜里。”年轻人说，“但不是为了念故事。要知道您还得调养。我啥也不想听，我知道您想讲什么。可病人不允许想干什么就干什么。”

当特奥多尔夜里再去时，发现桌子上立着一瓶酒，壁炉前摆着把舒适的软垫圈椅。比安基已入睡。小伙子告诉特奥多尔，酒赊自小饭馆，软圈椅是从邻居太太家借来的。直到他把这两件东西弄来，比安基先生才不吵不闹，安安心心地睡了。

第二天晚上，特奥多尔实践了自己的诺言，带来一本意大利文的奥维德[2]诗集。他念一会儿又从书边上偷觑一下比安基，只见艺术家两眼望着天花板，一动不动。他也不出一点声音，仿佛让特奥多尔那平和的嗓音给迷住了，内心为他所听见的故事给深深激动着。

---

① 罗马的著名宫殿，艺术品收藏甚丰。
② 奥维德（前 43—17），古罗马诗人，主要作品为《变形记》。

特奥多尔就如此念啊，念啊。当他最后站起来时，比安基不禁长叹一声，喊道：

“您要走了吗？您不知道我多么快活。这些故事对我来说曾经只是些肢体残缺的雕像，身首异处，久经风化，轮廓模糊；可听您一念，它们就自行凑拢来，完整地站在了我面前。我要是手脚听使唤有多好！我的指头儿已经痒痒，真想拿团黏土来捏捏啊。可是您不让，而且就要走——您笑了？我猜得到您去哪儿。去享受您的青春吧。可我现在才该考虑考虑，我夺走了您一些怎样的夜晚啊！”

“它们比我在您这儿度过的更加寂寞，至于我要去的地方，您只猜对了一半，比安基。我是去向两位老人献殷勤，他们那位美丽的女儿，只是偶尔偷偷用她柔嫩的小手碰一碰我的胳膊。我的全部享受只不过是观看和希望。”

“可您却能心平气和地承认这一切，无所抱怨，无所渴求么？我曾经也这么毫无结果地爱过一次。我却像条蚯蚓似的在地上乱扭，并且狠狠诅咒自己瞎了眼睛。”

“我祝福她。当我感到自己的血液流得太狂暴时，我便去到野外，使自己迷乱的头脑清醒清醒；或者在市集广场中闲逛；或者到卡普栖修士们的山上去，那儿的棕榈树干眼下还埋在雪里。棕榈树也必须熬过严冬，尽管它多么向往夏天。”

“可您能够否认，您为了这档子琐事不是太苦了自己，太损害自己的健康么？而且最最糟糕的是，我们会因此变得懒懒散散、婆婆妈妈。只要咱们不当傻瓜，不偏偏去觊觎不可能得到的东西——

那一切都好了。哪个女人不可爱，只要模样儿俊俏，能够弄到手。”

“我不这样想。假如我不打算为了任何一个别的女人就撇下她，那么我所要找的女人就应不同于任何别的男人找的女人。”

“谁还谈这些啊？”

“我想，咱们俩。”

“我可不，”比安基回答，“我真不能想象，像您这么年轻英俊，竟不知道给自己讨些便宜。”

接下来，他很扫兴的样子，不言语了。

“咱们随它去吧。”特奥多尔愉快地说，“各人照各人的想法行事，并为对方过得快活而感到高兴就行了。”

自此他俩没再谈过这个题目，比安基似乎完全忘记了，特奥多尔也未提起。伤势愈见好转，病人的怪癖和粗鲁愈令特奥多尔反感；他对朋友曾经有过的这种那种温情表示完全绝了迹。他避免与特奥多尔握手，也不再讲自己的生活和心绪，也不问特奥多尔现在干些什么，过去经历怎样，甚至于不再叫特奥多尔的名字。然而也不拒绝朋友的一切，不拒绝他经常来，不拒绝他带给自己一些小小的礼品。只有一次，特奥多尔提来一小篮水果，水果上面盖着一些初开的紫罗兰，一切显得那么井井有条，他一见便知是出自一位细心的女人之手，接过去便一言不发，冷冷地往壁炉台上一搁，紧紧靠在那些个淫秽的小雕像旁边。特奥多尔也没吭声，只在离开时取过篮子，怎样提来又怎样提走了。

此外他照旧念书给比安基听，念了古代的诗人，念了但丁和塔索[1]，最后还念了马基雅弗利[2]。他发现，当话题转到政治方面时，比安基都激烈地主张拥护暴君的统治，就像所有在生活中很少乐趣因而蔑视人类的人一样。这时他俩往往热烈争论，但结果是不了了之。可是一当谈起艺术来，他俩的思想感情就十分接近了。眼下比安基已能扶着手杖挣扎到桌旁，重新开始他的工作。他坐在那儿，要么雕刻小头像，要么用蜡泥为新构思的作品捏出小小的模型；这当儿特奥多尔就念《荷马史诗》给他听。那些在广阔的罗马城四处分散着的众神的形象，那些长期来意义模糊，对于他仅仅是一些无人命的美丽肢体的石雕，而今都在他心中活了起来。仿佛他现在方始睁开眼睛，认识了他曾经梦游其中的那个世界。因此他越来越急切地希望再出门去，实地观察他至今在想象中重新和第一次真正占有的一切。

当品丘岗的园林中杏仁树开出粉红色的花时，比安基又站在石栏前，视线越过广阔的罗马城，眺望着对面的群山。躺在他脚下的罗马市声喧腾，阳光灿烂；台伯河金波闪耀；河右岸的恩格尔堡顶上，一面面大旗在从海上送来的和风中飘扬翻卷；而在这一切之上，则撑开着罗马三月明净柔和的蔚蓝色天幕。比安基身子倚着手杖，浓眉底下目光显得阴郁，一副心事重重的样子。特奥多尔也同样陷入了沉思。终于，他从远方收回目光，严肃地望着比安基开了口：

---

① 塔索(1544—1595)，意大利文艺复兴时期的诗人，代表作为诗剧《解放了的耶路撒冷》。

② 马基雅弗利(1469—1527)，意大利政治家和理论家，主张君主集权，代表作为《君主论》。

“您已经痊愈啦。再过几天，您就要搬到利别塔街的新工作室里去。我想，我们这么在一起的时间已不多，然后我也得加紧干自己的事情，减少与您欢聚的次数。可现在刚好，我又有了一个也许能够比较经常来看您的借口，如果您肯改变初衷，以一件对于我本人来说也挺重要的作品作为迁往新居后的第一件工作的话。事情是这样的。有一家我和他们很友好的人，在此地定居下来了，没准儿就永远住在罗马吧。丈夫是个德国人，早年生活在英格兰，娶了一位英国妻子；妻子给他生了两个小孩，一个儿子和一个女儿。儿子患有肺病，医生建议来意大利尝试最后的救治办法，所以全家便迁居到了这里。和所有认识他的人一样，我也挺喜欢这位青年。一想到已目睹着一个如此可爱和高贵的人被埋进对面泽斯蒂陵墓旁的黄土里，心中至今犹有余痛。他死在去年冬天。而今他父母想在他墓前立一块石碑，希望碑上的雕刻能表现出他的品格，以作为对他的纪念。这样一件作品，我最最希望的是托付给您来完成，其他任何人我都信不过。”

“您可以信赖我，特奥多尔。”雕刻家说，“我也想看一看，我能做些什么。”

“您愿不愿意认识一下青年的父母亲，听他们谈谈对于墓碑的想法和希望？”

艺术家沉默了半晌，最后平静地回答：

“不，我不喜欢结识人，看人流眼泪。您说您也爱他，这就够啦；我是为了您而作——可您不要见怪，”他停一停继续讲，“是我自己不能够去。谁想与我结识，他就必须像对付陷阱中的熊似的毫不客气；我只有在逃无可逃了，才会乖乖儿地用后脚立起来，嘟囔两句。不过让他们最好别这样干。由我先做起来吧。在模型已经做得差不多，连外行也能看出个眉目来之前，我什么也不想说，什么也不想让人参观。那以后他们就可以来了。”

他们又谈了些别的事，比安基越来越高兴，甚至可以说有些志得意满；反之，特奥多尔脸上却蒙上了一片阴影。两人就这么整天待在一起，心中都有着依依惜别的情绪。要知道这是他俩第一次一起在公共场所露面，置身于喧嚣的车马和欢笑的游人包围之中。比安基不肯让特奥多尔扶自己。他慢慢走在朋友旁边，眼睛不住地瞅着来来往往的女人和姑娘，她们许多人都像认识他；时不时地，他也向某个熟人点点头，但并不与人家搭话。他走过以后，不少人便停下来窃窃私语，指点着他的脊背，脸上带着既怜悯又敬重，以至还含有某种恐惧的表情，一直目送他走远。他自己却似乎毫不察觉，眼睛只平视前方，甚至常常越过人群向城外的宫堡及其后边的坎帕尼亚荒原眺望，目光炯炯有神。

“您在想什么？”特奥多尔问。

“我在想我那些老鼠，它们头上的房顶就要拆掉，日光很快会射进它们秘密藏身的洞穴，它们将怎样生活下去呵！我知道，它们已经有了家累。可怜的笨蛋！它们和一个人在同一所房子里生活了这么久，到头来却从他那儿什么也没学到。瞧我多么痛快：贫穷，自由，孤身一人，搬起家来用小车一推就完事！”他伸出胳臂来挥动着，好像面前不管有怎样的重负也乐于承担似的。比起以往任何时候，他看上去都更加年轻，更加精神焕发。

傍晚，他请特奥多尔陪他去一家小酒馆，那儿是他受伤之前夜里经常待的地方。

“我要让您了解，优秀的罗马社会是什么样子，所剩不多的善良的罗马人是什么样子。”他说，“对于贸然闯进他们圈子里的外国人，他们是有些不信任的；他们不清楚这些人想干什么，或者说太清楚他们想干什么。据说在那些上等人家里情况也好不了多少。您呢就只顾喝酒，休管闲事，他们愿意干什么就让他们干什么。我这会儿很想去看看，即便带去一位德国人也不要紧，因为他们是挺尊重我的。”

他领着特奥多尔穿街过巷，远离海神广场，朝着伯尼尼[1]的杰作之一——迪·特列维喷泉所在的方向走去。在由岩洞和壁龛组成的高大假山中央，水神巍然屹立，统驭着从四面八方喷射出来然后落入一个深深的石盆中去的水柱。正对着这群巨大的喷泉，蹲伏着一所低矮而古老的房子，门上挂着一盏昏暗的油灯。他俩跨进门去，到了占据着整个房子宽度的前室中，酒馆的店堂就布置在这里。只见在已让烟熏黑的后墙前炉火熊熊，右手边则有一架木梯通向楼上。室内除去桌子板凳别无长物，座位已全让形形色色的闷声不响的酒客们占据。一个年轻店伙给客人送上一盆盆熏鱼、色拉和通心粉，一会儿消失在一扇折门中，一会儿又提着重新装满的酒瓶跑出来。

两人一跨进门，店堂深处便发出一声欢呼。

“Eccolo！[2]”一个肥胖的妇人喊叫着，挤过桌子，奔到门边，同

---

① 伯尼尼（1598—1680），意大利著名建筑家、雕塑家和风景画家。

② 意大利语，意为：是他！

时用围裙擦干自己的手，“Eccolo！热烈欢迎，卡尔洛先生！”边喊边与他亲切握手，“切柯，快拿半升昨儿个刚进的弗拉斯卡迪酒来。瞧瞧，瞧瞧，卡尔洛先生！您想得到吗，咱刚刚才在跟我的多美尼柯念叨，对他讲：‘多美尼库契约，你小子真是个懒蛋加废物，干吗也不去打听一下咱们的卡尔洛先生身体怎么样啦！你可知道，咱只有一双手，管了孩子还要侍候客人，侍候了客人还要侍候你这个蠢货。可我觉得真不知要等几百年才能再见到他——他可是个好样儿的人啊。’‘我的拉拉，’他回答，‘咱明儿个就去，并且你要是同意，一点儿新进货的酒想必卡尔洛先生是不会不收的，比如一瓶巴利勒托什么的。’‘好哇，库契约[①]，’我说，‘这可是咱俩结婚十年来破天荒头一遭听见你出了个好主意。’可偏巧这节骨眼车夫吉罗拉莫凑上来讲，他在品丘岗见到了您，咱于是便说：‘感谢上帝！这样等不了多久，咱们又会见到他啦！’正说着您就拉开门，站在了我面前不是。说真格的，卡尔洛先生，您看来养得挺不错，模样儿越发漂亮了；我原本不相信吉罗拉莫的话，可圣母就是显了灵，我到底没有替您白念那么久《玫瑰经》啊。”

“如此说我没给疯狗把命送掉，只是躺了一些日子，还得感谢您喽，拉拉太太。您的老婆真是全罗马最能干的女人，多美尼柯，一位圣女，一件上帝赏赐给人的至宝！可不，我又来啦！”雕刻家一边说，一边使劲儿与老板握手。老板是个显得有些呆笨的和善的汉子。“还有这儿这位先生，你们知道就是我的朋友，就是他将我

---

① 和前文的多美尼库契约一样，均为多美尼柯的昵称。

从那群畜生嘴里救出来的。可瞧啊！那边坐着的不是我高贵的基基么！瞧他这么又吃又喝，塞满一嘴，连向我问声好的工夫都抽不出来了。基基，真不害臊，老朋友死里逃生，你就这么冷冰冰地来迎接他么！”

“他问起您的次数可是比谁都多，卡尔洛先生，”老板娘悄声说，“有整整一个礼拜，一谈起您就一杯酒都喝不下。他只是害臊，不敢来看您。”

贤惠妇人所讲的那个汉子坐在靠中间的一张桌子上，背死死贴着墙，正大块大块往嘴里塞熏鱼。他身材魁梧，秃顶上压着顶便帽，黑色的上衣一直扣到脖子根儿，神态举止中自有某种与众不同的庄重，虽然他并不有意突出自己。

比安基走过去，隔着桌子挥手向他致意。

“亲爱的基基老兄，”他说，“别在意！咱们彼此了解。”这时比安基才发现，这位仪态端庄的男子眼里闪动着泪光，只是以一个劲儿地吃喝来掩饰自己悲喜交迸的尴尬。

“他是位歌手，”比安基向特奥多尔咬耳朵，“这人信教，所以每逢节日都去参加唱诗班的合唱。人家想赶他走，因为他训练有素，显得太突出了，可他却给人家个不睬不理。坐在这儿的全是些自由自在的人。走，我的朋友基基已给咱们挪出座位来了。”

说话间小店伙已经拎着条不那么干净的抹布走来，替他们擦擦桌面，然后搁了两瓶开了盖儿的酒在他俩面前。特奥多尔坐定了，比安基却仍走来走去地跟人握手，回答人家好奇的询问。桌子上方挂着一盏冒着油烟的铜灯，三根红色的火苗射出昏黄的光。特奥多尔过了好半晌，才终于习惯弥漫在室中的人汗气和烟草味儿，以及掺杂其中的炸鱼的油烟。可是不多会儿他就忘记这一切，让坐在对面桌上的奇妙的一对儿给吸引住了。那是一个身着阿尔巴诺[①]山村姑娘服装的少女，红色的背心紧紧束着刚刚成熟的胸部，背心上面是花边绉领，辫子上用巨大的银针别着一块平整的白色头巾，但是并未能遮掩住她的头形。在这些地区三位司美女神[②]总喜欢结伴而行，因此她的脸正像初绽的鲜花似的焕发着青春、妩媚和健康；只有那张小嘴流露出羞怯与克制，甚至也可说带有某些听天由命的悲哀；一双大眼睛完全闭了起来，只剩下这么窄窄的一条闪闪发光的黑色的缝，表明它们仍然是醒着的。

她慢慢地、心不在焉地吃着面前盆子里的东西，有时也喝一丁点儿酒；她黝黑的脸庞始终燃烧着两朵红云。在姑娘身边却坐着个罗马本地装束的老婆子，一双眼睛滴溜溜地东张西望，只不过闷声不响，津津有味地享用着自己的酒和菜。这一老一少绝无丝毫共同之处，但显而易见又是一块儿的。

比安基终于回到座位上，可是他刚刚喝下一杯酒，却已可笑地身子往后一仰，惊诧地叫出声来：

“圣母玛利亚啊！多么漂亮的一个美人儿！您怎么选到这样一个好邻座，基基先生！是您的侄女？或者甚至是一个让您遗弃了的亲闺女，后来终于在一个美好的日子里来到您的眼前？愿主保佑她的母亲！”

---

① 离罗马不远的一个小山城。

② 指古罗马神话中司青春、美貌和娴静的三女神。

"什么话！什么话！"歌唱家严肃地回答，"我倒愿意您说的是事实。自己去问问她从哪儿来的吧。我已问过，可她那张甜蜜的小嘴不肯回答。"

比安基犀利的目光射到老婆子身上，憋着嗓子眼儿说：

"是的！是的！我想咱们认识，对吧！"

老婆子听见了他们的对话，把瓶里剩下的酒斟在杯里，搭讪道：

"一个傻丫头，我的爷们，一个可怜的无父无母的傻孩子，当我遇见时已落在山里的坏人手里，小小年纪实在叫我心疼。落在坏人手里可容易给毁掉呐！所以我把她带到罗马来，看在仁慈的主耶稣分上。在这儿尽我一个老婆子的能力供养着她，让她正正当当、清清白白地活着，这可怜的丫头！抬起头来吧，卡特琳娜，老爷们想问你话哩。"

姑娘很听话，一双大眼睛在比安基身上停了一忽儿，接着又垂下眼睑。雕刻家欠起身来，探过头去。

"你叫卡特琳娜？"他问。

"是的，先生！"她声音低沉，但却挺柔和。

"多大啦？"

"十八岁。"

"准保丢了个情人在阿尔巴诺，或许还不止一个哩。"姑娘摇了摇头。

"瞧您说的！"老婆子赶紧插进来，"还是个黄花闺女，我告诉您，"她一边讲一边点头，以加强自己的话的分量，"可不，可不，一个闺女，贞洁得如同基督身上的鲜血。要不我肯收留她吗？"

“好啦，好啦，老妈妈！我要是信以为真，那只是相信她那张小脸儿，而不是看了您这张老面皮的缘故。喏，她会跳舞吗？这位先生是位外国人，我想让他见识见识咱们精彩的萨塔莱洛舞[1]。”特奥多尔说了几句表示感激的话。老婆子对老板娘一招手，卡特琳娜便默默地站起来。马上周围几张桌子就被挪开，腾出一个小小的场子；与此同时，老板娘送来了手鼓。老太婆拿着手鼓坐到角落里，其他酒客则一个接一个围过来，招待客人的小伙子也摆好了跳舞的架势。这当儿比安基凑近朋友耳朵说：

“瞧那身段，瞧那手和脚多么细腻，瞧她站着的姿势！多么完美，真是我见所未见，还有那对可爱到极点的耳朵，周身上下没得说的，只是自己还不很清楚自己有多美。可惜我不得不让切柯去给她搭伴儿！本来我还是能跳两下子的。喏，我可劝您，长得有眼睛什么的就尽量睁大点儿。奇迹马上会出现。”

特奥多尔才用不着提醒哩。他背靠着桌子，目不转睛地望着卡特琳娜。一等手鼓急速敲响，姑娘便翩翩入场。拉拉站在老婆子旁边，手里打着响板。原本一动不动地坐在自己桌子后边的歌手卢基[2]先生，等姑娘一开始跳就情不自禁地哼起一支曲子来；哼着哼着又添上了歌词，直至末了引吭高歌。特奥多尔虽然不懂歌词的意思，但那两种单调的乐器的热烈伴奏，特别是那位舞女的巨大魅力，已经渐渐地使得他心乱神迷，目光凝定，仿佛见到了一个完全陌生的世界。一切他原来熟悉的、亲切的和珍视的东西，一下子都变得朦

---

① 一种意大利快速民间舞。

② 前文中的基基是卢基的昵称。

胧不清，虚无缥缈，失去了所有的光彩。各种各样的人物、思想、愿望、渴求，统统随着手鼓沉重有力的节拍，像接受检阅一般，依次从他似迷乱却清醒的心中闪过。他决心抛弃这一切，他仿佛听见心中有一个声音在喊：你们一钱不值，行尸走肉。这儿才是生活！这儿才有幸福！

直等舞跳完他才如梦初醒，心神恍惚地环顾四周，然后就机械地伸手去取自己的帽子。

“您要走？现在？马上？”比安基惊讶极了，问，“我看得出来，您不高兴待在我这些朋友中间。”

“您完完全全把我看错了，”特奥多尔回答，目光阴郁地凝视前方，“我很乐意留下来，很乐意！可我已经答应过别的人，必须去赴约会。明天见吧，比安基！”

“噢，可惜，可惜！”比安基喃喃道，“好吧，祝您和您的朋友过得愉快。可惜，可惜！”

当特奥多尔转过身往外走时，比安基尖刻地苦笑了笑，但是，他也感觉到，他却并不是那么不乐意朋友走的。

到了外面，特奥多尔站在大喷泉面前，深深呼吸那渗着水沫的湿润空气，静静谛听那水花激溅出的唰唰声，以便使自己的神志变得清醒一些。日光辉映着水神的脑袋和胸脯的一部分。再往下就一片黑暗，只有水珠发出一点儿微光。他摸下台阶，喝那石盆里的水，仿佛想让这水洗去心灵中的惑乱；然后，他在石盆边上坐下来，沉思良久。他想起了一个传说，说什么谁要饮了这座喷泉的水，就会永远像眷念故乡一样眷念罗马；这一来他又百感交集，心乱如麻。

直到对面小酒馆中重新响起手鼓声，他才惊慌地从喷泉下边爬上来。他好不容易才强迫自己再次经过酒馆门前，转进一条横街。他听见远远地传来沉浊的手鼓声，又站住脚，思想斗争了好一会儿。终于，他下定决心，向着在下半城的玛利的家走去。

特奥多尔跨进门，室内的谈话便中断了；他的未婚妻站起身，迎上来和他亲切握手。她无拘无束地仰望着他，他便细细地端详了一下那张高贵的脸；接着，他走向岳母，老太太也和蔼地招呼他，并从蒙着绸子的安乐椅中欠起身来与他握手。她，还有女儿也一样，都仍然穿着黑色的衣裙；只是老太太的头发上压着顶蒙有黑纱的灰色软帽，姑娘却用一条窄窄的黑缎带把褐色的鬈发束在额头上。岳父也热情欢迎他，把他介绍给围坐在灯光明亮的圆桌旁边的几位绅士。其中两位英国人是哥儿俩，刚从英格兰来，是这一家人的老朋友。为了对客人表示尊敬，大伙儿全讲英国话。

“您迟到了，亲爱的特奥多尔。”岳母说，“刚才咱们给各位贵客讲了咱们爱德华最后的情况，可惜您不在。当初我这双眼睛很不中用，而他爸爸和玛利又都病了，这您是知道的。我们的悲痛全都比您大，因为您几乎对他毫不了解。所以您头脑最清醒，能够补充我们所讲的；我们却像做了场噩梦一样，头脑里只有支离破碎的记忆，就算到了今天，还几乎觉得难以置信哩。”

特奥多尔说不出话来。他一跨进这间屋子，屋里的安静和沉痛气氛，还有那陌生的面孔和陌生的语言，统统都使他感到心里憋得要命。此时此地，在他刚刚正视了充满欢乐的人生本相以后，却要让他来给一些素不相识的人讲可怜的爱德华临终时的情形！他不禁浑身一阵寒栗，神志又回复到了刚才在小酒馆中的似迷乱却清醒的状态。他的心挣脱了一切自我克制和自行束缚的坚固藩篱，如同脱缰野马似的自由驰骋。他的头脑好似失去了清醒的意志控制，仅仅在做着一个罪恶的梦。可是这梦中的形象在他清醒后仍出现在他面前，把他与他过去所珍视的一切隔开；那条联系着他与过去的纽带已经在梦里给扯断过，如今在他看来是太脆弱了。

在座的人都以为他太难过，所以才一言不答。他坐到玛利身边，久久地盯着她苍白、清秀的额头。这额头上的宁静更叫他不安。玛利那双明澈的碧眼幸福地、严肃地直视着他，但今天已失去对他的魅力。他清清楚楚地感觉到是由于他自己的无能为力，他今天已无法像以往那样再因看见这高贵的少女而欢欣喜悦，再贪婪地谛听她那迷人的小嘴所吐出的每一个字，再敞开心胸去感受领略她那妩媚的脸庞上的每一丝笑意。他有一阵竭力想克服自己的这种冷漠，这种冷漠令他非常痛心。可是没有用处。

姑娘觉察到了他内心的矛盾。但碍于有其他人在旁边，她没能以自己的亲切热诚将他这颗已经离她而去的心拴住。一位客人问起为死者立碑的事。特奥多尔打起精神，告诉大伙儿，他今天刚遵照岳父母的愿望把任务交给自己的一位朋友，并且大概讲了讲这位雕刻家的个性和遭遇。玛利的父母亲对此人比较了解。但有位客人听了简单的介绍似乎不以为然，他说：

“但愿此人也能在自己内心体会到一丝丝爱德华的品格，也能珍视我们亲爱的死者的柔弱的形体和短暂的生命，把他当作自己的亲人一样。可这家伙如您所描绘的是个急躁、固执的人，要他体会咱们爱德华那种活着只为自己的亲人，在停止呼吸前的最后一刻还为自己亲人祝福的高贵禀性，不是比什么都更困难吗?”

“不错，他是粗鲁、急躁，”特奥多尔回答，“可是美却能感动他，对崇高的东西他也能心怀虔敬，真诚领受。我曾给他念《荷马史诗》，见过他如何为诗中的田园牧歌部分，我想说的是富于女性的部分，所深深打动。”

“也许这比起那些单调乏味的战斗和冒险描写来，更投合他的艺术情趣罢了。要知道有一颗能接受某些共同的、自然的、异教的情感的敏感心灵是一码事，有一个能容纳咱们宗教的众多福佑的广阔胸怀又是另一码事。爱德华是位基督徒，而您的朋友充其量只是个表面上的天主教徒而已。”

“我不否认，”老太太也开了口，“对这个问题我也有过考虑。在把这件咱们大家都很重视的工作交给一个陌生人以前，至少也希望有张草图，以便大家议论议论，做出决定啊。”

“我了解他的脾气，亲爱的妈妈。”特奥多尔加重语气说，“如果他的方法是有了想法就画在纸上，那自然可以向他提出要草图的问题。可他喜欢的是立即用黏土塑出相当大的模型，而且这次还特别请求放宽时间，等他塑好了模型再谈其他。成不成由你们决定，这个他也知道。”

接着是一片静默，特奥多尔带着几分激动的话音仍在室内嗡嗡回响。玛利走到钢琴旁，企图以音乐来打破尴尬的气氛。只有在特奥多尔身上没有效果，玛利弹唱的简单歌曲对他毫无魅力，他的耳朵里又倏然出现了那手鼓急促而疯狂的节奏，那歌手的奇妙歌声盖过了眼前现实的声音。他看见比安基盯着他的自信的目光，听见了比安基说的话："奇迹马上会出现。"而现在包围着他的一切却是陌生的，冷静的，平庸的。

玛利唱完又坐到他身边来，操着德语和他谈话，询问他这一天怎么过的，工作如何，比安基好不好。他心不在焉地应对着。同样也有些心不在焉地，仿佛是自言自语，他向玛利讲了那家小酒馆，讲了那个姑娘所跳的舞。当他偶一抬头，发现玛利的两道纤眉紧紧蹙了起来，谈话就再也进行不下去。父亲打听一些英国家庭的情况，客人们便大讲特讲，不厌其烦。所谈到的人都是特奥多尔不认识的，他于是重又心猿意马，想起自己的经历来。他终于走了。客人们却留宿在玛利家中。这样，在他感觉，他是一下子被逐出了这个他曾经为其中一员的家庭，由于双重的原因，一个原因在他自己，一个原因在其他人。

心神不定，进退两难，优柔寡断——这种种情况在罗马比在别的任何地方都更令人烦恼，令人焦躁不安，罗马处处都是人类纯净力量和坚定意志的伟大表现；就算你想在自己最狭小的活动圈子里健康、诚实地生活，你也只有消泯掉内心的嫉妒和痛苦，才能适应得了这样一个环境。在罗马谁若不能以强力逐赶跑自己心中这些暧昧模棱、不死不活的情绪，它们就会像瘟疫似的快得令人难以置信地滋长蔓延，吞噬掉你的整个宁静。什么自我安慰、自我蒙骗，通通别想；周围事物的开阔明朗，古代世界的天才而自然的表现，时时刻刻令你垂头丧气，羞愧无地。

可我们过去只习惯说并不真想说的话，做并不真想做的事，现在想一下子抛弃自己的义务，就不能不重新与自我搏斗，跟自己的良心发生冲突。要想挽救自己，需要有坚定的信念。特奥多尔恰恰缺少信念，有的只是怀疑、震惊。在比较冷静的时候，他一再对自己重复那句古老格言：人跟人不一样。像比安基那样的处世之道，他曾经常常认为是最合乎人性、最必不可少和最纯粹自然的，这时又使他觉得近乎卑下了。他感到羞愧，他竟然羡慕过比安基。一片温柔的光辉，这时又把他那些亲近的人的形象围绕起来。他腾地跳起，满怀激情地向他们奔去。可是到得那儿，他发现他所要找的人都处在一种平静、庄严的环境中，他就无法再倾吐自己的心曲，只好强压着激动的感情，就一些与己无关的事情和他们做一番不痛不痒的谈话；他甚至连临别时匆匆拥抱一下爱人的机会都找不到，于是在孤寂中重又失去自制，发疯似的怨恨起生活的索然寡味、矫饰造作和悖乎自然来。随后，他就可能沿着台伯河河岸，在比安基的门前来来回回走上几小时，眼睛盯着对面梵蒂冈巨大建筑群中巍然矗立的圣彼得大教堂，或者循着穿过丛林的江水，眺望那远方的原野。临末，他可能一溜烟奔到朋友的门前，但是却不叩门，倘若他真进去了，那无谓的苦恼自然便告消失。他在工作室中来回踱着，谈着艺术方面的事，那个眉飞色舞、兴高采烈的劲头儿，很难说是正常的。

朋友这一稀罕的兴奋状态没有逃过比安基的眼睛。但他避免刨根问底，就跟他一贯不愿谈论个人生活和内心感受一样。然而也正是这种烦躁不安的表现，使他一天比一天更离不开特奥多尔。他自己呢，自从伤愈以后行事和言谈倒全都变得温和和欢快了。每次一听见特奥多尔叩门，他便用一块布将正在塑的大模型遮盖起来，然后急急忙忙去把门打开，他仍然很难得对朋友做一点儿友爱的表示。只不过他脸上的神色流露出，朋友的到来是他再高兴不过的事了。他随后便坐在敞开的窗前雕他的贝壳，脸几乎从不转过来瞧一瞧特奥多尔，一边和他谈话一边继续不停地工作，有时两人也共同念一本书。经过特奥多尔的介绍，他为自己的作品找到了一些买主，所得的收入多达从前那些商人所付给他的两倍；只不过他的新居仍和从前的一样，简简单单。诚然，在挂着美杜莎多面像的秃壁上如今洒满了金色的阳光，透过窗户还能观赏到迷人的远景。

五月的一天傍晚，当外边的台伯河畔已经人声静寂，灌木丛间的蚊虫开始恣意嬉闹的时候，比安基家的门环突然比平常任何一天都更加急促和响亮地叩动起来。他从模型前站起，但没像以往那样用布将它盖起来；他刚才也只是坐在自己的作品前边沉思。“今天就让他看吧，”他自言自语说，“要是这个闹翻了天的人果真是他的话。”说着他便开门去了。

年轻人呼地一头冲进来，面孔激动得通红，两眼闪闪发光。

“比安基，”他嚷道，“比安基，我从她那儿来，我又见着她啦，同她说了话，奇迹又渗透我的全身，一直到骨髓里！可您，亲爱的，瞧您有多坏，您不是对我说过她走了，回山里去了，从老婆子手里逃跑了什么的？也许人家真这么告诉过您吧？可她还在此地，两个月之久寸步未出罗马城。开口呀，比安基，这下您还有什么好讲？

赞美我的命运吧，是命运把我送到了她身边，眼下我还因此心醉神迷啊！”

他激动得绕室狂奔，如入无人之境。他没看见比安基站在门框里，面如死灰，急切的目光死盯着他来回移动。

“卡特琳娜？”从比安基的嘴里好容易吐出来一个词。

“卡特琳娜！”朋友嚷着，“是她，就是她，又漂亮，又娴静，眼睛里说要天堂有天堂，要地狱有地狱，就像那第一个难忘的晚上一样，只是嘴唇周围已不再挂着凄苦与哀愁，身上已是罗马打扮。猜一猜怎么发生的，当时我坐在家里啃书本，天气闷热得叫人实在不耐烦，最后到底忍不住跑了出去。走过几条街以后，碰上一群急急忙忙赶路的盛装的人群，便问其中一位：上哪儿去？——去品丘岗看赛马，人家回答。我本是漫无目的地走走，便随着大流，稀里糊涂地到了岗上。昨天我见过工人在这儿搭看台，今天那上边却只见人头攒动，费了老大的力气才找着一个座位，而且一开始觉得相当不舒服，因为正对着太阳，看跑道时非常晃眼。我开始考虑是走呢还是想什么办法遮一遮，正站在那儿犹豫不决，这当口往下一瞅却发现一顶绸阳伞，伞下露出半个后脑勺和脖子，模样儿十分迷人。我于是马上坐定，同时把身子探到伞下去，问把脸调向一边的邻座，她是否可以行行方便，让我也遮遮阴呢？她调转脸来，一道闪电顿时在我心中一亮，我认出是她，她看来也认出了我，只是不肯答话。这时候老婆子也出现在我旁边，唠唠叨叨，煞是客气，吩咐卡特琳娜让我一块儿用伞。比安基，想想她怎么用小手把着伞，模样儿羞答答的，态度又那么亲切，接着便谦逊而明确地回答了我提出的一个接一个唐突的问题，嗓音是那么甜，那么低——所有的语言都没法形容啊！我神魂颠倒地坐在那儿，对周围一切都视而不见，恰似就只有我和她在那顶小小的伞下。这伞已让我变成一所房子，我感到在里边和她过了一小时又一小时，一天又一天，一年又一年，对人世上的其他事情全都无所谓了，仿佛我已经获得永生！我哪儿还有眼睛去看比赛呢！我只是留心那疯狂的奔逐给予卡特琳娜的影响，看她在一名骑手勇敢地转过险弯或一辆车遥遥领先时如何雀跃欢呼，看她在一匹得胜的骏马喷着鼻息、得意扬扬地从看台前走过时如何兴高采烈。'神圣的自然啊！'我内心发出呼唤，'你在这双眼睛里笑得何等天真，何等欢畅！谁要能得到这双美眸的含笑顾盼，他就该可以把整个身心都交还给你了啊！'——往后我心里有多么激动，多么欢欣，就别让我再讲了吧。比赛结束，观众纷纷退场，我的两位邻座也站了起来。我自告奋勇要领她们穿过汹涌的人海，送她们回家去。年轻的一位轻言细语地表示拒绝，不过态度十分坚定。老婆子在她背后挤眉弄眼给我打暗号，我却压根儿懂不了。然而我仍远远地跟着她俩，下了品丘岗，朝着城里走去。我感觉，在老婆子有一次对我转过身来以后，姑娘的脚步就加快了。终于在玛尔古塔街，她们走进了一所房子。我没敢去敲门，只是双脚像生了根似的在房前站了半个小时，一次一次发现窗帘掀动，就是不见人影。仅仅有一次，老婆子的丑脸在窗口那么一晃。她没瞅见我，因为我藏身在一片房屋的阴影下。最后我终于狠心离开了，来到了这里。不过话虽如此，脚底下仍火燎火烤，整个心思还为她所占据，别的人真的完全顾不到。"

他倒在一把椅子里，没注意比安基仍然一动未动地站在门口，一声不吭。他两眼呆视前方，又开了口：

“今天是第一次，在几个礼拜的抑郁苦闷后充分享受了生活，虽说只一个钟头，却把我变成另外一个人啦！谁要能永远这么张满风帆，到大海里去遨游有多好！但是，我们却只能驾着一艘破船，沿着海岸弯弯曲曲地行驶，直到最后撞碎在一块礁石上——这真是可悲又怯懦啊！”

说这几句话时他抬起眼来，目光正好落在面前的浮雕上。透过窗户的夕照泛着红光，浮雕上轮廓分明的人物历历可见：河岸上站着一位少年，岸边靠着一只船的船头，船上立着个体格粗壮的老船夫，正等待开船的模样。少年已踏了一只脚在船帮上，头和举着的胳膊却朝着另一边，那儿有一位丰满的女子，手捧丰收之角，坐在一株果实累累的树下，低垂着头，神情哀伤。[1]一个爱神倚在她身边，手中倒提着的火炬行将熄灭，眼睛盯着准备离去的少年，想知道有无可能挽留住他。但是在他们和少年之间，却隔着命运之神的可怕形象，威严地表示着反对。

特奥多尔久久地凝视着浮雕上的少年的头颅，它那线条太令人倾倒啦。特奥多尔曾经给比安基弄来一张爱德华的像，是玛利在他临死前几天亲手画的。画上的高贵的面容已经超脱凡俗，特别是那双眼睛，又大又明朗，非常令人感动。加之摒弃了所有的枝节，所以看起来姊弟俩就相像得要命，以至让人为活在世上的一位担起心

---

① 这整个是一幅寓意画，画中少年代表死去的爱德华，捧丰收之角者为希腊神话中的幸福女神福丢娜。

来。特奥多尔第一次感觉到了这点。他曾经见过处于悲痛时刻或感情冲动中的玛利，记得在她娇嫩的脸上双眼如何闪着阴郁的光，严肃的嘴如何微微翕动，发现与她像上的弟弟实在没有两样。

特奥多尔再也坐不住了，于是走到浮雕跟前。他心中不再进行斗争，一下子便感到什么都决定了，所有与这张高贵和优雅的容貌联系在一起的危险都已经克服，不是只对今天，而是永远永远。他就这么站着，直至晚霞消散，朦胧中什么也不再看得见。随后他一言不发地走到门边，匆匆地拉起仍旧站在那儿的比安基的手，在握住这手时竟未发觉它是多么冰凉，多么缺少生气，自己径直离开了。

等门砰的一声锁上时，比安基才猛一哆嗦。他神不守舍地瞅瞅四周，身子仍然倚着墙壁，一动也动不了；虽然决心早已下定，手脚就是不听使唤。夜幕降临后，他才终于克制住浑身的战栗，把两个拳头压在眼睛上，站直了身子。随后又大吼一声，这样才似乎恢复了神志。他脚步平稳地走出家门，来到街上，没有引起任何一个在夜色中散步纳凉的人的注意。他心不在焉地东瞅瞅，西望望，终于走到了玛尔古塔街，毫不迟疑地就去敲一幢小屋的门。门开了，他跨进走廊，面前出现一道陡直的石阶，石阶的顶上拖下来一条光带。那儿站着个端着灯的女郎，正是卡特琳娜。

她身子倚着栏杆，把灯远远地伸到前面，竭力要看清黑影中的那张熟悉的面孔，流露着喜悦的神态，可爱到了极点。比安基站在下边把这少女的完美形象欣赏了好一会儿。

“上来呀！上来呀！”她呼唤仍在底下磨蹭的男子。

比安基慢慢登上石阶。可在灯光照到他脸上的一刹那，她唇边的微笑和欣喜立刻消失了。

“卡尔洛，我的上帝，你生病啦！”她冲他嚷出来。

他轻轻推开她，举起手指头来摇了摇，说道：

“没事儿！进去吧，卡特琳娜，进去吧！”

她忧心忡忡地跟着他，进了一间低矮，但却清洁雅致的小房间。窗台上摆着花钵，窗前挂着鸟笼，笼中一只小鸟让灯光给惊了，正扑打着翅膀飞来飞去。桌子上躺着把亮锃锃的吉他。老婆子坐在桌旁做针线，这时站起来欢迎进屋的男人，态度卑屈粗鄙。

“晚上好，卡尔洛先生！”她提高嗓门儿道，“身体怎么样？您来得可正是时候。这可怜的傻丫头唱歌老忘词，弹琴老跑调；讨厌的鸟儿——这也是您送给她的不是，叫得使她不耐烦。‘孩子，’我说，‘你的心肝宝贝儿他会来的，小傻瓜，你真正是个小傻瓜！’‘涅娜，’她说，‘我真害怕呀，我的心不知为什么跳得这么厉害哩。’‘别吵！别吵！’我说，‘你是个孩子。有这么一位先生把你捧在手心上，爱你，疼你，把你当作自己的……’”

“可他要把你送进地狱，你这个该死的老巫婆！”比安基狂叫着，冲到老婆子跟前，“毒蛇！贱货！不看在你的白发分上，我就要让你尝尝我的拳头。”他猛烈地摇撼着老婆子的肩膀，额头上青筋饱绽。

老婆子蜷缩着身子，眼睛瞟着他，结结巴巴地哀求：

“请别对一个老太婆开这么厉害的玩笑吧。您会把我吓出关节炎来的。什么哟？有话请好好讲嘛，卡尔洛先生，别满嘴都是亵渎基督的话，叫人画十字和祷告都来不及哩！您这是生可怜的涅娜哪门子气啊?”

“我生哪门子气?”比安基气急败坏，猛地把老婆子一推，老婆子一个踉跄就跪在了地上，“你这个下贱坯，你还有脸问?你在骗了我之后还敢在我面前装清白?我有没有警告过你，叫你照说的做，千万别受魔鬼的诱惑，不然就要你老命?可你贪得无厌，拉皮条拉上了瘾，心里痒得熬不住，硬要把这姑娘给我糟蹋掉，把她带到人多的地方去招摇，看看能讨一个比我比安基更有钱的大爷喜欢不，我这个雕刻匠可是靠自己的汗水活着，并且养活了你们哟！滚！马上给我滚出这所房子！别哭哭哀哀！我清楚你。我本该早想到，在你那干瘪的胸膛里藏着的只有背叛，只有地狱里的种种阴险伎俩，你哪里充当得了保护人呢！”

老婆子从地上爬起来，站到窗前，远远地窥视着他，同时装出一副卑怯的神气。

“您骂得对，卡尔洛先生，”她说，“我不该那样做。可我只是可怜这丫头，瞧她一个人怪寂寞的，不论礼拜天或是其他日子，除了一片房顶就什么也看不见，要不就只是您间或夜里领她出去逛逛，看见的也不过几条黑漆漆的街道和一片星空而已。‘孩子，’我说，‘他是个好人，不会生气的，只要你今天晚上告诉他，你去看了赛马来着。’可怜的丫头，她还不答应；可我看得出来，她心里是很想去的，于是又劝她。喏，现在又怎么样?您要不大动肝火，她倒也真的过得挺快活哩。她眼下站在那儿不还是老样子，连一根汗毛也没少嘛！可您刚才骂的那些话，卡尔洛先生，您应该感到害臊才是。要知道，我这个可怜的老婆子可是忠心耿耿，为的只是给您效劳，讨卡特琳娜欢心啊。”

“你走开，”比安基冷静下来，板着面孔说，“别再跟我唠叨!”

比安基站在桌旁，低垂着头，拳头撑在桌面上，像是想起了别的什么。老婆子紧紧地盯着他，蹑手蹑脚去到姑娘跟前；姑娘坐在屋角里的一只矮凳上，低眉顺眼，一动不动。

“孩子，”老婆子咬着她耳朵说，“去求求他!”

卡特琳娜瞅了比安基的脸一眼，摇摇头回答：

“不，没用!”

老婆子只好凑到比安基跟前，哀求道：

“求您至少让我在这儿过一夜吧。不然我上哪儿去安身啊？我的一点点家什怎么来得及收拾啊？看在最最慈悲的圣母玛利亚分上，卡尔洛先生，别把我像……”

“你给我走。”比安基重复说，“家什？你除了我给的有什么家什！你走，要不……”

他举起拳头，老婆子吓得连连后退，嘴里嘀嘀咕咕，又是请求，又是咒骂，又是威吓，终于低声下气地出了房间。

“卡特琳娜，”留在房里的汉子语气缓和地说，仍然没有抬头，“完啦。从今天起你再也见不到我了。别问为什么，也不要担心我生了你的气。我气的只是刚才出去的那个老妖婆。你很善良，所以也应该幸福，即使再见不着我。另外一个男人就会来敲你的门，就是今天看赛马坐在你旁边的那一个。给他开门吧，并且把他像我似的对待，要爱他，要——要对他忠诚。不准你告诉他你认识我，不准你对他提我的名字。但你得跟从前一样待在家里，即使他让你出门，也一定别去台伯河畔的下半城。全都答应我吧，卡特琳娜！”

他等待着回答。然而从屋角里传出来的却是一阵抽泣，使这汉子心疼得像刀割一样。

“别哭啊。”他语气尽可能平静地说，“我已经讲了，我不是生气才离开你。而你将会得到幸福，将比以前过得更好，将比爱我更爱另外那个人。”

“不！”可怜的姑娘迸出一声惨叫。她仍哭得一句话也说不出来，但那一声长长的叫喊已完全表露出了无限眷恋。比安基阴沉的脸一下子豁亮了，他欣喜地抬起头来，转身奔向姑娘。姑娘也忘情地扑向他，他便把她搂在怀里；姑娘贴在他胸前，像是失去了知觉。他吻了吻她的额头，说道：

“静一静！你和我，咱俩都必须冷静下来。这样也好，或者说更好。谁知道，不这样我活不活得下去呢？不过，照老样子也不行，不行啊；否则我就会完蛋。来，”他接着说，“把你最好和最喜欢的东西收拾成一个小包，还有出门所必需的一切。快一点，卡特琳娜。我想，咱们会再见的，但不是在这儿。拿出点耐心来吧！”

姑娘瞪大眼睛望着比安基，完全莫名其妙，压根儿猜不到要出什么事。她只是机械地照他吩咐的做。等一切都收拾停当了，她才怯生生地问：

“咱们上哪儿去啊？”

“走吧！”他说，随即吹熄了灯。笼子里的鸟儿撞在木条上噼噼啪啪直响；桌上的吉他让他在黑暗中碰了一下，嗡嗡地响起来。两个人的心都怦怦跳着，摸出了房间。

在一种极为奇特的心境中，特奥多尔离开了比安基的住处。到得外边，周围的气氛是如此宁静，他刚才在浮雕前所感到的沉重的压抑便烟消云散了。就像一个高烧退烧后的病人，他心中已不再有痛苦，而仅仅只感觉着一种异样的虚弱。还有他思想深处的隐隐悔恨，也加深了他的省悟，正如有了阴影，光明才更其耀眼。他告诉自己，他由于轻率还没损失什么。他在受到蛊惑时从身边推开的一切，如今还全都原封未动地属于他；他只要伸出手去，就可以享有它们。如果说一些时候以来，他曾想入非非，自寻烦恼，丢弃了手中最大的快乐，仅仅为了去追寻一个迷人的幻象的话，那么，他现在已经自己惩罚自己啦。

两个姑娘的倩影先后出现在他眼前，他的心再没有一秒钟惶惑。对待那位异国女郎他也并无偏见，在回忆起她那娇艳的脸庞上的种种表情时，他的心仍禁不住感到惊异。但是，一想起玛利来，他的心却更加激动不已，就像他刚认识她、得到她、对她的爱慕与日俱增那个时期一样。从那以后究竟发生了什么呢？她不还是老样子吗？不错，她仍然那么羞涩，那么贞静，那么矜持。可是，每当他在时，她的眼睛从不离开他，每当他告别时，她的手总拉着他不放，这可就已经等于再热烈真诚不过地向他表白，她是把整个身心毫不保留地都给予他了啊。特奥多尔质问自己："难道我能够责怪她还受着清教徒母亲的影响，没有一爱上我就扯断这条敬畏的羁绊么？难道我能够希望她像特拉斯特维尔[1]的放荡女子，感情一冲动就扑到我怀里来，对谁也不问一声么?”

他迫不及待地奔向玛利的家，仿佛为了几个礼拜来他给他们的生活造成的所有不快，请求她宽恕似的。他知道，使他扫兴的英国客人已经在昨天离开罗马。他感觉，现在一切都好像应该重新开始。特奥多尔就带着这样一种幸福、兴奋的情绪，跑上了玛利家的台阶。

谁知道，在这之前几秒钟，蓓姬小姐也在玛利的房里，正从座位上站起来准备往外走。与此同时，玛利仍坐在钢琴前，被阴影遮着的双手紧紧抓住圈椅的扶手，仿佛不如此就要摔倒似的。

“听我的劝吧，孩子，”小个子女人打住几乎只是她独自在讲个不停的长时间谈话，最后说，“等他一来就直截了当地让他讲清楚，免得他有时间去编造假话。玛利，就得这样，我告诉您：他这个年纪还有希望改邪归正，要是一开始就抓紧。丢人，太丢人，所以——我的宝贝儿——尽管我十分愿意，我还是一点儿不能收回一开始在气头上骂他的那些话。好就好在，上帝已经使另外一些罪人幡然悔悟。只可惜他的信仰太淡薄啦！您必须承认，我早就经常这么说他；现在看来，我是太对了。他真可耻，竟一点儿不尊重您，孩子，真可耻！我四周一看，幸好没有你们认识的人；要知道，如果不是存心去观察下层，正派人都不会上那地方去，而是坐在单独的包厢里。可我绝不会忘记，他把我看赛马的兴致完全给败坏了。Dear me[2]，要是您和我在一道，您不当场厥倒才怪哩。您以为，他不

---

① 罗马的一个区。

② 英语，意为：我的天啊。

是死瞅着她么？而且看起来，他们早认识，是在重温旧情啊。就算这还情有可原，在他认识您以前已经迷上过够多的姑娘吧。可是也得知个检点，何况在大庭广众之下，哪能如此忘乎所以呢。喏，喏，孩子，您要跟他谈，就得严肃点，好歹只一次，这样他才会往心里去。要是您不这么做，我尽管很不愿意，也仍不得不照我的原则办，把事情报告您父母亲，让他们去教训教训他吧。这样高贵的家庭，如果把一个轻浮之徒招纳进来，它所蒙受的耻辱和遭到的不幸就太大啦！您难道从未听他提起过，为了您而抛弃了罗马的某个旧相好吗？”

“没有。”玛利低声回答。是啊，她这位热心的女伴那一番绘声绘色的话，又使她心中的一个形象变得鲜明了；因为这个形象，她已苦思苦想过整整一天。不过，她又哪里讲得出口呢！那还是特奥多尔告诉她在小酒馆看过跳舞的第二天，当时，她正挽着他的胳膊在城里走，忽然发现从一扇低矮的窗户里有一张漂亮的面孔在往外张望，便提醒特奥多尔注意看。谁知他竟一下子激动得无法自已，而且那姑娘也好像认识他。“她就是昨天晚上那个阿尔巴诺少女。”他说，接着便很快扯到别的事情上去了。可她却把那张面孔一点一点全记在了脑子里。

“眼下就随它去吧，”蓓姬小姐安慰她，用手抚摩一下她的头，“别生气，亲爱的！人，尤其是男人，都并非是天使。我的上帝，这样的事谁没经历过哟！跟他谈一谈，这样一切还会好起来的。晚安，孩子！明天我再来看您。上帝与您同在！”

她随即走出来，在门外一头碰着特奥多尔，差点儿没让他给撞倒。

“请原谅!”特奥多尔说，“一个去见自己未婚妻的未婚夫，是不可能慢吞吞的啊。您说对吗，亲爱的蓓姬小姐?”

蓓姬小姐脸上冷冰冰地回答：

“玛利在房里，不过的确没想到您会来找她。”

特奥多尔没注意到她的脸色，很快与她道过再见，一下冲进房间去了。

特奥多尔碰见玛利单独一个人还是第一次，只见她披着满头鬈发，凭窗站在朦胧的夜色中。特奥多尔暗暗感到庆幸，命运好像已做出安排，要使一切都重新好起来似的。他轻手轻脚走上前去，玛利一动未动。他搂住她的腰，呼唤着她的名字；玛利不由一惊，转过身来，他看见她眼里噙着泪水。

“你哭了，玛利，亲爱的宝贝儿，你哭了吗?”他失声叫道，想把她搂得更紧。玛利拒斥着，一言不答；她闭上眼睛，挤碎泪珠，摇了摇头。

“没，”她终于说，“我没有哭，别管它！会过去的，会好的!”

他在房里来来回回走了几步，自己也不知道怎么回事儿，反正愉快的心情一下子全完啦。

“你有什么事不能让我知道?”他停了一会儿问，“你可是知道我跨进门来时有多高兴，终于发现你独自一人时心里有多幸福啊！谁料你却是这么个陌生模样，比有生人在场更加愁眉苦脸——你不知道，你坏了咱们多少事啊!”

玛利仍然一声不响，同时闭上了眼睛。在脑子里，她把特奥多尔说的话与刚才令她痛心的那些话做着对比，把他的目光与老女伴所描绘的瞅着另一个女人的目光做着对比。她的心尽管也很希望替他辩护，但却有更多的声音在大声反对。倒不是她认为他不真诚，认为他不高尚，或者在心里对他有所怨恨。不，她的老女伴所讲的那些事在她听来都似乎既与她无关，也与他无关，就像一件海外奇谈，根本不值得留意。几个礼拜以来，她心里就压着一块沉重的石头，老女伴的一席话只是给它添上了最后的一点分量而已。特奥多尔如果以为，他狂躁烦闷的情绪仅仅苦了自己，那就是自欺欺人。他变了，初恋的热情已经减退，自己对自己也心中无数，这些情况是瞒不过玛利的。他在跟前，她便为着他而竭力克制自己，无论如何也不会向他承认，她已经对他的爱情有所怀疑；而等到她一人独处，却又责骂自己，对自己说，她把事情看错了，看得太严重了，一个男人总有一些分心的事情，就算在自己的爱人身旁也会心不在焉的。再说她还知道，母亲的管束已叫他越来越受不了啦。可是，虽说如此，她也有苦闷到极点的时刻，即如眼前吧，她的心和嘴都让痛苦给封闭了，在最需要吐露真情时一句话也讲不出来。她什么都不希望问，也不想做什么指责。她的心已经麻木得不再感觉到疼痛，不再感觉到他在她身边；然而，他要是这就丢下她走了，她仍会受到致命打击的。

他俩就这么心烦意乱地面对面站着。特奥多尔已经伸手去取帽子，准备结束这难堪的局面，这当口母亲进来了，使他不得不留下。用人来点上了灯，母女俩坐下来，他却仍然默默地站着，心中暗暗诅咒着自己和自己倒霉的命运。正如在这种时候扫兴的事总一个接着一个发生，母亲又问起爱德华的纪念碑的情况。特奥多尔于是只好告诉她，今天他第一次看到了模型，并且不得不把它的内容和表现手法做一番描述。讲着讲着，他的情绪又好了一些。

“真是无与伦比，”他说，“我无法用言语表达，那画面使我多么感动。完完全全就是爱德华，既逼真，又灵气，简直太好啦！他那动作，他那习惯地微微前倾的脑袋，尽管我从未对我朋友谈起过，却像得到神的启示一般给活灵活现地刻画出来了。”

“您所讲的一切看来都没问题，亲爱的特奥多尔。”母亲沉吟片刻后说，“不过嘛，我也不想隐瞒，您所描绘的画面上的其他一些人物我却极端地反感，有这样一块石碑立在面前，我是下不了决心到我儿子墓上去祈祷的。碑上那些异教传说中的形象，只会令我产生恐怖，而不会使我心情变得崇高。”

“他们只是些象征，妈妈，象征着某种最亲切的含义，一当您领会了这意义，就不会视他们为异己了。难道一位意大利诗人用自己的语言替爱德华唱一首颂歌，您就会仅仅因为它没用您的祖国语言而无动于衷么?”

“这话也对。不过，那令我感到陌生的确实只是形式罢了。这儿却贯穿着意义，贯穿着跟我的神圣感情水火不相容的思想，使我不能不掉头离开，绝不可能与其发生关系。”

“您说得太过火了。”

“我感到惊讶，亲爱的特奥多尔，一个女人和一个女基督徒最自然的感情，您竟然会认为过火。”

“可您是生活在罗马，每天目睹着过去的一代代人创造的奇迹，享受着成千上万各色各样的、也与您不同的人的劳动。在这里，有一位高尚的人为您付出心血，献上他所拥有的一切，您也能无动于衷，不屑一顾吗?”

“我并不怀疑他的好意。但正因为我一开始就对此深信不疑，所以现在知道了结果特别失望。要晓得，他毫不考虑我们的意见，愿望再好也只会伤我们的感情啊。”

玛利静悄悄地坐在一张绣花架前，低着脑袋。特奥多尔走到她身旁，问：

“比安基的作品也伤了你的感情吗，玛利?”

“没有。”她低声回答，“不过我想妈妈说得也对，人无法爱自己觉得陌生的东西；我不行，一个男人也许可以。”

玛利这些话特奥多尔似懂非懂，但他明白了，她已经疏远自己。一阵难言的隐痛攫住了他的心。既非出于斗气，也非出于羞恼，他默默地鞠了一躬，走了。他感到，他必须镇定一下，使迷乱的知觉恢复正常。要是待着不离开，他准会胡说八道的。

“这样不行啊，”他到了街上后自言自语道，“她是对的，我俩在一起将永远彼此陌生。我一次一次地想靠她近一些，把自己毫无结果的努力当作命运的安排。也难怪呀，她终于感到厌倦了。可是这恰恰发生在今天，在我怀着如此美好的幻想，为如此幸福的梦所迷惑，心中比任何时候都充满希望的一天，不又够残忍的吗？——既残忍，又仁慈！如今我算终于清醒了，永远永远不会再这么存心善良不顾一切地自己骗自己了。”

随后他想到比安基，说：“遗憾！我不该连累他。这下他又得往台伯河里扔些什么了。不，不能让他扔。我要把墓碑买过来，作为自己将来不要轻信他人的告诫。”

他这么回到家里，点上灯，在桌前坐下来给玛利写信。他一开始心平气和，可是没写上几行便发现自己言不由衷，于是心中又气又恼，惘然若失，最后一下子在桌上戳断笔尖，腾地一下跳将起来。他不知自己意欲何往，但到底还是来到街上，朝着比安基的住处走去。去向比安基述说一切吗？或者什么也不告诉比安基，仅仅为了有朋友在身边好让自己冷静下来，做出决断吗？自己全不清楚，只不过，他独自待着是受不了的。

城市上空悬挂着一弯新月。房里房外都亮堂堂的，阳台上和窗口更是人影晃动。在林荫大道上，到处是乘凉的人群，无忧无虑，笑语声喧，其间闪动着一张张少女的脸庞，有其他民族的，有罗马本地的，但都穿得那么单薄，仿佛是从卧室里溜出来的。整条大街宛若一道舞厅外的长长的走廊，在厅中狂欢的人们趁着舞与舞间的空隙，到走廊上来透透气。这儿那儿从沿街的住宅中也飘送出音乐声，一只关在笼子里的夜莺正婉转歌唱。

特奥多尔穿过人流。他觉得自己就像个行将告别人间的遁世者，对生活已一无所求，急于想做的事仅仅是去向朋友交代一件尚待完成的任务，然后便好永远休息。他走进一条条通向台伯河的行人稀少的小街，脑子疲惫无力，已经形不成任何思路。终于，他放弃徒劳的努力，一任自己的灵魂在痛苦的荒漠上游荡，就像一叶在没有风的无边大海上漂流的孤帆。

他这么走到了叫里帕·格朗德的那一段台伯河河岸上，在那儿停靠着开往奥斯吉亚码头的渡船、邮轮和其他船只。从这儿去利别塔街的比安基家还有几百步，而且顺着河岸是直接走不到的。他正要转进右边一条宽一些的街道，这时从通下河去的石阶的最高几级传来一阵激烈的争吵。其中一个嗓音叫他一听就不由得站住了。他凑过去，在暗淡的街灯下慢慢看清了拥挤在那儿的一大群人。争吵看样子是为了一个女的，一名船夫拽着她的胳臂，正拼命想拉她下船去。另外一个男人则企图把他俩分开。

“放开她，彼得罗！”他大声说，“让她走吧！您从啥时候贩运起妇女来啦，你这个出卖灵魂的家伙？你瞧她在哭哩，可怜的小东西！她不愿回你的鬼舱里去，总有她的理由嘛！”

“鬼知道！”船夫大喝一声，把姑娘拽得转了一个圈，“理由她多的是。可那个带她来并花了钱的先生，他说：‘把她送到奥斯吉亚码头去，托可靠的人照顾一下，别让她往回跑。’他也该有自己的道理的，并且用卡特里诺[①]证明了他的这些道理。可这小娘们儿！她一定是干了什么坏事。现在倒装起清白可怜的模样来啦，她在那个男人送她来我这儿时，干吗又不吵不闹呢？请问你有什么想法？她那会儿悄悄的，只是抽抽泣泣，还亲了那男人，使他于心不忍，答应一定去奥斯吉亚看她。可现在怎么样，为什么那牡猫一离开，她就转起逃跑的鬼念头来，并且大哭大闹，让满街的人跟我作对。我不过是尽自己的职责，想送她去安全的地方罢了！谁有什么要说请快说！没有？那就让这妖精给我滚回去，闭住嘴吧，谁再来拦我就诅咒谁！”

---

① 意大利古币名。

“我不能回去！我不愿回去！”姑娘的声音又喊叫起来，“这人说的是假话。他对我起了坏心，违背了雇他时的协议。救救我吧！”

“谁肯相信这个可恶的女骗子，这个破烂货，她一心只想脱身，竟敢血口喷人！放开手，我说，让这个臭娘们儿下去！”

“等一等！”人丛后突然打雷似的一声猛喝，争吵双方全都怔住了，转过头来。只见特奥多尔分开人群，伸手拉住姑娘的胳臂。“她是我的女人，要跟我走！”他大声说。

一下子谁都不响了。卡特琳娜抬起眼来，认出了年轻的德国人。她又是欢喜，又是怀疑，犹豫不决地站着，重新垂下眼睑。

“您当咱们是孩子吗，先生？”那船夫冲着他嚷道，“咱们才不会让随便一个花花公子一唬，就给唬住了哩。您要是要个姑娘，街上有的是，花钱也好，说好话也好，反正都弄得着。想在这儿凶几句就骗一个吗？没门儿！鬼知道谁让您来这儿多嘴饶舌，竟摆出一副最有权利带她走的架势？”

“我就有这权利，”特奥多尔大声而坚决地回答，“她是我的老婆。”

“是他老婆？”人群中交头接耳。站在最前边的几个不由后退一步。

“您老婆！这可需要证明，没准儿也可能——等等！”船夫打断自己，说，“您喊一下她的名字吧，先生，喊一下她的名字；自己老婆的名字丈夫总该知道，即便他不晓得她深更半夜到街上去干的什么营生。”

“卡特琳娜，”特奥多尔说，“你认出我了么？”

“嗯！”姑娘应道。

“不错，卡特琳娜，”船夫喃喃着，“另外那个男人也是这么叫的。”

“你跟我走吧，卡特琳娜，”特奥多尔说，“告诉我那家伙叫什么名字。为了他你离开了我，害得我找你跑遍了罗马的大街小巷，又担心又生气。是吗？要去奥斯吉亚？然后他上那儿来跟你相会？够啦，走吧！”

他说这几句话时那么严肃，脸上明显地带着痛苦和决心，使人很难怀疑他是在撒谎。

“他是她男人！”观众又低声议论起来，“她勾搭上另一个人，撇下他跑啦。上帝保佑那小子，别让他跟她似的落在这位手里！”

卡特琳娜没做任何动摇这一信念的事。她由特奥多尔牵着，驯顺地登上最后几级台阶；她为逃避他而落入了危险境地，结果又恰巧为她想逃避的人所拯救，她那出乎意料和心慌意乱的表现，倒实在像一个想私奔被抓住了的垂头丧气的妻子。只有船夫一人看上去不完全信服。他瞅着特奥多尔塞给他的钱，嘟囔道：

“要是一切没问题，他先生就不会掏腰包。喏，关我屁相干，反正咱得了双份！”

特奥多尔领着她走过了好几条街，手却始终牵着她的手没放。两人谁都不瞅谁，也没讲一句话，直到最后他突然丢开她的手，问：

“我该领你上哪儿去呢，卡特琳娜？”

“我不知道。”她回答。

“去玛尔古塔街吗?”

“不!”她大为惊恐,“老婆子还有他都会在那儿找着我的。”

“谁?”

“我不能说出他的名字,尤其不能对您说,他禁止过我。”

“那就是比安基。”特奥多尔嗓音低沉地说。她没敢否认。

他俩继续往前走,他心中产生的猜疑便越加肯定了。当他给比安基讲看赛马和与姑娘邂逅的经过时,艺术家奇怪地一声不吭,现在他才算明白其中的奥义。“咱们干吗要互相隐瞒,不肯说出自己心中之所爱哟!”他抱怨自己和自己的朋友。然而,还有他不晓得的哩。

到了他住的房子前,特奥多尔掏出钥匙,打开房门。卡特琳娜却倒退一步,说:

“我不跟您进去,不!我宁肯睡在圣玛利亚·玛卓莱大教堂的台阶上,也不同您进里边去!”

“姑娘,”特奥多尔沉痛地说,“现在,我已不再是几小时前可能让你认为的那么个人了。在我这儿,你会跟在自己兄长家里一般安然无恙的。”

卡特琳娜站在黑暗中睁大眼睛盯着他,随即像是恍然大悟,仍然站在离房门几步远的地方,说道:

“我晓得,他和您商量好了。怪不得他来好言好语地对我讲,他把我卖给您或者送给您啦。他要我像爱他一样爱您。‘我不能啊。’我说,并且暗暗发了誓。他大概看出我是当真的,所以便想法儿骗我,把我送到船上,然后又跑来告诉您说我在哪儿,好让您把我领回去。可是我绝不会答应您，即便您跟他最最要好，即便他将把我千刀万剐，为了我不肯照他的想法做。您走吧！我自个儿找得着回山里去的路。对他您想怎么讲，就怎么讲好啦。再见！”

还没等特奥多尔从惊讶中回过神来，她一转身就跑了，他差一点儿追不上她。

“卡特琳娜，”他抓住她的手说，“我向你起誓，我将让你像自己妹妹似的住在我家里，然后把你送还给你的卡尔洛，就跟你离开他时一个样——你不能拒绝跟我进去啊！”

“您真肯这样？真能这样？”她一动不动地站着，表示着自己的怀疑，“这不可能，你不了解他，谁也别想使他改变主意。”

“相信我吧！”特奥多尔说。

眼前的希望对于卡特琳娜实在太诱人了，这希望帮助特奥多尔取得了成功。她慢慢地挪动脚步，与特奥多尔并肩走进楼里。可一到他楼上的房间里，她便坐在紧靠房门的黑暗中的一把椅子上，怀里抱着自己那个始终不曾离手的小衣包。他则点上灯，没有再讲任何话，而是在自己的书信堆中机械地、漫无目的地翻寻起来。他一想到比安基的行动，心中便热乎乎的。眼前的情况使他意识到，他将仍然拥有这样一个朋友，精神不由振作起来；可是，他想到自己已经失去了玛利，心中又难过得要命。

他如此展望着未来，进行着承受自己命运的精神准备，想啊想啊，突然听见门边传来轻轻的呼吸声。他抬头一看，发现哭累了的卡特琳娜已经睡着。他悄悄走到她跟前。卡特琳娜脑袋耷拉在肩膀上，垂着两臂，胸部因做噩梦而剧烈起伏着。他用自己有力的胳臂稳稳地、小心地抱起她，把她放到靠墙的一张沙发上。在放下她的一刹那，他的头挨近了她的脸颊，感觉到了从她口里吐放出来的健康的气息，呼吸到了从她发间散发出来的扑鼻的芳香。在他眼前，静静地躺着她青春的丰腴的躯体。可是，此时此地，他心中再不存在任何欲念。他站直身子，把自己的大衣盖在熟睡的姑娘身上，随即不声不响地走开了。直到微弱的星光已经消散，他才迷迷糊糊睡了一会儿，但再没因想到卡特琳娜而心慌意乱。

第二天上午，特奥多尔走进朋友的工作室。正在工作的比安基抬起头来，呆呆地望着他。因为失眠，面容是如此憔悴，特奥多尔见了不由大吃一惊。比安基似乎头发也变白一些了，目光更其阴郁。不过一见特奥多尔，闭得紧紧的嘴唇倒放松了。

“您一夜没睡着吧，”特奥多尔说，“都是我的错。”

“我是失眠了，”比安基平静地回答，“可对于那些搅得我睡不着的种种怪念头，您又能负什么责呢？咱们谈点愉快的事吧。讲个笑话，念一首诗，最重要的是留下别走，要是您能够的话。坦白说，今天能听见您的声音，在我真是特别快活。”

“亲爱的！别再拿这些话来打马虎眼啦，没有用，您心中的秘密已经昭然若揭。我全都知道了！”

“您知道了？——那您知道也别讲！”比安基激动地说，“也别告诉我从谁那儿知道的，永远别对我提一个字！过去了，对我说来一切都过去了，不是吗！”他一口气继续往下讲，“你愿意怎么想都行，只是让一切就这么样吧。答应我！”

特奥多尔痛苦极了。他想到，过几天他就将远离此地，那时再来看这些事，一切对于他确实都将成为遥远的过去。然而，他不能对朋友讲，否则就会把眼下要做的事弄糟。

“可我仍然不得不说，”他终于又开了口，“要是我昨天保持沉默，没有用那些轻率的话来破坏您的安宁，那您就少了许多烦恼，您就不会扔掉自己掌中的明珠。有那么一会儿，我这个傻瓜曾狂妄地、忘乎所以地冲它伸出了自己的手。”

比安基默不作声了，热血冲上他的脑袋，想说什么却说不出来。

“现在如果我把它给您送回来，对您讲：重新收下吧，我不妒嫉您，因为我的心眷念着另一件珍宝，无须做出任何牺牲便可保持住咱俩的友谊——您会相信我么，卡尔洛?”

特奥多尔看见朋友的脸上百感交集，手撑桌子支持住身体，耷拉着脑袋，呼吸急促，嘴唇翕动着，但是没有一点声音。他于是走到门口，唤了一声：

“卡特琳娜!”

卡特琳娜一直站在门外，等待着决定自己的命运。当她两腿哆嗦着，静悄悄地跨进门来时，看见比安基站在桌子旁边，张开了双臂，但脚已经不听使唤。她蓦地大叫一声，扑到自己爱人的怀里。

门仍然敞开着。特奥多尔背转了身，专心一意地观看着挂在旁边架子上面没有遮掩的爱德华的浮雕。这当口门外传来一阵脚步声，他回过头去。卡特琳娜与此同时也挣出比安基的怀抱，样子颇为惊惧。他们看见门口尴尬地站着三个陌生人：老两口儿和一位漂亮少女。特奥多尔认出了他们。

“对不起，打搅你们了，”老先生说，“可门原本是大开着的。要是您现在不方便，咱们改日再来吧，比安基先生。”

“请进来，”比安基说，“没有关系。这是我的朋友和我的妻子比安基太太。”他特别加重了最后两个字的语气，目光同时落在仰望着他的洋溢着幸福之情的卡特琳娜脸上。这期间特奥多尔已从浮雕前走过来。老先生照旧亲亲热热地和他打过招呼，便转身看浮雕去了。特奥多尔没能与母女俩寒暄。好动的老太太一听完比安基说的几句话，便直奔浮雕前，站在那儿一声不响。玛利的目光只在弟弟的像上稍稍停了一下，然后就飞快地射向卡特琳娜。她显然认出她来了。当老两口深深为比安基的作品所感动，相互偎依在一起离不开了的时候，玛利也走到特奥多尔身边，抓住他的手，嘴里说着温柔的话语，两眼涌出了热泪。他俩互相倾吐衷肠，怨恨自己，并向对方立下山盟海誓，你对我无比忠诚，我对你忠诚无比。没有谁偷听他们的情话。要知道比安基同样盯着自己妻子的眼睛瞧个没完没了，尽管一声没吭，却早已忘记一切。

终于，玛利的父亲朝着雕刻家走来，紧紧地握住了他的手。老先生眼里闪着泪光，老太太用手帕捂着脸低声哭泣。

“你已经都看见了，”老先生说，“我们用不着再讲什么。只有一点：什么时候正式动手雕？我决定改变计划。我希望在儿子墓前仅仅立一块刻有简单铭文的石碑。这件浮雕我想最好安放到他的卧室里，就在从前摆他床的地方。我们不能在那里留下更好的纪念了。可我巴不得马上就在家里看见它。至于大理石，请您最好亲自加以挑选。一天也别耽搁啊！”

说话间老太太也已冷静下来。她转过身，抓住特奥多尔的手，把他拉到自己跟前，亲亲热热地吻了他；她像这么吻特奥多尔以前仅有过一次，就是在她把自己的女儿许配给他的那天。随后，他们全体一道离开了工作室，台伯河畔空气清新，阳光灿烂。

安德雷亚·德尔萘

威尼斯有条名称颇动听的小胡同，叫作斯文里。上世纪中叶，胡同内坐落着一幢很普通的市民住宅，一楼一底；大门由两根木柱和饰有巴洛克式凸檐的门楣框成，相当低矮；门上方的壁龛里供着一尊圣母像，像前有一盏长明灯，透过红色玻璃罩发出暗淡的光。走进大门，便到了一架直通楼上房间的宽大、陡峻的楼梯脚；这儿的天花板下，用一条亮锃锃的链子悬着，同样也不分昼夜地点着盏油灯，否则，只有大门洞开，日光才能照进房内。可是，上面楼梯口的光线尽管永远这么朦胧昏暗，它却是房东乔万娜·达尼埃里太太最爱待的地方。自打丈夫死后，她便领着独养女儿玛利埃塔，住在这幢作为遗产继承下来的小宅子里，同时把一些多余的房间出租给喜欢安静的人。她告诉人说，她为自己心爱的丈夫流泪太多，眼睛坏啦，所以再不敢见阳光。可是，邻居们却在她背后讲，她从早到晚地守在楼梯口，完全是为了和每一个出来进去的人搭讪，谁要不和她拉扯几句，满足满足她的好奇心，谁就休想她放你过去。不过眼下，当我们认识她的时候，这样的动机就很难再使她放着舒适的安乐椅不坐，偏偏坐到硬邦邦的楼梯上来了。那是在一七六二年的八月里。她的那些空房间租不出去已经有半年多，再说她跟四邻们也很少往来。更何况又快到深夜，要是这会儿还有谁来就太稀罕了。可是尽管如此，矮小的妇人仍坚持坐在自己的岗位上，眼睛盯着楼下空荡荡的过道，若有所思。她适才已打发自己的女儿上了床，然后在她的座位旁边放了几个南瓜，准备在临睡之前掏掉瓜子。谁知道掏着掏着却胡思乱想起来，双手垂在怀中，脑袋靠在栏杆上；从前，她以这样的姿势睡着过已经不止一次。

今天她眼看也快睡着了，突然从大门上传来三下缓慢而有力的敲门声，蓦地惊动了她。

“仁慈的圣母啊！”达尼埃里太太惊呼着站起身，但立在原地动不动，“这是怎么啦？未必我在做梦？真的可能是他吗？”

她侧耳倾听。门环的叩击声重新响起。

“不，”她说，“不是奥尔索。声音不一样。可也不是警察。让我去瞧瞧好啦，看老天爷究竟差来了什么人。”她一边嘀咕，一边吃力地下了楼，隔着门板问是谁。

一个声音回答，门外站着个异乡人，到此寻找住宿。这所房子在他看来挺合适，他希望长住下去，并且多半能令房东太太感到满意。话都讲得彬彬有礼，而且操的是标准的威尼斯方言，因此尽管已经夜半更深，达尼埃里太太仍然毫无顾忌地打开了大门。来人外表没有使她失望。在朦胧的夜色中，依稀可见他穿着下层市民的规规矩矩的黑色外衣，腋下夹着个牛皮行囊，帽子谦恭地拿在手里。只有他的面貌叫妇人感觉有些异样：既不年轻，也不苍老，胡子还呈深褐色，额上全无皱纹，两眼也炯炯发亮，可嘴角的表情和讲话的神态却流露出倦怠，好似已曾历尽沧桑，尤其是他那一头短发，更与仍然洋溢着青春气息的面孔形成奇异的对照，已经完全白了。

“好太太，”他说，“我这么打扰了您的睡眠，也许还一点不会带来好处。因为，我想预先说清楚，您要是没有一间临着运河的房间出租的话，我就成不了您的房客。我从布拉契亚来，大夫建议我呼吸呼吸运河的湿润空气，说对我衰弱的肺部有好处；我得住在临水的房间里。”

“喏，感谢上帝！”寡妇嚷道，“总算来了一位对咱们的运河表示敬意的人。去年夏天，我招过一个西班牙房客，他后来走了，说什么运河里的水散发着臭气，好像里边煮的是死老鼠和西瓜皮似的！人家真的劝您来运河边疗养？在咱们威尼斯倒确实有句口头禅，叫作：

运河水浑浑，
治病包断根。

“不过，先生，这句话却有它特殊的含义，可怕的含义；您只要想想，常常怎么根据上头那些老爷的命令，一艘载着三个人的小艇划到外面的海湾中，回来时总是只剩下两个人，也就明白啦。愿上帝保佑我们大家，先生，永远别再谈这事！可您的身份证该没问题吧？否则我就不能让您住啊。”

“我已经给人家验过三次了，好太太，一次在麦斯特雷，一次在海湾里的巡逻艇边，一次在渡口。我的名字叫安德雷亚·德尔菉，职业是公证人事务所的书记，以前在布拉契亚干的也就是这个。我为人规规矩矩，从来不喜欢跟警察打交道。”

“那就更好，”寡妇说，同时赶在客人前头重新爬上了楼梯，“与其将来抱怨，不如防范在先，一只眼睛瞅着猫儿，一只眼睛照看锅子，小心比吃亏总是合算一些。我们生活的是怎样的世道啊，安德雷亚先生！简直不能想。想了会短命。不过，苦闷也能让人心里开窍。您请看，”她打开一间大房间，“这儿不是挺美、挺舒适么？床铺在那儿，被子褥子还是我年轻的时候亲手缝的，这年头真个叫今天不知道明天哟。这儿不就是朝着运河的窗户，如您看见的宽是不宽，但却够低的；另外那边那扇窗户冲着小胡同，它，您可得关严实，要知道蝙蝠是越来越胆大啦。您请看看窗外的运河吧，几乎伸手就可以够着，还有对面的阿迷黛伯爵夫人的公馆。这个满头金发的美人儿啊，她也像金子一样让许多人夺来夺去。瞧我尽站在这里瞎叨叨，您连灯和水都还没有哩。没准儿肚子也已经饿了吧。”

陌生人一进门就迅速地扫视了一下房间，从一扇窗户跟前踱到另一扇窗户跟前，最后把牛皮行囊扔在一把圈椅上。

“一切都再好没有，”他说，“房租咱们会谈妥的。眼下只请您给我几片面包，要是方便的话，再加上一点儿酒。吃完我就想睡觉。”

他的态度流露出异常的威严，尽管语气十分柔和。房东赶紧遵命，暂时留了他一个人在房间里。这当儿他立刻奔到窗口，身子探出去，俯瞰着那非常狭窄的运河；黑色的水流纹丝不动，叫人想不到这小小的河道竟与大海息息相通，古老的浩瀚汹涌的亚德里亚海竟与它融为一体。运河对面的公馆矗立在他眼前，黑乎乎的一大片，因为朝着运河的不是正面，所有窗户里都没有亮光；只在离水面不远的尽底下开着一扇小门，门前用链子拴着一艘小艇。

这一切看来都非常符合新房客的希望，包括那扇冲着死胡同的使人无法朝他房间里窥视的小窗；因为对面是一道未开任何窗孔的墙壁，墙上除去几处凸棱、几条裂缝和一些地窖出气孔以外，便一无变化。如此一个阴暗的角落，只有野猫、鼬鼠和夜鸟才会感到舒服，才能待得下去。

从过道射进房来一线灯光，门开了，身材矮小的房东太太端着烛台跨进来，身后跟着她的女儿；玛利埃塔被急急忙忙从床上叫起，以便帮着招待客人。姑娘长得几乎比母亲还要瘦小；但是由于刚刚发育成熟，身材格外地苗条，模样极其娇媚，看上去就好像比母亲更高，恰似踮着脚在飘来飘去；尽管如此，你仍能一眼就从她脸上看出与母亲相同的特征，以及年龄的差异在母女二人之间造成的区别。只不过，她们那两张脸上的表情却似乎永远不可能相像：在乔万娜太太浓重的眉宇间总带着一丝苦闷和紧张的期待神气；这神气即使随着年事的增长，在玛利埃塔舒展明亮的额头上也断断不可能长久存在的。她那双眼睛必定永远含着笑意，她那张小嘴必定永远微微翕开，让欢乐的声音随时能够流泻出来。眼下看着睡意、惊愕、好奇和兴奋在这张小脸上打架，真叫人忍俊不禁。她在跨进门时歪了歪脑袋，以便看清新来的房客。她的松散的发辫用一条窄窄的头巾扎着。尽管客人神气严肃，满头白发，她的兴致仍然没有降低。

"妈妈，"她把一个盛着火腿、面包、新鲜无花果和半瓶葡萄酒的托盘搁到桌子上，咬着乔万娜太太的耳朵说，"瞧他的脸有多奇怪，活像冬天里建起来的一幢新房子，只是在房顶上积着雪。"

"住嘴，鬼丫头！"母亲赶紧说，"白头发不一定表示老。他有病，你得知道；对他你应该敬而远之。要晓得疾病来时骑着快马，去时蹒跚步行；愿上帝保佑你和我，要晓得病人虽说吃不了多少，疾病却可以把一切统统吃掉。去，把咱们剩下的水再舀一点来。明儿个咱们得早早地起身，好买水。你瞧，他坐在那儿就像睡着了似的。他赶路赶累了，你却给没事儿坐累了。世界上的人跟人就是这么不一样啊。”

当母女俩如此低声嘀咕着，客人已在窗前坐下来，用手托着脑袋。眼下他抬起眼来，玛利埃塔抓紧机会对他行了个礼，但他对这娇小的姑娘的存在似乎仍然视而不见。

“来吃一点儿吧，安德雷亚先生。”寡妇说，“谁晚上不吃饮食，梦里就会挨饿。瞧，无花果多新鲜，火腿多嫩；这是塞浦路斯葡萄酒，共和国元首喝的酒也不见得更好一些。他的酒窖总监，我丈夫在时的老相识，是他亲自分给咱们的。对了，先生，您从远方来。您在路上可曾碰见过他，我的奥尔索，奥尔索·达尼埃里？”

“好太太，”客人一边往杯里斟酒，掰开了一只无花果，一边回答，“我从来不曾出过布拉契亚城，不认识任何叫这个名字的人。”

玛利埃塔离开了房间，脚步轻捷地奔下楼去，同时自顾自地唱着一支小曲，嗓音听来十分清脆。

“您听见啦？”乔万娜太太问，“人家很难相信这孩子是我的亲生闺女，虽说黑母鸡也会下白蛋。成天价唱啊跳的，好像咱们不是生活在威尼斯；在威尼斯幸好鱼都是哑巴，要不它们也会讲出叫你毛骨悚然的事情来。可她父亲奥尔索·达尼埃里跟她一个样。在世界上再没哪个地方能像在穆拉诺工场里一般制造彩色玻璃，而我的奥尔索又是全工场顶呱呱的匠人。俗话说，心里快活，脸上才红润。

于是乎有一天，他便对我开了口。‘乔万娜，’他说，‘咱再也受不了啦，这儿的空气快把我憋死。昨儿个又绞死了一个人，脚朝天吊在绞架上，就因为发表了反对秘密法庭和十人委员会的自由言论。咱们都知道自己生在何处，却不晓得自己将死在哪里；某些人自以为骑在马上，实际上屁股底下却是硬邦邦的土地。我说，乔万娜，’他讲，‘我打算去法兰西，有手艺就有面包，铜板自会领来银圆。我知道怎么干好自己的事情，一当在外面混出个名堂，你就领着咱们的孩子来吧。’那时候她才八岁，安德雷亚先生。当父亲最后一次吻她，她笑了，他也跟着笑。可我却哭了起来，于是他又只好跟着哭，尽管后来在划着小艇上路时高高兴兴的，已经转过墙角我还听见他在吹口哨。这么过了一年，您猜发生了什么事？当局派人来查问他，说谁也不准把穆拉诺工场的技术带到国外去，否则人家就会偷偷学到手，并且命令我写信叫他回来，胆敢违抗就将他处死。接到我这信他哈哈大笑。谁料跟秘密法庭的老爷们才是不好闹着玩儿的哩。一天清晨，咱们还没起床，他们就来抓走我，连同我的女儿，一起拖到了铅屋顶下，然后逼着我再次给他写信，告诉他我现在何处，我和我们的孩子现在何处，并且一直要待在里边，直到他亲自回威尼斯来赎我。没过多久我便接到回信，说这次他再也笑不出来了，答应马上往回赶。于是我便日夜盼望他真能回来。谁知过了一个星期又一个星期，一个月又一个月，却仍不见他的人影，我的心里越来越痛苦，我的头脑越来越不灵，要知道那铅屋顶下真跟地狱里一样啊，安德雷亚先生。好在我身边还有个女儿，她除去觉得伙食太差和白天太热以外，还不懂什么苦不苦，为了使我开心还唱歌给我听，真叫我心酸，好不容易才忍住眼泪。直到两个多月后，我们才被放出来；人家通知我说，玻璃匠奥尔索·达尼埃里已经在米兰得热病一命呜呼，现在我们可以回家去了。后来我又从另一些人口中听到相同的说法。——可是，谁要信以为真，谁就不了解我们的政府。一命呜呼？当一个人的老婆孩子蹲在铅屋顶底下，等着他去救她们，他还能一命呜呼？”

“那您认为您的丈夫他又怎么样了呢？”新房客问。

房东太太瞪着他的脸，那目光提醒他，这个可怜的女人是曾经在铅屋顶下熬过许多个礼拜的啊。

“反正不对头。”她回答，“有的人活着却回不来，有的人死了倒回来啦。不过咱们还是别谈这个吧。是的，我要告诉了您，谁又担保您不会去秘密法庭讲呢？看外表您倒像个诚实君子，可这年头又有谁还是诚实的啊？一千人里有一个，一百人里一个没有。您别见怪，安德雷亚先生，可知道在威尼斯人们都说：

狡猾刁钻，可保平安；

刁钻狡猾，可把家发。”

片刻的沉默。客人早已把餐盘推到一边，紧张地听着寡妇讲话。

“您不肯把自己的秘密告诉我，我并不见怪。”他说，“它们与我不相干，何况我也不知道该怎么帮助您。不过，乔万娜太太，我不明白，既然这个秘密法庭叫你们吃了这么多苦头，你们，您和威尼斯的全体民众，怎么又心甘情愿地任它存在呢？尽管我对此地的情况所知甚少——我从来不热衷于政治问题，但仍然听人说，去年这儿爆发过要求废除秘密裁判所的骚动，贵族中也有一位挺身而出，十人委员会选出了一个代表小组来专门处理此事，全国上下都激动起来，要么赞成，要么反对。我甚至坐在布拉契亚的写字间里也有所风闻。可是，当一切终于又维持原状，秘密裁判所的权力变得比以往任何时候都更加强大的时候，民众为什么竟会在广场上燃起篝火，幸灾乐祸，对那些反对过宗教裁判所因而担心会遭到报复的贵族进行嘲讽呢？为什么竟没有任何人站出来，对秘密法庭的审判官们把他们勇敢的敌人放逐到维洛那去一事表示反对呢？而且谁知道，他们是打算让他在那儿活着，还是已经磨快了匕首，以便使他永远出不了声啊！我——如刚才说过——只了解很少一点情况，也不认识那个人；再说此地发生的一切，在我都是很无所谓的，我身患重病，在这个纷纷扰扰的世界上反正也混不了多久啦。不过，看见民众这么朝三暮四，我仍不免吃惊；今天他们称这三个人是自己的暴君，明天在那些力图推翻暴政的人倒霉时，他们却又表示高兴。”

“瞧您说的，先生！”寡妇摇着脑袋，接过话茬，“您从来不曾见过他，那位昂杰洛·奎里尼老爷，不是吗？他因为公开表示反对秘密裁判，便遭到了放逐。可是我，先生，却亲眼见过他，还有其他穷人也见过他；人们都说，他是位君子，是位很有学问的人，曾经夜以继日地研究过威尼斯的历史，熟悉法律就跟狐狸熟悉鸽子笼似的。可是，谁要见过他在街上抛头露面，或者与自己的朋友站在布洛格里奥广场，那么身子靠在圆柱上，眯缝着两眼，谁也就会明白过来，他从帽子上的羽毛到鞋子上的银扣，都完完全全是一位贵人；

他为反对秘密裁判官所说的和做的一切，都不是为了老百姓，而是为了少数大人先生。而对于绵羊们说来反正一个样，不论是被人宰掉，或是让狼吃掉，德尔菜先生。何况——

老雕秃鹰拼死拼活，
鸡娃鸡崽快快活活。

“就这样，亲爱的，当秘密裁判官们的所有权利都得到承认，一如既往地为所欲为，除了末日审判时向上帝交代和天天受良心责备就不用对任何人负责，老百姓中幸灾乐祸的情绪是十分强烈的。更何况，在奥法诺运河里做最后一次祷告的那些倒霉鬼，一百个中充其量不过有十个小老百姓，大人先生们却占九十个。可是假定贵族和有钱人犯了罪都由十人委员会来公开审判和处决呢——上帝保佑！那咱们的刽子手就将不只三个，而是八百；于是乎强盗将会来吊死小偷。”

安德雷亚·德尔菜看样子想要反驳，但到底只是笑了笑就算了，致使房东太太误以为他是赞成她的意见。这当口玛利埃塔提着一桶水走了回来。她手里还端着一个小盘子，盘里点着一束气味很浓的药草；浓烟扑到她的脸上，害得她又是咳嗽，又是揉眼，又是咒骂，那模样真是滑稽极了。她紧贴着爬满苍蝇和蚊子的墙壁，端着薰蚊草，快步在屋子里转来转去。

“滚开，你们这些坏东西！”她诅咒道，“你们这些吸血鬼，比律师和博士还更可恶！你们怕也想吃无花果、喝葡萄酒当夜宵吧？真由着你们，你们大概就会高兴死啦，然后又在这位先生睡着了时去叮他的脸，作为对他的报答，你们这些阴险的刺客！等着吧，我有你们受用的，准保你们不吃夜宵也睡得着。”

“你那张嘴就闭不住么，鬼丫头？”乔万娜太太眼睛发亮，注视着爱女的一举一动，终于说，“你未必不晓得：空罐子，响叮当；谁心眼少，谁废话多？”

“妈妈，”姑娘笑着回答，“人家在给蚊子唱催眠曲嘛。瞧，起作用了！它们已经从墙上往下掉。晚安，你们这些贼，你们这些无赖汉，你们一点儿房租不交，却朝所有缸缸钵钵里头瞅。要是你们今天还不够劲儿，那咱们明天再说。”

她擎起快要熄灭的药草，像念咒似的又在头顶上绕了一圈，然后把草灰倒进河道里，飞快地冲着新房客一鞠躬，一阵风似的奔出房间去了。

“瞧她不是个小讨厌鬼，不是个又丑又没教养的坏丫头？”乔万娜太太也站起身，一边做出走的架势，一边说，“可话又说回来，母猢狲没个不爱自己的小猢狲。更何况，她尽管那么个小不点儿，却已经如此机灵。常言说得好：

> 老的还在把腰弯，
> 小的已把菜摘完。

“这话用来讲她正合适。要是我没有这个丫头，安德雷亚先生！可您想要睡觉了，而我还站在这儿叨咕个没有完，就像火炉上开着的粥一样。晚安，欢迎您来到咱们威尼斯。”

安德雷亚·德尔棻干巴巴地应了一声，像是压根儿没注意到房东太太显然还期待着他能夸奖她女儿两句。当房里终于只剩下他一个人，他在桌子旁边继续坐了好一会儿，而且脸色变得更加阴沉，表情变得更加沉痛。蜡烛已经结上灯花；从玛利埃塔施的巫术下死里逃生的苍蝇又群集在烂熟的无花果上，黑压压的一大片；房间外面的死胡同中，成群的蝙蝠飞向窗口，撞在窗棂上发出扑扑的声音——对周围的这一切，孤独的异乡人仿佛全然失去了知觉，唯有他那一双眼睛还显示出一些生气。

一直等到附近一座教堂的钟楼上敲十一点，他才机械地站起身来，眼睛环视四周。在他房内低低的天花板下，浮动着薰蚊草的一条条灰色的浓烟，再加上蜡烛所冒出的一股股油雾，房中便一片乌烟瘴气。安德雷亚推开朝着运河的窗户，想使空气变得洁净一些。这当儿，他便在对面的一个窗口看见了灯光；窗口仅用一条白色的帘子半掩着，透过空隙看得见一个姑娘，正坐在桌前吃一块剩下的大肉饼，吃得那么慌里慌张的，最后干脆用手抓起肉饼往嘴里送，时不时地还从一个小水晶瓶里喝点儿什么。她脸上表情轻佻，但还说不上有挑逗的意思；看样子已经不十分年轻了。她衣着随便，头发似散不散，看来是经过精心考虑后有意这样的，不过也还不叫人讨厌。她想必早已发现，对面的房间已经住进一位新客人；可是，眼下她尽管在窗口看见了这位客人，仍若无其事地继续吃着嚼着，只是在喝酒时先总把小瓶儿举起来在面前扬一扬，像是与谁对饮似的。吃喝已毕，她推开空盘，把蹲着灯台的桌子移往墙边，使灯光集中射到靠里的一面大镜子上；随后，她又把搭在一把扶手椅上的一大堆花花绿绿的假面舞会服装拿起来，依次一件一件地在镜子前面试穿；这时候她是背冲着对面的新房客，使他把她的身材看得更加清楚。显而易见，她对自己穿上舞会服装颇为欣赏。她至少是冲着镜子里的自己在亲切地点头微笑，不时地翕着嘴唇，露出白花花的牙齿；她过一会儿又蹙起双眉，做出一副忧伤哀戚或者心灰意懒的样子，与此同时却偷偷地斜过眼来，注视着身后那位同样被照在了镜子中的观察者。当背后的黑色身影仍然伫立不动，没有做出丝毫赞赏的表示，她失望了，急切之下便准备使出她最有效的一招。她把一条宽大的红色土耳其头巾缠在自己脑袋上，头巾的饰扣里还插着一根长长的苍鹭毛。红色的头巾和她脸上黄色的皮肤配在一起挺协调，她禁不住对自己深深一鞠躬，以表赞许。谁料对面仍然毫无动静，她便再也忍不住了，于是径直奔到窗前，一把将窗帘完全拉开，脑袋上的大头巾都没顾上摘下。

“您好，先生。”她亲热地招呼，“您已经做了我的邻居，我看出来。但愿您别像先前那一位似的也吹笛子，吵得人家半夜都睡不着觉。”

“我漂亮的邻居，”新房客回答，“我绝不会用任何乐器来打扰您。我是一个有病的人，只要人家不来搅扰我的睡眠，我就已经很高兴啦。”

“这——样！”姑娘拖长了声音应着，“您有病？可您也很有钱吧？”

“不！干吗问这个？”

“因为有病同时没有钱，就太可怕啦。那么您到底是谁呢？”

“我名叫安德雷亚·德尔棻，从前在布拉契亚当过法院的书记，眼下来威尼斯想在一个公证人事务所找个安静点的差事。”

这样的回答似乎完全扫了姑娘的兴。她沉思着，摆弄起戴在脖子上的一条金项链来。

“可以告诉我您是谁吗，漂亮的女邻居？”安德雷亚问，声音温柔得与脸上严肃的表情十分不相称，“对于病中的我来说，与您成为近邻，时时得睹芳颜，真乃莫大的安慰。”

他终于以她有理由指望听到的调子说话，显然使她感到了满足。

“对于您来说，”她回答，“我就是斯美拉狄娜公主，她的恩典在您是可望而不可即。只有您看见我戴上这条土耳其头巾，才算给了您一个暗号，表示我乐意和您谈谈了。以我这样的年轻，这样的美貌，真是无聊得要死。您可得明白，”她突然忘记自己扮演的角色，继续说，“我的东家伯爵夫人绝对不准我哪怕有一点点风流事，尽管她自个儿换起情夫来比换衬衣还要勤。她说，她的亲信和贴身使女中谁都甭想同时侍候两个主子，即既侍候她又侍候长着翅膀的小爱神，否则马上辞掉。而眼下，我就不得不忍受她这条清规戒律；要不是我其他时候在这儿得到补偿，要不是在对面您的房里偶尔也住上个好样儿的异乡人，并且对我有了意思，那我简直就……”

“谁现在正好是您夫人的情夫呢？”安德雷亚语气生硬地打断她，“她接待威尼斯的显贵吗？外国使节是否也在她府里进出？”

“他们来的时候多半戴着面具，”斯美拉狄娜回答，“不过我很清楚，年轻的格里迪最得她的宠爱，在我侍候她的整个期间没第二个人超过他，是的，就连那位对夫人大献殷勤、令人好笑的奥地利公使也无法和他相比。您也认识咱伯爵夫人吧？她可真美呐。”

“我是个异乡人，姑娘。我不认识她。”

“告诉您，”使女一脸狡黠的神气，说，“她抹粉抹得可厉害啦，虽说还不到三十岁。如果您想看看她，那就太容易不过了。从您的窗口搭一块板子到我的窗口，您从上面爬过来，我领您去一个地方，在那里您可以神不知鬼不觉地把她看个仔细。对自己的好邻居有什么劳不能效啊！——可眼下再见，夫人已在唤我。”

“明天见，斯美拉狄娜！”

她关上窗户，拉严窗帘，自言自语：

“又穷——又有病。管他呢，解解闷儿总归是够好的。”安德雷亚也关上窗户，慢慢地在房里踱起步来。

“很好，对我真是求之不得，”他说，“无论如何我也会得到些好处。”

但看他的表情，他心里想的断乎不是什么风流事。

这当儿，他解开行囊，里边不过一些内衣和几本祈祷书而已；他把它们全部放进靠墙的一口橱柜中。有一本祈祷书不小心掉到地上，石板发出了空洞的响声。他迅速吹灭蜡烛，插紧房门，借着斯美拉狄娜的小灯远远射来的亮光，在朦胧晦暝中仔仔细细察看地板。经过了相当时间的努力，他终于揭起一块没敷胶泥、干干净净地嵌在地上的石板，在下边发现了一个一拳高、一脚宽的四方形大空洞。他敏捷地脱去上衣，把缠在身上的一条有着许多袋子的沉重腰带解下来。他已经把腰带放进洞里，突然之间又停住了。

“不成，”他说，“说不定是个圈套。警察已不是头一次在供出租的房间里设置这类藏匿所，以便在将来搜查时心中有数，手到擒来。这样好一个洞是太有诱惑力了，叫人难以置信。”

他盖上石板，准备为自己的秘密找一个更安全的藏匿处。朝死胡同的那扇窗户装着铁栏，铁条之间可以伸出胳臂去。他拉开窗户，伸出手去在外墙上四处摸索。在窗台底下一点点的地方，他在墙上发现了一个小洞，看样子是蝙蝠曾经栖息过的巢穴。从下面胡同里不可能看见这个洞，上边又有凸出的窗台遮着。他掏出一把匕首来，挖出洞内的胶泥和砖块，不声不响地扩大着它，没过多久就使它大到了能轻轻松松地容下那条宽腰带了。等到大功告成，他额上已经冒出冷汗。他再伸出手去检查了一次，看是否有布条或扣子什么的突现在外面，然后便关上窗户。一个钟头过去了，他已经和衣躺在床上睡着。成群的蚊子在他的额头上嗡嗡乱叫，外面夜鸟们则好奇地围着藏有他那宝贝的大洞飞来飞去。他睡着后仍紧紧闭着嘴唇，哪怕就在梦中，也不会吐露一个字的秘密的。

当天深夜，在维洛那的一盏孤灯下坐着位男子，适才他已小心翼翼地关好百叶窗和房门，现在便将黄昏时分在露天剧场附近散步时一个行乞的卡普栖修士偷偷塞给他的信拆开来。信上没写地址。可当他问送信人，他何从知道信交到了真正的收信人手里，修士便回答：“在维洛那没有一个娃娃不像认识自己父亲一样认识高贵的昂杰洛·奎里尼。”说罢径直去了。就这样，由于受到民众的爱戴，这位处于不幸中的放逐者也有了相当多的行动自由。尽管有密探们监视着，他仍旧悄悄把信带回了家中；在这寂静的深夜里，屋外回响着巡逻队咔咔的足音，他却开始读信——

昂杰洛·奎里尼阁下：

我并不存有奢望，以为阁下您还能回忆起我与您本人的一次匆匆会见。那已是许多年前的事了。在弗里奥乡下的宁静庄园中，我和我的弟妹都已长大成人；直到失去双亲，我才跟自己的妹妹和弟弟分了手。没过多少日子，我便被卷进威尼斯那具有诱惑力的生活旋涡中。

一天，我在莫洛希尼宫被人带到了您的面前。此刻，我仿佛还感觉到您当时用来一个一个地打量我们年轻人的目光。您的眼睛好像在说：这难道就是将肩负威尼斯未来的年轻一代吗？——人家把我的名字告诉了您。您不知不觉地就把与我的谈话引向威尼斯伟大的过去；当年，我的祖先们也曾经为这个共和国效力。而关于它的现在和我对它应尽的职责，您却避而不提。

自这次谈话以后，我便日夜苦读一本过去从来不屑一顾的书，即我的祖国的历史。结果，我是在恐惧和厌恶之心驱赶下，永远离开了这座城市；想当初，它曾在广阔的陆地和海洋上行使着控制权，如今，却屈服在一个可耻的暴政之下，对外软弱无力，对内独裁专制。

我回到弟妹管理的庄园中。我成功地开导弟弟，向他揭开了远远看去显得如此光彩夺目的生活的腐朽。可是我没有想到，我为拯救他和我们自己而做的这一切，却无可挽回地把我们都毁了。

对于咱们内地的贵族，威尼斯的掌权者们历来心怀嫉恨，这您了解。还在替共和国服务不失为一种荣耀的年代，人们就始终担心内地会脱离威尼斯。而今，各种人为的和难免的流弊已改变威尼斯的世界霸权地位，那样的担心便成为无数闻所未闻的阴谋诡计和罪恶行径的根源了。

关于我在邻近一些省份的所见所闻，关于他们挖空心思地想出来破坏弗里奥贵族的独立自主地位的种种伎俩，关于他们派去对付不驯者、并颁布无数特赦令以使其不受自身良心谴责的野蛮军队，我就不去谈它了吧。他们制造家庭不和，毒化朋友情谊，甚至在最密切的盟友里也竭力收买叛徒，玩弄奸计，这一切您是比我更早就了解的。

在威尼斯期间，我曾给人留下一个生活放浪不羁的印象，可这也没能长时间保护我，免除我有朝一日也会成为一个危险人物的怀疑。因此，当我后来为我妹妹与一位德意志贵族联姻请求批准时，当局断然拒绝。人家进而还怀疑我和胞弟与德国皇室有勾结，决定要让咱们吃吃苦头。

由于我和弟弟在省里一份弹劾总督的请愿书上都签了名，秘密裁判所便抓到把柄，以此为理由对我们布下了罗网。

弟弟被传讯到威尼斯。人一到就给关进铅屋顶下，一连许多个星期又是威吓，又是利诱，一定要他供认出什么来。对于在请愿书上签名一举他无须讳避，因为合法。除此而外他却没什么可供认的，因为我们不曾干过任何反对国家的事情。临末，人家不得已把他释放了，然而并不想真正放过他。

我也亲自给他写信，叫他不要马上离开威尼斯，以免引起新的嫌疑。我们情愿再有几个月见不着他。可是，在他终于回家来时，没过几天我们就永远见不着他啦。一种慢性毒药夺走了他的性命；在他所访问的威尼斯的某一个显赫家庭里，别人在他吃的菜里下了毒。

还没等弟弟的坟头上竖起墓碑，省里的总督已来向我妹妹求婚。妹妹愤怒地加以拒绝；她在悲痛中的愤激言辞，很快又在秘密裁判所的大厅里发出了回响。

这时候，弗里奥省的贵族们又在开会商量新的办法，努力想使地方上的局面有所改善。我坚信他们不会取得成果，所以与他们的秘密活动离得远远的。但是共和国的老爷们心怀鬼胎，总忘不掉我这个在他们看来有杀弟之仇的人。一天夜里，一伙雇佣的匪徒袭击了我们在山里的孤零零的庄子。我只凭着我的一些用人进行抵抗。匪徒们发现我们有精良的武装，决心战斗到底，轻易不会投降，便从四面八方放火烧房子。我只好率领家人，把同样拿着火铳的妹妹夹在队伍中间，孤注一掷，冒死突围。蓦地，我的额头挨了一击，人事不省地晕倒在地。

第二天早晨我才苏醒过来。四周不见一个人，仅剩下一片瓦砾。我的妹妹已经葬身火海，勇敢的家丁一些被打死，一些被赶回了熊熊燃烧的房屋中。

我在冒着余烟的瓦砾旁一动不动地躺了几小时，两眼凝视着预示我的未来的一片虚无。直到看见下面山谷里有农民爬上来了，我才挣扎起来。有一点我心里明白：人家只要认为我还活着，就会视我为敌，不管在哪儿都不会放过我。而这片燃烧的坟场如此宽广，我只要销声匿迹，便谁也不会怀疑我业已和亲人们安息在一起。我在山顶上乱走一气，无意间拾到我一个用人的皮夹；他出生在布拉契亚，到过世界上不少地方。他的身份证明都在皮夹里，我便把皮夹揣在身上，以备万一之用。随后我穿过深山密林，一路上鬼都没碰见一个，不怕有谁会出卖我。当我在森林中发现一片湖泊，口干舌燥地趴下身去准备饮那混浊的湖水时，发现自己的外表同样不会让人再认出我。一夜之间，我的满脑袋头发全白了，模样也老了许多。

到得布拉契亚，我毫不困难地使人相信我就是自己的仆人，因为他从小离开故乡，在城里已经没有亲戚了。五年之久，我生活得就像个怕见阳光的逃犯一样，尽量不跟人打交道。我的精神也变得一蹶不振，好似那将我打倒在地的一击，已摧毁了我的毅力。

可是一当阁下挺身反对秘密裁判的消息传来，我便立刻感觉到，我的意志力并未被摧毁，而只是一度麻木了而已。我怀着急切难耐的紧张心情，时刻关注着威尼斯的动静，人因此返老还童，重新意识到了自己所拥有的生命力。后来得到您的壮举归于失败的消息，我仅只在一瞬间重又堕入了前些时的麻木状态。紧接着，我就好似五内俱焚，立刻下定决心，要将您通过合法的公开的途径所未能完成的事业，使用暴力和自卫的恐怖手段，以不可见的审判官和复仇者之手加以完成，从而拯救我的亲爱的祖国。

在此后的日子里，我一次又一次地审查自己的决定，断定自己的存心无可非议。我扪心自问，我之拿起武器来反对暴君，既非出于对这些家伙本身的痛恨，更不是为了替自己的亲人复仇，甚至也不是对他们所蒙受的苦难感到义愤。我之挺身而出，充当一个被奴役的民族的拯救者，代行其他时代由一个自由民族的全民意志来行使的职权，对那些法律的力量所奈何不了的不义的暴君执行正义的判决，动机只有一个——它既非自私自利之心，也非沽名钓誉之念，而仅仅是一种对无所作为的青年时代的负疚感；当年您在莫洛希尼宫用来注视我的目光，则鞭策着我，让我履行自己的职责。

我将自己的事业托庇于上帝的保佑，但愿他能为他从我生活中夺走的一切给我唯一一个补偿，赐予我在解放了的威尼斯再次握握您的手的机会。您是不会推开这只让鲜血玷污了的手的，虽然那时已没有任何一只朋友的手肯再来握它了：因为，谁干刽子手的工作，他就必须自甘寂寞，离群索居。可是，倘使我为事业牺牲了，那么至少也希望我所敬重的人能够知道，在年轻的一代里也并非完全没有懂得为威尼斯献身的男子。

此信将由一位可靠的人交给您；他把曾经穿过的秘密裁判所秘书的制服换成了修士袍，以便用斋戒和祈祷来赎共和国的罪孽；他自己的那支笔就曾经不得不听命于这些罪孽。

信阅毕请烧掉。望多保重！

冈迪亚诺

放逐者读完信，陷入了痛苦的沉思。他一动不动地坐了约莫一个钟头，然后才把那几页会带来厄运的信纸伸到火上点着，将烧剩的余烬扔进壁炉中，随即又在房里不安地走来走去，一直走到天明；与此同时，那个刚才让他听了自己忏悔的不幸者，却像一位问心无愧、万事由天的人似的早已进入梦乡。

第二天，斯文里这位晚来的房客早早地就出了门。本来，如果光是玛利埃塔在过道里快快活活地唱歌，他没准儿还能多睡一会儿；可是她母亲对她的厉声呵斥，说她不该大吵大嚷，死人都会叫她吵醒，再多的房客也会让她吵得跑掉，却使安德雷亚完全清醒过来。他来到楼梯口，向早已就位的房东太太打听清楚人家在布拉契亚开了名字给他的几位公证人和律师的住址，旋即走下楼去。不管是寡妇对他健康的殷切关怀，还是玛利埃塔缀在发间的红蝴蝶结儿，都没能打动他，使他多停留一会儿；以往，好心的乔万娜总是尽可能阻止房客们和自己女儿来往，现在这位新房客硬是不肯正眼瞧一瞧她的心肝宝贝儿，瞧一瞧这个可爱的姑娘，却反倒叫她心里有些不安。在她看来，他那一头白发还不足以解释这如此稀罕的态度。他必定在内心隐藏着苦闷，要不就感到自己已经病入膏肓，目睹着别人青春焕发心里难受。可是呢，他走起路来却又快又带劲儿，胸部也宽宽的，挺挺的，要说有病，那就必定是深深地藏在身体内部啦。再说，他的脸色也完全正常。当他走过威尼斯的大街小巷，便赢得不少女人的青睐，难怪玛利埃塔要从楼上的窗口目送着他的背影。

可他呢，却一心想着自己的事情，目不斜视地走自己的路。尽管已经详细向乔万娜太太打听过该怎么走，乔万娜太太最后还安慰他，说什么“肯问就不愁走不到罗马”，使他放了心，他这会儿在威尼斯如网的街巷和水道中间仍然好像茫然无知，瞎摸乱撞。为拜访一些律师已花去好几小时，这些先生把来自布拉契亚一位同行的推荐全不当回事，在他们眼里，来人举止不管多么谦虚，仍然显得可疑。要知道在他额头上的皱纹中，怎么说也流露着某种高傲，稍微有一点世故的人便不难看出，他原本是不屑于干这份他现在谋取的差事的。最后，他找着一个住在梅尔泽里亚大街旁一条小巷子里的公证人，此公看来是兼干着各种各样投机营生的。他在那儿得到一个薪水很少的书记职位，想暂时试一试看。他这种饥不择食的样子，使公证人产生怀疑，以为他不过是个破落贵族；这号人只要能糊口，常常是什么活儿都乐于干，而且还不讨价还价的。

安德雷亚呢，看样子却对自己努力的成绩十分满意。加之时间已是中午，他便走进附近一家小酒馆。酒馆里边，围着一张张光木板条桌，坐着一些下层食客，一边吃着极其简单的菜肴，一边端起玻璃杯饮一种看上去挺浑的葡萄酒。安德雷亚也在靠门的墙角里坐下来，毫无怨言地吃着已经有些发臭的熏血，但那酒在尝了一口以后自然就再没有碰。

安德雷亚正准备叫侍者算账，却听见旁边有人在很客气地招呼自己。他刚才压根儿不曾留心他这邻座，此人坐在旁边已有相当时候，面前摆着半瓶酒，什么东西也没吃，只时不时地端起酒来呷上一口，而且每次都要咧一咧嘴。看表面他像是疲乏得眯缝起了眼睛，实际上锐利的目光却在光线昏暗的店堂内四处梭巡，对于我们的布拉契亚人更是格外关注；反过来，这一位对他却毫不在意。只见他年龄三十开外，长着一头金黄色鬈发，衣服却是黑青色的威尼斯款式，也就使你一眼看不出他是个犹太人。他耳朵上垂着两个沉甸甸的金耳环，鞋扣也是黄水晶的，只是衣领又皱又脏，细羊毛外套至少也有好几个礼拜不曾刷了。

“这酒不对先生的味儿吧？”他圆滑地向安德雷亚凑过来，细声细气地搭讪道，“先生看样子一定是走错了地方，这种小馆子从来没招待过上等人呐。”

“对不起，先生，”安德雷亚不动声色地应对着，虽然他是勉强自己在回答，“您又怎么能知道我属于哪个等级呢？”

“看您吃东西的样子呗，”犹太人说，“一看样子我就知道先生习惯的是生活在另一些人中间，而不是在此地。”

安德雷亚听罢便注视起他来，他却赶紧将贼溜溜的眼睛低了下去。突然，安德雷亚像是灵机一动，对这个死皮赖脸的家伙变得亲切起来，迎合着他的话题说道：

“嘿，您真好眼力，连我曾经见过几天好日子、喝过几瓶真资格葡萄酒也逃不过您的注意。不错，我的确和上等人打过交道，尽管我是个小市民的儿子，勉勉强强在大学里念完了法律，连任何头衔也没得到。可好景不长哟。我父亲破了产，我自己不名一文；而一个法院的穷书记和律师的穷助手，又能要求什么比这酒馆里更好的饮食啊。”

“一位念过大学的先生永远有权得到他人的敬重。”犹太人非常有礼貌地笑了笑，说，“要是能为阁下效一点儿劳，敝人将感到不胜荣幸；要知道敝人从来就渴望跟学识渊博的人交往，而且在自己繁忙的业务中，也确实不乏与他仍接触的机会。要是允许我建议阁下跟我一块儿去喝一杯更好的酒，那敝人……”

“更好的酒我可付不起酒账哩。”安德雷亚不经意似的说。

“对看来是初到此地的阁下尽一尽威尼斯人的地主之谊，在我乃莫大荣幸。而且，我要是能以自己的薄产和本地人所具有的知识替阁下效劳……”

安德雷亚正想推托，却发现站在店堂里边菜台旁的酒馆老板在不住地冲他点着秃脑袋，意思是叫他过去。与此同时，那些由手工匠人、市场贩妇、扒手小偷组成的酒客中也有不少人在对他打暗号，好像要告诉他什么，却又不敢大声讲出来。于是在回答犹太人殷勤的邀请之前，以先付酒账为口实，他离开了自己的座位，一边提高嗓门问该付多少钱，一边向老板走去。

“先生，”好心的老人悄声说，“当心那家伙。跟您打交道那人是个坏蛋。秘密裁判官们给他津贴，让他打探到这儿来的生人的秘密。您不见他坐的那个角落都没有人么？别的客人没个不认识他的。啥时候他滚出了这间屋子，啥时候就喊谢天谢地！我呢，尽管容忍他，免得惹火烧身，对您却有指点的责任。”

“谢谢您，朋友。”安德雷亚大声说，“您的酒是嫌浑一点，却对身体有好处。回见。”

说完他就回到座位上，拿起帽子，对他殷勤的邻座说：

“走，先生，要是您乐意的话。这儿的人不高兴见到您。”他放低嗓音补充说，“他们当您是个密探，我看出来。咱们另外找个地方叙叙友谊去吧。”

犹太人的小脸倏地变白了。

“上帝明鉴，”他说，“他们真冤枉了我！不过他们这么神经过敏我也不见怪，要晓得在这威尼斯，的确到处是当局的狗密探。我干的营生，”他们到了街上，犹太人继续说，“我的那许多业务联系，都使我在某一些地方进进出出，让人看了真好像我是留心着旁人的秘密似的。上帝可以让我长命百岁，可别人的事跟我屁相干？他们只要把欠我的债付给我，哪个狗才在背后去告他们。”

“我可是想说，先生——您尊姓？”“萨姆埃勒。”

“我可认为，萨姆埃勒先生，您对那些为国效劳的人看法太坏了。他们窥探公民中的不法勾当，揭露反共和国的阴谋诡计，不过是为了防患于未然而已。”

犹太人不出声地站住了，拉着安德雷亚的袖管，目不转睛地望着他。

“我怎么竟没马上认出您呵？”他说，“我原本应该知道，您不是偶然来到这家破酒馆，您无疑乃是我的一位同事。请问，您入机关多久啦？”

“我？明天的明天。”

“您这是什么话，先生？您该不是想要我吧？”

“真的没有。”安德雷亚回答，“实话对您讲吧，我很快真会落到要求加入贵机关的田地啦。我已告诉过您，我的境况很糟；我来到威尼斯，就为的改善我的处境。我今天在一位公证人那里找到了个秘书差事，那薪水与我希望在此地获得的幸运相差太远，也不足以偿报我将花的脑力。威尼斯是一座美丽的都市，一座欢乐的都市；可是在它的美女娇娃们的笑声里，也听得见金圆叮当响。好似时时提醒着我，别忘了自己是个穷光蛋。我捉摸着，可不能永远这么熬下去。”

“承蒙信任，不胜荣幸。”犹太人说，样子像是在动脑筋，“不过我必须告诉您，老爷们不乐意使用新来的外地人，新来的人得有个试用期，先见习见习。要是我能掏自己的腰包支持您到那个时候——对于朋友我只收很低的利息。”

“谢谢您，萨姆埃勒先生。”安德雷亚满不在乎地回答，“您的举荐，对我更加宝贵，我在此表示感激不尽。可这儿已是我的住处；我并不想劳驾您光临，因为手头正有一大堆新东家交的事情要做。我的名字叫安德雷亚·德尔菜。一旦到了用得着我的时候，千万请想到我：安德雷亚·德尔菜，斯文里。”

他同这位稀罕的朋友握手告别。后者在外边继续站了好一会儿，仔仔细细地把他住的公寓和周围的环境察看了一通，脸上带着狐疑和思索的奸诈神情，嘴里喃喃自语，仿佛是在讲，他绝不替那个布拉契亚人打保票，求上边很快免去他的试用期。

安德雷亚爬上楼梯，但在对乔万娜太太做出汇报前却过不了她的关。对于他只找到这么一个小差事，乔万娜太太很是不满。她要求新房客辞去它，另寻一个收入多一些也体面一点的事情，否则她决不罢休。安德雷亚摇了摇头，一本正经地说：

“这就足够啦，好太太，我还有多少日子好活呵。”

“瞧您说的啥话！”寡妇呵斥道，“好事迎上前，坏事由它去，这才是男子汉的本色；正是：有福快快享，有苦快快避。您瞧外边阳光有多美，真不害臊，这么早早地跑回家来。圣马可广场上不正乐声阵阵，所有漂亮的、有钱的、高贵的男女都出了家门，在那儿走来走去吗？您应该去那儿，安德雷亚先生，不应该回家来。”

“可我既不漂亮，也没有钱，更不高贵，乔万娜太太！”

“未必您看见这么美好的世界压根儿不觉得快乐吗？”寡妇急了，转过头去看玛利埃塔是否在旁边，然后问，“您该不是得了相思病吧？”

“不，乔万娜太太。”

“或者，您干脆把享乐看成为罪孽，是吗？在您桌上放着那么本小书，我告诉您，您可是破天荒第一个带着圣书到我家里来的房客，上帝怜悯！可这年月的年轻人却认为：放荡地活，虔诚地死，魔鬼也给气破肚子；圣诞节，麻雀也在房顶上过狂欢节。”

“好太太，”安德雷亚笑了笑说，“您对我真太关心啦，可我这人不可救药。我只要能静静坐着干自己的工作，心里就再快活不过啦；您要能替我弄支笔，弄几沓纸，我便非常之感激您。”

没过多久，玛利埃塔把他要的东西送到房里来，发现他呆呆地坐在窗前，两眼茫然平视前方。傍晚，当她给他送灯去时，看见他仍然这么坐着，问他想吃什么，他也只要面包和酒。她没有勇气询问，是不是有蚊子搅扰他睡眠，想不想再用药草熏一熏。

“妈妈，”她挨着母亲坐在楼梯上，说，“我再也不想进他房里去了。他那双眼睛跟圣斯特凡小教堂中的殉道者一模一样。他望着我，我就怎么也笑不出来。”

可是玛利埃塔又会讲什么呢，要是她几小时后再走进他房间？——外面的运河上吹拂着夜风，他却站在窗前，和对面的使女聊着闲天，同时竭力使自己的眼里带上一些俗气。

“美丽的斯美拉狄娜，”他说，“我真是迫不及待地想见到你啊。我在经过一家金匠铺时想起你，为你买了一枚银丝扣针；对于你它自然是太微薄啦，可比起你那土耳其头巾上的饰扣来却更货真价实。打开窗户，我好扔它过来，但愿我自己很快也能飞越运河，投到你的脚边。”

“您真好。”使女嘻嘻笑着，用双手接住他用纸头包裹好的礼物，“唉，您买了多么贵重的一件礼物啊！可您还说您没有钱！您知道吗，今天我真特别需要开开心哩？白天咱们可是吃够了苦头，伯爵夫人情绪糟糕透啦。她最宠爱的年轻人，参议老爷的公子格里迪二十四小时一次面没露，她派人去他府里找，也不见人影，于是乎便担心是给秘密裁判所派人暗中逮去关起来啦。我的夫人气坏了，任何人也不接见，躺在沙发上一个劲儿地哭啊嚷啊，就跟个疯子一样；我想去劝她反倒挨了她的揍。”

“您大概一点不了解，人家指控年轻人些什么吧？”

“压根儿不了解，先生。而且我也情愿起誓一辈子当老处女，要是他脑子里有一丁点儿反对国家的念头的话。老天爷，他才二十三岁，心坎儿里装着的仅只咱夫人，除此而外充其量还有玩儿呀，乐呀。可是秘密裁判所那帮老爷有本领替你用蛛丝编出绳子来，而且粗得足以把最结实的喉咙也吊憋气。谁知道呢，这次的矛头也许完全是对准参议员老头子的吧？”

“谈论城里的最高当局可得当心。”安德雷亚低声说，“智慧的父老让他们掌大权，无知的儿孙可不该忤逆他们。”

姑娘凝视着他，想搞清楚他是否当真；然而仅看他的表情却很难解开这个谜。

“去，”她说，“瞧您一本正经的样子，这个我可受不了。您初来乍到，所以对那班老刽子手还恭恭敬敬，他们远远看去或者涂上粉后也可能很威严。但我已经不止一次从近处见过他们，在塔罗牌赌台边，当咱伯爵夫人做局主的时候；听我告诉您，他们也是人，跟亚当一个样。”

“可能是这样，姑娘。”安德雷亚回答，“不过他们掌着大权，像我这么个穷光蛋公开和人在窗口上对他们说长道短，就很不聪明喽。话一传到那种坏地方，说咱俩竟敢把威尼斯神圣的司法看成一小撮凡夫俗子的化身，你，我亲爱的斯美拉狄娜，还可能得到自身的美貌的保护，我呢，却就要像人人都知道的那样游水晶宫，或者至少拿我这斯文里的房子去换井里头[1]一间更加寒碜的斗室，或者住到铅屋顶下边去。”

“这儿您爱讲什么就可以讲什么。”使女说，“只有很少几扇窗户朝运河开；再说这般时候谁也不来这里干啥了。在您那一边眼下只剩着一道光秃秃的墙；因为谁只要还过得去，就犯不着拿这条污水沟当镜子使。可是您知道吗？我想请您过来待上一个钟头，两人一块儿聊聊，边聊边喝，总归舒服一些；在白天吃了伯爵夫人这么多

---

① 指海底监狱。

耳光，喝杯萨莫斯岛产的麦斯加酒，玩一盘塔罗牌，也许对镇定我的神经有好处。”

“我很乐意过来，”安德雷亚说，“不过会引起人注意，而且深更半夜，房东太太很难再放我进门。”

“不，不。”使女笑道，“用不着这么兜圈子。我这儿有块板，咱们用它轻而易举就能架起一道桥来。只要一伸手咱俩就能越过运河，你碰着我，我碰着你；干吗就不能动动腿儿，与我走到一起呢？要不，您是有晕病吧？”

“没的事儿，美丽的姑娘。等一等，我马上准备好。”

安德雷亚吹熄灯，插严房门，伏在门上听了听屋里的人是否全都已经安息，然后又回到窗前去。斯美拉狄娜看来于架桥已是训练有素，且不讲木板事先早准备停当，几秒钟内就搭好在两边的窗台上，而且平平稳稳，结结实实，宽度刚好能容一个人通过。她站在对面，兴致勃勃地向安德雷亚招手。他也迅速爬上窗台，脚踏木板，先用坚定的目光估量估量桥离水面的高度，然后只轻轻一步，跨到了对面的窗台上。他往下一跳，斯美拉狄娜张开双臂将他接在怀中，嘴唇已经擦着他的脸颊。但是他却觉得，还是换上害臊的表情为妙，好似到了这位女友身边，反感到必须对她保持一个尊重的距离，令她颇有几分惊讶。桥板收回来了，牌和酒已经从柜子里取出，桌子已移到敞开的窗前，这奇怪的一对儿便坐下聊起来。姑娘仍戴着土耳其红头巾，只是在架桥时稍稍往后脑勺上滑下去了一点，安德雷亚送给她的银丝别针也已戴在胸脯上，煞是可爱。

她正给自己斟第二杯酒，一边责备她的客人喝得太慢，态度一点儿不热情，这时一只装在房子里的铃铛猛地拉响起来。

“瞧瞧，”姑娘站起身，生气地将牌一扔，说，“我的情况就这样，简直不给人一分钟的安宁！她原本说要自个儿脱衣服，所以打发走了我，现在这么晚又来吵！不过您只需忍耐十分钟，朋友，我马上就回到您身边来。”

她一溜烟去了。安德雷亚呢，一个人反显得更加开心、自在。他走到窗前，仔细地观察他窗户与下面水道之间的那一段墙壁。墙高不过十来尺，灰泥几乎全已剥落，光秃秃的砖石坑洼不平，必要时很容易爬上去。再看使女窗下，如他第一晚所发现的那样有一坡伸到水中的石阶，阶旁一根高木桩上用铁链子拴着条窄窄的小艇；剩下的水道仅能再容一条小艇驶过而已。所有一切显然都令他满意。

“情况不可能想象会更好啦。”他自顾自地嘀咕着。

他若有所思地俯视着运河，只见在两面陡直而没有窗洞的壁头间，河水在黑暗中静静地流去。突然，他发现下游有一点微弱的亮光，慢慢地移动过来，不多时已听见欸乃的桨声。一艘小艇驶拢跟前，停在了台阶旁。上面的窥视者缩回身去，免得被人发现，但仍旧斜着眼睛看到，一个男人从艇里站起来，登上了台阶。接着，下面的门环重重地碰响三下，房里不久便有一条嗓子透过门缝问，是什么人。

“以尊贵的十人委员会的名义，”来人回答，“快开门！”

楼下的用人立刻从命，等那位深夜造访的不速之客一进去，门马上又关严了。

不一会儿斯美拉狄娜回到房里，一副气急败坏的模样，头巾没有了，脸也涨得绯红。

“您听见啦?”她憋着嗓子说，“啊，上帝，人家准备拖走咱伯爵夫人，把她要不绞死，要不淹死；可叫我找谁去啊，她还欠我六个月工钱呢?”

“别着急，软心肠的姑娘。”安德雷亚立即回答，“什么时候有你的好朋友在，你就不会被抛弃。可是，希望你能帮个忙，把我藏到什么地方，使我能听见高贵的十人委员会到底要让你主人干什么。我承认，我是挺好奇，就像每个新来的人都可能是好奇的一样。再说，我也可能对您和您的主人有某些帮助；因为我在一位律师那儿当差，一旦公开起诉，我便非常乐意效劳，尽自己微薄的力量。”

使女沉吟起来。

“这个容易。”她随即说，“那地方很保险，我自己就不止一次藏在那儿过，简直不相信自己的耳朵啊。可万一给发现了呢?”

“万事我一人承当，亲爱的，谁也不会知道，我怎么进的这所房子。瞧，”他接着说，“这儿是三个金币，万一我以后不能再酬谢你了，你就权且收下。可是，如果万事大吉，那么你瞧着好啦，我尽管所有不多，也乐意与自己一位如此聪明的女朋友共享的。”

使女不客气地将金圆揣了起来，推开门，侧耳细听黑暗的走廊上的动静。

“脱掉鞋子，”她悄声说，“牵着我，我领您怎么走就怎么走。别怕，房里人全睡死了，除去那个门房。”

她吹熄灯，溜进走廊，拖着跟在后面的安德雷亚向前走去。他们穿过几间昏暗的大房间。随后，斯美拉狄娜拉开一扇门，进了一座通过公馆正面三扇高高的窗户射进来的朦胧月光照耀下的舞厅。在厅里的一头，有一架小扶梯通到乐师们坐的高台上。

“轻！”使女提醒说，“扶梯有点嘎嘎作响。我把您留在这儿。那边的板壁上有条裂缝，透过裂缝您可以看得、听得一清二楚，因为旁边就是夫人的客厅。客人走了我来接您。但在我来以前一步也别离开。”

说罢她径直去了。安德雷亚也毫不迟疑，几步登上高台，顺着墙壁，轻手轻脚地向着透过墙上的窄缝射过来的一线亮光摸去。舞厅和相邻的客厅仅有一板之隔，在家业兴旺的昔日，两者原本只是一座更大的宴客厅。灯光来自一具枝形烛台；烛台立在伯爵夫人的卧榻前，墙上的油画仅隐约可见。安德雷亚必须蹲跪在地上，才能看清下边的情况。他的处境是够不舒服的，尽管如此，大概乐意顶替他的仍大有人在，虽说他们并不想探听什么，却可以大饱眼福啊。

因为就算贴身使女说得不错，伯爵夫人常常涂着很多粉，但她这样做确确实实主要是为了赶时髦，而并非必须以此遮丑。眼下她坐在卧榻上，穿着一身没想到这么晚还有客人来才穿的轻薄睡衣，一头淡红色的浓发随随便便地束在头顶上，两眼哭得红红的，雪白而丰润的脸颊上还留着斑斑泪痕。坐在她对面的男人背冲着安德雷亚，似乎正在仔细地端详着她；至少他是很难得转一转脑袋，任美妇人一个劲儿地申诉着，自己却毫无举动。

“真的，”伯爵夫人说，在她表情和声调里都含着同样的沉痛，“真的，我不能不感到惊讶，您在如此背信弃义，践踏了对我的神圣诺言以后还有脸来见我。我给你们效了那么多劳，难道就为着你们现在这么残酷地对待我，与我作对？你们把他弄到哪儿去了，我的可怜的朋友，我的唯一的心上人，你们不是答应在任何情况下都不动他的么？你们的监狱就算太空，难道除他以外就没有人了么？你们究竟怀疑他什么？他究竟对伟大的共和国犯了什么罪，竟必须对他处以流放，而不能给他一个对于我打击轻一点的惩罚啊？要知道我并不曾向您隐瞒，我的心已经属于他，谁要动他一根毫毛，谁就是我的敌人。把他还给我，否则我和你们一刀两断，永远一刀两断，然后离开威尼斯，到流放地去找我的朋友，让你们知道你们如此无耻地背信弃义，将是自找苦吃，自作自受。啊，悔不当初竟做了你们的工具！”

“您忘记了，夫人，”客人说，“我们有办法叫您逃不出去；而且，就算您成功了吧，我们的手臂也长而有力，足以在您以为能够藏身的任何地方毁掉您。格里迪那小伙子是罪有应得。他不顾咱们的警告，继续与奥地利公使的秘书，一位涉嫌很深的年轻人频繁交往。您很清楚，威尼斯的法律是严禁这种交往的。而且，在我们截获的一封昂杰洛·奎里尼的信中，也有赞扬格里迪这个冒失小青年的话。我们放逐他，只是出于对他的爱护，免得他越陷越深。而与此同时，我们也知道欠了您多少情，蕾奥诺拉。也正因为这个，我才被派到你这儿来，向您说明真情，给您一些指点，使您知道如何进行补救，设若您是明智的话。”

“可我听你们差遣已经听得够了。”伯爵夫人激动地说，“今儿个我终于明白过来，我要是信赖你们，幻想着只要为你们牺牲一切就会得到你们的感激，是的，至少你们也会保护我不致遭受奇耻大辱，那么我或迟或早都一定要倒霉的。我不再需要你们，不再希望从你们那儿得到任何东西；在我和这高贵的政府之间，这个政府对朋友和敌人都一样残酷无情，在我和它之间是一切全完啦。”

“只是很遗憾，”客人抢过话头说，“政府还需要您，还希望从您那儿得到些什么，因此，在咱们之间还不能算完。您懂得，蕾奥诺拉，像您这么个参与过共和国如此多秘密的女人，政府是很不放心放出国去的；因为一到国外，您就可能马上被这年头儿的时髦病所传染，开始写起自己的回忆录来。一句话，威尼斯和您结下了不解之缘；您呢也已经受过多次考验，证明自己并非一个任性的女人，而是要机灵和聪明得多，因此无须多费周折就能使您跟我们重新和好。”

“我根本不想听什么和好不和好！”阿迷黛伯爵夫人激动得大声嚷起来，泪水又一次涌进眼眶，“就算想又有啥用？我已经无能为力；只要见不着我可怜的格里迪，我连最简单的思想都领会不了啦。”

“您会见到他的，蕾奥诺拉，但不是马上；因为他的突然归来，将把我们的计划一笔勾销。”

“那么，要我忍耐多久呢？”伯爵夫人用哀求的目光望着对方，问。

“这就看您自己啦。”客人回答，“看您需要多少时间，才能使一位迄今以品行端正著称的青年拜倒在您脚下。”

在阿迷黛那刚刚还充满痛苦和绝望的脸上，立刻露出一丝好奇和关注的神情。

“您说的是谁?”她问。

“那个跟格里迪交朋友的德意志人，维也纳公使的秘书。您认识吗?”

“上次划船比赛时见过一面。格里迪指给我看的。”

“他那位上司是个窝囊废，他实际上才左右一切。我们有理由相信，他暗中在咱们的敌人里边大肆收罗党羽，从奎里尼作乱后残留的不满情绪中捞取好处，为他在维也纳的主子效劳。这家伙狡猾得不同一般。我们在公使的亲随中雇用了四名监视他的人，可迄今还一个都没能向我们提供哪怕一丁点儿证据。秘密的大人们充分信赖您，蕾奥诺拉，相信您会再次取得成功，找到打开这扇紧紧关闭着的思想大门的钥匙。可是，只要格里迪还夹在中间，这就没有希望。放逐他为您铺平道路，给了您一个接近那位难以亲近的人的机会；因为你们都失去了格里迪，都一样感到难过，对于自己朋友的情人，他一定会比过去怀着更多的同情的。至于其他一切，我就留待您去施展您的魅力啦，须知越是碰着阻力，您的魅力越不可抗拒啊。”

阿迷黛夫人沉吟片刻。她的额头慢慢明亮起来，她的两眼焕发着勇敢而高傲的光彩，她美丽而丰满的小嘴微微张开，唇边漾出了若有所思的笑意。

“您答应，我一把另一个交给你们，你们马上就叫格里迪回来?”她终于问。

“是的，我们答应。”

“那么要不了多久，我就将提醒你们兑现自己的诺言。”

她站起身，将白天里哭湿了的手绢一下子扔掉。她在客厅里踱起步来。由于墙上的裂缝太窄，安德雷亚从藏身处只能在一段距离内观察她。只见她双目炯炯，挺胸昂首，在室内的地毯上慢慢踱着，恰似已经为新的胜利而扬扬得意——这女王般高傲的姿态，令安德雷亚惊叹不置。每当她那无目的地在空中梭巡的目光从他面前扫过，他都不由得一震。他下意识地蜷下身子，仿佛有可能被她发现似的。

坐在下面靠椅上的男人对于她的风采却似乎没长眼睛，只听他以公事公办的口气，一点不动感情地继续说：

“教皇使节近些时候来您府上的次数少了。您那些世俗的爱好表现得太清楚，赌局开得也太大。我们希望，您能重新变得虔诚一些，使自己与主教大人的关系热乎起来。最近教皇的党羽们与法兰西往来密切，令人担忧。”

“这个您交给我好了。”她回答。

“还有件事，蕾奥诺拉。为了招待冈迪亚诺那顿晚餐，我们还欠您一笔款子……”

阿迷黛像让蛇咬了似的突然一怔，脸色大变。

“看在全体圣者分上，”她恳求说，“闭住嘴，永远别再提这件事；剩下的款子请交给教会，让它为了他的灵魂——也为了我的灵魂，多做几场弥撒。每次一提起那个名字，我就像听见了末日审判的大喇叭。”

“您真孩子气。”客人说，“那次晚餐的责任由我们负，与您无干。他是个罪人；仅仅由于他家庭的声望和众多社会联系，我们才不便秘密执行对他的惩罚。他安安静静死在自己家里的床上，谁也不能讲他是来了府上才死的。未必然，您已风闻这样的说法么？”

阿迷黛身子战栗着，目光垂到地上。

“没有。”她回答，“可夜里常常有一个声音在我耳边嘀咕，叫我蓦地从梦中惊醒。啊！只有这件事我不该，只有这件事！”

“那只是幻觉，蕾奥诺拉；您会战胜它的。那笔钱——我还想告诉您——已经在侯爵的家里为您准备好了。晚安，夫人。我看出来，我把您耽误得太久了。好好安息吧，以便明天您的美貌如初升的丽日，既照耀着正义的人也照耀着不义的人，没有半片云翳。再见，蕾奥诺拉！”

不速之客对美妇人微微一鞠躬，朝着房门走去。安德雷亚只在最后一瞬看见了他的嘴脸。它是如此冷漠，但并不严厉，仿佛既没有灵魂也没有感情，仅在额头和眉宇间表现出巨大的毅力。他戴上假面具，披上脱在门口的黑斗篷，不等主人送行，便快步出了客厅。

也就在同一瞬间，安德雷亚听见使女在舞厅中轻声唤他，要他下去。他最后瞥了仍然一动不动地站在客厅里目送着客人的阿迷黛一眼，就按照使女的吩咐，像个失魂落魄的人似的摇摇晃晃下了台阶，一言不发地跟在急急忙忙往前赶去的使女身后。

斯美拉狄娜房中又点上了灯，酒也仍然摆在窗前的小桌子上，看来再没有任何东西妨碍他俩重新开始中断了的赏心乐事。只不过在男子的脸上却罩着一片不祥的阴云，轻浮如斯美拉狄娜也给吓住了，不再对这一晚抱任何希望。

“瞧您这模样，真跟见了妖怪似的。”她说，“来，喝一杯，给我讲讲看到些什么。实际上可并没像我们担心的那样大喊大叫啊。”

“啊，是的。”他强作冷漠地应道，“人家待你的主人挺好；你甚至有希望很快就得到所欠的工钱。只不过他们讲话的声音很低，我没有听懂多少。眼下主要是困得要命，那么跪在硬邦邦的地板上太不舒服了。下次我一定来好好喝你的酒，好姑娘；今晚上却不得不睡觉去了。”

“可您甚至还没有告诉我，您是否也和其他人一样觉得她很美哩。”使女说，一边竭力做出对自己少言寡语、忘恩负义的朋友不满的样子。

“很美，美得要么像天使，要么像魔鬼。”他透过牙齿缝嘀咕了一句，“我谢谢你，姑娘，谢谢你让我看见了她。下次我一定在你这儿好好待一会儿，今天我为满足自己的好奇心受罪受够啦。再见！”

他跃上窗台，跨到使女不得已重新架在深渊两边的木板上。到了对面，他再一次眺望运河下游，看见小艇中的一星星灯光正好在远方消失了。

“再见。”他掉转头又说一次，然后便轻轻跳到自己房中。斯美拉狄娜呢，这时则一边拆去便桥，一边冥思苦索，弄不懂自己这新朋友的行径怎么会如此奇怪：说穷呢却这样大方，头发已经白了还这么好冒险。

一星期过去了，斯美拉狄娜自以为已征服她的邻居，但情形却不特别令她满意。只有一次，在她把门房争取到自己一边以后，她让安德雷亚在夜里戴着面具溜进大门，接着又领着他从临着水道的小门走出去，一块儿上了小艇。安德雷亚慢慢摇着桨，穿过一条条迷津似的幽暗水道，最后划到大运河上流连荡漾了一个小时。这次机会绝佳，但安德雷亚仍然不特别热情，仍然让姑娘一个人喋喋不休，为取悦他而讲了自己主人在其中扮演重要角色的大世界里的种种趣事。他了解到，近几天来奥地利公使的秘书接连着拜访阿迷黛伯爵夫人，两人在一起一待就是半天，毫无疑问在商量援救被放逐的格里迪的事。伯爵夫人的情绪比什么时候都好，因此重重地赏了她。安德雷亚似乎心不在焉地听着，注意力好像完全集中到了驾驶小艇上。所以，当她这位沉默寡言的旅伴拨转船头，拣近路往回划去时，她自己也暗暗感到高兴。安德雷亚把船划到木桩跟前，动作轻得没有一点儿声音：两人下了船，他便把铁链子绕在木桩上，问使女要锁船的钥匙。她交出钥匙，人已先到门里，安德雷亚却突然在背后惊叫起来，说是在仓促中小小的钥匙脱手掉进运河里边去了。乍一听她也不高兴了，但紧接着又恢复百事不在乎的天性，宽她朋友的心说，不要紧，家里多半还能找着另一把钥匙。这一回，当她在午夜时分送安德雷亚出大门时，他就再也过意不去，只好轻轻在她脸颊上吻了一下，算是告别。

第二天，他对他的房东乔万娜太太说，他东家事务所里工作太多了，因此不得不加加夜班。这是他仅有的一次使用大门钥匙。往常他总是天擦黑已经回家，只吃点儿面包和葡萄酒，早早地就熄了灯。因此，好心的房东太太常对邻里夸他又勤快，又规矩，简直可以做个模范。她唯一对他不满的是，他这人一点不知道顾惜自己，年纪不大，正当的取乐已一样不参加，全不想想这可以使人心情开朗，延年益寿哩。每当听见这样的话，玛利埃塔便一声不响，低下脑袋。只要新房客一回到房中，她的歌声便戛然而止；仿佛自从安德雷亚搬进家里，她便心事重重；这些天来她脑子里所考虑的比以往一年还要多。

安德雷亚住在寡妇家第二个礼拜天的早晨，乔万娜太太惊惊惶惶地冲进他的房间，身上还穿着全套节日盛装，显然是刚赶完弥撒回来。她的房客坐在桌前，衣服尚未穿齐整，正在念一本祈祷书。他的脸色比平素更加苍白，然而目光沉静，看样子对自己的祷告被打断颇不高兴。

“瞧您还不声不响地坐在房里，安德雷亚先生。”寡妇冲他直嚷，“全威尼斯可是都闹翻了啊！快穿好衣服自个儿上街去瞅瞅，到处都是吓得变了样的丑脸。主耶稣呵！竟让我给赶上了；想想看，威尼斯还能出什么更叫我吃惊的乱子呢！”

“您讲什么，太太？”安德雷亚以满不在乎的口气问，放下了手里的祈祷书。

乔万娜太太一屁股坐在椅子上，看样子已经精疲力竭。

“唉唉唉，我一直给人家推到小广场，”她又开始讲起来，“一看，十人委员会的大人们正成群拥上元首宫前的大台阶，从国宾馆的窗户里挂出志丧旗，在风中猎猎飘动。您能相信吗？昨天夜里十一点至午夜之间，三位秘密法庭法官中最显赫的一位，尊贵的洛伦索·维尼耶尔先生，在自己家门前的台阶上给人杀死啦！”

“他也许已是个老人吧？”安德雷亚平静地问。

“仁慈的圣母啊！瞧您说的，好像他是在自己的床上寿终正寝了一样！自然呐，您不是威尼斯人，不可能明白杀死一个秘密裁判所的法官，是多么了不起的事。要知道一位秘密法庭的大人比一位国家元首还重要，国家元首不过是个衣服架子，秘密法庭却掌握大权。而最最可怕的是，人家在他的伤口上找到一把匕首，匕首柄上竟刻着：'处死全体秘密法庭法官！'——全体！明白吗，安德雷亚先生？这可不像某个坏蛋收买刺客去干掉自己的情敌或同僚中的对手那么不算回事儿。'这是政治谋杀，'一位跟我很要好的邻居说，'背后隐藏着一个阴谋，很可能就是昂杰洛·奎里尼的党羽干的。'他说时搓着自己的手，我呢，却心惊胆战，要知道我口里虽不敢说，心中却在想：我可有数，祸事好比树上的熟樱桃，摇一个下来，接着就会掉二十个；一次流血定将造成更多的流血。"

"未必一点没有掌握刺客的线索吧，乔万娜太太？要这样，秘密法庭又养成百上千的密探做什么呢？"

"连一点影儿也没有。"寡妇回答，"昨晚上黑极了，又刮着东北风，在他公馆附近的大运河上一艘小艇不见了。这时他独自经过一条横街回家来，突然遭到一只无形的手的袭击，仅只还拼着最后一口气叫开了大门，便倒在地上一命呜呼啦。这时街上静得要命，一个人影儿也没有。可我心中有数，安德雷亚先生。要我告诉您吗？您人诚实，心眼儿好，绝不会给我传出去，让我倒了旧霉倒新霉，所以我对您讲：我知道送了他命的那只手。"

安德雷亚目不转睛地望着她，说：

"讲吧，要是讲了您心里轻松点儿。我不会出卖您的。"

"难道您一点儿也没猜到？"她问，同时从椅子里站起来，走到房客旁边，“我不是早告诉过您，有的人活着却回不来，有的人死了倒回来了吗？这会儿您该明白了吧？他可没忘记他们干的好事，是他们把他的老婆孩子拖到铅屋顶底下，折磨拷打。可是，看在上帝分上，千万别吐露一个字！要不死者的灵魂犯了事，活着的人却不得不遭殃受罪。”

“可您凭什么这么认为呢？”

寡妇神秘地在房里环视了一通，压低嗓门说：

“您知道，昨天夜里咱们家可不安静啦。只听外面墙壁上窸窸窣窣地一会儿上，一会儿下，就像幽灵走道儿的声音，我躺在床上听得清清楚楚；再有底下河里头也有怪声，您的窗户也叮叮当当响，受惊的夜鸟在旁边小巷子里成群飞来飞去，直闹到深夜以后很久很久。直等到钟敲一点，才安静下来。我知道是谁惊动了它们。他在干完事后来问候咱娘儿俩啦，要晓得当初他和我们连别也没能告啊。”

安德雷亚听完低下了头。这当儿他站起来，说自己想出去打听打听情况；她是了解的，他昨晚上很早就躺下了，而且睡得特别熟，所以闹鬼的事压根儿不知道。他并且劝乔万娜太太千万保守秘密，因为即使是亡灵干的事，作为知情人她也太危险，案子就这么重大嘛。说完，安德雷亚急急忙忙穿好衣服，进城去了。

大街小巷人潮汹涌，即使在共和国的重大节日，这样的情形也不多见。一条条无声的人流急速地从内城涌出来，通过小街窄巷，继续向着圣马可广场移动。有的人即便不参加前进的行列，至少也站在自己家门口，与匆匆走过的熟人朋友交换着意味深长的手势和眼色。从人们的神色态度已可看出，发生了一件闻所未闻的可怕的大事，他们因此给惊呆了，全都盲目地参加进巨大的人流，渴望着要亲眼看一看、亲手摸一摸那件事。谁也不高声谈话，谁也不哪怕轻轻笑一声，吹一声口哨，或者叹一口气；仿佛这些循规蹈矩的市民都感觉到，支撑着威尼斯这座水上都市的支柱已经动摇了。

安德雷亚显得漫不经心的样子，跟随人流走去，头上的帽子压得低低的，双手倒背在身后。眼下已走到圣马可广场，只见在夏日明净的蓝空下，不同等级的人混杂在一起，形成数不清的多少堆；而在国宾馆前，人流还在继续向小广场滚动，一直滚到外面由两边的海峡夹在当中的运河河口前。在这乱哄哄的人海中，古老的元首宫巍然耸立。一扇扇圆拱形的窗户背后，一条条连环拱顶的回廊底下，都看得见兵器在晃动；一队士兵在宫门前布置了警戒线，除去十人委员会的成员，想要进去的人没个不被挡了驾。要知道在楼上那间四壁画着共和国重大历史事件的大厅里，威尼斯贵族的精华正聚集一堂，在开秘密会议；与此同时，在这座古建筑下边巨大的圆柱前却拥挤着万千群众，他们等会议的结果似乎已经等得不耐烦了，因此每当窗口出现一位贵人，下面便一齐嘀嘀咕咕起来，同时伸出手指指点点，仰着头向上张望，好像随时都可能有谁走到阳台上来，对那桩神秘的罪行宣布判决似的。

安德雷亚独自越过狭长的广场，最后也同样来到元首宫前；在经过圣马可教堂时他往里边瞟了一眼，只见正在听布道的信徒们头挨着头，一直站到了大门外边。随后，他吃力地挤过人群，向着河口处走去。他站在小广场的码头上，望着水面一大片黑色的小艇，心中不禁涌起阵阵忧思。小艇的锯齿状铁皮船头高高翘着，每一转动都把太阳光反射到水面上，幻化出一片光波。在他左方的契阿沃里码头，也同样挤满了期待的人群，土耳其头巾、红色希腊帽、基奥贾岛船夫的小花帽、三角帽和扑了粉的假发交替出现，争奇斗胜，使人仿佛听见了操着各民族语言交谈的嘈杂声。可从底下的水面上，却不断传来小艇舟子们单调的吆喝声，即便你是个瞎子，一听也知道威尼斯的大运河就在自己脚下。

一艘敞篷小艇由两名身着绣金制服的用人划着，从面前驶过；一位贵妇人用手托着脑袋，懒洋洋地斜靠在艇中的宽大软椅上。在她淡红色的秀发间，一只巨大的钻石戒指发出灿烂夺目的光彩；她的目光停在坐在对面的一个年轻男子脸上，他正兴致勃勃地对她讲着什么。这当儿她抬起头来，高傲地瞅了瞅挤在对面小广场上的民众。“瞧，阿迷黛伯爵夫人。”安德雷亚听见人群中说，可他早已认识她了。他看见她不由一惊，连忙转过脸去，仿佛仅仅看她一眼也会倒霉似的。也就在转过脸来的当口，他突然发现一张熟悉的面孔正在亲热地招呼自己。原来萨姆埃勒早已站在他的背后。

“您也出来走走了么，德尔菜先生？”犹太佬细声细气地凑近他耳朵说，“我每天都设法碰见阁下，结果仍然碰不着。您这么深居简出，比个产妇还有过之。要是您这会儿肯跟着我，到我办事的地方去一趟，我就有些您也许乐意听的话对您讲。走！干吗跟其他人似的站在这儿，这些人全是傻瓜，竟相信十人委员会能想出拯救共和国的妙计！大船搁了浅，船上耗子再闹腾也不能使它重新浮起来。真正的领港此时有更重要的事情干，绝不会坐在一起耍嘴皮子。让咱们走吧，我忙着呐。再说，坐在船上谈起话来也舒服些。”

他手一招，叫过来一艘出租艇，拽住安德雷亚的胳膊，让他跟着走。两人上了船，坐到黑色的船篷底下；透过狭窄的舱房左右两边的窗洞，可以把运河风光一览无余。

“您有什么话对我讲，先生?”安德雷亚问，“您这是领我上哪儿去?”

“明儿早上就别去您的公证人那儿上班喽。”犹太人说，“跟我走一趟，可能会给您带来更多收入的。”

“您的意思是……萨姆埃勒?”

“您知道昨天夜里发生了什么事。”犹太人回答，“真是破天荒第一遭，在威尼斯发生凶杀案后十二小时过去了，还连凶手的一点线索没找到。我们已在当局眼里失去信用，在民众当中失去信用，在一直视本地的警察为奇迹创造者和楷模的外国人里头也失去了信用。十人委员会觉得自己耳目失灵了。它将寻找一批新人，以便把所有的角落都更好地监视起来。您那双眼睛，德尔菜先生，很可能就不用再去读公证人的破文书，而可以派更大的用场喽，要是您十天前的想法还没有变的话。所以，明天早上您得留在家里。一旦事情有望，我将乐于替您讲话的。”

“我的想法倒没变。只是，我颇怀疑我自己的能力。”

“去，去!”萨姆埃勒在空中摇着食指，说，“您当我不会认人怎么的，要不就是您太会佯装了；须知，谁能将自己的想法藏而不露，他就已经将别人企图掩藏的想法猜准一半。”

“可是，用不用我这件事又由谁来决定呢?”

"您得去接受秘密法庭成员的审查。而我呢，除了讲我认识您，相信您是有才能的以外，便别的什么也不能干。到明天我想秘密法庭的人数又会齐了，眼下十人委员会不正聚在一起选第三位吗。我可以夸口，人家给我再多的钱，让我当这个法官我也不贪图。要知道，匕首柄上的那些字可不是闲得无聊才刻上去的；打昨天夜里起，咱们威尼斯这三位大人物吃起面包来恐怕比炸药研磨场的小兵还更没滋味吧。"

"话虽如此，新当选的一位无疑还是会上任，对吗？或者，他也可以拒绝吧？"

"拒绝！您不知道，共和国将严厉惩罚每一个拒不担任公职的人？"

安德雷亚默不作声了，透过旁边的圆窗洞，他目光阴郁地望着河面。一大片黑色的小艇穿过两岸高耸的府邸，朝着同一方向行驶；迎着他们，从相反方向的里亚托湾，也驶来几乎同样多的船。两批船眼下会合在一起，争先恐后地划向一坡宽宽的石阶，好让自己的客人能早些上岸去。岸上坐落着维尼耶尔家的公馆，死者便停放在里边。

安德雷亚一眼就认出这是什么地方。他强压住内心的激动，说：

"您是来这儿有事，萨姆埃勒，或是仅仅好奇，想看看一位被杀害了的停在灵床上的大法官呢？"

"我正在执行公务。"密探回答，"可来这儿走走对您同样有好处。我将把我的几个朋友介绍给您，要知道，在这儿的人十个里头总有一个是负有使命的，只不过我们都装着不认识罢了。知道吗，在这些吊唁的人里头少不了就有几个阴谋分子，我敢打赌。谁晓得，凶手本人这当口是不是就正好从小艇中的某一艘上往下走呢！他不是傻瓜，不会不知道眼下这儿比其他地方更安全。因为此时此刻，趁所有人都上街来了的机会，我可以告诉您，警察正在挨家挨户搜查那些本来已引起他们怀疑的住宅。常言道：魔鬼只管教怎么干，却不教怎么藏嘛。”

说着，萨姆埃勒跳下小艇，随后又十分殷勤地来搀扶安德雷亚。

“您看见死人不舒服么？”他问，“瞧您的样子似乎不高兴。”

“您看错了，萨姆埃勒。”安德雷亚赶紧回答，同时无所谓似的望着他的脸，“我很感激您对我的关照。没您，我在此地就太难啦。让咱们上去，谒见一下那位生前几乎不可能让咱们接近的大人物吧。瞧这公馆多气派，可惜他得早早搬出去，住那又窄又小的石房子！我很同情他，真的，虽然我从来没有亲眼见过他。”

他们肩并着肩，在一股巨大的人流推拥下登上披着黑纱的台阶；台阶顶上，同样裹着纱的维尼耶尔家的族徽俯瞰着吊客，比任何门吏都更能叫人肃然起敬。灵台布置在府内最大的厅堂里，上面有华盖罩着；四周耸立着常青松柏，围绕着高脚枝形银烛台；通过阳台从河面上刮来阵阵凉风，无数的蜡烛全闪烁不定；四名身着黑绒制服的家丁，手执缠着黑纱的明晃晃的月牙斧，纹丝不动地守卫在灵台的四角，看上去就像一尊尊石像。死者身上盖着一条绒被，银色的流苏直拖到地上。吊客们一进门就能看到他轮廓分明的侧面。只见他满脸愤怒和悲痛，紧闭双目，冲着华盖。安德雷亚认出了这张脸。那天夜里，在阿迷黛夫人的客厅中，他已把它深深印进自己脑海里。他凝视着死者，眼睛一眨不眨，嘴角一动不动，叫谁也想不到死人面前站着的正是他的复仇者。

一小时后，安德雷亚回到住处。乔万娜太太在上面楼梯口迎接着他，差不多就像为自己儿子担惊受怕的母亲似的；玛利埃塔也一副不安的神气。她们对他讲，他不在时警察来搜过他的房间，但发现一切正常，跟房东太太她为自己房客提供的证明完全一样。安德雷亚神色安详地听着，这使她完全放了心，相信警察的搜查不过是官样文章而已。好心的寡妇对他提出一系列忠告，要他在这个罪恶的时代说话行事时时小心，免得引起任何的嫌疑。

“他们会变得更加严厉，”老太太叹了口气说，“他们很清楚：猫儿戴着手套是抓不到老鼠的；死人使活人睁开了眼睛，这也是句实话。所以您一定得留神，先生，别相信任何一个来接近您的人。您不了解那些狗东西，他们可会装好人啦；相信我吧，一个人只会受他信赖的人欺骗。您最好就别再上馆子吃饭了，将就一下吧，我们在家里有什么吃什么。您看起来脸色很不好。快去床上躺一会儿，您还不习惯这么四处奔波啊。”

老太太一讲起来就没个完。玛利埃塔始终站在她旁边，目不转睛地盯着安德雷亚苍白而严肃的脸，眼里带着哀求的神情。安德雷亚要母女俩相信自己很健康，请她们给他一些面包和酒；在他要的东西送去后，这一天他就再未走出房间。

第二天一清早，他还躺在床上，萨姆埃勒就闯了进来。

“要是一个月至少挣十四个金币在您看来还够意思的话，那就跟我走一趟。一切都弄妥啦，我想您不会白跑的。”

“新审判官选出来了吗？”安德雷亚问。

“看样子是的。”

“凶手仍然没有下落？”

“没有。贵族们怕得要命。他们全都闭门不出，每个登门拜访的人都被看成十人委员会或者秘密裁判所的奸细。外国使节一个接一个地晋见共和国元首，郑重表示自己对于谋杀事件的愤慨，保证协助揭露罪犯。从现在起，秘密裁判所的三位审判官行踪将更加保密。我相信，一定会悬赏缉拿凶手，用一笔大得足以使一个穷鬼过好多年富裕日子的赏金，买凶手的脑袋。眼睛睁大点儿，安德雷亚先生！咱俩也许不久就可以在一块儿喝比上次在小酒馆里更好的酒啦！”

安德雷亚默默地穿好了衣服，这时便跟随着自己一直唠唠叨叨的恩人，向着元首宫走去。萨姆埃勒看来是轻车熟路。他在院子里敲了一扇颇不起眼的门，凑近开门的用人的耳朵说了句什么话，然后就很客气地让安德雷亚走在头里，爬上一架小楼梯。上得楼来，他们又穿过一条半明不暗的很长很长的走廊，回答一个又一个手执月牙斧的卫士的盘问，最后才被放进一间并不算大的房间里；房里唯一的窗户朝着庭院，一半是用黑窗帘遮严了的。三个男人低声交谈着，在靠里边的墙面前踱来踱去，脸上全都戴着面具，只剩下胡子尖尖露在外边；另一个没戴面具的人坐在桌旁，在唯一一支蜡烛的烛光下写着什么。

他在萨姆埃勒领着安德雷亚跨进门时抬起了头。另外三个人却似乎没有注意到他俩，仍然起劲地交谈着。

“您带您说过的外地人来了吗？”秘书问。

“是的，阁下。”

“您可以走了，萨姆埃勒。”

犹太人恭顺地行个礼，退出去了。

秘密法庭的秘书把摆在面前的文件浏览了一遍，然后久久地、从上到下地打量着来人，说：

“您叫安德雷亚·德尔棻，您和威尼斯也姓这个姓的贵族是亲戚吗？”

“我想不是的。我们家自古以来就住在布拉契亚。”

“您住在斯文里乔万娜太太家，您希望替高贵的十人委员会效力。”

“我希望为共和国服务。”

“您从布拉契亚带来的证件没有问题。您在他手下工作了五年的那位律师，他证明您是一个明白事理的可靠的人。只是对您去他那儿以前的六七年，没有任何材料。您在自己双亲去世后的这么长时间里干了些什么？您这段时间可并不在布拉契亚。”

“是的，阁下。”安德雷亚不慌不忙地回答，“我出国去了。到过法国，荷兰，还有西班牙。在我把父母的一点点遗产吃喝光以后，就不得不放下架子，给人使唤了。”

“可证明呢？”

“证明本来在我放着全部财产的提箱里，让人给偷走了。随后我也就厌倦漂泊无定的旅途生涯，回到了故乡布拉契亚。我的东家后来发现我可以干些抄抄写写的活儿。我于是便到了一位律师的事务所——这您已经有了证明——学习当秘书。”

正当安德雷亚这么微微低着头，手捧着帽子，低声下气地、谦卑恭顺地回答着一个又一个问题，突然，三位戴面具的大人物中的一位来到桌边；安德雷亚感觉有两道犀利的目光射到了自己身上。

“您到底叫什么？”审判官追问，听嗓音他已是一位老人。

“安德雷亚·德尔莱。我的证件上写着。”

“您想好了，欺骗尊贵的法庭您就会丢命的。再考虑考虑如何回答吧。要是我现在说，您姓冈迪亚诺呢？”

紧接在这句问话后是短暂的沉默，使人简直听得见蠹鱼在头顶上钻屋梁的声音。八只审视的眼睛死死盯住安德雷亚一个人。

“冈迪亚诺？”他慢慢应着，语气却十分坚定，“我怎么会叫冈迪亚诺？要说我自己倒还真愿姓这个姓；据我所知，冈迪亚诺家族富有而显赫，谁要姓这个姓，那也就用不着靠辛辛苦苦地摇笔杆来挣自己的面包啦。”

“您的长相跟冈迪亚诺一个样。还有您的举止，也暴露出您有比证件上说的更高贵的出身。”

“我的长相如何我无法解释，大人。”安德雷亚态度大方，神色从容地回答，“至于我的举止嘛，我在游历途中见识过所有等级的人，曾尽可能地使我自己的谈吐举止变得文雅一些，还有在布拉契亚的这些年也没有白白度过，而是通过书本补充了一些青年时代欠缺的知识。”

这期间，另外两位审判官走到了第一位审判官跟前，其中有一大部红胡子伸出在面具外边的那位低声对他讲：

“您弄错了。他有些像我并不否认。但您自己也了解：世居玛拉诺的冈迪亚诺一族已经死绝；老头子葬在罗马，几个儿子活得也长不了多久。”

“不错。”第一位审判官回答，“可您好好瞧瞧他，然后告诉我他是不是就跟老冈迪亚诺从坟墓里爬出来了一样，只不过年轻点。我把老冈迪亚诺认得可清楚啦，咱俩是在同一天选进参议院的。”

说罢，他从书桌上取过证件，认认真真研究起来。

“您可能有道理。”他终于说，“年龄对不上。说他是老冈迪亚诺的儿子太老了。倘若他是他婚前养的私生子，那对我们又无所谓喽。”

审判官把证件扔回桌子上，给秘书打个手势，随后就和另外两位退到窗口跟前，继续他们中断了的密谈。没有任何人能从安德雷亚的眼神中看出，在这一瞬间，一块大石头从他心上掉下了。

秘书重新开始对他进行询问：

“您懂外语吗?”

“我能讲法语和一点点德语，阁下。”

“德语？在哪儿学的?”

“布拉契亚有个德国画家，他是我的好朋友。”

“到过特里雅斯特没有?”

“去过两个月，阁下，去替我的东家，那位律师办事。”

秘书站起身，走到窗前那三位身旁。不多会儿他又走回来，说道：

“我们给您一个出生在特里雅斯特的奥地利臣民的护照。您拿着它去奥地利公使馆，说是共和国威胁着要驱逐您，因此要求他们给予保护。您得说，您早年就离开特里雅斯特，迁居到布拉契亚来了。不管他们怎样回答都没关系，只要您机灵一点儿，去这一趟就足以使您认识公使的秘书。然后，您的任务是尽可能继续和他保持接触，注意维也纳宫廷与威尼斯贵族之间的秘密联系。一旦发现哪怕最细小的可疑之点，您都必须马上报告。”

“高贵的法庭希望我辞去在范范尼公证人处的差事么?”

“您的生活方式无须任何改变。头一个月，您的津贴只有十二个金币。倘使您机灵、谨慎，这个数目就会增加一倍。”

安德雷亚鞠了一躬，表示一切遵命。

“这儿，您的德国护照。”秘书说，“您的住处与阿迷黛伯爵夫人的公馆紧紧相邻。对您来说，跟她的贴身使女搭上关系是轻而易举的事，为此花费的钱可以报销。您通过这个途径了解到的伯爵夫人与威尼斯贵族的关系，也必须来此地报告。共和国期望您忠心耿耿，恪尽职守。您无须起誓表示效忠。因为，既然我们所定的人间的严刑峻法尚不能使您心怀畏惧，履行自己的职责，那么，您的血管里头必定没有人血，对天国的法律也一样不会当一回事儿。您可以走了。”

安德雷亚又鞠了一躬，转身向门口走去。没走几步秘书又把他唤回来。

“还有一件事。”秘书说，边说边打开一只摆在桌子上的小匣子，“过来，好好瞧瞧匣子里边这把匕首。布拉契亚有几家大武器工场。想想看，可在那儿见过类似的产品没有?”

安德雷亚鼓起最后一点力量控制着自己的情绪，朝秘书递过来的匣子里一看，匣子里的武器他可太熟悉了。那是一把双刃匕首，握柄成十字形，同样是钢打的。在仍然血迹斑斑的刀柄上，刻着一行字："处死全体秘密法庭法官!"

在观察了相当长时间以后，他果断地把匣子推回去，说：

"我想不起来，在布拉契亚的商店里见过类似的匕首。"

"好。"

秘书重新关上匣子，挥手让他退下。安德雷亚慢慢走出来。手执月牙斧的卫士也都没有拦他。他梦游似的走在发出回声的长廊上，一直到了黑暗的楼梯中央，才允许自己在大理石的梯级上坐了一忽儿。他的双膝就像要折断似的，额头直冒冷汗，舌头与上腭贴到了一起。

出得房外，他长长地舒一口气，重新勇敢地昂起头，恢复了挺直的姿势。在朝小广场开的宫门前，他看见一大群老百姓，正在起劲儿地念一张贴在圆柱上的大告示。他也凑过去看了看，原来是经共和国元首批准，十人委员会悬赏一千金币，并答应赦免一个被放逐或被判了刑的人，只要谁能提供杀害维尼耶尔的凶手的下落。人群在圆柱前来一批又走一批，只是在连环拱顶的回廊下，老是出现那么几张鬼鬼祟祟的面孔，在窥视着读告示的人的表情。安德雷亚也没能逃脱他们的注意。可他只像个毫无干系的外地人似的，漫不经心地把告示溜了一遍就把位置让给其他好奇的人，在大运河边不慌不忙登上一艘小艇，让小艇载着他向奥地利公使馆驶去。

船行了一些时候，他在一座相当偏僻的建筑前登了岸；建筑的大门上方，装饰着象征德意志帝国的双头鹰。当他走下船的工夫，一个年轻人正好在叩大门上的门环，听见脚步声朝小艇转过头来，表情严肃的脸突然一下变得开朗了。

“德尔莱先生，”他呼唤着，向安德雷亚伸过手来，“咱们竟在这儿碰上了，不认识我了么？把嘎达湖边的那个晚上忘记了么？”

“原来是您，罗森贝格男爵！”安德雷亚回答，亲热地摇着青年伸过来的右手，“准备在威尼斯住一些日子，或是已经领了护照要继续旅行？”

“老天知道，”青年回答，“什么时候命运之神才让我离开这儿，离开之后是说它好话呢或是对它进行诅咒。不过，护照我用不着向任何人申请，我自己可以给自己签发。告诉您吧，好朋友，我现在是奥地利公使阁下的秘书；可我讲这个的确不是为了在我与您，在自己与自己于利互相结识的珍贵旅伴之间，筑起一道外交壁垒，而是为了您好，亲爱的；要知道，并非每一个威尼斯人都希望被看成我的老相识啊。”

“我却没什么可担心的。”安德雷亚说，“只要不搅扰您，我便进去和您待一会儿。”

“您来公使馆时可并不知道找的就是我。要是您有什么求公使秘书的地方，您的朋友，我会更加乐于为您效劳，只要在我的权限范围之内。”

安德雷亚的脸一下子红了。现在，面对着一个自由人，一个在多年以前萍水相逢、眼下却待他如此友好的人，他第一次感到他的伪装所带来的屈辱实在太大了。那张他揣在口袋里的特里雅斯特人的护照，对他来说就像铅块一般沉重。然而，这次也表现出来，在克制内心斗争方面他已训练有素。

“我只是想来打听一家德国商号的情况，”他说，“要知道在威尼斯我是个地位卑下的公证人秘书，不能不听主人差遣，办些微不足道的杂事。不过，我在布拉契亚情形也并不好多少；可尽管如此，您和您的母亲仍然没有瞧不起我，和我做了旅伴。所以我现在也就不揣冒昧，和您一块儿进来了。首先您得告诉我，老夫人现在身体怎样；她的高贵形象，她对您的感人的母爱，她待我的一片好意，至今还时时萦回在我的脑海中。”

年轻人的表情一下子严肃起来，叹了口气。

“到我房间里去。”他说，“在那儿我们可以谈得更随便一些。”

安德雷亚尾随着青年上了楼。他投进那间舒适的房间的第一眼，就落在写字台上方挂着的一张大彩粉画上。他认出了阿迷黛夫人那双明若秋水的美眸和满头浓密的秀发。在她笑意迎人的嘴唇上，有的是青春与矜持的全部魔力。

年轻人搬了两把椅子到窗前。凭窗远望，相当宽阔的大运河、河上美丽的桥梁以及房海中耸立着的老教堂的背面，全都尽收眼底。

“来，”他说，“请坐下。要点葡萄酒或者甜酒好吗？啊，您没有听。您叫这个不幸的形象迷住了。您知道画的是谁？您认识她本人吗？画上不过留下了她一个苍白的影子罢了。可在威尼斯谁又不认识她啊！别告诉我任何关于这个女人的事。人们所说的她的一切我全知道，全相信；但尽管如此，我还是要老老实实地告诉您，要是您自己有朝一日站在她面前，您就不会想到人们说她什么，而只会感谢造物主，只要当时您的知觉还差不多是健全的。”

“这幅画是您的么?”安德雷亚停了一下问。

“不，它属于一个更加不幸的人，一位漂亮的威尼斯青年；据夫人她亲口向我承认，这位青年乃是她的第二上帝。这个冒失小伙子不知怎么竟心血来潮，提出要和我交朋友。于是乎他便犯下弥天大罪，被处以流放；可加给我的‘惩罚’却是，他把这幅画留给了我，同时我还得去看她本人为他哭天抹泪。”

说这话时，罗森贝格男爵站在阿迷黛的画像前，以沉醉而忧伤的目光注视着它。安德雷亚怀着深深的同情，细细地观察男爵。他的模样并不见得漂亮，只是青春时期的柔和线条加上男子汉的严肃神气以及热烈生动的表情，才使它吸引人。还有他那魁梧的身躯的一举一动，也透露出高贵与坚毅。望着他，安德雷亚情不自禁地喊道：

“可您也会爱上这个完全不配您爱的女人的呀!”

“爱上?”德国青年以阴郁得出奇的声调问，“谁告诉您我会爱上她，就像我在德国曾经爱过那样，就像唯一能称作爱那样?您毋宁说，我是让她给蛊惑了；我是咬紧牙关，唉声叹气，承受着她套在我身上的锁链。让我坦白承认吧，我为自己这样软弱感到耻辱，但是仍旧迷恋着她。过去我从不了解，比之这种让自己脖子被心甘情愿地承受的重轭压断的感觉，比之这种为赢取明眸的嫣然一笑而将男人的整个尊严弃于尘土的感觉，世间的一切快乐是何等地不足道啊。”

小伙子的脸绯红了。他现在才发现，安德雷亚早已使眼睛离开画像，正忧心忡忡地听着他的自白。

“我叫您无聊了吧？”罗森贝格男爵说，“咱们谈点别的。您那以后过得怎么样？干吗离开布拉契亚？”

“可您一点儿还没讲您母亲哩。”安德雷亚回到一开始的话题，“真是一位了不起的夫人！见着她，再陌生的人也渴望像尊敬自己母亲一样尊敬她啊！”

“请讲下去。”罗森贝格说，“您的话语也许能解除我在此地所中的魔法。并非因为您对我讲了什么新鲜东西。可是听您口里讲出来她是怎样一位母亲，我是她所养育的怎样一个忘恩负义的儿子，或许就能使我重新想到自己的职责。您相信吗，我已经收到第三封她恳求我离开威尼斯，回到维也纳她身边去的信了？她说她梦见我将遭到不幸。但我已经遭到的最大不幸，她却丝毫没想到哩；而且使我对威尼斯恋恋不舍的又不是别的什么，偏偏是一个我万万不敢领到她那纯洁无瑕的身边去的女人。可是，不，”男爵接着说，“我也不能太怪罪自己：眼下事实上我也很难从此地请准假。我的上司伯爵阁下认定我是他所不可缺少的助手，特别是现在正好出现了某些他感到头痛的问题。您不会不了解，在此地我们是不受欢迎的客人。他们不愿意睁开眼睛看看真正的危险来自何方，却死抱着一个成见，好像威尼斯发生的一切与政府为敌的事件，都有我们所代表的大国插手似的。他们走得甚至这样远，竟要我们对维尼耶尔遇害一事负责；其实这种暗杀行径，我既打心眼儿里感到厌恶，也认为这么干的人是一些政治上的短视者。您自己说说，好朋友，”罗森贝格热情洋溢地继续往下讲，也许不无在威尼斯多争取一个支持者的意图，“您自己说，走这种犯罪的道路，有丝毫推翻秘密裁判所统治的希望么？我们暂且不看此事的道义方面，一个涉及如此广泛的密谋，怎么可能在威尼斯这样的地方长期不被揭露，最后达到其震慑敌人的目的呢？”

“不可想象。”安德雷亚从容不迫地回答，“任何事只要有三个威尼斯人知道，十人委员会也就知道。唯其如此就更加令人吃惊，它的手下这次竟如此不中用。”

“私密谋分子们看来意在一个接一个地暗杀那些为秘密包围着的大法官，直到最后不再有谁敢冒生命危险出来担任这项荣誉职务；现在就算他们如愿以偿，结果又将怎样？像威尼斯这样一个贵族阶级人数众多的城市，为了生存，为了抵御民众意志的怒涛，就是需要一道专制独裁的坚固堤坝，其形式可以或温和一点儿，或严厉一点儿，但专制统治必然一次又一次建立起来，长期存在下去。因为，在威尼斯何处能找到建立一个真正的自由共和国的分子呢？你们有一个统治阶级和一个被统治阶级，有成百上千的暴君和成千上万的愚民。可是市民在哪儿？没有市民，又何来自由的国体？你们的贵族们一贯处心积虑，使小老百姓永远不能成熟起来，不能具有市民意识，不能具有责任感和为伟大事业而自我牺牲的精神。他们从来不允许平民百姓过问国事。不过，八百个暴君的统治本身又太笨重，又太不统一和争吵不休，对外对内都起不了强有力的作用；因此，这些老爷就甘愿自己奴役自己，屈服在那个至少是从他们当中产生的三人独裁统治的重轭之下。他们宁可不要任何法律，眼睁睁看着本阶级的成员为这头三个脑袋的怪物所吞噬，也不愿生活在将使他们与民众平起平坐的法律的保护下。”

“您讲的都是事实。”安德雷亚打断他，“可它一定得继续下去么?”

“继续下去——或者更坏。因为您瞧，亲爱的，他们的武器的锋刃是多么可怕地对准着自己。什么时候威尼斯共和国还在欧洲各民族中肩负着重任，什么时候这个现存专制统治的对内压力就会为其对外成果所抵销。我们发现，威尼斯的政治力量和无尽财富直到上个世纪还在继续增长；然而，不把它的所有权力集中在一些铁石心肠的暴君手里，这样的繁荣增长就永不可能。一旦唯一能使如此残暴的手段披上合理外衣的种种目的消失了，赤裸裸的专制统治便会凶相毕露，开始对内发起狂来，免得无所事事，自己承认自己已经过时。在和平时期的专制统治，不管是由一个人实行或是三个人实行，对于任何大国和小国都永远会造成生存威胁。在威尼斯这可已经是无可救药的痼疾了。现在，本应从真正的市民阶级的萌芽中产生出共和国的新的生机，可是这样的萌芽业已腐朽；数百年的恐怖统治，精心编织的密探罗网，窒息了一切信任、一切正直、一切的安全感以及对于自由的热爱；这幢看上去建筑得如此宏伟牢固的大厦，一旦恐怖的胶泥从榫头中消失，便会一下子彻底崩溃。”

“您的论据可能是对的。”安德雷亚想了想说，“不过，这是一个外国人的论据，一个可以满不在乎地宣称这个共和国已经衰老、注定了走向灭亡的人的论据。一个威尼斯人您就很难使他相信，他这年迈的母亲已经病入膏肓，最后进行一下医治的尝试都不值得了。”

“可您并非威尼斯人呀。”

“不错，我只是个布拉契亚人；我的城市曾在威尼斯的沉重鞭笞下流过不少血。尽管如此，对于那些企图用刀子割去秘密恐怖统治这个恶瘤的绝望的人，我仍不免产生深深的同情。至于他们能否达到目的，则为命中注定。我只是一个凡人，不想去探究命运之神的秘密。”

两个男子都沉默下来，久久地凝视着窗外的大运河。他们的靠椅离得很近。太阳照进房中，他们没有避开它灼人的光焰。

“您瞧，”较年轻的一位终于微笑着又开了口，“作为一位外交官，作为一个想在威尼斯有所作为的人，我还太不谨慎，太不老练了。我们只见过一次面，今天我已经直截了当地把自己对于此间事态的看法一股脑儿告诉了您。诚然，我相信自己还有几分识人的眼力，知道像您这样一位明白人是绝不会给当局收买的。”

安德雷亚默默地向他伸过手来。也就在同一刹那，他一扭头，看见他的同事萨姆埃勒已站在房间中央，一副卑躬屈膝的样子，离他们仅几步远。这家伙是轻轻地推开门，踏着房内的地毯，一边不住地点头哈腰，一边无声地走到他们背后来的。

“阁下，”他现在装着不认识安德雷亚的样子，对罗森贝格说，“请原谅，我未经通报就进来了。您的侍从先生不在前厅。我送来您订的珠宝，上等货色，阁下，就是最漂亮的波斯王后也戴得的。”

他从自己的口袋里掏出来一些小匣子，把他的货色小心翼翼地在桌上摆开；此时他显然在努力表现自己的犹太商人身份，而平素这却是他所讳莫如深的。在德国人选首饰的时候，他朝安德雷亚投去会意的一瞥；安德雷亚却转过身，走到窗前去了。他明白，犹太人这时到来别有目的：一个密探被派来盯住另一个密探，老狐狸应该监视第一次捕食的小狐狸。

这期间，罗森贝格已经选中一条坠着个锁状红宝石的项链，如数付了犹太人所讨的价钱。他把金币扔给他，不再理睬他的唠唠叨叨，只点点头示意他离开，随即又走到窗户跟前。

“我从您的表情看出，”他说，“您同情我，把我当成一个神经错乱的人。的确，我即使把这珍贵的首饰扔进运河，也比把它戴在蕾奥诺拉雪白的脖子上来得聪明一些。可不，一切的聪明也不能帮助我战胜这个魔鬼啊。”

“我确信，”安德雷亚回答，“您解除魔法的日子不会等得太久了。然而，我有责任对您发出另一个警告。您了解刚才离开咱们的那个犹太佬吗？”

“我了解他。他是十人委员会雇来监视咱们公使馆的众多密探之一。他吃的是用罪恶换来的面包。不过我们的全部秘密仅在于，我们是诚实的。由于这在他们看来完全不可能，我们便成了他们心目中最危险和最狡猾的敌人。只是因为您的缘故，这家伙刚好现在溜进来才使我不快。他看见您伸手给我了。我向您担保，不出一个小时，您已经上了秘密法庭的黑名单。”

安德雷亚苦笑了笑，说：

“我不怕他们，好朋友。我是一个与世无争的人，我的良心是安宁的。”

那次谈话之后又过了四天。安德雷亚一如既往地过着他已习惯的生活，清早按时去公证人那里上班，天一黑就又待在房里，虽然现在他已与高级警察当局关系密切，在斯文里街坊中的好名声不再十分重要了。

礼拜六傍晚，他向乔万娜太太要了大门的钥匙。乔万娜太太夸奖他，说他终于把自己的老习惯改啦。今天也的确值得出去走一走，她本人就巴不得去圣罗诃教堂参观参观高贵的维尼耶尔大人的追悼仪式。只是她怕挤，再说——安德雷亚先生知道这件事为什么会使她特别感到恐惧。

夜里他也是宁可避开人多的地方的，安德雷亚说。只是他胸口闷得慌，想雇条船，驶到沙洲岛外面去。

说完，他便告别老寡妇，拐进与圣罗诃教堂相反的方向。时间已经八点，夜空中飘着霏霏细雨，光线异常昏暗，但是人们不为所阻，仍然不断地向着坐落在大运河彼岸的圣罗诃教堂拥去；那儿，此刻正要举行被杀害的国家审判官的葬礼弥撒。无数个黑影匆匆与安德雷亚擦身而过，有的戴着面具，有的用挡雨的帽檐遮脸，全都一齐朝着渡口或里亚尔托桥赶去；与此同时，夜空中传来了重浊的钟声。安德雷亚在一条小街上停下来，从外套下扯出面具，系到脸上。随后他走向附近的一条水道，跳上一艘小艇，大声说：

“去圣罗诃!”

雄伟而古老的教堂已经让无数支蜡烛照得明如白昼，黑色的灵台架在大堂中央，里边空空如也，也没有花束和花环装饰；只在放脑袋的一头立着个大银十字架，在黑色罩衣的两边绣着维尼耶尔家族的族徽。灵台四周拥挤着多得数不清的民众。贵族们则坐在披了黑纱、像露天剧场的阶梯似的一直升高到唱诗台底部的位子上，人数之齐在议会举行重要会议时也不多见。谁都不敢缺席，谁都谨防着引起哪怕一点点怀疑，使人觉得他对死者的哀悼是不真诚的。在一处特别的台子上，坐着外国使节。他们的人数也一样齐整。

许多大喇叭在头顶上吹出安魂曲的庄严前奏，声部齐全的唱诗班在管风琴的伴奏下，唱起挽歌，歌声在教堂内震耳欲聋地轰鸣着，传到外面的广场上，滚进邻近的一条条街道，让不断拥来的民众都听在了耳里。那仍旧下着的霏霏冷雨，那黑漆漆的夜色，那在暗夜中远远看去像怪物眼睛似的闪亮着的教堂的花窗，那成千上万张嘴的咕咕哝哝、窃窃私语，所有这些，都使大教堂周围笼罩着一派阴森恐怖气氛，很少有人能不心惊肉跳。越靠近眼下容纳着威尼斯全部有权有势者的雄伟建筑入口，所有的嘴就越是静默无声，所有的面容就越显得诚惶诚恐。自古以来，不论是过悲哀的节日或是欢乐的节日，威尼斯的街头总会出现无数黑色的假面具；此刻，从黑色的面具底下投射出来一道道畏葸的目光，穿过明亮的门厅，窥视着教堂里面的灵台；这灵台比挽歌的词句更加真切实在地提醒人们：万物都有个终结，尘世的权力靠不住啊。

在一条以黑色连环拱廊与圣罗诃广场衔接的横街上，脚步匆匆地走着两个男人，一边走一边交谈。他们没有发现，在房屋的阴影中还尾随着第三个人，全身让斗篷和面具遮得严严实实的，时而靠近他们，时而又落在后边，与他们保持着一定距离。前两个人都没戴面具。其中一位胡子已经花白，有着大人物的非凡气派；他的随行者看上去还比较年轻，地位也低一些。他专注地聆听着老先生的每一句话，只偶尔插一下嘴，态度十分谦逊。

这当口，他们走到一所透出灯光照亮了整个街面的住宅前。黑面人蓦地加快脚步，赶到他俩前面，藏身在一根柱头后，等他俩从跟前擦过时死死地盯着他们的脸，目光犀利如刀尖。一刹那工夫，秘密裁判所秘书的嘴脸清楚地从黑暗中显现出来；那老人的声音同样在法庭的密室里发出了回响。正是这个声音，曾面对面地向安德雷亚·德尔菜指出，他原本叫冈迪亚诺。

“现在回去吧，”老人结束谈话说，“事情得立即办。总监带着多数人在圣罗诃执行任务，这您知道；但只要一支小小的分遣队就足以把他俩逮起来了。告诉他们，千万别大肆声张。随后您立刻进行预审，因为午夜以前我很难回来。要是有紧急的事情报告，等追悼弥撒做完后来我连襟家找我。”

他们分了手。老人独自在廊柱中穿行，朝着圣罗诃广场走去。这时候，教堂内的音乐正好停了，所有的视线一齐集中到了祭坛上。只见一位头发雪白的长老，教皇的特使，在两个年轻一些的教士的搀扶下，十分吃力地登上了祭坛，以便对威尼斯的贵族和民众进行训诫。四周鸦雀无声，老人嗓音微弱，但仍远近可闻；他开始祷告上帝，希望上帝垂怜世人，从他无限的智慧与仁爱的宝藏中施于忧患的灵魂以慰安与省悟，驱散下界的黑暗，使罪恶与奸谋再也逃不过正义的眼睛，叫种种阴暗的勾当遭到挫败。

阿门之声刚刚沉寂下来，大门口就腾起一片叽叽咕咕的噪声，接着飞快地漫过整个厅堂，直波及贵人们的座前；霎时，巨大的会场就像海洋似的动摇了，翻腾了。人们的视线一齐惊惶地转向大门口，因为恐怖正是通过大门传进来的。这时候，在大门外黑沉沉的广场上，无数火把正胡乱地窜来窜去；于是所有人都屏住呼吸，倾听着外面的动静，突然，有许多条嗓子同时喊叫起来：

“杀人啦！杀人啦！快逃命！快逃命！”

这一叫，在教堂里顿时引起了从未见过的骚动和慌乱，好像头顶上的穹顶马上要塌下来似的。平民和贵族，教士和信徒，上面唱诗班的歌手和下面守灵柩的卫士，男人和女人，统统盲目地向着出口挤去；只有祭坛上的那位老人镇定而威严地俯视着惊恐万状、乱挤乱跑的人们，直等到空空的教堂中间只剩下那具黑色的灵柩，提醒他自己的讲话已被打断以后，他才离开自己的宝座。

教堂外，惊慌的人群大都朝着一个方向拥去；在那里，一支支火把正在风雨中挣扎，摇曳。事件一发生，警察们便在总监带领下奔赴现场，在漆黑的横街上发现一个僵直不动的躯体，虽然鲜血还在从他的腰间往外迸。火把赶到以后，人们才看见伤口里插着一把匕首，手柄成十字形，上面刻着一行字：“处死全体秘密法庭法官！”

失魂落魄的群众压低嗓门念着这行字，使它一传十十传百地迅速传开了。

地震时的第一下冲击虽然也给人以可怕的警告，使他们知道脚下存在着火山，但是毕竟还不能在他们心灵深处引起震动。恐怖中还掺和着明显的惊讶和诧异，影响还不那么容易感知，人们很快又恢复心理的平衡，为了安宁起见，总是乐于相信只是自己的错觉。只有当不可避免的可怕灾难再一次发生，才推翻仅仅是错觉的妄想，使不过事出偶然的希望归于破灭。危险的重复出现将恐怖永久化了，预示着前面还有不知多少可怕的事情会发生，勇敢也罢，怯懦也罢，统统都已无济于事。

第二位秘密法庭审判官遇刺的消息在威尼斯传开，其影响也就差不多。要知道政府无法隐瞒，被刺伤的是怎样一位要人。因此谁都得向自己承认，这第二次袭击的成功，必将使凶手更加肆无忌惮，在行使暴力的道路上越走越远。虽然这次匕首在他的绸内衣上滑了一下，没有立即造成致命伤，但是伤势仍然危及审判官的生命，最低限度已使他停止工作了；而秘密法庭没有三位成员的一致同意，又是不得做出任何判决的。这就是说，它的统治已经暂时瘫痪。不仅如此，一个神秘莫测的敌对力量的存在，更摧毁了民众对于三巨头统治全知全能的信念，最终必然还会葬送其成员本身的自信和不顾一切的干劲。

要知道，还有什么安全措施没有采取，还有什么秘密侦破手段不曾动用啊？关于新增选的这位秘密法庭成员，十人委员会的人不是都相互郑重宣誓，保证绝对沉默吗？谁料仅在几天之后，打击就如此准确地偏偏落在他的身上，好像是来自上帝似的。人们于是都彼此投以疑忌的目光，头脑中不禁产生这样的想法：叛徒就藏在统治者内部，是暴君们自相残杀，自己举起手来摧毁自己的统治。警察逮捕了秘密法庭的那位秘书。在事件发生之前不久，是他最后一个和遇刺者谈过话。他遭到了严厉刑讯，受着残酷的死亡的威胁。这自然毫无结果。

与此同时，秘密警察人数的增加，在贵族和外国使节的随从中，在旅店客栈和军械所里，甚至在营房和修道院内大量招募暗探，又带给了人们多少收入啊！半个威尼斯都受到雇用，以便监视另外半个威尼斯。当局答应重金收买任何一点有助于发现凶手线索的消息，眼下已将赏格提高了三倍。但是对于这种只着眼于平民百姓的办法，人们并不抱多大希望，因为要找的阴谋集团估计是存在于贵族中。当局干了一大堆事，目的仅在维持一种印象，似乎它并非无所事事，虽然其所作所为确实毫无用处。当局颁布了一系列严格的法令，如规定旅店酒馆天一黑就关门，禁止市民戴面具和带任何武器外出，违者严惩；大街小巷，整夜都响着巡逻队的脚步声；运河边上的岗哨也不时发出喊叫，命令驶经河上的船靠过去。谁也得不到离开威尼斯的通行证。在港湾的入口处停着一艘大巡逻舰，任何船只都被它挡住，即便是共和国官员也必须先说出口令，然后才得放行。

这样一些不祥的情况很快便传遍威尼斯以外的地区，而且如常见的那样，离得越远传得越是可怕。于是，准备回故乡来的人都推迟了行期，准备与威尼斯某家商号建立联系的人也宁可观望一下，等这些很可能动摇共和国基石的混乱过去再说。接着，这些情况又产生反作用，城市萧条了，城里的一切都仿佛已经停顿。贵族们没有急事绝不离开公馆，个个杜门谢客，生怕无意之间与阴谋分子有瓜葛。谁也不确切了解，外面究竟发生些什么事；反之，种种关于逮捕、刑讯、判处重刑的极为离奇的谣传，却穿过紧紧关闭的大门，传到一个个提心吊胆的家庭内室里。就连那些小人物，他们纵然清楚地感到这次遭殃的首先不是他们这样的人，而且把贵人们的惶惶不可终日和彼此心怀鬼胎幸灾乐祸地当热闹瞧，但是日子久了，他们也觉得这令人窒息的气氛难以忍受。至少，天一黑就得丢下纸牌和酒杯，任何巡逻队只要高兴就得让它来你家搜查隐藏的武器，再问心无愧也无时无刻不担惊受怕，谨防遭人诬陷暗算，这一切总是够讨厌的。

只有少数人的生活、工作看起来没受这压抑着心灵的烦闷影响，安德雷亚·德尔棻也是他们中的一个。在出事的第二天早上，他和其他多数密探一样，立刻被负责雇用他的那个秘密裁判所秘书的后继者召去，询问了他在事发的当时所看到的情况。他编造了一则乘船去沙洲岛的谎话，说去那里是要调查一下渔民中的情绪。至于他提供的奥地利公使馆和阿迷黛伯爵夫人府的情报，虽然都是些秘密法庭久已清楚的不关痛痒的事实，却至少也证明他是积极开始了工作的。他的朋友萨姆埃勒自然抓紧汇报了自己碰见的可疑场面，说他这个布拉契亚人与奥地利公使秘书之间亲热得出奇。安德雷亚不慌不忙地进行着解释，指出他俩在利瓦的老关系，对完成秘密法庭交给他的使命只会有好处。

这样，他在做完公证人秘书的工作后，就没有一天不去看望他的德国朋友；而对于他的朋友来说，在其他一切交往都已割断的情况下，与这个严肃而阴郁的人交谈便渐渐成为一种必需。他对安德雷亚怀有无限的信赖。如果说他避免谈论政治问题，那主要是因为他觉得两人国籍不同，相互无法理解，而很少是担心安德雷亚会利用他的坦率。他甚至哈哈笑着告诉自己的朋友，人家警告过他，要他当心他是个秘密裁判所的奸细。是啊，他每天这么明目张胆地进出于受到监视的外国公使馆大门，自然会引起人家注意。

“我不是一个贵族。”安德雷亚神色自若地回答，“我不会在此寻求外交联系，十人委员会的大人们都很清楚。时至今日，我连受到他们一次警告的荣幸都还不曾有过。对您，我可已经产生好感，我要不能时时地来烦扰您，我是会感到痛苦的；我太孤单了啊。就连我那位好心的房东太太，她过去还用她那充满格言谚语的谈话来替我消磨一个半个钟头，如今也不再跨进我的房间。她病啦，害了威尼斯的流行病，让在这座城市里四处徘徊的白色的影子给害得躺下啦。”

情况确实如此。在发生第二次刺杀事件以后，乔万娜太太一整天都在沉思默想，东奔西走；待到夜幕降临，她更是越发激动。她现在坚信，事情就是她的奥尔索的灵魂干的；要知道只有一个没有形体的影子，才能第二次逃脱那负责威尼斯安宁的数千双窥视的眼睛的注意。她于是穿上自己最好的衣服，决定整夜守在楼梯口，迎接自己故去的丈夫的归来。在神经错乱的情况下，她烧了一盘自己丈夫最爱吃的菜，搁在一张铺了桌布、围着三把椅子的桌子上，怎么劝她也不肯自己先吃一口，那光景叫人看着实在感动。她就这样守了大半宵，直到过道上的小灯已经灭掉，玛利埃塔才唤来安德雷亚，在安德雷亚帮助下硬把她拖回房间，抱到了床上。接着，她发起了高烧，虽说并无生命危险，但也厉害得每天都有几个小时人事不省。安德雷亚目睹着这一切，心中充满深深的同情；病人在迷迷糊糊中讲出来的那些感人的话语，更令他十分难受。他不能不对自己承认，这些善良的灵魂被扰乱，他良心上是感到愧疚的；还有玛利埃塔的哀戚的目光，也在他心上造成沉重的压抑，比起那些时刻不离开他的血腥的秘密来，程度还有过之。

一天下午，安德雷亚就怀着这样的沉重心情，从元首府前走过，然后久久地站在那条打叹息桥高高的桥拱下流过的小运河河岸上。每当他的决心发生动摇，怀疑自己承担的法官职责是否正义的时候，他便逃到这儿来，看一看面前那些古老的围墙，想一想围墙后面曾经有一个专制政权的万千受害者叹息过，呻吟过，以增强对于自己使命的正义性和必要性的信念。

太阳穿过九月的河面上升起的蒙蒙水雾，射下来刺目的光线。这个平时生气勃勃的码头，眼下一片死寂。只从元首府前的连环拱顶长廊底下，传来卫兵们踱来踱去的脚步声；他们那阴森森的目光，已足以把过往行人吓得忘记说笑的。这当口，安德雷亚清楚地听见在一艘刚驶拢小广场的船上有人在唤他的名字。他认出正是自己的朋友，奥地利公使馆的秘书。

“您要有时间，就上来和我走一段。”年轻人说，“我有点急事，但仍希望和您聊一聊。”

安德雷亚上了船，罗森贝格伸过手来与他握，态度显得特别亲热。

“亲爱的安德雷亚，我很高兴在这儿偶然地遇见您。我很不愿意与您不辞而别，但又不敢来看您或者派人找您去，因为这样做无疑会引起人家注意。”

“您要走?”安德雷亚几乎是惊愕地问。

“不能不走啊。这儿，念念我母亲的这封信，然后告诉我，我现在是不是还可以再犹豫下去。”

罗森贝格从口袋里掏出信来递给自己的朋友。在信上，老太太恳求儿子立即回到她身边去，要是儿子还希望她再获得一时半会的安眠的话。来自威尼斯的种种谣传，他在那儿所处的对他危害大得不能再大的地位，还有他写的每三封信不知道由于谁的过错顶多只有一封到达她手里，所有这些都咬噬着她的心，使她不得安宁。医生说她儿子要不马上回来看她，使她得到安慰，恢复宁静，他对老太太的健康就完全不负责任了。信的字里行间洋溢着母亲对儿子的无限慈爱，语气却同时流露出深深的苦闷，安德雷亚读起来也不能不为之感动。

"尽管这样，"安德雷亚一边将信递还罗森贝格，一边说，"尽管这样，我仍然希望您不要刚好在现在离开，虽然我知道，您的母亲在时刻期待着您。倒不是因为，您一走我留在这儿将形影孤单，变成一个十足的活死人；而是您现在走不恰当，人家马上会怀疑您是由于心虚才离开的。您在要求走时人家一点儿没找麻烦么？"

"一点儿没有。我是公使馆的人，他们又怎么可能找麻烦呢？"

"那更得加倍小心。人家已殷勤地敞开威尼斯的某几扇大门，因为跨出门槛，就是深渊。您要肯听我的话，就别再这么公开露面，在临行前的最后时刻外出得化化装。您无法得知，人家为阻挠您成行会采取什么措施。"

"可我该怎么办呢？"罗森贝格问，"您知道，戴面具已经禁止了。"

"那就留在家里，宁可让共和国的显要们空等一场，也别去向他们辞行。——您几时动身？"

"明日一早五点。我打算离开一个月，但愿在这一段时间里能使母亲安静下来。既已下定决心离开，我和这儿的暴力统治就几乎已经和解了，虽然它给我的生活刻下了不少印记。只要我能再冲破我那位美人儿的魔法圈，我也许就能永远摆脱它的影响。可是您相信么，朋友，一想到与她分手我便浑身颤抖，好像我会经受不住呢？”

“那么最好的办法就是立即和她一刀两断。”

“您是说，临走前不再去见她？您这要求太不合人情了。”

安德雷亚抓住他的手。

“我亲爱的朋友，”安德雷亚带着一直不曾流露过的温情，说，“我没有权利要求您为我哪怕做出一点点牺牲。那种一开始就把我带到您身边来的由衷的爱慕之情，本身已是很好的偿报；我不敢以我对您的友谊为理由，请求您做任何事情。可是想到您刚刚让我读了她的慈爱话语的那位高贵的夫人，我不得不恳求您：别再上伯爵夫人家去。我对她颇为了解，是的，有些事您自己也不否认；但比这一切更应该成为对您的警告的，是我的一个预感：您在这最后时刻要不躲开她，您就会遭到不幸。答应我别去吧，亲爱的！”

他向罗森贝格伸过手去。但罗森贝格不肯握它。

“别要求我把话说死。”他严肃地摇着头回答，“我只能答应您，我愿尽可能照您的话办。可是，魔鬼如果比我更加强大有力，把我设置的全部屏障都给冲垮了，我就会为既背叛自己又背叛您而加倍地苦闷。您不了解啊，这个女人她想要做什么，就一定能够做到。”

他们沉默下来，各自想着各自的心事，在那毫无生气的河道上行驶着；河水像沼泽似的凝滞不动，直等船头冲上去才肯退开。在里亚尔托附近，安德雷亚希望登岸。他托罗森贝格代他向母亲问好。但在对方问他一个月后在威尼斯能否再见到他时，他只脸色阴郁地耸了耸肩膀。他俩久久地握着手，船靠岸后，又热烈拥抱，真不愿分开。安德雷亚踏上江边的台阶后欲行又止，堕入了深深的沉思；小伙子那张聪明忠诚的脸也出现在黑船篷的圆窗后，冲着自己的朋友频频颔首。两人都无法解释，这次分别何以令他们如此难受。

尤其是安德雷亚，他久已相信自己从一切个人之间的羁绊中得到了解脱，除去实现自己给自己确定的那个可怕的目标外，对一切小的生活追求早就心灰意懒，因此私下里感到非常奇怪，怎么一想到将有几星期之久要在没有这个青年的情况下独自生活，心中就如此痛苦。然而，很快他却又产生一个希望，希望在他的事业成功以前，永远别在威尼斯见到自己的朋友。他因此决定给罗森贝格的母亲写一封信，给她以无数的暗示性警告，促使她不再同意儿子回到威尼斯来。主意已定，他心上便如释重负，立刻往家里赶，以便实现自己的打算。

回到他那间终日不见阳光，唯有小胡同丑陋的秃壁不友好地向着铁窗内窥望的灰色房间里，他刚坐下写信，便又有一种不安与压抑的感觉向他袭来；他扔下笔，像头关在笼子里的野兽似的绕室狂走。他完全清楚，这种情绪不是产生自他良心的深处；没有对于自己的秘密行将暴露和必然遭到报复的担忧，掺杂在他灵魂所受的袭扰中。就在当天早上，他才去见过秘密法庭秘书，确信那些暴君仍然完全束手无策。遇刺受伤的审判官仍然生死未卜。这样的状况持续越久，三巨头统治的生存便越成问题。对这座摇摇欲坠的大厦只要再来一次成功的打击，它便会永远变成一堆废墟。安德雷亚一刻都不怀疑，迄今一直指引着他的命运，也会帮助他完成最后一举。

对于自己的使命，他从来不曾有过惶惑。如果说他今天心中有个大难临头似的模糊不清的预感，感到惶惶然的话，那也与他的事业和图谋本身无关。

天黑下来了，在对面斯美拉狄娜的窗内响起轻微的咳嗽声；这是商量好的使女想对他讲话的暗号。最近一些时候，他相当地冷落她，今天晚上却颇乐意和她重温旧情，一来排遣排遣自己的心事，二来打听打听伯爵夫人府里的新情况，借以使秘密法庭的大门对他继续敞开，说不定甚至还能帮助他钻到一位审判官身边去哩。他快步走到窗前，向对面打招呼。斯美拉狄娜冷冷地应接着他，颇有点儿纡尊降贵的神气。

“真好位稀客。”她说，“看样子，您最近已另有新欢，不再爱理睬您身边的人了吧。”

安德雷亚向她保证，他对她的感情一如既往。

“要真这样，”她说，“我就愿意重新款待您。今儿个机会正好，又可以不受打扰地在一块儿聊聊。伯爵夫人为今晚上凑了一个牌局，大约六位年轻先生。他们很少可能在午夜之前离开，我俩就可以一直聚到那个时候；我已从厨房里和食品台上替咱们弄来足够的东西。”

“也邀请了你告诉我经常上伯爵夫人家来的那个德国人么？”

“他？您想到哪儿去了！这个人醋劲儿大得要命，只要嗅出府里有其他客人，就从不踏门槛。再说他马上要离开。为这个我们刚刚没气死！”

安德雷亚舒了口气。

“十点钟我到窗户边来，”他说，“或者要我走大门？”

她想了想。

“走大门吧。”她回答，“门房已是您老相识，您的房东无疑也会把钥匙给您。要不，您是在小玛利埃塔面前装正人君子吧？这个不起眼的小东西，您知道吗，我是认认真真地开始吃起她的醋来啦！”

“玛利埃塔？”

“她迷上您了，要不就是我脑袋上没长眼睛。您瞧瞧她吧。她现在不是丢了魂儿似的，歌也不唱啦，从前可吵得人只好把耳朵堵起来。我还不止一次撞见，当您不在家时，她偷偷溜进您房间，在那儿猛翻您的东西呐！”

“她在念我的书，这是我允许过她的。要说她不再唱歌，那是因为母亲病倒了。”

“您尽替她打圆场，我可知道得够清楚；什么时候让我抓住把柄，证实她为了夺走您竟在背后说我坏话，瞧我不抠掉她的眼睛，这个好嫉妒的巫婆儿。”

斯美拉狄娜砰的一下关上了窗。他呢，却禁不住久久地思索着她讲的话。早些年，要是想到自己竟引起这样一个可爱的少女的注意，他的血液是会流得更快的。现在，他只迅速转着脑子，看自己该走怎样一条路，才不会继续跟这个天真无邪的灵魂的平静生活道路交叉在一起。眼下他想起了一些过去不曾留心的小事，说明斯美拉狄娜是对的。就它们的每一件而言，他都可以不承认有什么意义；可是全部加在一起，他就只好点头了。

“我必须离开这儿。”他自言自语地说，“可是，我在哪儿又能像在这所房子里一样安全，一样保险呢？”

在约定的时刻，他来到伯爵夫人公馆的大门前；公馆正面有许多灯光明亮的窗户，朝着一块多角形的广场。空中没有月亮，夜色朦胧暗淡；秋天来得很早，少数还在街上走动的人已经穿上短大衣。安德雷亚站着等门，此情此景，使他不禁想起那一个晚上；当时另一个冈迪亚诺跨进了这道大门，结果得到的是死亡。他不由得打了个寒噤。当马上来替他开门的使女亲热地拉住他的手时，他的手仍是冷冰冰的。

她把他领进房间。但不管怎样劝死劝活，他都既吃不下，也喝不进，虽然斯美拉狄娜为她这位朋友，毫不顾惜自己主人的桌面，把最可口的东西都挑了一些出来放在一边。他以自己有病做解释，她也信了，因为他没有拒绝和她玩纸牌，以便输给她几个金币。而且，他又给她带来了一件礼物，所以今天这位情人尽管仍然如此沉默寡言，不吃不喝，她还是认了。唯其如此，她自己倒吃喝得更加来劲儿，不断地说说笑笑，并且把今晚来伯爵夫人府玩牌的威尼斯公子哥儿的姓名一一告诉他。

“那儿的排场可不比咱们，”她说，“金币不是过数，而是大把大把抓起来往上押。高兴去瞧上一瞧么？那条墙缝您反正已经知道了。”

“你说墙壁上那道裂口？未必他们不在大舞厅里？”

“不，在夫人的客厅中。大舞厅只供狂欢节期间的大活动使用。”

安德雷亚沉吟了一下。这样一个扩大他对威尼斯贵族成员了解的机会真是太难得了。

“领我去吧。”他说，“我只待一会儿就够了，绝不会长时间把你撇在一边的。”

“只是当心，别迷上咱夫人。”她威胁说，“在吃醋这件事上，咱可不懂得开玩笑；糟糕就糟糕在，有些人认为夫人比我更美。”

安德雷亚竭力迎合着她，两人于是有说有笑地出了房间。在外面他们碰上一些穿制服的仆人，但看上去对使女的这位陪同者都不以为意。他们托着银碗银盘匆匆而过，空出了通往大厅的道路。舞厅里仍像上次一样没有点灯。可隔壁却更加快活，更加热闹。当安德雷亚再一次爬上乐队的高台，很不舒服地蹲在那里开始窥视的时候，他几乎认不出隔壁那间屋子来啦。只见屋内明烛高照，烛光投射到一面面高大的壁镜里，镜子与镜子又千百次地交相辉映；还有金色的镜框也迎接着斜射来的光，再把这光反映到天花板上。可是在这一切当中，最光彩耀眼的仍然是妖艳的阿迷黛身上的那些珠宝；在她的脖子底下，戴着一条坠有锁形红宝石的金项链，安德雷亚认得清清楚楚，这就是他的德国朋友从犹太人手里买的那条。宝石垂在她雪白的酥胸上，宛如一块鲜红的血迹。但是她那盯着纸牌的眼睛却显得疲倦和没精打采。当它们从那班公子哥儿的脸上掠过的时候，显而易见，他们中谁也引不起她的重视。尽管这样，客人们仍竭力地表示殷勤。他们一边下注，一边谈笑风生，输了金圆却还高高兴兴。一位老兄看样子已输得一文不名，却坐在两面壁镜间的圈椅上，弹着曼陀铃，唱起了情意绵绵的威尼斯船歌。另一位老兄赢够了钱在休息，便用金圆瞄着地毯上的图案玩儿，金圆滚跑了懒得连腰都不屑于弯。在他们中间则有用人端着冷饮和水果来来去去，还有一只小哈巴狗在跟一只绿色的大鹦鹉亲亲热热地谈天，大鹦鹉站在镀金的栖木上，不时地操着标准威尼斯官话，冲着下面寻欢作乐的一群俏骂两句。

蹲在乐队高台上的偷听者已经打算撤退了，眼前的景象令他难受之极；可突然双扇的厅门大开，走进来一个身材魁梧的人，在场的男女全都先是一怔，接着便对他表示欢迎。这是位上了相当年纪的男子，不过须发雪白的头颅仍在肩膀上挺得高高的，走路也不显任何老态。他迅速地打量了一眼那班公子哥儿，然后便对伯爵夫人微微一欠身，请她继续玩儿，对他的到来别在意。

“您这要求太高了，马拉皮埃罗阁下，”伯爵夫人回答，“这些年轻人对您在海洋和大陆上建立的赫赫战功的敬畏，不容许我们当着您的面以如此罪恶的方式消磨时间。”

“您错啦，美丽的蕾奥诺拉。”老人反驳说，“我之所以辞去了一切公职，甚至已有好几年不去议院开会，就是因为我对年轻人的崇拜感到厌烦，渴望着能与一些无拘无束的快活的人在一起。现在这年头，有个十人委员会成员或者甚至秘密裁判所法官在座，谁还喝酒喝得开心啊！担任公职人老得更快，而我尽管已满头白发，却还想再放荡放荡，至少在端起酒杯时恢复青春；当然啰，坐在一位美人儿面前，我还是明显地感到自己已经老啦。”

“可在殷勤有礼方面，”阿迷黛夫人说，“您千真万确地还可以和这些年轻的先生比个高低，虽然他们自以为，只有生着卷曲的金发和黝黑的胡子，才有权吻每一张漂亮女人的小嘴。现在我想叫人把食品台搬进来，以便为欢迎您这位稀客干一杯。”

"对不起，可爱的夫人。我此来并非为了做客。我这样迫不及待地深夜造访，只是希望告诉您一些今天傍晚才由专差从热那亚送到我手上的有关令兄的消息。消息都相当好，所以我不担心会破坏美丽的女主人的兴致，并且相信会得到谅解，如果我把您从这些高贵的先生身边暂时夺走了的话。允许我和您一起进这间屋子里去么？"他指着通向黑暗的大厅的房门，一边说，一边已挪动脚步。

安德雷亚浑身不由一震。他明白，他不可能又快又不出一点声息地离开他的位置，想悄悄溜掉已来不及了。踌躇间，厅门已经开了，他听见阿迷黛夫人衣裙窸窣地走了进来。当机立断，他立刻趴在地板上；乐台的栏杆虽说没多高，却也把他完全遮住了。他听见老人跟着阿迷黛往里走，当她问是否让人送一盏灯来时，老人回答不要。

"只讲几句话。"马拉皮埃罗转过头去对着玩牌的房间大声说，"年轻的先生们谁也没时间来妒忌我的。"

厅门在他们身后关上了，两人随即在乐台下边踱来踱去。

"什么风把您给吹来了？"伯爵夫人急不可耐地问，"是您终于给我带来了召回格里迪的消息么？"

"您还没有履行规定的条件呢，蕾奥诺拉。您向秘密法庭提供了什么有关维也纳的秘密？"

"这怪我么？我不是做了一介女人所能做的一切，已经使那个固执的德国人在网中挣扎，就像一条困在沙滩上的鱼似的么？可是关于公事，他的嘴巴从来不吐露一个字。再说您也知道，他今天就要走了。白白在他身上浪费这么多工夫，没把我给气死。"

“可要是他病倒了，岂不更好！”

“什么意思？”

“他要走，我们没法拦住他的路。但我们明白，他真要回到维也纳，就会极大地危害咱们共和国。他请假的理由纯属胡扯，真正的原因是他有一些连对密使也信不过的事情，要回维也纳亲自汇报。因此，一切的一切就在于，要阻止他这次旅行。”

“那就阻止呗。他走也好，留也好；反正我全无所谓。”

“您手里有办法，可以轻而易举把他拴住，蕾奥诺拉。”

“这办法是……”

“您马上派人送信请他来，说他将发现您不再像过去那么冷酷啦。他无疑会连夜赶到您府上，然后您再费点心，让他随即病倒得啦。”

阿迷黛夫人立刻打断老人：

“我已经起过誓，永远不再同意你们的这种要求。”

“我们可以解除您的誓约，使您良心得到安宁，蕾奥诺拉。而且也不要求采用致命的药物。这甚至应该严加防止。”

“你们愿干什么就干什么好了。”她说，“可别把我拉扯进去。”

“是您的最后决定吗，夫人？”

“我已经讲过了。”

“那好，那我们只得另想办法，让他在旅途中遭遇不测。这毕竟要麻烦一些，也更招人怀疑。”

“可格里迪呢？”

“格里迪改日再谈。请允许我送您回您的朋友们那儿去。”

厅门打开又关上了。安德雷亚已经能毫无危险地站立起来。可是，他适才听见的对话还使他的神经和四肢处于麻痹状态。透过板壁，他隐约听见那班公子哥儿放浪的笑闹声；此时此地，死亡与生存，罪行与轻浮，两者同处一室，相依相傍，真叫他毛骨悚然啊。他吃力地爬起身来，摸索着走下台阶，一只手痉挛地伸到了衣服底下，去掏他总是藏在身上的匕首。适才他用牙齿将嘴唇咬得那么紧，以致嘴唇渗出血来。

然而，他头脑还是够冷静，没有忘记再去看斯美拉狄娜，不慌不忙地对她讲，那一伙赌鬼看起来非常有意思；不过，他以后再也不去那壁缝前偷看了，这一次他是好不容易才没叫伯爵夫人和一位上年纪的宾客发现。他说，在他们走进黑暗的大厅时他从另一道门溜了出来，但愿没被他们听见什么才好。说完，他把自己的钱袋倒了个干干净净，然后就急着要离开斯美拉狄娜。他说，最安全的办法是让他从窗口过去，这样就不会引起伯爵夫人任何怀疑。使女没有表示不高兴，转眼间便搭成了便桥；安德雷亚脚步沉稳地走过去了，虽然此刻心中已经做出去完成一个重大行动的决定。这次不仅仅是为了他所献身的事业，还为了保护一位友人免遭敌意的暗算，同时也使一个游子能够安然无恙地回到母亲怀里，并且以果断的裁决防止一次对于友好待客原则的无耻背叛。

他蹑手蹑脚走到自己房间的门口，聆听着外面昏暗的过道里的动静。房东太太的房门关着，但仍然能听见她在迷梦中与她的奥尔索交谈的声音。他走下楼梯，小心翼翼地开了大门。街上空荡荡的，长明灯在风中摇曳，照不出多远距离；但他谙熟道路，快步穿过几条小街，跨过运河上窄窄的桥梁，来到了伯爵夫人府前的小广场上。他在哪儿也见不着一只小艇，只能猜想老人将步行回家去。他察看周围的环境，选择了一个对方必须经过的位置。一根远远突出在外的黑色门柱，在他看来很适合于埋伏。他把身子挤进角落，眼睛一眨不眨地紧盯着伯爵夫人府的大门。

可是，他那只捏着出了鞘的匕首的手颤抖得很厉害，热血在心中汹涌，他不得不做出极大的努力，才勉强镇定下来。这一次的行动被他看作是自己神圣的义务，是一种必须完成的崇高使命；可此刻，内心中又是什么在反对他去行动呢？他顽强地抗拒着企图诱使他离开自己岗位的神秘声音。他的肩膀更加紧紧地贴在木柱上，左手伸起来揩了揩额角，额头上全是大颗大颗的冷汗。

"坚持下去！"他下意识地对自己说，"要是老天保佑，这也许就是最后一次。"

突然，他省悟到，老马拉皮埃罗无疑会让用人护送自己；他明白，在这种情况下，要进行袭击是不可能的。他心里几乎很高兴能找到这样一个借口，以便没完成行动就可以回家去。谁料，他的一只脚已经从门角里往外伸，这当口对面公馆的大门却开了，在灰暗的夜色中只见一个魁梧的身躯紧紧裹着斗篷，独自跨过门槛，迅速向他走来，那帽子底下清清楚楚地露出了白发，有力的脚步在石板上发出回响；孤独的夜行者注意始终贴着墙根走。现在他离隐藏着复仇者的那所房子已经不远，仿佛已预感到面前的危险似的，将斗篷扯起来遮住了脸，左手紧紧握着他那把违禁挂在身边的宝剑的剑柄。他没有发现自己的敌人，从他的身边走了过去；十步，二十步，对方让他这么一直往前走。孤独的夜行人眼看已走到桥边，突然听见背后脚步声响，猛一回头，右手同时放掉遮脸的斗篷，高大的身躯却已慢慢倒下：一把锋利的匕首，已经深深刺进他的心窝。

“妈妈，我可怜的妈妈！”被刺杀者凄惨地叫了两声，头往地上一沉，永远地合上了眼睛。

紧接在这一句诀别的话后是持续好几分钟的沉寂。死者横躺在路上，张开着两臂，仿佛要热情地拥抱业已背弃了他的生命。额头上的帽子滑落了，白色的假发底下露出天生的褐发来；在淡淡的夜色中，他那年轻的脸庞像是睡着了一样。在离他一步远的墙边，呆若木鸡地立着凶手；他两眼直勾勾地瞪着青年一动不动的面孔，在恐怖与绝望中竭力想否认眼前可怕的现实，枉费心机地想说服自己，他只是受了幻觉的欺骗，在这张魔鬼变出来的年轻的面孔下面，千真万确地隐藏着刚才在阿迷黛夫人家里要设计谋害他朋友的那个老家伙的脸。不正是为救这位朋友，他安德雷亚才匆匆来此行刺的么？他不是希望把一个游子，安然无恙地送回到自己母亲身边么？可躺在地上的这个人，他又怎么在唤他可怜的妈妈呢？为什么此刻他这个法官和复仇者竟像罪犯似的站着，牙齿上下磕碰，浑身阵阵寒栗，而手脚却动弹不得了呢？

在他眼眶里剧烈搏动的血液退去了，流回到了心房中。他这才看清插在死者胸口上的匕首，借着朦胧的夜色，认出了他亲手吃力地刻在手柄上的那行字：“处死全体秘密法庭法官！”他下意识地念出声音来，目光同时在这可怕的凶器和可怜的死者的面孔之间游动来游动去，竭力地想弄清楚存在于那些字和这张脸之间不可调和的矛盾。一幕幕想象中的情景以疯狂的速度从他眼前晃过。突然之间，他明白了这儿发生的一切，知道再也无法挽回啦。这可怕的事情之所以成为现实，并非鬼使神差。一切都十分自然，十分合乎情理，连小孩子也不会不理解。一整天，罗森贝格都与他那位妖艳迷人的对手离得远远的。他希望不辞而别，并已派人告诉了她；她呢，也满不在乎，当天晚上就邀了一伙人来家玩纸牌。到了晚上，小伙子禁不住魔鬼强有力的诱惑，又走上了这条熟悉的道路。在大门口人家告诉他，伯爵夫人另外请得有客，他马上便坚决地转身往回走。然而也就这一会儿工夫，正好够让他唯一的朋友埋伏起来，成为送掉他性命的凶手。

在决定命运的关键时刻，一个人往往在失去一切希望之后突然变得心明眼亮起来，安德雷亚也正是这样；他直到把一切都考虑清楚了，身体的麻痹状态才告解除。他扑向静静睡去了的爱友，跪在地上，眼睛凑近死者的脸。他伸手把那该死的欺骗了他的白发从朋友头上抹开，嘴里发出一阵听起来像哮喘似的狂笑。他想起，是他自己今天下午警告朋友，叫他不要公开在街上露面的。这样，他就自己替自己和自己亲爱的人，设下了陷阱。随后，他撕开朋友的衣服，摸他的胸口，看心脏是否还在跳动。他还把嘴凑近朋友的嘴唇，看是否还能感觉到一点儿嘘息。一切都静止了，冰凉了，无望了。

这当口，伯爵夫人公馆的大门重新打开，一个披着斗篷的身材魁梧的人跨了出来。过道里的灯光投射到他的白发上，是老马拉皮埃罗正要回家去。安德雷亚抬起头来，更加痛切地体会到，自己的处境何其尴尬。那个人走过来了，你安德雷亚正是要保护威尼斯，保护像失去自卫能力的羊群似的贵族和平民，最后尤其是保护自己的德国朋友不受这个人的残害啊。他孤零零地一个人走来了，只不过戴着早已被自己的敌人识破了的假面具；没有任何东西妨碍你扑向他，而且匕首就在手边……可是，这把匕首已让无辜的鲜血玷污，因此不再有任何别的区别继续存在于审判官、复仇者和那些本该被这把匕首处决的坏蛋之间，唯有这儿的行动是受着盲目的偶然性的恶意播弄，那些肆无忌惮的刽子手却目标明确，没有失误。

这种种念头疯狂地掠过安德雷亚的脑际。他打起精神，从伤口中拔出匕首，在年老的秘密法庭法官尚不曾发觉之前，借着夜色的掩护，溜过运河上窄窄的桥梁，仓皇逃回家去，他突然想起，老马拉皮埃罗将发现尸体，并且感谢他这个代劳的不相识的刺客，便不得不咬紧牙关，免得狂叫起来。

他好不容易走到家门前，发现大门仍然开着。他朝上面楼梯口一望，却见在平素为老寡妇专用的最高一级梯子上，站着她的女儿，正双手撑着栏杆，远远地探出身子向下张望。

“您到底回来啦！”姑娘低声对他说，“这么晚还上哪儿去了？我听见您出去，便一直睡不着。”

他一句话也没有回答，吃力地爬上楼梯，想从姑娘身边走过去。玛利埃塔一眼瞧见他压根儿没考虑到还要藏起来的匕首，撇着嗓门儿惊叫一声，不远不近正好倒在他的脚下。他任凭她躺在地上，径直朝自己房间走去。他内心再没有空隙来容纳对于旁人的小小痛苦的同情。他在眼前只看见一位正殷殷期待着自己儿子从异乡归来的母亲，而都怪他，这位母亲能等到的却只是儿子的棺材。

他在房里刚把门插上，玛利埃塔就已来敲门，轻声地请求他放她进去。

“睡去吧。”他对姑娘说，“我跟人没有什么交道可打啦。明天一早你去元首府报案，那儿有三千金币好领。你可告诉他们，阴谋集团中的一个已经不会再有危害啦。别担心我会被活捉。晚安！”

玛利埃塔固执地守在房门口。

“我要进来。”她说，“我知道，您要是一个人待着，就会自己戕害自己。您以为我看见您提着匕首回家来，便可能出卖您么？啊，放心，我才不会带给您危险呐。放我进来，瞧瞧我的脸，然后讲您是不是还认为我对您有丝毫恶意。我难道不是早已猜出来，他们要抓的就是您么？我在梦中常常看见您满身血污。但尽管这样，我还是不恨您。我知道，您是不幸的；如果您要求，我连生命都可以献给您。”

玛利埃塔贴在房门上倾听，然而没有回答。她只听见安德雷亚走到临着运河的窗口，在那儿不知干些什么。她突然怕得要命，便猛力摇起门来，重新呼唤着他，用最最动人的话语恳求他。要他千万别寻短见——可是一切白费。等到房里终于完全安静下来，为可怕的痛苦所折磨的她便用肩膀猛撞房门，企图使出全身力气将门闩撞断。老朽的门板破了，只有框子仍支撑着，撞出来的一个洞刚好能容她娇小的身躯钻过去。

房间空了，她找遍所有角落仍没有找到他。她奔到敞开的窗前，不再怀疑他是跳运河自尽了，因此几乎没有勇气把头探出窗台往下面深渊里瞅。可是，她瞅见的一点东西却重新给了她希望。在窗台的底下，房子的外墙上，钉着一个结结实实的钩子，钩子上拴着一根长绳，长绳一直垂到水面上。谁只要顺着绳子溜下去，脚一蹬墙壁，便必定能很轻易地跃到对面伯爵夫人公馆旁的台阶上，抑或跳进通常都锁在那儿的小艇里。今晚小艇已不知去向。可怜的姑娘瞪大眼睛，拼命在底下黑幽幽的河道中来回搜索，却一点没有发现逃亡者的踪迹，不过至少仍得到一个令她感到欣慰的信念，就是安德雷亚如果想逃命，他选的这条路真叫再安全不过了。

安德雷亚的意图也正是要她这样相信。他带给这个天真无邪的少女的苦闷已经太多，不愿意再给她的心灵增加沉重的负担，让她了解全部残酷的事实：他已经没救了，他无法逃脱自己对自己的审判。

可怜的姑娘还探身在窗外，一任痛苦的泪水不断掉进底下黑色的河流中，这时安德雷亚划着自己的船，已经转进大运河。两岸的宫殿阴森森地耸立在夜空里。他刚驶过莫洛希尼宫，又看见了维尼耶尔的府第，冷不丁不觉汗毛倒竖：他的一生竟好像给一个圈子圈在了眼前这个地方，开端是何等光明，结局又是何等暗淡啊！

划过丘德卡宫，便在面前一弯残月映照的朦胧夜空中出现了元首府宽大的门面，安德雷亚脑子里飞快闪过一个念头：这里就是人家审判罪犯的所在。可是，对于他所犯的罪，这里却找不到审判官；因为，谁有权审判牵涉着自己的案子呢？再说，他不是还存着希望，希望从他的罪孽中能开放出他的同胞的自由解放之花，希望那无辜者的被杀害——公众舆论一定会把它归罪于秘密法庭——甚至说不定能完成他已开始的事业，使专制暴政恶贯满盈，加速灭亡么？

他要是投案自首，消除暴君们对于看不见的敌人的恐惧，转移开强大的外国对于他们的谴责，那就自己破坏了这样的希望。

安德雷亚使劲儿划着桨，把小艇转向沙洲岛方向，然后驶过了仅仅还亮着无数停港船只的桅灯的港湾。在港湾的出口处横着那艘大巡逻舰。一周多来，要不能回答秘密法庭下达的口令，连最小的船只也不再得到放行。安德雷亚跟其他密探一样，今天一早去领了新口令。所以，舰上的人没有拦他，放他到了海上。

大海异常平静。安德雷亚已经离岸几小时，仍然用不着与风浪搏斗。可正是在这样宁静温和的夜里，他内心的痛苦更加剧烈；他时不时像疯子似的用桨猛击海水，只是为的能够听见另一种声音，而不必总听见他朋友最后的话语：

“妈妈，我可怜的妈妈!”

午夜过后很久，安德雷亚才将小艇划到沙洲岛岸边，跳上岸，向着一座在地岬上孤零零立着的修道院走去。贫苦的渔民们对这座修道院非常熟悉。这儿住着一些卡普栖派修士，他们靠着施主们的周济和在大陆上乞讨为生，反过来也给人们以精神上的安慰，并在某些危难时刻成为民众的支持者。

安德雷亚拉拉门铃，马上就听见看门人的声音问，谁在外面。

“一个垂死的人。”安德雷亚回答，“劳驾喊一喊彼得罗·玛利亚兄弟，如果他在院里的话。”

看门人进去了。这时安德雷亚在门前的一条石凳上坐下来，从票夹中扯出一张纸，借着从看门人的小房透出来的一线灯光，写下了如下几行字：

致昂杰洛·奎里尼：

我曾充当审判官，结果却变成了杀人凶手。我僭越了上帝保留给自己的主持公道的权利，上帝便让我堕入自己犯罪的狂念的圈套，手上沾染了无辜的鲜血。我本想做出的牺牲，已经遭到拒绝。时候尚未到来，解放威尼斯的神圣使命将留待另一些人的手去完成。或者已根本不可挽救了吧？

我即将面对上帝，面对最高的审判者；在他那永恒的天平上，我的罪过，我的痛苦，都将得到公正的称量，对于世人我已无所期望；只望您，能够宽怀大度，同情我的迷误和我的不幸。

冈迪亚诺

修道院的门开了，走出来一位秃了顶的气宇不凡的修道士。刚刚写完信的安德雷亚站起身。

“彼得罗·玛利亚兄弟，”他说，“感谢您出来见我。您把我那封信带给维洛那的流放者了吗？”

老修士点点头。

“要是一个不幸者最后的感谢于您还有某些意义的话，请您把这张纸也稳妥地交到同一个人手里。答应我吗？”

“我答应您。”

“那好。上帝奖赏您！再见！”

安德雷亚没有握老修士伸给他的手，随即就又登上小艇，向着海上划去。等老人匆匆念完那几行字，惊恐万状地追到岸边喊他，恳求他再回去一下，他一声都没再回答。这位共和国的老公仆目睹着一个高贵家族的最后苗裔乘着一叶孤舟，飘向晨风中开始躁动起来的茫茫大海，心中真是不胜感慨。他思索着，去挫折这个垂死者的坚强意志是否可取，是否可能。他尚在踌躇，突然从离得远远的小船中站起来一个黑色的身影，在灰蒙蒙的海平线衬托下历历可见；看样子，即将离开人世的安德雷亚正在最后一次眺望大陆和海洋，正在回首那座在运河腾起的水雾中像云中仙岛似的缥缥缈缈，只露出一个轮廓的城市。接着，他纵身跳进了深不可测的大海。

目睹着这一结局的老修士慢慢合起掌来，无声地、热诚地为他祈祷。随后，老人自己也划着小船，来到海上，但是只见一艘空空的小艇随着波浪跳荡、颠簸，那位驾驶过它的不幸的男子已经全然没有了踪影。

安妮娜

我这里想讲的只是一段奇遇，只是一个容易而轻率地拴成，随后又让死神锋利的镰刀给突然割断了的同心结儿的故事。也许不乏这样的读者，对于他们说来，这一刀实在来得太猛太快，因此大大伤了他们的心。他们会抱怨作者不近情理，竟然写出了这样一个令人难以忍受的结局。其实我倒觉得，要是死神夺去了人的青春与红颜的话，那它本身就变成一位诗人啦；因为它使美好的形象永远存留在我们的记忆里，把可爱的东西保护起来，使它们免遭时光的掠取。要知道生活是粗鲁和残暴的，再娇媚的形象，迟早也会被它摧残，屈服在尘世的苦难与反抗的重轭之下。而死亡的到来，却帮助青春鼓起了即将被折断的羽翼。春天的风暴，总是会从树上吹落成千上万朵还不曾结果的鲜花的——谁要觉得这也难以容忍，那他趁早别读我这故事。

故事发生的地点在罗马。十月中旬的一天下午，阳光灿烂；一个年轻的德国画家，牵着他那条拴在皮带上的小狗，第一次登上“西班牙台阶”，向着品丘岗上的园林信步走去。他昨天才到达罗马，随后利用剩下的时间找好一个尽可能简单的寓所，今天一大早便出了门，赶去看了那些在千里之外就强烈地吸引着他的心的东西：梵蒂冈宫中的拉斐尔厅[1]和西斯廷教堂的穹顶[2]。中午他才离开，来到了外面圣彼得大教堂前的广场上，脑子晕了，心也晕了。他坐在两座大喷泉中一座的阴影下，让喷泉的水雾飘洒在他的满头金发上。渐渐地，最后一批朝参梵蒂冈的游客也步行的步行，乘车的乘车，从那巨大的环形柱廊中消失了。只有这个孤独的青年，仍旧坐在喷泉边，竟没有感觉到他那薄薄的上衣已经湿透，从他的鬈发上已有大颗大颗的水珠滴落到石板地上。适才他所看到的一切，还像熊熊火焰似的在他心中燃烧，吞噬了一切尘世的粗鄙感觉。

最后，还是他的小狗惊醒了他。早上出门时，他把它托给了贴邻一位好心的老皮匠照看；但这可怜的畜生不像它主人似的觉得时间好过，终于猛地一下挣断皮带，跳出窗口脱了身。眼下它呜呜地大声叫着，扑到年轻人身上。青年一边抚摩它，一边站起来，到这时才发觉自己已给淋成个落汤鸡啦。

高高挂在空中的太阳还发出炙人的热力，一会儿就烤干了他身上的衣服，使他想起还是正午。这时他正从大大小小的食品店前经过，不由得叹了口气，倒不是为他自己，而是想到了他那忠实的伙伴。小狗是这么瘦，它瞅着食品店中红彤彤的漂亮火腿和花环似的一圈圈香肠，十分难为情起来。早在佛罗伦萨，青年便不得不兑换了最后一枚金币，自此以后便习惯了挨饿。在疲劳的徒步旅行中，他的心陶醉在沿途风景变化万千的线条与色彩里，只要能有一块面

---

① 原系教皇尤里乌斯二世（1503—1513在位）在梵蒂冈宫中的居室，内有拉斐尔及其学生所作大量壁画，故名。

② 西斯廷教堂是梵蒂冈内供教皇做弥撒的小礼拜堂，穹顶上保存着米开朗琪罗等大师作的数百平方米壁画。

包和几个无花果充饥就满足了。然而在它主人尽情享受的美的盛筵上，却没有满足这可怜小狗的动物本能的东西。它诚然也理解，目前是困难时期；以它的忠心，它远不会自私地对眼下的境遇发出怨尤。可是，走遍了全城仍未找到一个可以进去吃点什么的地方，这会儿又要去爬那烫脚的“西班牙台阶”，它就感到太难受了。

“安静些，瓦克洛斯。”它的主人很了解它的心情，便对它讲，“今儿个咱们不会再空着肚子上床了。等咱们回到皮娅太太的公寓里，我就请她去对面店里赊一截你早上向它送过秋波的那种香肠来；别看咱们穿得破旧，皮娅太太还是信得过咱们的。稍稍克制一下你的食欲吧，要知道咱们是在罗马。你得记住，另外有不少大人物也曾经在这儿挨过饿，只要拉斐尔的太阳能照着他们的空汤盆，他们就十分高兴喽。”

青年抚摩着小狗的脑袋，继续向前走去；可是当他那好样儿的同伴用干燥灼热的舌头舔着他的手的时候，他也不禁焦虑起来。照此下去是维持不了多久啦！他尽管生性洒脱，也不能不正视现实。对家里他不可能有所指望，因为他是违背了父亲的意志，带着一点点可怜的积蓄出走的。至于他那些下榻在住着各国旅客的大饭店中的同胞，他又一个不认识；再说他生性高傲，也绝不肯去求不相识的人接济。还有那位房东太太，昨天一见面她便对这个鬈发青年流露了莫大的兴趣，马上提出请他为自己画一张像，说是准备带给她的丈夫卡尔帕齐先生；卡尔帕齐在两年前曾因轻轻地戳人一刀，目前正在服苦役。这位守活寡的女房东，她那张丑陋的麻脸上所表示的浓情蜜意，却令青年画家讨厌得要命。尤其是今天，当他的灵魂受到了美神通过一位杰出人物之手所做的最高启示之后，他更是庄严地对自己起誓：宁可让人把他和他的小狗从塔尔佩吉的悬崖[1]上推下去，也绝不用自己的手去亵渎伟大先驱。

青年倚在一堵石砌的矮墙上沉思着，把他在途中构思的画挨次想了一遍，觉得没有哪一幅够得上吻一吻米开朗琪罗那德尔斐城的女先知[2]的衣裳边。这当儿，他突然发觉瓦克洛斯变得不安起来，接着又发出一阵尖厉的狺狺声，表明它嗅出近旁有一个敌人。要知道它尽管起了个不光彩的名字[3]，个儿又小，却有着一颗勇士的心，常常无端地与比它大得多的同类较量。不信请看它那被撕破了的耳朵和黑色皮毛上的累累伤痕，这些都是明证。甚至就连饥饿，也未使它的勇气稍减。而眼下它又发现有一头硕大无比的牡犬正瞪大眼睛盯着自己，便更勇敢地吠叫和猛力地拽动皮带，以此表明要是不经一场恶斗就各奔东西的话，那么原因并不在它自己。

那头大牡犬似乎也把事情看得很认真，虽然一声没叫。它被一个正在女友陪同下散步的罗马少女用铁链牵着，她两人怎么拉也不往前走；因为在它看来，对人家的挑战装作没听见是可耻的。猛然间，它发出一声狂怒的果敢的吠叫，把它的女主人连人带链子一起拖在身后，一跃扑向那个德国寻衅者。与此同时，它的敌人也把青年拖着向前跑了好几步。

“回来，莱纳多！”

---

① 古罗马的刑场，待处决的罪犯被推下悬崖摔死。

② 德尔斐系希腊城名，阿波罗神庙所在地。《德尔斐城的女先知》是西斯廷教堂里的一幅名画。

③ 瓦克洛斯，意为“缺少勇气”。

“别叫，瓦克洛斯，别叫！”

在同一瞬间，姑娘在那边招呼，青年在这边喊。然而两个斗士已经纠缠在一起，矮小的德国狗跳起去咬动作迟缓的罗马大狗的耳朵，罗马狗也掉转头来，咧开巨大有力的牙床，向敌人的软肋冲去。青年攥着皮带往后拽，姑娘却竭力想把自己越来越紧地绞在链子里的娇嫩手指松出来。如果战斗的双方不是像出现奇迹似的受到了和平精神的感召，谁也不晓得会闹出什么乱子呐。突然之间，它们便放开了对手，互相打量着，彼此怀着极大的敬意你嗅嗅我，我嗅嗅你，交换着友善的问候，恰似一对好朋友在一块儿寒暄似的。莱纳多把它黄色的大爪子轻轻搭在瓦克洛斯背上，瓦克洛斯则伸出热乎乎的舌头去舔朋友那宽宽的黄铜颈圈，两个真是一见如故，要想马上分开它们几乎是不可能的了。

年轻的罗马女郎也只勉强做了个要走的姿态，德国小伙子呢，则压根儿无此打算。他目不转睛地瞅着这张俊俏的脸庞。适才那可笑的偶然事变，使她从熙熙攘攘的陌生人群中来到了他的身边，尽管手足无措，满面娇羞，她仍然好也罢，歹也罢，不得不让这个不相识的年轻人把自己瞧个够。她身穿式样简单而雅致的衣裙，头戴一顶佛罗伦萨阔边草帽，耳朵上垂着很大的耳环。眼下她半转过脸儿，使青年看见了一个芳华正茂的少女纯洁无瑕的侧面，给了他机会去欣赏她那浓密厚重的黑色发辫，丰腴的下巴底下的白皙脖子，以及无比苗条的处女身段。

过了好半天，他才恍然醒悟过来，想起显然应该由他去打破僵局；因为姑娘还一直把眼睛盯着地上，连头也不敢抬呐。

“小姐，”他操着漂亮流利的意大利语说，“我这条有失管教的小狗使您受惊了，打断了您的散步；不过我却不能因此责怪它。要知道倘若不是这缺少理智的畜生从中捣乱，我就既没机会，也没勇气和您搭讪啦。要是您不见怪的话，我就请您惠允我在您身边散一会儿步；再说马上就把一对儿新朋友分开，”他指了指那两条狗，“也未免太狠心喽。”

姑娘一句话没回答，却用火辣辣的目光瞟了青年人一眼，似乎想从他脸上看出，此人是否可以信赖。正当她在犹豫之际，她那一直显然在拿两人的尴尬模样开心的女伴，一个活泼大胆的姑娘，已抢过话头开了腔：

“有什么办法呢，安妮娜？人家是多数，三个对咱们俩。咱们只好耐心些，等到莱纳多甘愿陪咱们回去的时候。要是它压根儿舍不下它这新朋友了，没法子就只好丢给它一点儿好吃的，人为地把它俩分开。signore[①]，您也许有些音乐天才吧？您只要唱一段canzone[②]，就可以吓跑它，尤其是德国的canzone。”

“感谢上帝，我不会唱歌。”小伙子笑着说。与此同时，这个小小的团体便开始往前移动，走在头里的是两条狗。“可您从哪儿看出来，我是一个德国人呢？”

“不是从您的意大利语，”快嘴少女立刻回答，“而是从您一向安妮娜开口就脸红这一点上。我们的年轻先生们才没如此灵敏呐，这班窝囊废！可我从前认识一个德国人，他比您年纪大得多，然而也

---

① 意大利语，意为：先生。

② 意大利语，意为：民间情歌。

动不动就脸红，每当他向我——您究竟多大来着？”

“二十二。”

“叫什么？”

“在德国人家叫我汉斯。但自从来到意大利，我就用我更喜欢的乔万尼这个新名字，把旧名汉斯换掉了。”

青年斜睨了身旁的安妮娜一眼，从她嘴唇的无声翕动看出，她正暗暗在努力学念这个外国名字。

随后他们默默无言地并肩走了一段路，来到公园中比较僻静的一角。从这儿再看不见市区，却可眺望萨宾山和坎帕尼亚平原。初秋温暖的空气里飘散着缕缕清香，三人都尽情地吸着；与此同时，各人又以自己的方式，思考着那段使他们像老朋友似的一块儿散步，共同享受这美好的秋光的奇遇。在活泼的拉腊脑袋里，一个大胆的想法追逐着另一个大胆的想法。她把阳伞倾往年轻人一边，使他看不见她的脸，然后凑近她女朋友的耳朵一个劲儿地叽叽咕咕，好似有说不完的俏皮话，自个儿同时还不断发出哧哧的笑声；安妮娜呢，却稳重得多，拉腊对外国人的不够礼貌的态度，使她明显地表现出不快。突然间，拉腊又转过头去朝着年轻人，大胆地盯住他的脸问道：

“您准在家乡丢下了一个小爱人吧，乔万尼先生？”

“我把您的问话看作是诚恳的，”汉斯回答说，“因此也愿意诚恳地告诉您：没有！”

“可您手上戴着戒指呢？”

“是我母亲给我的。”

“瞧，谁都想对我们编造这样的假话。在咱们这地方，母亲们才不会送戒指给自己的儿子呐。她们把这个权利留给其他女人。”

“我这戒指是我母亲临终时给的。她要我戴着它，直到我订婚。不过这恐怕还得等一阵子哩。”

他又瞟了瞟安妮娜，只见她严肃地低着头。直到这会儿，他才发现她眉宇间流露出某种茫然若失的哀愁，流露出某种痛苦与梦幻似的神气，与她那美丽娇嫩的模样儿显得很不调和。为了换得她那红唇的嫣然一笑，汉斯真愿意牺牲许许多多的东西啊。这时候，拉腊听了他严肃的回答不响了，他便开始讲起自己旅途的经历来。他不厌其详地讲着，把自己一开始由于语言不通、没见过世面所闹的笑话，以及那只与他做伴的小狗为他招惹来的麻烦，统统搬了出来。气氛慢慢融洽了，他便改变话题，称赞南国意大利以及生活于其中的人们的秀丽。拉腊迫不及待地要他说出来，哪儿的妇女最得他的欢心。他于是向她描述了一番在各地见过的女子，从使他大失所望的伦巴第姑娘，到拉狄科伐尼的那两姊妹；他曾就着炉火的亮光，在一天深夜里为她俩画过像。一听这话，她们就非要他拿出写生簿来不可。接着，两个姑娘便坐在山坡边的一条长凳上，久久地翻看起来；他则站在她们跟前，说出每一幅画产生的地点以及画上人物的名字，并告诉她们，他常常为了那匆匆画就的几笔，不得不采用许多大胆的狡计。这期间，瓦克洛斯已躺在草丛中懒洋洋地打盹儿；莱纳多一声不响地睡在它旁边，把大脑袋枕在朋友的背上。远方传来鸟儿们的鸣啭。山坡下面的峡谷中，一个车夫唱着民间俚曲，赶着马儿急驰而去。

“可是在罗马画的呢？”拉腊问。她已翻完最后一页，让写生簿躺在了安妮娜怀中。

“我昨天刚到这儿，”青年回答，“不过我已见到一张面庞，它的温柔和高贵是我从未见过的。要是老天可怜我，允许我仔仔细细地端详这张面庞一个小时并画下它来，我就是一个幸福的人了。”

说这话时，他故意不瞅安妮娜；安妮娜呢，也一个劲儿地翻着写生簿。

“可您知道这只美丽的凤凰叫什么名儿么？”大胆姑娘装出天真的模样问，“或者您通常只以脸红来泄露自己的秘密吧？”

“就算我能说出她的名字，又对我有什么用呢！”他的心怦怦跳着，说道，“我对于她只是一个外国人啊，谁知以后还见不见得着她。”

“您说得是。”拉腊声音干巴地说，“况且，这也许对您俩都没有好处，至少是对您。因为您压根儿还不了解，她是否早已把自己的心许给了人。”

安妮娜突然站起来。

“拉腊，”她说，“瞧我们做的好事！我从气温感觉出来，太阳就要下山了；可我们仍旧待在这儿，要知道只许可我们出来一个钟头啊。”

“那就走呗，小心肝，”身材矮小的姑娘应道，一边挽住安妮娜的胳膊，一边把阳伞夹在腋下，“咱们大起胆儿回去，一切由我承担。我要对爸爸讲一大堆笑话，他老人家会把骂人的事忘了的；就连贝佩先生这只狗熊，也大不了哼哼几声罢了。晚安，安斯[①]先生。要是您再见到您那位凤凰，请代我向她问好。可您得小心点，千万别去侦察她的窝；因为会有其他目光犀利、爪子又比目光更尖利的猛禽守在旁边。你说是吗，安妮娜？”

美丽的少女在此之前一直是苍白的面颊倏地一下红了。

“请多保重，先生！”她柔声说。青年要和她握手，她才迟疑地把自己冰凉的手伸给了他。

“小姐，”他问，“我可以希望再见到您吗？”

她摇了摇头，神色几乎带着恐惧。

“不！不！”她很快地说，随即转身而去。

拉腊在她背后对汉斯做了一个令他莫名其妙的手势，然后便去招呼她们的狗去了。这畜生好不情愿地离开了自己的朋友，跟着主人怏怏地走了。年轻人只能用目光伴送着她们。

“咱们又孤孤单单的啦，瓦克洛斯。”汉斯说，同时把困倦的小狗抱起来放在长凳上，“她们走了，并且说：永远别再见！对于今天这倒可能。可赶明儿，等咱俩吃饱睡足了，咱们就迈开腿儿，把这城里的旮旮旯旯都找个遍。要是你竟找不到你那老实的莱纳多，你就算丢了你整个种族的脸啦。哦，瓦克洛斯，你要替我发现了它的去向，我就让你过全世界最幸福的狗的生活，早上给你吃 salami[②]，晚上给你吃 callinacci[③]，并且让你和你朋友莱纳多痛痛快快玩一整天

① 意大利姑娘把德国名字汉斯念走了音。

② 意大利语，意为：腊肠。

③ 意大利语，意为：炒鸡蛋。

morra[①]。”

小狗目光灼灼地望着他，从长凳上爬下去，轻轻吠了几声，表示它愿意为获得这样的奖赏马上采取行动。这当儿太阳已经沉落到地平线上，四周的树林全都沐浴在火红的夕照之中，远山则蒙着一层紫色的暮霭，而在坎帕尼亚的丘陵上，便有一片片灰色的阴影散布开来。青年画家那对往常贪婪地追寻着宇宙奥秘的眼睛，此刻却像罩上了一面金色的纱幕，把整个世界都遮住了，只偶尔掀开一角，让他窥见一位少女迷人的倩影，以及一双像神秘的星星一般闪动着的明眸。在经过可以把罗马城的壮丽景色尽收眼底的矮墙前时，他也心不在焉，无动于衷；对那巍然耸立在紫色火焰一般的夕晖中的圣彼得大教堂圆顶，他竟完全视而不见。他的感官拒绝再摄取新的奇迹。在这一天之中，它们先后已领略了德尔斐的女先知和罗马少女的风采，难道还不够么？

所以，青年登上陡峭的石级回到自己的狭小公寓，走进他那空荡荡的小阁楼，置身于四面光秃秃的白粉墙中，心里倒感觉很惬意。他用帘子遮住了临街窗户的下半截，仅仅让为了取光而斜开在屋顶上的上半部分空着，好使整个世界只有一角天空能窥见他的孤寂。可是没过一会儿，女房东便走进房来，唠唠叨叨，殷殷勤勤，问他要不要这，要不要那，随后给他端来了菜和酒，并坚持要亲自侍候他，是的，甚至侍候他的小狗进餐。因为她显然发现，瓦克洛斯很得自己主子的欢心；既然她对他有点儿意思，在她看来就有必要首

---

① 意大利语，意为：猜拳游戏。

先争取他的奴才的好感。所以她亲手把大块大块的美味塞进狗嘴里，言过其实地夸赞它狗模样儿长得好，并一次再次对它能听懂这么多意大利语发出惊叹。汉斯讨厌她那死皮赖脸的纠缠，却又不便赶她出去。要知道眼下完全是多承她的好意，他才没有在仅仅看了罗马一眼之后就饿死街头。只不过对她又一次提出来的那个为她画像的建议，他心里却越来越反感，便编出了种种借口来推托过去。然后他假称困乏，就小心地插上了门，并且不必要地把桌子推过去顶在门后，而实际上却并未上床睡觉。

跟着到来的十月的一些日子，他把它们平均地分配给了梵蒂冈和罗马城，拉斐尔和安妮娜。区别只在于一个他是用眼睛看到了，另一个他寻来寻去，却始终未见一点踪影。可不久他便断定：他要是再见不到姑娘，哪怕就一丁点儿事情也休想干成了。要知道每当他在自己的阁楼里坐下来准备工作，他便总是发现自己在瞅着光秃秃的墙壁出神。随后他便向小狗吹一声口哨，领它进城去漫无目的地乱转，直至夜幕降临，最后几个女叫花子也离开了教堂，大街上阒无一人。这时候他才闷闷不乐地踏上归途，情绪坏得连与自己的老朋友瓦克洛斯的谈心也进行不下去了。汉斯一度对这狗的嗅觉抱有极大的希望，可它却可耻地欺骗了自己的主人，从此两个伙伴之间关系便冷淡了。甚至于还发生过这样一件事：一天，瓦克洛斯兴冲冲地汪汪叫着，向一头又大又蠢的狗奔去，显然以为那是莱纳多。善良的汉斯心扑腾扑腾地几乎跳到了嗓子眼儿里，只可惜就那么一会儿。他马上发现这是个本能的错误，从此便更加听天由命，不再指望任何凡间生物的帮助了。

整个十月眼看就这么过去。月底最后一天的下午，我们的朋友满腹惆怅地走出了城门；瓦克洛斯陪伴着他，但能带给汉斯的安慰比什么时候都少，因为这畜生一心一意地捕捉蝴蝶和田鼠去了。可是蓦地，小狗在大路中间停了下来，仰起鼻子，右前爪高高举在空中，然后像着了魔似的朝一家小酒店敞开的大门猛冲过去。这家小酒店坐落在郊外的大道旁，样子完全引不起汉斯的兴趣，使他去花掉最后一个铜板。他不高兴地往回唤瓦克洛斯，自己停在店门边。酒店黑洞洞的门道通向一个露天庭院，院中种了树木，摆着长凳，只有两三个马车夫坐在那儿饮酒。可这是十月的最后一天呀！逢到天气晴和，这一天在罗马四郊的花园中都是歌舞喧腾，十分热闹的；而这里呢，能听见的只有一面手鼓的声音。但突然间，小伙子就像听见个晴天霹雳似的怔住了，原来与瓦克洛斯尖厉的吠声一起，响起了一条莽嗓子的声音。那是久已绝响的莱纳多的男低音！果然，一会儿以后瓦克洛斯便得意扬扬地跑了出来，后面跟着它重又找到了的朋友；很明显，它们是嫌院子里太窄，不够供它两个欢蹦乱跳。

小伙子一阵风似的穿过门道，浑身哆嗦着走进了花园。他立刻发现，在园子的尽里边，有一个葡萄架搭成的大凉亭，手鼓声便是从亭中传出来的。他还看见，在那儿的葡萄藤掩映下，有一个身着浅色衣裙的少女身影在急速地回旋着，翩翩地舞来舞去。打手鼓的女子坐在凉亭的门边上，只看得见一个侧面，然而对于汉斯，这已足够了。

他惊喜得四肢都要瘫软了，便坐到身边的一条长凳上。店主给他送来了酒和面包，并在他面前摆了一盆橄榄；可他什么也没碰，只是两眼直勾勾地望着那凉亭，目光透过篱笆直射入半明不暗的亭子里边。他马上认出那跳舞的女子正是他的女朋友拉腊。只见拉腊在纵情狂舞着，好似一只被关在笼子里的鸟儿在发泄心中的郁闷。那个蓄着一撇丘八式的卷平上髭的老头，左眼上方横着一道深深的刀疤，无疑是安妮娜的父亲。而坐在她身边的另外一个男人，这家伙时不时地凑到她耳朵边上说点什么，他不是那头狗熊贝佩先生又能是谁呢？这家伙块头儿粗大结实，肩上扛着个蜂房般的大脑袋，完全不露一点儿脖子，嘴脸看上去既怪僻又痴憨，十足配得上狗熊这一雅号。尽管他穿着十分精致考究，上衣扣眼里还插着一朵石榴花。他到底在向姑娘嘀咕些什么呢？看样子她并不开心。至少她是毫无表情地低头瞅着怀里，梦幻似的机械地击打着那面带有小铃铛的手鼓，直到拉腊叫了一声“够啦”方罢。贝佩先生恰如其分地鼓着掌。显然都是怪他，大伙儿才跑到这家偏僻的小酒店里来，在这儿还怕见那为数寥寥的几个生人，躲进了凉亭里边。因为当拉腊跳完了舞，提出要与安妮娜一起出来走走的时候，汉斯就看得清清楚楚，他是怎样激烈反对，并马上站在亭子门口挡住了去路。毫无疑问，他早就注意到亭子外边有个青年在目不转睛地望着他们。这当儿，拉腊的目光也落到了这位熟识的外国人身上，接着向安妮娜弯下腰去，对她耳语着什么。不知是无动于衷呢还是有别的原因，姑娘并未转过脸来。这当儿，在四个人之间出现了片刻默默无声的紧张气氛，贝佩先生第一个感到难以忍受。

“瞧你脸色怎么这般苍白，安妮娜？”他突然打破了沉默，“我看爸爸喝完这杯酒，咱们就该回去了；不然天一黑，就更冷啦。喏，咱们眼下可以讲，咱们用正正当当的娱乐，结束了咱们的十月。”

拉腊脸上忍不住掠过一丝讽刺的笑意。安妮娜脸色苍白，一声不吭，扶着自己显然多喝了几杯的父亲走出亭子来。贝佩先生赶忙挽住她的另一条胳膊，在经过青年的桌边时，用自己宽大的身躯小心翼翼地挡着苗条的姑娘。泼辣的拉腊落在三人身后，偷偷向青年耸了耸肩膀，表示自己完全是不得已才陪着他们来到这鬼地方的。随后她把指头搁在嘴唇上，并做了个恳求的姿势，要他别跟上去。可青年呢，就算这会儿吹响了世界末日的大喇叭，也不能吓退他，使他不跟踪追赶。只不过他仍保持着相当的距离，还不时地停下来东张张，西望望，偶尔甚至装出在速写本中勾一幅风景素描的样子，竭力不引起路人对自己的疑心。他感到大惑不解的是，拉腊干吗也生怕和他接触，不肯把他们的交谊继续下去；要知道她并不讨厌他啊。

这个问题他当晚便得到了解答。走到维多利亚街，四个人进了一所颇有气派的宅子。临进门前，贝佩先生还掉过头来狠狠瞪了他一眼。他从已经关上的大门外走过，心情说不清楚是绝望还是幸福。暮色苍茫中，他在街上慢慢踱着，蓦然间听见背后有人轻声唤自己的名字。小拉腊迈着急促的步子，从他身后赶来，向他挤了挤眼睛，表示有话对他讲，但却从他旁边擦身而过，偷偷做了个手势让他跟上去。拉腊这么一直走进市中心，最后来到万神庙前，在圆柱下一个阴暗的角落里才站住，让汉斯走近一些。

“安斯先生，”姑娘举起食指来威胁说，“瞧您给我们干的好事！难道我们不愿招惹尊驾的表示还不够清楚么？您干吗老盯着我们，亦步亦趋，就像雷声紧跟着闪电似的？您这样干只能使那个可怜虫，使安妮娜被狗熊更深地关进他的洞子里，使狗熊再也不肯从门闩上缩回他的爪子，并且发出可怕的咆哮，把整个屋子震得颤抖，以致墙上的石灰都吓得往下掉——除此以外你还能达到什么目的呢？按照上帝的意旨，安妮娜本已不得不把忍受苦难当作自己的美德。而您却不害臊，竟给这可怜姑娘的心里添上一个如此沉重的负担。您的这条瘟狗真该死，是它惹出了这一切的蠢事！”盛怒之下，拉腊举起阳伞向瓦克洛斯打去，莫名其妙的小狗仓皇地逃开了。

“好拉腊，”年轻人却说，“请您今天千万别伤害我的伙伴；多亏了它，我才终于又见到了您哟！”

“见到我？”姑娘讥讽地问，“干吗装蒜呐！直说了吧，先生：您爱上安妮娜了，而且爱得发了狂，我对您讲。这是第一点。而第二点呢，尽管安妮娜那么漂亮，那么善良，那么温柔，您还是得把她整个儿忘掉，并且在这儿当着我起誓，从今以后绝不再来纠缠她，就跟您在今天之前那么坚决地到处追踪她一样。要知道我绝不能容忍，”拉腊以斩钉截铁的口吻说，“绝不容忍您再去折磨我那可怜虫；要知道除您以外，对她这样发基督善心的人已经够多啦！”

“拉腊！”年轻人激动万分地喊起来，“您这话怎么讲？难道是真的，那头笨狗熊真在觊觎这位天仙吗？怎么可能呢？”

“得！”拉腊回答，“那头笨狗熊有一个钱袋，又大又圆跟他本人一样。要是世界是个荒凉的岛，而岛上又仅有安妮娜和贝佩先生两个人的话，这也许倒不坏。须知即使在罗马，为了得到他的一半财产而乐意嫁给他的姑娘就大有人在呐。可唯独我的安努姬娅不乐意，她的口味真叫又特别，又古怪。我下面要对您讲的话，就是再好不过的证明。您可知道，这小傻瓜竟然对您这么个人产生了不该产生的好感；您与贝佩先生比起来，在她眼中真有如大卫比歌利亚[①]。而且看您这身衣服，就知道您脑子里有比口袋中更多的东西。”

“她真告诉过您，拉腊，她还惦着我么？”

“告诉？哼，这说明您不了解她。可我是很了解她的。也正因为如此，我就绝不容许您哪怕再见她一次面。您得明白，狗熊把她牢牢地攥在爪子里，就连全体圣者一起也休想把她解救出来；狗熊宁肯把她像个蜂窝似的捏得粉碎，也绝不肯松手。说来话长啰！老头子完全让可爱的女婿给迷住了；丈母娘又终年卧床不起，完全掌握在神父们的手中；这帮神父呢，谁都比听早祷的钟声更爱听贝佩先生的钱袋响。好心的乔万尼先生，要是您真的有颗心的话——看来您是有的，因为您还在爱嘛——那就请您收拾起自己的行李，走出波普罗门，回到您的老家去，在那里任凭您捕捉多少鸽子或者夜莺都与我不相干，只是千万别来引诱凤凰。这是我作为好朋友对您的忠告。平素间对于男人们，我总是把他们想得很坏很坏；可我却相信您，觉得您在衣服底下，一定还有个良心什么的。您听懂了吗？晚安，先生！”

说完拉腊便把青年丢在圆柱下的阴影里，一个人匆匆去了，想在天黑之前赶回她在台伯河彼岸的家。汉斯却站在那儿呆若木鸡。他的心狂跳着，又是难过，又是欣喜。他无法想象，怎么能在重新

---

① 歌利亚是非利士族的巨人，为年轻的大卫所杀死。典出《圣经·旧约全书》。

找到了她，知道她还惦着他的同时，又永远失去她。这恰似正当他可怜的灵魂想要深深地沉入无底的幸福海洋之际，他却蓦然发现周围升起来无数峻峭的礁石，把他困在了中间；在那最高一道礁岩的顶上，站着贝佩先生巨人一般的身躯，他搓着他那戴满戒指的肥手，对这个可怜情敌的失败发出幸灾乐祸的狞笑。

汉斯像疯子似的在街上又瞎跑了一个多小时，嘴上一边激动地自言自语；瓦克洛斯耷拉着耳朵，悄没声儿地跟在他旁边。

“这些出卖灵魂的家伙！”他自顾自地怒喝道，“他们竟把一个无价之宝，随随便便扔给了头一个肯出价的人。要知道就连一位国王，也不配买它呀！因为一旦他买了去，就会把它锁进一口霉臭的箱子里，从此谁也不能再欣赏它的美丽了。瞧那该死的家伙从我身边经过时是何等地得意！哦，他有理由得意，因为她逃不出他的手心啊。他让狗跟随着她，充其量只在过节的日子才领她到那最偏僻的酒店来，自己好当她的面在穷人和乞丐中充大慈善家。对这样一个家伙，却不允许我存嫉妒之心，不允许我去搅扰他的安宁吗？纵然他与罗马城的全体教士以及地狱里的全体魔鬼都勾结在一起，我也必须再见到那位天使，要听她亲口告诉我，是不是还有办法帮助她，我是不是能够帮助她！”

当汉斯定下了明确的目标，心里就平静多了，几乎忘了自己对于用什么手段，走什么途径去达到这个目标的问题，完全还心中无数。他身不由己地又走回维多利亚街，在她家对面的一方石头上一坐便坐到半夜，脑子里想象着她那美丽、忧郁的容颜，心里充满了希望与渴慕。

可第二天清晨，当内心的忧虑使他早早地醒来的时候，他自然便发现他的希望原来是很渺茫的。因为我们的朋友尽管具有艺术家想入非非的天性，他也并不觉得去自己心上人的房顶上放一把火，然后乘机把她救出来，是一个可取的主意；再说贝佩先生也未必肯对他曲意逢迎，让自己活活地在火中烧死。要走一条更直截了当的常人的途径吧，他又看不出会有多妙。至于干脆去见那个老丘八，求他先别卖掉自己的女儿，而是等画家汉斯一举成名之后，再高车驷马地来向她提亲，这办法也只勉强有点成功的可能。接下去的几天，小伙子都忙于在他未来的云端里建造空中楼阁；他做的唯一一件有实际意义的事，便是强压住内心的厌恶，在心不在焉的半睡眠状态中，开始画一幅皮娅圣母像。[①] 只见她穿绸着缎，头戴金饰，一边手上还像托猎鹰似的擎着只绿鹦鹉——她丈夫在发生那次倒霉的捅刀子事件前送给她的最后一件礼物。与此同时，汉斯还打了另一幅画的草稿：利百加在井边上给那个埃理亚人水喝。[②] 画上姑娘的模样他要画成安妮娜，而那个幸得这位可爱的陌生女郎赏赐甘露的奄奄一息的旅人，则应画成他自己。他曾相信，只要能再见安妮娜一面，一切又都会成功。他没有想错。不出两天，皮娅太太的像已经毕肖得令人起鸡皮疙瘩；他画的草图也有了很大进展，一个老在这类无名青年画家画室中嗅来嗅去的犹太人，一眼便看中了它，并且付了定钱。钱一过手，小伙子便奔出门去，在维多利亚街趾高气扬地来来回回跑了有十多趟。这当口，要是贝佩先生碰见他，也非得

---

① 拉斐尔尤其擅长画形象优美的圣母像，故有此戏语。

② 典出《圣经·旧约全书》。

对他让路不可；要不然，这个大块头准会被他撞翻在地。

尽管如此，他却仍没能见着安妮娜，虽说每天都在她家周围转来转去。百叶窗始终关得严严的，无异于土耳其苏丹的后宫。他只偶尔看见安妮娜的父亲出现在一个窗口，嘴上抽着根短短的陶土烟袋。老头子像个娃娃似的笑眯眯地瞅着街上，似乎并未注意到年轻人。甚至当汉斯对这位有着一个如此美貌的女儿的老先生突然产生尊敬，脱下帽来向他致意的时候，他仍视而不见。直接闯进宅子里去，或者用别的秘密方式联系，都是不可能的。因为就连街坊四邻们，没准儿也被贝佩先生买通了吧，对这个每天到街上来溜达两次的外国人，也表现出不苟言笑的疑忌。他唯一的收获只是：他每次从房子面前走过，都用指头搔瓦克洛斯的耳朵，直到它叫起来才罢，这当儿，他便听见莱纳多那熟悉的大喇叭筒子在屋里吼起来。只不过它叫得闷声闷气的，就像在对失去了自由发出抱怨。

十一月的头几个礼拜便如此过去了，一个闻所未闻的早冬业已降临人间。狂风夹着冷雨，一阵一阵地卷过大街小巷；罗马人全都裹着宽大的袍子，躲在咖啡馆里不出来。外乡人只好蹲在木炭火盆边挨冻，要不然就让狂风从烟囱中倒灌回来的浓烟呛得要死。在这样的天气里，除非万不得已，是谁也不敢上街的。只有我们的朋友，虽然他的大衣早留在佛罗伦萨了，他那破破烂烂的阁楼又怎么都弄不暖和，才每天一如既往地步行到维多利亚街去；只不过是每下一天雨，他心中的指望和勇气就少了一分。就在这样的一天傍晚，在他躲进圣卡洛教堂的大门洞里暂避风雨的当儿，碰着一个从教堂里疾步走出来的人。此人戴着厚厚的面纱，不惧狂风暴雨，撑开一把大绿雨伞径自去了。她完全裹在袍子和披巾中，使人一点看不出她的身材来。然而内心的一阵骚动告诉年轻人，刚才必定是安妮娜的衣裙擦着了他的身体。他随即追赶上去，快赶上时她正好也站住了，在吃力地用伞抵抗着狂风的袭击。他一言不发，便伸出手去抓住雨伞，顽强地把它举在她的头上。

“咱们从街角转过去。”他低声说，眼睛并没有看她，“那边风要小一点。跟我走吧，安妮娜，看上帝分上，别拒绝给我这短暂的幸福；谁知道还能不能再见到您啊。”

面纱撩开了，她无言地走在他身旁的伞下。他看见她比以前更苍白了。安妮娜用恳求的目光望着他，像个无助的孩子似的。不知是故意还是昏了头，他没有朝维多利亚街走。她本人呢，似乎也没有发现这个情况。她宛如在梦里似的走着，一对大眼睛茫然地、忧郁地凝视前方。两人相傍无语，只听见雨水沙沙地抽打在头顶的伞上。过上好半晌，汉斯才忽然恢复言语能力，向她倾诉了几个星期来压在心头的积郁。他什么也不曾隐瞒，既未隐瞒他对贝佩先生的恨，也未隐瞒他哪怕豁出性命也要从贝佩手里夺走她的决心，更没有隐瞒自己的贫穷。只有关于他的爱情，他却几乎没有提到，甚至也未曾问问她是否爱他，好像对于双方来说，这早已是不成问题的问题。安妮娜呢，也毫无相反的表示。他抓过她的手来紧紧握着，特别是每当讲到他的敌人，讲到他不得不看着她受奴役而万分痛苦的时候，就握得更紧。她没有把手抽回去。要是汉斯这时突然想到吻她，她也一定不会拒绝给他嘴唇的。可惜他的思绪太激动了，感官反倒变得迟钝起来。

“安妮娜，”他说，“我俩真不幸啊。就连眼前，对这老天赐给我们相聚的时刻，我们也不能快乐地享受。我看见你这使我在远处朝思暮想的脸庞如今近在身边，我甚至感觉到了你的呼吸；然而唯其如此，我就更加为你而痛心疾首，为自己的软弱无能而五内俱焚。你说一句话吧，亲爱的。你说说，你自己知不知道有什么办法。首先对我讲，叫我不要绝望吧。我答应你，一定像个男子汉那样行事，绝不善罢甘休。这样，我们最后就会成功；这样，我们就能够和整个地狱对抗。”

听他说完这一席话，姑娘静静地站了一会儿，并轻轻地拉着他的手。

“汉斯，”她嗓音温柔地、哽咽地说，看得出她竭力想把这个外国名字念得清楚些，“圣母是仁慈的，她允许我把心里的话向你倾诉。我的心装得太满啦，再这么下去我难保它不会炸开了的。当我看着您不论刮风下雨都日复一日地来到我的家门前——”

“你看见我了?!”

“看见了。我每次都站在百叶窗后，他们不准我打开它。而一当您走过去了，我就难过得什么似的，真巴不得从楼上跳下来摔死，才痛快一些。可这样做是对上帝的犯罪。哦，乔万尼，咱俩为什么非要碰上呢？从前我诚然也不快乐，但并不清楚为什么。如今我可要知道一辈子啦。”

“你这是什么话?”小伙子激动起来，“难道你已经当着上帝和众人嫁给那个怪物了么？难道不是每一天都可能带来得救的希望么?”

“不，”姑娘说，“要这样我的父母亲会诅咒我，我的妈妈会因此气死的。即便是此刻贝佩先生就丧了命，这又对我们有什么用处呢？您不是天主教徒，您是个路德派；他们永远不会把自己的女儿许配给一个路德派的。”

“安妮娜！”小伙子惊恐得叫起来，“假如你，假如你是自由的，假如你不需要征求父母的同意——”

“那我将祈求圣母把仁慈的光辉照进您的心坎里。不过这仍然没有用。我知道得清清楚楚，我不得不做贝佩先生的妻子，除非我在这之前死去。所以我们必须一刀两断，汉斯，别无他法；现在再不会出现奇迹啦。”

“姑娘，你怎能这样想！你怎能这样说！”小伙子生气地叫道，放开了她的手。

“希望您坚强些，多加珍重。”姑娘声音颤抖地恳求说，“要是您绝望了，又叫我怎么办呢？希望您回到德国去，忘记安妮娜，把您母亲的戒指戴在另一个姑娘手上。而我，却要留在这里！”

她说不下去了，竭力克制着内心的悲痛。

“您瞧，”过了一会儿她又讲，同时以一种无法形容的目光盯着汉斯的眼睛，“不再会发生奇迹了，这是确实的。不过，在尘世上还有一位殉道者，许多人都喝过混合着自己血液的我主耶稣的宝贵鲜血。为什么我就一定该有更好的命运呢？因为我还非常年轻吗？那我正好有更多的时间来学习受苦呀。不过，在我的世界完全变成黑夜之前，我还想再见一见阳光。喏，我有一个打算。”她声音更低地继续往下讲，美丽的脸庞上泛起了一抹红云，“您上次说，您想为我画一张像。我考虑过了，我要答应您，也不算罪孽。现在您记住，我们怎样来安排这件事，才不会让任何人知道。三天后我的未婚夫要出门去一些日子，到很远的阿西西去做买卖。他走后两天便是礼拜日，我一清早要上礼拜堂。到时候我设法不让任何人陪我，好随后上您的住处来。我可以在您那儿待上两三个钟头，汉斯。那时候我俩可以尽情聊一聊。但有一件，您必须做出神圣的保证，就是绝不谈爱情什么的。我们应该只像两个从小便彼此了解的老朋友似的，倾心进行交谈。到了中午，我又得离开，并且戴上这块面纱，不让任何人认出来。要知道，这事倘若被贝佩先生发觉了，他就会杀了我的。他这人并不坏，相信我吧，可就是一发起火来便不认人，一吃了醋便火冒三丈。再有一点：我希望得到您的一张像，要这么小小的，我好夹在祈祷书里边。您肯送我一张做纪念么？”

“安妮娜，”小伙子喊道，“这是真的吗？你真愿意为我这样做？”

“我愿意。”姑娘回答，脸上的笑容温柔得不能再温柔了，“我已经下定决心，宁死绝不反悔。我原本已打算无论如何要这样做，还考虑过请拉腊来告诉您。现在我亲自对您讲了，这使我很高兴。我知道您住在哪儿。有一次，我从您那条街经过，在窗口上看见了您的小狗。——怎么样，您一定会遵守诺言，不在我必须走的时候使我们的分别太难受，对吧？”

小伙子迟迟未做回答。姑娘随即从他手中接过伞去，说道：

“望多保重！我这会儿要独自回家去了。希望您在礼拜天之前别再来维多利亚街露面。要是引起了疑心，我的牢房管得更严，因此没法来您那儿，我就没命啦。再见吧，汉斯！再见一次，然后就永远永远忘记！”

姑娘的秋波中含着无限情意，挥动纤手向他告别，把他孤零零地留在他们最后谈话的那座古老宫殿的空走廊中。直到此刻，当她已走得看不见了，他才感到一股强烈的欲望，想要冲上去追赶她，把她紧紧搂在自己怀中。临了，他还是克制住自己，以免一时莽撞破坏了她本已答应他的好事。

回家后他半夜不曾合眼，但使他不能成眠的不是苦闷。尽管他的所有空中楼阁都已倒塌，但仍然存在某种快乐。就像儿时等待圣诞节来临似的，这快乐在他内心中悄悄欢呼歌唱，使他无法平静。十一月的狂风绕着他的小阁楼发出咆哮，吹打得玻璃窗噼啪作响，雨水就像泼下来的小石子似的，叮叮当当地落在那上半截窗户上。小伙子坐在床头，盯着那黄铜灯盏里的暗淡火苗儿。每当有一股风吹进来，火苗儿都几乎灭掉。时至今日，他才对自己卧室这空荡荡的四壁与寒碜的家具大吃一惊。能让她进这样一间屋子里来么？能把一张罩布泛白、已遭虫蛀的圈椅端给她坐么？此外，还缺少只矮凳给她搁脚，缺少一个漂亮的杯子给她喝水。再看看这天花板熏得有多黄，这镶木地板如何坑坑洼洼，丑象毕露哟！这一切都必须变个样，否则汉斯他将遗恨终生。他连夜动手收拾起来，从屋角扫去蜘蛛网，把原来乱七八糟扔了一地的行李有的拣进那只老立柜，有的安放整齐。收拾完灯就灭了，他只好躺下。这时他听着屋外的风雨声，心中暗暗得意，觉得这鬼天气再也碍不着他和他的欢乐啦。他期待着，期待着再过五天，他这寒冷的斗室中便会春意盎然。他不怀疑，到时候从地下的石头缝中，便会长出紫罗兰与红玫瑰，在他这张老古董床铺的顶盖上，便会有一只夜莺来筑巢的。

他想着想着，不知不觉便进入了梦乡。那梦境是如此清明，没有一丝儿阴影。他和她总是两人单独在一块儿，时而在罗马城郊阳光明媚的别墅花园中，时而在风平浪静的无边大海上。只是后来，当他俩爬上圣彼得大教堂的钟楼塔顶，肩并肩地坐在那条小铁凳上以后，才听见脚下传来狗熊贝佩的声音，又是叫骂，又是咆哮，气势汹汹地要上来抓他们。然而他们并不害怕，而是一起偷偷笑他。因为他们知道得很清楚，那通到塔顶上来的扶梯很窄，根本不容贝佩先生这头大笨熊通过。

次日一早，年轻人便已坐在画架前面，直至天黑也一动未动。其间他只吃了皮娅太太硬塞给他的几片面包，又赶起那幅利百加与埃理亚人的画来。因为天黑得早，他不得不放下画笔，所以直到第二天上午才画完。然而就着灯光，他开始了另一件事，即照着镜子画他自己的像。他只画了那么大一点点，在手掌中都藏得下。这当儿他才发觉，他自己的面孔一年来变得瘦削多了，成熟多了。显而易见，他最近一年来的经历，在孤独的漫游途中所体验的种种欢乐与痛苦，都在这张脸上留下了印记。他关着门画他的像，直至眼睛发痛。随后他又在相思中失眠了半宿，不过心情已不如昨天轻松。

直到第二天傍晚，当他把画交给收买艺术品的犹太人，从犹太人那儿除得着一宗新的订货，还接过来相当高一沓金币的时候，汉斯才重又变得喜滋滋的。几个月来，他从不曾有过这么多钱。此刻，他便像个上街为新娘子采办礼品的新郎似的，大摇大摆地沿着科尔索和孔多迪大街走去。然而奇怪的是，他压根儿就未想到要从那众多的装饰品中，给安妮娜买点什么，比如雕花的贝壳呀，精工车制的珊瑚呀，等等。在他眼中，她本人无论是行是立，都堪称全世界最珍贵的瑰宝，要再用金银珠玉去打扮她，就只显得可笑。因此，他首先买的是一把古色古香的精致圈椅；这圈椅雕花的靠背顶上，刻着一顶小小的王冠作为装饰。随后，他又搜寻到一块很大的地毯，准备拿去把他房里的地盖起来。末了，他又购得一对很漂亮的车花水晶杯，才算结束了一天的采购。第二天早上，当这些贵重家什搬进她这位素不讲究的房客屋里来时，皮娅圣母的吃惊真非同小可，甚而至于担心起汉斯是否神经不正常来啦。为了安她的心，汉斯便诚诚恳恳地告诉她，他那幅画获得了巨大成功，因此难免随时都可能有显赫的客人登门，比如要是哥尔孔达城的公主突然想来参观他作画，他可是希望端得出把适合贵客身份的椅子来请人家坐啊。

“我怎么说来着，乔万尼先生，”女房东举起双手来道，“我早说过，您比人家想的有出息嘛。我一瞧您就是位有大福的人，果真不错吧。”

这样，那些决定命运的日子中的头两天，就幸福地过去了。现在必须设法消磨掉剩下的光阴，免得在焦急的等待中憔悴死去。

“今天一早他就动身了。”小伙子自言自语说，“要是我现在到那房子跟前去，没准儿会有一扇百叶窗半开着呐！”可是他又想起，她曾求他耐心等着，求他离开她家远远的。于是他便重新发誓，一定以听从她的劝告来赢得自己的幸福。为了打发时间，他动手在自己斗室的白墙上用炭条画一幅巨大的风景画。画的是海边一片非常美丽的小树林，在黄昏的寂静中，一群古希腊神话中的仙女正在翩翩起舞，旁边还有一个吹着笛子的牧人。但在最前面，在一道从那常绿的橡树脚下涌流出来的泉水旁，坐着一对儿年轻情侣。他俩手拉着手，你望着我，我望着你，简直把整个世界都忘记了似的。小伙子如此把空荡荡的墙壁美化得生气勃勃以后，又以精致的图案装点室内其他裸露的地方。图案中主要画的是一些凤凰，其间偶尔也出现一只又大又丑的猫头鹰，在受着猎鹰的折磨。画完了，他端详着这已变成奇妙童话世界一角的简陋居室，心中很是快乐。美中不足的只有一端，那就是缺少一点儿注入明亮与温暖的阳光。木炭火盆的烟实在叫人受不了，天花板下悬浮着一片烟云，憋得他呼吸都困难。因此，当风暴在夜间疯狂咆哮，就像世界末日到了似的，而一夜过后，我们的朋友礼拜六早上抬起头来，望见天空重又蔚蓝无云的时候，心里真是万分感谢上帝。太阳不久便发挥了自己的威力，使空气恢复了南国的温暖、明媚。汉斯打开窗户，让阳光尽量地射进他房中。接下去，他就用这最后一天时间，去完成其余的准备工作，把他所能弄到的新鲜的水果、精美的点心和其他稀罕可口的食品，一件又一件地搬进他那小小的斗室中来。他另外还设法购得几瓶弗拉斯卡南甜酒，精心地摆设在桌子上。就算用这些东西迎接哥尔孔达的侯爵夫人，他也可以不脸红啦。夜里，月光朝他的房中窥视，使水晶酒杯熠熠生辉，给橙子、无花果和大粒大粒的葡萄全镀上了一层银霜，把壁画中跳舞的仙女照得似乎活了起来，霎时，青年恍如在做一个美妙的梦。然而，他马上省悟到这美好的一切很快就会消失，一股深深的哀愁便油然生起在心上。如今幸福离他是这样近，但同时他诀别自己最心爱的人的痛苦时刻也变得更近了。有好一会儿工夫，他心中充满了痛苦的预感，完全忘记了其他一切。

他清清楚楚看见贝佩先生站在自己面前，一脸幸灾乐祸的狞笑，气得他血管都快炸了。

“不!”他攥紧拳头，大喝一声，“不能就此罢休。除非我是个懦夫，否则就决不能听之任之，袖手旁观，不做最后的努力。我们必须逃走，哪怕因此不得不跟野人似的住在山洞中，向坎帕尼亚的牧羊人乞讨面包吃。何况情况还不至于这样糟。我不是还有我的艺术，走到哪儿都可以靠它谋生么？它不是帮助我度过了许多时日，使我整天什么不干也照样活下来了么？难道在我现在需要使这个天使的旅途变得舒适，生活变得轻松的当口，我的艺术反倒会丢下我不管么？一个女儿逃离自己父母的家，几年之后再回去接受他们的祝福，这种事不也司空见惯吗?”

汉斯激昂慷慨地自语着，越考虑越觉得自己的决定是自然合理的，势在必行的。他的目光落在麻木不仁地睡在床脚边的瓦克洛斯身上，心里想：要是造化没有做出搭救这可怜姑娘的安排，那么又干吗通过这条畜生进行撮合，使两个素昧平生的人走到一起来呢?现在还为时未晚。他卖画的钱还剩下许多，足以供他带着他保护的人逃到海边；到了海边便自会有下一步办法。

他心上的一块石头终于掉下了，一倒在床上便睡了个通天亮；如此好睡他已经是许久不曾有过的啦。就连安妮娜会对他的打算讲什么的疑虑，都没能搅扰他的清梦。他信赖他的爱人，认为自己一定能说服她。因而当灿烂的朝阳把他唤醒，他的房顶上已经有成群的鸟儿在歌唱的时候，他一翻身便跳起来，兴奋得活像个即将举行结婚典礼那天早上的幸福新郎，仿佛再过几个钟头，他就要由前来贺喜的亲友们簇拥着，把他的新娘领进教堂去啦。

他随即最后整理了一下房间，坐到画架子跟前；这当儿，他听见外面所有的钟楼都在敲钟了，他自己的心也随之扑通扑通跳了起来。皮娅太太从门外经过，朝屋里叫一声“早安”，跨着沉重的步子走下楼梯，赶早弥撒去了。小小的楼房里鸦雀无声。瓦克洛斯站在敞开的窗口上，严肃地望着从下面大街上涌过的人流。它的主人也时不时地往窗外瞅一瞅，但每次都赶紧退回房中，生怕世人会从他额头上读到他的秘密似的。每过一分钟，他都变得更加不安，更加忧虑，更加焦急。他那狂热的决心会不会被姑娘无言的拒绝所挫折呢，他暗暗担心起来。为了给自己打气儿，他便念念叨叨，对贝佩先生以及所有与他狼狈为奸的人进行激烈的谴责与攻击，最后竟暴跳如雷，以至对着墙壁挥动拳头，拔出刀子，好像决心要砍倒挡在他和他心爱的姑娘之间的一切人似的。这期间，街上已经静悄悄的，教堂的钟也不再敲了。蓦地，瓦克洛斯一声吠叫，与此同时，楼下的大门响了，楼梯上随即传来了脚步声。小伙子面色苍白地拉开房门，只见黑洞洞的走廊里出现了一个蒙着面纱的女子；在登上最后一级楼梯的当儿，她便揭去了面纱。然而青年见到的不是他朝思暮想的可爱脸庞，而是小拉腊那张胖乎乎的面孔。这张面孔今天显得从未见过地慌张，目光阴沉，调皮的小嘴生气似的噘着，举止也完全变了样。

她走到惊得目瞪口呆地倚身在房门上的汉斯跟前，怒气冲冲地说道：

“看见我来不高兴怎么着，诚实的乔万尼先生？要是您还不曾因为自己的可耻行为受到更严厉的惩罚，您就应该感谢上帝！对于您这号人，我自然毫不同情。您跟所有男人一样，没有心肝，自私透顶，仅仅为了得到自己的玩物，就可以让整个世界毁灭。可她却不得不因为您受苦——您这该诅咒的人啊！”

她两步跨进房中，汉斯木头人似的跟在后面。

“嗬，”她瞪了瞪那些水果、酒以及精心摆设的家具后说，“一切都安排得挺漂亮，完全能使一个可怜的傻丫头晕头转向的。没准儿酒里还下了催眠药咧？可惜白花力气，枉费心机。干脆告诉您吧，安妮娜永远也不会跨进这道门槛啦。明白了吧，我清白的先生？”

“拉腊，”青年嚷起来，“看在上帝分上，她出了什么事？你说的这些话和你这副模样是什么意思？安妮娜怎么啦？难道有哪个无耻之徒……”

“住口！”姑娘打断他，“您不配生这么大的气。在这儿只有一个无耻之徒，那就是您，是的，您！尽管您有着一副清秀的长相，一脑袋孩子似的金黄色鬈发。您无可狡辩，完全无可狡辩；因为我不是没有告诉过您，不是没有为那可怜的姑娘向您请求过，希望您可怜可怜她。可您呢，哪儿有什么同情心啊！男人们全一样，毫无心肝。怎么样？我害怕的事这不就发生了么！”

“什么？什么？”青年发狂地追问。

“您自己该知道什么，”姑娘回答说，情绪稍许平静了一些，“不过，我半点也不想对您隐瞒；虽然我很清楚，一个姑娘为您所受的纵使是最可怕的痛苦，也不会令您多么难过，相反倒会更多地满足您的虚荣心。难道您不知道您第二次和安妮娜见面以后，已经使她的处境更艰难了么？可您仍然不顾日晒雨淋地跑维多利亚街，就跟打了桩子似的站在那儿不肯离去；后来又瞅准人家在与风雨搏斗的机会，在她无法逃避的当儿硬凑上去，用诡计骗她答应了干那些蠢事，不是么？哦，您这个长着一对忠诚善良的眼睛和一副蛇蝎心肠的家伙！要是谁用刀划破您的胸膛掏您的心，那滚出来的准是一块石头。”

汉斯却抓住姑娘的肩膀，像疯子似的摇晃她那娇小的身躯。

“你快说，你快说，”他粗声闷气地道，“别再唠唠叨叨地折磨我啦。她病了么？她死了么？还是他们把她关了起来，虐待她，使她精神失常了呢？”

他的激动似乎使拉腊对他的态度缓和了些。她从他手里挣脱出来，坐在一张椅子上，直截了当地说道：

“她病啦。是您害她病倒了的，因此她不能来了，这下您明白了吧。昨儿傍晚她让人来叫我。因为那鬼天气，我已经好些日子没去瞧她了。而且自从她有事瞒着我以后，对我的态度也整个儿冷淡了下来。一接到消息我便急急忙忙赶去，因为我当即预感到出了事啦。她自小儿就那么娇弱，但从来没生过病。谁都看得出来，她和咱们大多数人不同，是用另一种材料做成的。我一跨进房门便看见她躺在床上，高烧烧得模样儿都几乎变了，手上脉搏跳得飞快。可她立刻认出了我，把她的父亲支了出去，叫我坐到她枕边，使我感到了她灼人的呼吸，眼睛一热泪便忍不住掉下来啦。‘拉腊，’她说，‘明天我要上他那儿去。不久前我慎重地答应过他，让他在我们分手之前给我画一张像。贝佩先生正好要出门，我本打算趁上教堂的机会去一趟。这难道也是罪过么？’她问，‘可谁想到，贝佩在临行前一天又领我去城里散步，我跟着他不知不觉便走进了圣卡洛教堂。在那儿的侧堂中，供着一位圣母，她在我小时候生天花那会儿帮助过我，使我的脸后来又长得光光滑滑的。当只剩下贝佩和我两人在她祭坛跟前的时候，他突然攥住我的右手，把它放在圣母的衣服上，并且说：“当着这位最神圣的圣母的面给我起誓，安妮娜！你发誓再不愿见那个德国人；如果在我出门期间他企图接近你，你就远远地避开他；你还要像我恨他一样地恨他！”贝佩憋紧嗓门说了这些话，两眼直冒凶光。我失去了言语能力。原来他已经知道我和汉斯交谈过了。他那些密探，他们很好地为他效了力。他硬要我起誓，我却一句也说不出口。他等了一会儿就讲：“姑娘，你还不了解咱这脾气。咱温和的时候可以像只小羊羔，可谁只要敢伸出一根指头儿来碰碰你，那就等于把烧开了的沥青灌进我的血管中。在这以前我饶过了那小子，尽管他对我的挑衅已经够无耻啦。因为我多会儿不离开你，这个狡猾的家伙就只能让我开开心罢了。可眼下我不得不离开，事情因此就不能照此继续下去。所以我要求你发誓，否则，咱就只好用另外的办法整治那小子啦。”拉腊，我还能怎么办？’她说，‘我当着圣母立下了他所要求的全部誓言。我知道，他醋性发作了什么都干得出来，一定会狠下心让人把乔万尼给杀死的。可第二天，当贝佩动了身，房间里只剩下我一个人的时候，我又因起过誓而陷入了绝望。难道在我准备终生受苦之前，我希望得到那么一点点幸福也过分了么？仅仅和他在一起待上两个钟头，让他把我的模样画进他的本子罢了。而他还答应过我，’她说，‘我俩之间绝不再提爱情什么的。再说，提又有何用？我们心中可是清清楚楚啊！在这种情况下，要是我现在不去了，他又做何感想呢？’她说，‘写信吧，我又难为情，要知道我自己写得不太好，又没个可以代笔的人。哦，这个誓言，拉腊！二十四小时过去了，我嘴上还在不知不觉地重复起誓时说过的话，渴望着会发现一个空子，使我可以摆脱束缚。然而我从四面八方都给拴得牢牢的，并且正好是让我在当初保佑过我的圣母跟前起的誓！’她说，‘我看出来，没有任何教士会帮助我解除誓约，就连教皇也不例外。后来，到了礼拜五晚上，我更是害怕和痛苦得心都快碎了，便去求乔维卡·得耳·布法洛街的老婆子。’这是个算卦女人，”拉腊插进来解释说，“她诡计多端，心眼很坏，安妮娜去求她真是自找罪受！‘我把一切都告诉了老婆子，但没讲有关人的名字，只是说我在圣卡洛教堂的圣母像前起了誓，然而却不能遵守，这该不是罪过吧。问她有什么办法补救没有，老婆子便劝我去把拉特朗古宫前的台阶上上下下爬三趟，以后再献给圣母一身新衣裳，我的誓约就可免除。那会儿天已全黑下来，拉腊，我便偷偷溜到街上，头上披着斗篷，冒着冷雨狂风向拉特朗古宫跑去。宫前台阶上的水像瀑布一般往下淌，我感到脚一直凉到了膝盖；然而我仍鼓起劲来，在这黑暗怕人的荒凉所在赎自己的愿。我拼命祈祷着，就像到了自己临终的时刻似的。当钟楼上敲三点的时候，我才还完了愿；我真感谢上帝，要知道这时我已精疲力竭啦。我不得不在对面的大门里坐下来，坐了足足一个小时之久，然后才拖着疲乏的双腿，走回家去。可这时候，拉腊，却发生了最可怕的事情’安妮娜从床上撑起来，痛苦得什么似的说，‘当我回到家里，克服了一个个困难之后——甚至我父母亲也一点未察觉我出门了——我突然听见内心响起一个声音，这声音清清楚楚地对我讲，一切都是枉然，我要做的事仍然是罪过，我必须遵守对圣母的誓约，否则就会毁灭。这一来我全垮了，拉腊。从那时起，我便一直躺在床上发高烧；只有上帝知道，我还能不能在什么时候再起来！'"

拉腊讲不下去了，用手支着头沉默了好一阵；她激动得浑身直打哆嗦。当她再抬起头来看那一动不动地倚墙站着的青年一眼时，不禁吓了一跳。她刚才的一席话，使汉斯完全变成另一个人了。

"安斯先生，"她从椅子上站起来说，"这会儿您全知道了。安妮娜本来不让我告诉您这些，只让我说她向贝佩起了誓，迫不得已地忍痛地起了誓。她要我来代她向您道别，请您离开这座城市。但我却想必须给您一个惩罚：要是您身上还有一星半点人性的话，您就会觉得自己是个可怜的罪人，并且终生记取这个教训。我看出来，您还不像我担心的那样坏，这使我为您高兴。而您要是能今天就离开罗马，我便愿意再原谅您一次。唉，乔万尼先生，要是路德派教徒也祈祷的话，那您就为这个让您害得好苦的可怜虫祈祷祈祷吧，求上帝保佑她的烧退下去，别让她就去敲天国的大门，使我们以后为她痛哭一辈子！"

说罢，她重新蒙上面纱，准备走了。可是当青年仍然不吱一声，看模样似乎根本没注意到还有她这个人的时候，拉腊便不知所措地站住了。悲痛把汉斯完全变成了一个木头人，她可怜起他来。但转念一想，她又觉得他是自作自受，因而只说道：

"我现在上安妮娜那儿去，看她昨晚上过得怎么样。要是一切都如我们希望的那样好，我中午再从您房子前面走过，向您点点头。但如果我摇头，那就表示还是老样子。再见，乔万尼先生！为我们的天使祈祷吧！”

她走出房间，带上房门，在门外侧耳听了一会儿，想知道汉斯是否仍然一动未动。房里还是静悄悄的，她便沉思着走下楼去。

“两个可怜的孩子！”她自言自语道，“唉，这就是爱情呐？”

在她跨出大门的当儿，又不得不停下来。街上挤得水泄不通，对面住宅里的人都站在窗口，关切地朝下张望。原来是一支长长的队伍正打从街上经过。她辨认出了队伍中那些蒙着面的身穿白色法衣的修士。在罗马，死人都归他们送到墓地里去。一种可怕的预感蓦地攫住了拉腊。

“他们抬的是谁？”她问一个跑到她旁边来踮起脚瞧热闹的小女孩。

“我不清楚。”女孩回答，“看样子准是位小姐呗，而且是位挺漂亮挺漂亮的小姐，要不人们干吗挤得这么厉害。”

说话间，出殡的队伍已经走近了。只见在和煦的阳光下，一张灵床高高地从人群的头上飘移过去。就在这当口，从楼上两扇窗户中的一扇里响起了一只狗的叫声，越叫越急促；与此同时，在送殡的行列中，也应声传出另一只狗沉浊的低吠。

“安妮娜！”可怜的拉腊一声惨叫，抓住了身旁那小女孩的胳膊。

这当儿，一头大狗疯狂地冲出人群，向拉腊扑来，咬住她的衣襟，拼命要拖她到灵床跟前去，像是想恳求她救救那死者似的。在高出人头的未加盖的灵床上，躺着一个少女苍白的躯体，发间戴着绿色的花环，合在一起的手里捧着一朵玫瑰。

“真美啊！还这么年轻！”路旁的群众中有人悄声说，“愿她的灵魂升入天国。天使也不见得比她更美呐！”

在朗朗的秋阳中，队伍拥过大街，去到了下面的圣卡洛教堂，皮娅太太的公寓前又阒无一人；因为就连拉腊，也在克制住悲痛后，慢慢地跟着莱纳多去了。

按照安妮娜的遗愿，人们将让她在圣卡洛教堂，也就是塑着她曾经对其起誓的那个圣母像的侧堂中，停灵三天，然后再下葬。来教堂的近路原本并不经过青年住的那条街，只是因为维多利亚街正在翻修，抬手们才不得不绕了个弯子。这点偶然的巧合，却成全多情的姑娘死后走了她生前热烈渴望去的一条路。

半小时后，皮娅太太做完了弥撒回到家里。她慢慢爬上楼梯，停在最后一级上喘气。她听见小狗在房内不安地咿咿呜呜叫着，扑在房门上跳来跳去；往常，它主人独自出门去了的时候，它的情形也是这样。皮娅太太动了恻隐之心，推开没有上锁的房门，走进屋去。这一下她才发现在敞开的窗前，年轻人一动不动地躺在地上，嘴唇惨白，两只眼睛倒睁不闭，茫然无光，一只手紧紧按住胸口，好像给子弹打中了一样。女房东尖叫一声，引得那忠心的畜生又如怨如诉地低吠起来。她本人却向自己不幸的年轻房客扑去，抱起了他，气喘吁吁地把他放到床上，惊慌中采用了她想得起的一切办法，为了使他苏醒。如此折腾了老半天，直到用汉斯原本买来招待安妮娜的酒搽了他的太阳穴以后，他才无力地睁开了眼睛。瓦克洛斯立刻跳到床上，高兴得疯了似的舔起他的脸来。这时，慢慢清醒了的汉斯认出自己忠实的伙伴，仿佛突然恢复了记忆。绝望的悲痛于是化作泪珠，一串儿一串儿地滚落下来。皮娅太太也跟着哭了。

“谢天谢地！”她举起双手来叫道，“您总算又活过来啦，乔万尼先生。您真差点儿没把我给吓死！喏，快喝口酒，快吃块面包；要知道您昨儿个没有吃晚饭，您准是太虚弱才晕倒了的。”

她殷勤而利落地斟了一水晶杯葡萄酒，端到年轻人床边。汉斯却厌恶地摆了摆手，把脸转向墙壁，重又泪如雨下，弄得女房东完全摸不着头脑。

“没准儿他想睡觉，”她自顾自地说，“这也许再好不过。他工作得太久，脑子不让他休息，身体不垮才怪哩。”皮娅太太摇着头，离开了房间；但没过一会儿又探进脑袋来听了听。

白昼已经逝去，繁星满天的夜空俯视着沉睡的罗马。半夜里，圣卡洛教堂的看门人发现有人敲他睡觉那间小屋的窗户。老头儿不耐烦地伸出头来，朝清凉的夜色中问来人有什么事。他看见一个青年由一只小狗陪着站在外面，小伙子请他马上去开教堂门，答应给他一个银币作报酬。小伙子自称对侧堂中的圣母许过愿，不到她的圣坛前去跪着祷告一番灵魂便不得安宁。老头儿没再多问，便睡眼惺忪地走出去，接过钱，放这位深更半夜来祈祷的人进了教堂，连那只小狗也乘机钻了进去。除开透过窗户射进来的朦胧星光和主祭坛上的长明灯外，教堂里一片漆黑。唯有在一个侧堂中，才灯光明亮；那儿停放着一张低低的灵床，安妮娜便安卧在上面，正好在圣母的祭坛脚下。围着灵床，摆了半圈烛光熊熊的大烛台，而床头则耸立着一具耶稣受难十字架。老看门人也许猜到了小伙子夜深人静来教堂的动机，一直远远地躲在大柱子的阴影里，偷偷地朝亮着蜡烛的侧堂张望。他看见小伙子在灵床旁边跪下来，久久地瞪着那长眠的少女美丽的脸庞。随后他发现，青年从自己手上捋下一枚戒指来，戴到他那苍白的小爱人的指头上，同时取去了她手中的那朵玫瑰花。接着，他又从一个小本子上扯下一页来；那上面画着一幅他自己的像。他把姑娘生前向他要的这张像轻轻塞在她的枕头底下，同时侧过头，眼睛紧紧盯着姑娘的眼睛，好似想用自己的目光把那已经熄灭的生命之火重新点燃一样。这当儿，钟楼上传来了午夜徐缓的钟声。青年从地上站起来，踉踉跄跄走出侧堂，压根儿不曾注意到那个一直在背后同情地瞅着他的老人。

圣诞节前，犹太画商想起去问他在年轻德国人那儿订的画画得怎样了。他走进阁楼画室，发现皮娅太太坐在窗前，手中正摆弄着纺锤纺线。看见他，皮娅太太很高兴，以为他也许带来了已经几个礼拜不曾回家的房客的消息。只是从一位最近来看她的表兄口里——这位表兄在奥列伐诺有个小农庄——她听说年轻人成天不知疲倦地在山里头荡来荡去，天晚了便睡在牧羊人的小屋或荒村野店里，没有哪儿的山民不认识他和他的小狗的。大伙儿都认为他脑袋瓜有些不对劲儿，要知道他从来没个笑容，在哪儿也不肯待两个晚上，即使狂风暴雨、陡壁悬崖也拦不住他。不过，奥列伐诺的表兄和他拉过话，发现他神志非常清楚，奇怪的只是年纪轻轻便那么厌世。

“我一直在想，他会回来的。”皮娅太太说，“所以，我不能把这房间租给任何别的人，而且还让一切都保持原样。您瞧，那儿摆着两瓶酒，一盆水果；这是他买来准备招待一位可能来参观他作画的公主的。还有墙上那幅您很赏识的大壁画，也是他出走前几天画上的。他两下三下就画成功了，简直令人惊异。究竟可能是什么事，使他出了这么大的毛病呢？显然不是因为闹恋爱，要知道这小伙子可规矩啦，真是清白得不能再清白，这我可以做证。不过话又说回来，他也可能真迷上了一位公主哩。唉，达维德先生，谁要能说出个帮助这小伙子的办法就好喽！可惜年轻人都像些飞蛾。他们本可以在世界上活得好好儿的，但一见亮光，便不分青红皂白地一头扑过去，只图痛快痛快。到头来好些人给烧得焦头烂额，狼狈不堪，自个儿还不知道为了啥。只是咱们拿这种事毫无办法，亲爱的先生，再说也没有什么大妨碍；一个好样儿的人会借上帝的帮助医治好自己的创伤，手跟脚上的如此，心里的也如此。谁胳膊腿儿跌断过一回，他便不会再跌第二次。而这，也算一点安慰吧！”

死湖情澜

时值盛夏，可在上边山里却一个劲儿刮着刺骨的寒风，正下着的倾盆大雨眼看就要变成一场暴雪啦。天色是这样暗，虽说才刚刚向晚，百步开外就不再辨得清死湖边上那所粉刷成白色的房子。房里已经生起火来，女主人正站在厨房中烧鱼汤，一边用脚踏动着移到了灶台边的摇篮。她男人躺在接客室的一条长凳上，紧靠着暖炉，嘴里不断地咒骂妨碍他睡觉的成群的苍蝇；一个赤脚使女坐在屋角里纺线，眼睛却透过混浊的玻璃窗，瞅着外边阴沉沉的天空，一次次地唉声叹气；从门外跑进来一名粗壮结实的长工，一边嘟嘟囔囔，一边像头落水狗似的使劲儿抖动身子，雨水便大滴大滴地从他衣服上向四面八方飞溅开来，随后，他把一堆湿漉漉的渔网扔到火炉旁边的角落里。谁都不说一句话。仿佛人人都担心自己一不留神，就会使那片笼罩在这所房子上的郁闷和烦躁的乌云，一下子酿出一场不和与争吵的冰雹来似的。

大门开了，一个陌生人的脚步声穿过黑暗的过道摸索着移动进来。店老板躺着一动不动，只有使女站起身，去开接客室的门。

一个穿着旅行服装的男子站在门口，问这儿是否就是“死湖旅馆”。使女回答一声是，他便跨进屋来，把湿淋淋的花格子呢披风扔到桌上，旁边再放上他的旅行袋，然后就一屁股在长凳上坐下了，看样子已经精疲力竭，既顾不到摘掉又湿又沉的帽子，也没有放下手里的登山杖，活像过一会儿又马上要继续赶路似的。使女仍站在他面前，等着他吩咐什么。他呢，似乎已忘记这屋子里还有其他人，把脑袋往墙壁上一靠，随即便合上了眼睛。这一来，在潮湿而闷热的接客室里又静悄悄的，只有那一群苍蝇的嗡嗡叫声，和那使女的无心叹息，才时不时地打破这沉寂。

终于，老板娘端着晚餐进来了；一个在她身后掌着灯的小男孩，把眼睛瞪得大大地望着陌生人；老板吃力地从长凳上爬起来，打着呵欠，挨到餐桌旁。他把邀请客人进餐的任务也让给自己老婆去完成，但客人只默默地摇摇头，谢绝了老板娘的邀请。老板娘表示歉意说，店里除了几只鸡鸭，其他肉食是没有的。对于他们自己来说肉可太贵了。自从两年前约赫山背后新筑了一条公路，从前要经过这里的邮车眼下都得打那儿走了，老爷太太们来住他们店的就不多喽。只有天气好的时候，偶尔有个把徒步旅行者或者想画死湖的画家跑到此地来，可这带来的收入很少，而靠打一点儿鱼所能挣到的钱也同样有限啊。不过，先生如果准备过夜，店里的床铺倒是挺干净的，而且隔壁的房间八天前才粉刷过。再者，他们在地窖里存得有一桶啤酒和一坛上好的提罗尔葡萄酒；他们自己酿的龙胆草烧酒更是人人喝了人人夸呐。

对于所有这一番殷勤，陌生人的回答仅仅是，他将留下来过夜，并请人家送一点清水给他。随后他站起来，对那几个围着桌子静静地吃自己晚餐的人一眼不瞧，尽管模样快活的十岁男孩亲热地挨到他身边，目不转睛地盯着他那在昏暗的灯光中熠熠闪亮的表链出神。使女端起炉台上的另一盏灯，领着客人走进隔壁房间，给他的水壶灌满水，然后就留下他一个人，让他独自去沉思默想。

当他跨出接客室的当口，老板冲他背影喃喃地诅咒了一句，抱怨说，要是什么时候来个客人，那就准是个流浪汉，不但什么都不吃你的，到头来连店钱也给赖掉，闹不好还顺手牵羊，叫你的床单不翼而飞。——这样的家伙听见有好吃好喝的才叫坐不住哩，老板娘插进来说，他们准会花言巧语地讨主人家的好儿。可刚才那位先生要么是病了，要么有什么心事，所以才又不想吃又不想喝。

这当儿客人又走进房来，打听在雨住后他能不能借到一只小船，以便到湖上去点着松明钓鱼。他愿多多地给予报酬的，他说。

老板娘暗中撞了撞自己丈夫，意思是说：你这下可瞧见啦！他就是不对头嘛。可千万顺着他。

老板一听有钱可赚，也急忙回答说，客人肯要甚至可以把两只船全借去；夜间钓鱼在此地不时兴，但只要他乐意，他就尽管自个儿去好啦。老板他可以派用人马上领他去看船和网，并且替他削好松明。说着他就对还在桌旁啃鱼头的小伙子做了个手势，自己则过去亲手为这位奇怪的客人开门。

雨仍一个劲儿下个不停，房前的檐溜淌得哗哗响。怪客对外面的一切却似乎毫无感觉，脚步匆匆地朝着下面的湖岸走去；年轻用人追赶着送来一盏风灯，他接过去仔细照那两只小船，好像想从中挑出最牢实的一只似的。然后两人来到一座木棚底下，在棚顶的横梁上挂着各式各样的渔具。他找个借口打发用人先回去了，自己却在岸边找来几块大石头，把它们搬到较大的一只船里，搬完长长地舒了一口气，一动不动地站在雨中，两眼呆呆地望着黑幽幽的湖水；

在灯光照得到的地方，湖面让急雨犁出一条条深沟。风住了片刻，夜幕完全笼罩住大地，波浪在两只小船的尖头上激溅着白色的水花；这当儿，从房里传来单调的哼哼唧唧的声音，是老板娘在给摇篮中的孩子唱催眠曲。连这歌声也叫人听着丧气，它流露出来的不是母亲的喜悦，而是母亲的担忧，就更添加了世界的这个黑暗角落里的孤寂悲凉情绪。

正当怪客想回屋去的时候，他忽然听见从自己方才走过的南边的大道上传来噼噼啪啪的马鞭声，叽叽嘎嘎的车轮声，显然有辆车正碾过那积满泥浆的深深的车辙，吃力地朝山上爬来。一会儿，一辆轻便马车果然绕过屋角，停在了旅店门前。门道里顿时出现亮光，一个女人的声音在问这问那，老板娘都用她和气的声调一一做了回答，然后便从车里走下来两个女人，手上还小心翼翼地捧着一个用布裹起来的东西，进到店内去了。店伙帮助马夫把他的几匹马牵到干处。几分钟以后，四周又恢复了平静。

适才的一幕宛如皮影戏似的在怪客眼前一晃就消失了，没有引起他的好奇，更不曾使他关心。他抬起头来再看看天上的乌云，想知道是不是有散开的迹象；随后便回到店内，正赶上接客室对面的那间房间里亮起灯来，在窗帷后面来来回回地晃动着人影。他把风灯递给店伙，吩咐小伙子去为他准备钓钩和诱饵，接着便回房去了。

回到房中，他点燃立在摇摇晃晃的小几上的锡烛台里的蜡烛，推开窗，把室内的浊气放出去。他站在窗口，久久地凝视着唰唰地倾到地上的屋檐水；在地上的水洼里，有一个旧瓶塞不住地跳来跳去。天空中黑压压的云障把一切都遮住了，除去那水洼和瓶塞便什么也瞅不见，只能听见从湖边的峡口里传来的呼啸的风声，就像一头困兽在发出惨叫；还有就是屋子旁边的那些树木，在雨鞭的疯狂抽打下凄厉地啜泣。这么站在敞开的窗户前可不是好玩儿的。然而怪客却似乎正贪婪地聆听着这风雨之夜的悲壮乐曲，直到一阵狂风把雨水直打到他的脸上，他才退回到房间中央，在光秃秃的四壁间踱起步来，来来往往，倒背着手，脸上木无表情，目光更是定定的，既像能看见一切，又像什么也看不到。临末，他才终于从旅行袋里掏出笔和一个小本子，坐到昏暗的烛光旁，写了下面的信：

在向你道晚安之前，卡尔，我可是不想合眼啊。诚如六周前我们再见时你告诉我的，我是非常非常地疲倦了。可惜我俩又匆匆分手，使我没来得及与你交换交换关于病理学里的这一章的看法，就像多年来我们所习惯做的那样。否则，我这会儿满可以悠悠闲闲地抽我的最后一根雪茄，而不必让这支秃笔来惹我自己和你讨厌啦。然而，当时我的两片嘴唇就跟缝起来了似的。我想，咱俩很可能还会大吵一场，而且到头来仍旧各执己见，又何必白白糟蹋几个小时呢？您的观点我非常清楚，知道你要是在这儿，一定会费尽唇舌，劝我如人们说的那样与生活重新和解。但是，你如以为我是由于自己的过错才与生活结下了不解的冤仇，非一刀两断不可，那你就真的错了。我乐于活下去，只要还容我活下去。我可不是那种胆小鬼或者娇生惯养的人，让愤怒的命运稍微捽打几下，冲撞几下，就仓皇失措，以致决定扔掉这臭皮囊的啊。要是仅仅因为生活里有些事情不如意，有许多东西不舒服，那谁又肯马上抛弃一切，向那种种不可捉摸的力量屈服认输呢？这些个永恒的力量，它们就算比我们想象的更盲目，更任性，但我们作为理智一些的人，是应该学会容忍的呀。然而问题也正在这里。我不相信，要是如此继续活着，我还能把这个理智一些的角色再长期演下去。从遭到了毁灭的灵魂的安宁中，我一次次试图至少拯救出赤裸裸的理智来，结果都失败了。刚才在窗前的檐溜下，我看见一枚旧瓶塞被雨鞭抽打着，在混浊的水洼中可笑而无助地跳来跳去，不禁蓦然产生一个想法，仿佛那跳动着的乃是我自己的脑髓，它是为了洗一个雨水浴，才从我灼热的脑壳中偷跑出来了。为着摆脱这荒诞的想象，将这脆弱的联想之线彻底捻断，我花了一刻钟，你想必会承认所需并不多吧。可是，不管我把一个人对于他人所负的无私的义务想象得有多么崇高，要耐心地等待我那僵死的心灵在富于活力的躯体中再苏醒过来，在此之前则看着自己的行尸走肉，堕落为一头畜生，不但使自己心惊，更令他人惧怕，这可就需要有一头可怜的绵羊的麻木不仁才行啊；绵羊自然是必须等待屠夫来结果的，哪怕它感觉自己脑髓里已经有了虫子，身体已经染上不治之症。

可瞧我却忘了，这一切在你听来都会是胡言乱语，因为你对于我最近那些经历的了解，也仅仅限于众所周知的事实：一年前，我失去了在养父家的妹妹——今天正好是她去世一周年！——几天后她父亲又死了，她母亲也在今年春天离开了人世。你知道，这三个人就是我的全家，我非常非常地爱他们，是的，除你以外他们就是我在这个世界上仅有的亲人了。在如此短的时间里把他们全失去了，这对我来说无论如何都是个极大的不幸。可是，他们哪怕就在顷刻之间让雷电给攫走了，我终究还是会克制住自己的痛苦，振作起精神继续活下去。常言道：任何人都是不可顶替的，却没有人是不可缺少的。我的学问，我的工作，我的青春，它们会帮助我的伤口愈合。然而，事实上它至今仍然大大张开着，仍然流血不止。要知道，这个世界上如果没有我，那三个可亲的人今天想必还好端端地活着啊！

要解释清楚这句令人挠头的话，我得从头说起。

你知道，卡尔，我有生以来几乎没有见过自己亲生父母的面；在我父亲死后，要不是这对高尚的夫妇可怜我这穷郎中的儿子，把我收养到家里的话，我就会在孤儿院里挨冻受饿啦。我养父当时已是本城最显赫的富商之一。他收养我时，已结婚八年尚无子息。他希望，我能带给他、他的妻子和他那所安静的住宅以欢乐；可是很遗憾，尽管我也非常喜欢这两位好人，一开始却对他们的慈爱和关怀没有给予应有的报答。我从小孤僻，易怒，很不招人喜爱，早早地就有了个好沉思默想的坏习性。在一连几天不吭声不出气之后，我突然又会大吵大闹起来，如此反复无常，着实叫人讨厌。可是我的养父母对我耐心到了极点，想方设法纠正我的怪脾气，同时又不让我哪怕从一个眼色中感到，我辜负了他们的希望。这些，我今天回忆起来还深感羞愧啊！

后来情况突然变了。大约在到他们家两年之后，我的养父母的心愿终于得到满足，上帝赐给了他们一个孩子，一个我见所未见的最美丽聪明、最温柔可爱的小姑娘。一下子，整个住宅里的空气都明亮起来，连我自己也变得又懂事，又和蔼，打心眼里迷上了这个小女孩，仿佛她就是自己的小未婚妻似的。我成天把她拖来拖去，牵着她学步，教她讲话，为此可以忘记自己最心爱的事情和在学校里的所有伙伴。在养父母面前我好像也变成了另一个人。他们呢，如今并未把我看成是可有可无的，反倒加倍地对我好，始终把我俩视作一对亲生兄妹，有同样的权利获得他们的慈爱。

几年过去了，我对小艾伦的兄长之情有增无减，特别是因为在我俩的个性中，有一种奇异的相似处，一天一天更加清楚地表现了出来。她同样不是那种温柔、驯顺和好驾驭的女孩子，能使自己的母亲和将来的丈夫都感到轻松愉快。她可以从兴高采烈的狂喜，突然一变而为垂头丧气的忧郁——当然是指一个孩子可能有的忧郁而言。在这种时候，她多半会从自己小伙伴们欢呼雀跃的花园中溜出来，绷着脸悄悄走进我这中学生的学习室，坐在我的写字台对面，随手抓起一本不管什么书来就读。还在中学里我已全心全意地爱上自然科学，除了像我父亲一样上大学学医外，脑子里从未有过其他打算。艾伦一来我总让她参观我搜集的标本，不然就给她解释立在我床头屋角里的一具大猩猩的骨骼，和这个小不点儿谈一些老夫子的事情。反过来呢，她又用她的娃娃习气感染我，让我和她一道为她的布娃娃煮饭；要不就在它们脸上涂点红色装作患了猩红热，由我对它们进行诊治；要不就在我们那小小的园子里栽种我所采来的各式各样的药用植物。可是，我俩在一起从来也不亲亲热热的。平生我只吻过她的小嘴一次，在我十九岁那年离家去上大学的时候。尽管我心情沉重得要命，但为了保持自己男子汉的尊严，便拼命装着无所谓的样子，虽然在慈祥的母亲眼泪汪汪地拥抱我时，我的嗓子已经不听使唤。八岁的小艾伦当时站在旁边，脸色苍白，一声不吱。我转过头去与她说了句趣话，装作一本正经地委派她当我那保存在樟脑和酒精中的动物王国的女总管，告诉她要做这要做那，然后才用胳膊搂住她，与她吻别。可是，我刚一碰到她的嘴唇，立刻大吃一惊，感觉她竟跟遭蛇咬了一口似的浑身猛一哆嗦，接着就像要突然昏厥了一样闭紧眼睛，往后退去。她很快又恢复过来，第二天便给我写了一封孩子气十足的快活的信。在这以后我仅仅还吻过她的嘴唇一次，但它已经变得冰凉，并且永远永远地紧闭上了。

接下来的六年，我都是在不同的大学里度过的，只在假期才回家小住，其间的情形和我本人的感受，现在都说来话长，而且颇有些单调。只是在我们兄妹之间，慢慢出现了一点陌生的情形，这部分地大概怪我，我对医学的兴趣越来越排斥着其他一切。奇怪的小姑娘在我面前一年比一年更不讲话了，只是在她那些极其可爱的信中仍然响着我们儿时的欢快调子；然而就连这样的信也逐渐少了。仅看外表，她倒发育得完全符合人们的期望。才十四岁，她已出落成一个丰满的少女，虽然体质显得稍稍弱了些。我有次给你看过的那张小照，是不十分像她本人的，因为她的个性，如果可以这样讲的话，来得比她的模样更加成熟，只能从她的风度举止中表现出来。她是如此文静，如此对许多在她这个年龄是很有吸引力的东西都无动于衷，使她常常看上去仿佛不可亲近。而有时候，当她想对谁表示亲切，她脸上又会泛起那么一种微笑，如此谦卑，如此腼腆，如此真诚——简直无法形容。很少有几个人了解她的全部价值，了解她那颗纯洁无瑕、善良正直的年轻的心，了解藏在坚硬外壳中的柔软的内核。多可悲哟，就连她自己的兄长，也不在这少数几个了解她的人中间。

要知道我是太埋头于我的学习，太热衷于索解那些肉体的生命之谜，而对于揭开这颗少女的心灵的奥秘，所剩下的兴趣却不多了。说来够稀罕的，我尽管是个感官敏锐的人，如你知道的并非一位循规蹈矩的君子，而且脑袋上分明长着一对眼睛，看得出这位美妙的少女要和我过去的相好们相比，真不啻一位年轻的女王之于一班粗使婢女，可我却偏偏连做梦都没想到，我也可以爱上艾伦。一当我俩分了手，我便几乎不想她。我写回去的家信都总是给我的母亲，母亲常常不得不提醒我，我也该给自己的小妹妹写点什么。寡言的姑娘倒从来没讲啥，但心里显然挺难过，有一回我甚至忘记向她问好，据说她曾因此整整哭了一夜。

我知道后急忙去认错，半开玩笑半当真地写了一封表示痛改前非的信给她，谴责自己对自己亲爱的小妹妹的态度太不像话了，要她千万相信，我这个成天钻在骷髅和标本堆中的坏人，自私得竟使自己的心也变成了像石头一般坚硬的模型，无论如何都不配得到她的关心的啊。她的回答就甭提有多温柔、多动人了。从此，我们的兄妹情谊又得到恢复，或者说至少在表面上吧。

那时候她十四岁。我刚好在她过十五岁生日那天考取大夫资格，因此相互发了一封愉快的电报表示祝贺。随后我同你一道旅行了一年，你大概还记得，家里的来信有时令我隐隐地感到不安。母亲在信中讲，艾伦近来精神欠佳。她虽然没说哪儿不好，但显而易见是生了病，连他们的老家庭医生来看过后，也直摇脑袋。

我认识这位先生。他是位老派的医家，对听诊器什么的压根儿不相信，但除此之外，则享有经验丰富、诊断细心、处方稳重的美名。想到这些，我自然感到不安，加之把我当成了天底下最伟大的医学天才的养父母又明白地表示，希望我一有脱身可能就马上回去，以便和那位老大夫一起会诊。因此，如你知道的我便决定中断在巴黎的考察，急急忙忙赶回家去亲自看个究竟。

我一进门，就看见艾伦迎面朝我走来，那么容光焕发，兴高采烈，刹那间可把我蒙住了，我几乎有点不快地打趣说，难道千里迢迢地把一位著名的年轻医学家召来，就为的是治疗这样的重病患者么。可怜的姑娘！她见我为了她的缘故丢开一切，一高兴就完全变成个好人似的啦。但我很快看出，我们那位老大夫摇头不是没有道理的。他开诚布公地告诉我，艾伦患了肺结核；只不过我坚决不同意他这个诊断罢了。我在反复仔细地听诊和叩诊后判定肺部完全正常，相反倒发现心跳有些失常和紊乱，因此更加坚定地认为艾伦的所有毛病都来源于血液循环系统和神经系统失调。至于他所采取的纯粹以静养和忌服一切有刺激性药物为原则的治疗方案，在我看来更完全搞反了；因为我确信，要治好贫血必须给病人规定的是加强营养、饮葡萄酒、吃富有铁质的食物，而万万不能使用老大夫要妹妹喝的那种乳清，认为这样做只会更糟的。父母亲很快便支持我的主张，再加上我在他们身边的头几个礼拜所取得的治疗效果，也似乎证实了我诊断的正确。艾伦自己感觉比什么时候都更有精神，更有力气，睡眠好了，食欲也有所增进。这样一来，那位有经验的老大夫只好自动靠边，样子既羞惭，又忧虑；我呢，则在故乡赢得了初步的名声，自己也颇为得意，沾沾自喜地俨然是我全家的救星。

然而，我一开始便没打算在故乡长期住下去；我感到还有许多东西要学，必须选择一个条件更好的城市。因此，把治疗的事托付给城里的另一位大夫，一个态度谦逊而没有多少主见的人；在自己见过大世面的年轻同行面前，这位小地方的医生不说一个不字，满口答应严格遵循现在的路子，并把治疗的情况随时向我报告。我的养父母很不乐意我走，但为我的幸福和前途考虑，他们只好克制自己的感情。艾伦本人却最积极地催我动身。她说，我为她耽误的事情已经太多了，再说情况也一天天好起来，这会儿她心中有数了，世界上无论谁都休想说服她再接受其他治疗方法，只有我认为好才好。

我眼前还清楚地呈现着她向我挥手送别时的微笑啊，卡尔！她当时强忍着泪水，一句话也说不出来。可这，唉，却是我最后一次看见她那深情的明眸的微笑！

我离家时完全是飘飘然的了。刚到M城又一头钻在重新开始的工作里，因此从家里来的报告中总是只留意到那些最好的消息。还有艾伦的信，那简直像记日记似的有条不紊，更使我高枕无忧地睡起大觉来，把母亲在字里行间流露出的困惑和忧虑，通通看成由于过度慈爱而产生的神经过敏。我那位同行出于对我渊博学识的敬重，把每一种可疑的病征都同样做了有利于我的诊断的解释，致使我愈加得意忘形，恰似生活在一片桃红色的云雾中，直至突然之间完全让黑夜给笼罩住。

在最后几个礼拜，艾伦的信已经显得情绪低落，现在忽然全断了。代之而来的是大夫的一封信——这大约在我离家半年后——他表示希望我能再去会一会诊。近些日子病情出现了某些变化，他可不敢按老办法继续治下去啦。父母亲也同样来信，要求我马上回去。

谁知我仍迟疑不决，自然不是为一些无足轻重的原因，而是由于我有几名患者也正处在生死未定的关头。我还在犹豫，终于来了一封电报，吓得我赶紧往回奔。妹妹已经咯血，我要不即刻返家，恐怕就再见不到活着的她了，母亲在电报里写道。

我深夜才赶到家，自己也已像个病入膏肓的人。要知道在那可怕的旅途中，我突然省悟过来，跟当初很机敏地找出种种论据来使自己坚持我的诊断一样，现在又找到无数相反的理由来驳斥自己，使自己痛苦地认识到，是我，仅仅是我，应该对这宝贵的年轻生命负责。我悲不自胜，摇摇晃晃地爬上那所自己如此熟悉的住宅的楼梯。母亲迎面走来，虽然眼中没有泪水，目光却茫茫然，一见我就说："你来晚啦！"这句话却几乎像救了我的命。因为跟个杀人凶手怕见受害者垂死时涣散的目光一般，我也怕看见我那可怜的妹妹的眼睛。

然而更加可怕的却是望着她那张宁静的脸。这脸安卧在枕中，微微笑着，未流露出丝毫的怨恨。其他任何人也不曾责怪我。他们全都仍然不减对我的信任，把造成不幸的原因归于其他偶然事故。我呢，却拼命谴责自己，悔恨交加，痛不欲生。这时父亲冲进停放死者的房里来，一头扑到我的怀里，完全失去了支撑他那沉重的身躯的力气，然后绝望地号啕大哭，使得楼下街上的行人都停了脚步；接着，那几个把艾伦宠上了天的老用人也哭啦，我那看上去完全变成了另一个人的养母也哭啦——此情此景，叫我今天回想起来还害怕得毛骨悚然啊！

老太太喊用人替我拿酒来，好让我们为艾伦的健康干杯。"人家讲的亲爱的上帝"是绝不会反对的，她说。可是等用人把酒端来，父亲却一把抢去托盘上的酒杯，猛地一下摔在墙上，口里大声嚷叫："碎啦——完啦！碎啦——完啦！……"就这么一个劲儿叫了不下一百遍，直至后来泣不成声。最后，母亲领他出房去了，把我和死者单独留在一起。

不用再写那天夜里的任何其他情况了。总之，我对尸体进行检查后确信无疑，那位老大夫的警告是太有远见啦。不幸是可以避免的么？可谁在辨清风向和燃烧物之前，就能断言火灾是能或是不能扑灭的呢？然而我却是使劲儿往火里加油，让火终于吞没了这无辜的生命！

你可以想象，我一夜不曾合眼。第二天清晨，当我头发高烧，心如刀绞，仍旧一动不动地呆坐在妹妹冰冷的灵床旁时，房门开了，母亲走了进来。在最初的悲痛过去以后，她又恢复了往日的性情，慈祥而又宽厚。她热泪盈眶地抱住我，我两眼一热也流出泪来。

“亲爱的孩子，”她说，“我给你拿来一个在她写字台上发现的小包。上边写着你的名字。”

包里是她的日记，从她满十二岁一直记到临死前的几天，在每页中都有我的名字，在最后一页上则写着：

“我就要死了，亲爱的，我有这样的感觉。可我并不抱怨。我能够认识你，爱你——除此以外我还能对生活奢望什么呢？我别无所愿，唯愿你能知道，我仅仅是为了你和由于你而活着的！”

这便是她留给我这个害死她的人的话！

接下来发生的一切——父亲的死，可怜的母亲孤苦无告的最后的日子，直到也去和她女儿做伴，这一切尽管十分可悲，却几乎都只能使我无动于衷了。我内心已漆黑一片，哪还在乎是否又有一粒火星熄灭了呢？悲惨的往事永远不会淡忘，不会克服，我已没有什么时候再成为快活的人的任何希望，这在我心里一开始便确信无疑了。我尽可以千百次地对自己讲，我的用心是再好不过的，在我的同行中谁也免不了出这类差错，人应该负责的仅仅是自己的动机。难道如此一讲，这三条人命加在我良心上的重负就会减轻一些？我就能够希望什么时候自己会原谅自己？即便是天上和人间的全体法官都袒护我，仍然不行啊！是我夺走了我的恩人们生活中唯一的、真正的快乐，大大地辜负了他们的信任！我什么时候还能要求人家把自己的生命再托付于我，我可是已经连那个对于我来讲是最最宝贵的生命也给断送了的啊！

我知道你将怎样劝我，卡尔。你经常对我说，我这人心肠太软，不配做医生。你讲，任何一个来请我们出主意和治病的患者都明白，我们也是人，不是什么都知道、什么都能做的神，可尽管如此，他们仍然来冒险；一名最好的医生，就在于能最大限度地克制自己的感情，不让对某些不可挽回的事情的悔恨，干扰完成未来任务的决心。我乐于向你承认，卡尔，你这些道理都是很对的。可我却是个病人，好朋友，而且深通医道，所以只能给自己下这样的诊断：我的病已无法医治。

一开始的麻木状态过去后，我立刻对自己讲，好歹都只得忍受啦，既然已经丧失成为大师的权利，那至少尽量当个有用的帮手吧。于是转而致力于理论研究，开始大量搜集资料，解剖尸体，观察病人。要是我没有自己那些经历，没准儿也真钻出个名堂来了。可这时我内心却产生了某种反感，对在真理的边沿上来来回回地摸索感到厌恶起来了。试想一位统帅在使一场关系着整个王国命运的战役遭到了失败，但战争仍在继续进行之际，他哪儿能有兴致蹲在一座宁静的图书馆的某个角落里，去研究他的战略战术。

我还想过，时间或许能治好我的病，至少能使我继续活下去吧，虽然我的生活中将永远没有阳光。我于是漫无目的地旅行起来，结果倒搞懂了一条最普通、最乏味的真理，就是布景再变来变去，也把一出悲剧变不成喜剧！唯一只有一次，我看起来似乎又被引诱着重操旧业，生活对于我似乎又有了意义。那是在一艘从马赛驶往热那亚的船上。船离岸已经很久，船长突然神情慌张地跑到甲板上来，问旅客中有当医生的没有。一位太太得了暴病，痛得在自己舱里打滚。我当时正躺下睡觉，打定主意不管闲事，可下面传来的一声声呻吟和喊叫实在太烦人，我再也听不下去，便请船长领我去看看病人。结果，只用了船上药箱里仅有的几种对症的药，我真就减轻了病人的痛苦。这一来她可不放我走啦，操着既有西班牙语又有法语的杂拌儿语一个劲儿恳求我，硬把我留在她床边的小沙发上过夜。这样她终于睡着了。我呢，眼睛透过圆形的舷窗望着月色明亮的大海，最后也疲倦得眼皮儿打起架来。冷不丁地，我觉得仿佛有一只冰凉的手在我的眼睛上摸了一下，一怔，以为是涡轮激起的水花溅到舱里来了。但再一定睛，却吓了一大跳，原来看见在自己面前，站着死去了的艾伦，和我最后见她躺在灵柩中时一模一样，只是两只眼睛大张着，一动不动地盯着我，同时举起苍白的食指来放在嘴唇上，像是想说：别对谁讲我悄悄来过。随后她走到陌生女人的床前，揭起绿绸帐幔，盯着熟睡的女人瞧了又瞧，然后自顾自地点点头，显得很是悲哀；从她严肃的目光中，我似乎看到了对我的责备，责备我不该来拯救这个不相识的女人，反倒让她死去；临末，她精疲力竭地在床脚蹲了一会儿，对着我把头慢慢点了三下，表示与我告别，接着便化作一道白色的轻烟，飞出舷窗去了。

从那一夜起，我再不曾坐到任何一张病床旁边。

你了解，卡尔，我并非好幻想的人，也不相信什么鬼怪，而是完全和你一样，坚信一切都是错觉，都是我自己过于兴奋的神经在作祟。不过，这对主要的事实又能有什么改变呢？因为是我自己的感官在吓唬自己，我的痛苦就会小一些么？须知一个与自己尚不能相安无事的人，又哪有得到宁静的希望啊！

一个人不再有希望，叫他又如何活下去呢？

在人生的筵席上，我是一个多余的客人。因此，我决定除了再向你告告别之外，便不事声张地悄悄离去。在这个世界上，没有任何人哪怕是一只狗，再需要我。只有一个玩世不恭的神经健全的个人主义者，才能忍受这种仅仅为自己活着，而不能带给任何人快乐的处境。原谅我吧，好朋友！我知道，你有时是会想念我的，但这比起早晚有一天在精神病院中再见到我，听我在紧身衣的压迫下独自胡言乱语，总还是好一些吧！

这封信已长得不能再长了。且念它是我最后写的东西，你就原谅它的啰唆吧。我将平平静静地给信封打上火漆，因为我将做的，只是不能不做的事，同时也自认为最明智的事。在这家渔民开的孤寂的小旅店里，我被人家当成一个有神经病的英国佬，竟然半夜三更地想打着火把去钓鱼。可明儿早晨，当小船空空地漂荡在湖面上的时候，他们又会想这个傻瓜活该，谁叫他打瞌睡一不留神滚出船去了呢。但愿所有认识我的人也一直这么认为才好。

喏，晚安！我承认，我是带着某种好奇，去准备长眠湖底的，并希望能学到这样那样的东西。遗憾的只是，我不能把自己的感想告诉你，就像长期以来我们在共同的学习中那样。即使“在长眠时我们也会做些什么梦吧”，我真渴望去体验一下哩，要是死去的人也还能体验的话。别的一切我都不在乎了。我的遗嘱已于半年前交给法院。我委托了你做它的全权执行人。别了，卡尔！我感谢你，为了你对我的善意、忠诚和友谊，就此搁笔吧。

你的　艾伯哈特

他没把信再念一遍，就装进信封，打上火漆，写好地址。做完这些，又凝视着窗外的黑夜，那里暴风雨已经渐渐减小威势。他点着一支雪茄，重新开始踱起步来，同时仰面观察着那些在低矮的天花板上急急奔走的长脚蜘蛛。他吹了一口浓烟在蜘蛛背上，想看看它们因此会有怎样的举动。接下去连这也使他厌烦了，只好无精打采地望着四周的白石灰墙出神。

这当儿隔壁接客室里突然吵闹起来。他透过房门听见，一条男人的粗嗓门——既不像是店老板，也不像是伙计——在大声抱怨人家对他的要求太不合情理。这些娘儿们只要听见小东西打个喷嚏就哭哭啼啼，他嚷道，却一点儿不心疼他那几匹可怜的马驹。可怜的畜生已经赶了七小时路，而且几乎全是爬山，又在这样的鬼天气，道路又糟糕得要命，现在倒好，竟想马上去从马槽中把它们拖出来，连夜再奔五个钟头命，管它们明天早晨还有气儿没有，娘儿们真叫没心肝！就算她们立地付给他一百克隆塔勒，他也不去造这个孽，再说他的马驹还得好模好样地交回去，他自己也宁可休息休息，而不愿半道上摔断胳膊腿儿什么的，或者甚至淹死在水坑里。

一个怯生生的女人的声音时不时地企图打断他，对他进行恳求，可这当儿突然不响了，因为随着一声粗野的咒骂，一只拳头嘭的一声重重打在桌子上。接着店老板也插了进来，支持车夫的意见，并命令伙计马上去地窖替他取啤酒。随后的谈话就只在男人之间进行了。车夫骂那该死的道路，说在这样的路上他的马和车都损得够呛；店主在一旁附和，问车夫两位太太干吗偏偏要走经过死湖的这条路。车夫回答，通驿车的大道塌方了，二十四小时内没法走车，可他的顾主不肯像其他旅客一样等一等，宁肯冒着摔断脖子的危险翻越老山口，为的是那个一个劲儿地咿咿呜呜啼哭的小娃娃——正讲得起劲，门又开了，两个男人突然变成了哑巴。代之而起的是一个妇人的悦耳嗓音，她那语调是如此委婉动人，连这两名粗鲁汉子也似乎给镇住了。至少车夫在她一再请求立即套车之后，是近乎卑怯地回答说，那是绝对不可能的，并且一五一十陈述了自己的理由，完全没再粗声咒骂。他讲的理由看来也给妇人留下了印象。她沉默了片刻，然后问，能不能找到个送信的，她愿给他丰厚的报酬，只要他马上去把附近的医生请来；要不然，孩子很可能就熬不过今天晚上啦。说这话时，她的嗓音颤抖得非常厉害，使在隔壁无意间听着的那个人心中为之一惊。他赶紧踱到窗前，想让唰唰的雨声盖住这令人激动的谈话。谁料这时湖面上的云层刚好散开，一弯新月泻下清朗的光辉，在突然出现的寂静中，隔壁的语声仍然清晰可闻。只听店主把伙计叫进来，问他愿不愿接受差事，下山到山谷中的小镇上去接本地大夫。伙计回答，既然夫人肯出赏钱，他倒不在乎赶那三小时的鬼路；不过这却一点用处也没有，年轻的猎人汉斯刚好今天告诉过他，塞普大腿上的子弹还得等八天才能拔出来，因为大夫本人也病倒啦；他骑在马上摔了一跤，替他治伤的理发匠手又不灵，谁都知道这家伙是个酒鬼嘛。——接下去又是一片沉寂。最后那妇人哀伤而温柔的声音问，是不是有可能用担架把孩子抬下去呢。她自己愿意帮着抬，只需再找两三个靠得住的汉子，有一个人提着马灯领路就行啦。

这可不成，店老板又开了腔。一则他们没有可以让小宝宝舒舒服服躺在上边的担架，再说他们也不能一股脑儿全都离开家；不过他愿意找自己老婆商量商量。

可正当他显然很不情愿地从火炉旁的长凳上站起身，他老婆已自己冲进房来，哭丧着脸嚷嚷说，保姆让请夫人快去，继续赶路是甭想啦，孩子在她怀中眼看就要咽气了。

隔壁房里的偷听者从窗口退了回来。像被一种无名的力量驱赶着，他几步跨到门边，可在那儿又停下来，摇了摇头，叹了口气。

他竭力想继续在那狭窄的小房中踱自己的方步，但每迈一步，都站一站，倾听着外边的动静。他嘴上的雪茄已经灭了，便下意识地走到灯前，想重新点燃它；谁料一不留神，他呼出的气竟把那微弱的火焰给吹熄了。这一来，他只能在黑暗中呆呆地瞪着烛芯上行将灭尽的火星，浑身不禁打了一个寒战。过了一忽儿，灯上小小的红点儿也全消失了。也许在那边房里，一切也同样只取决于一口气儿了吧；一条生命的火苗眼看就要让黑夜吞没，这关系可比一截蜡烛的熄灭要重大得多啊。

吞没就让它吞没好了！我又有什么权利去插手呢？我本想努力叫它重新燃起来，说不定却笨手笨脚，使它熄灭得更快。再说一个人的生命是活得长一点或者短一点，这又有什么了不起？要知道，那小东西本人也许就希望自己压根儿不曾生下来，或者有朝一日也会写信给自己唯一的朋友，向朋友告别，但绝不准备再见！

他重新侧耳细听，屏住呼吸，以免漏掉那边传来的任何一点声音。蓦然间，他仿佛听见了一点稚嫩的哭声，接着又是那温柔的妇人的声音在安抚孩子，再往后便发出一阵悲恸——末了仍归死一般的寂静。

他一个人在那黑暗的房里再也待不住了。他不想别的什么，只想看看情况究竟怎样；他觉得自己已属非人，竟然能独自躲在这远远的角落里，在店里的全体人员，甚至包括那两个粗野的汉子，都表现出同情的时候。他急忙拉开房门，摸索着穿过空空的接客室，到了对面的过道里。对面房间的门仅仅虚掩着，透过门隙射出来一线灯光，他清楚地听见了孩子的哼唧声和母亲诳她的声音。应该给她煮点茶，给她发发汗，老板娘说。可是又哪儿有呢！对面盒子里的接骨木花不也可以当茶么，老板提醒说。随后又鸦雀无声。只有跪在屋角上的保姆在喃喃地祈祷，把“我们的圣父”一遍接一遍地念着，时不时发出一声叹息。

“给她再盖床鸭绒被吧，”车夫开了口，“她是冻坏了。瞧她两手直往四面抓，在发冷哩。”

伙计在火炉边忙乎着，正弯下腰抓起一大块柴，准备添进熊熊的火焰中去。蓦地他感到一只有力的手抓住他的肩，不让他把柴往炉里送。他抬起头来，见身后站着那位怪客。

“你可一点也别再添柴了。”他以一种显然习惯了人家服从自己的口吻命令说，“还有你们，以及你和你，都统统给我出去。”他继而吩咐那几个闲站着的人道，“空气坏透了，连健康人在屋里也会憋死的。懂吗?”

房里的人都面面相觑，只有陌生的夫人和孩子的保姆未发现出了什么事。那位母亲跪在床前，用胳膊搂住自己呻吟着的孩子，像是想保护她不给强盗抢去似的。保姆站在她身旁，呆呆望着孩子那惊恐的游移不定的眸子，以及那不时吐出一声轻轻呜咽的烧得通红的小嘴，表现出一副全然不知所措的绝望情绪。当怪客走到床前，伸出手去摸摸孩子发烫的额头和太阳穴，抓起细瘦的小胳膊来把脉的时候，保姆更大吃一惊，恰像看见死神显形了似的。她情不自禁地叫出声来，把难过得失魂落魄的母亲也给惊醒了。她仰起头来望着陌生人，脸上立即闪过惊喜的希望之光。

“夫人，”怪客说，“您愿意信赖一个素昧平生的人吗？虽然我不敢一口答应救活您的孩子，却多少懂得一点医学知识，知道在这种情况下该怎么办。”

她呢，半晌答不出话来。这在万分危急关头出现的救星，使她的心完全蒙了。

“请接着，”他从皮夹中掏出一张名片来递给她，说，“您不会知道我的名字，但印在名字前面的头衔大概可以告诉您，曾经有其他人信赖过我的。至于他们这样做有无道理，则不属于今天所要考虑的问题。”

年轻夫人仍然跪在床前，却向陌生人伸过来那只没有托着孩子脑瓜的手，说道：

“我相信，您是可怜我的上帝特意派来的。我信赖您。”

“那快让人提一罐清凉的井水和一只木桶进来。其他一切我自会料理。”

说着，他迅速推开屋里的两扇低矮的小窗，揭去孩子身上厚重的鸭绒被，仅仅给她盖了一件宽大的披风；然后又叫伙计进屋来。其时伙计正跟其他人一块儿站在过道上，叽叽咕咕地议论着这个独断专横好管闲事的人。

他问伙计，附近能否弄到雪或者冰。

冰倒是有的，伙计嘟囔着回答，只不过得穿过森林，爬半小时山路，到一个山洞前去；那儿的冰从来不化，因为夏天和冬天一样都照不到一线阳光。明儿一早他愿意去瞧瞧。

“听好了，”大夫说，“这儿我放两个银圆在桌上。眼下是九点半。明月当空，雨也小了。谁能在十点半之前给我抱一抱雪或冰下来，这两个银圆就归他了。明儿早上就算他能给我移来一座冰山，也休想我会给他半个银毫子。”

“好吧。”伙计笑了一声回答，话音未落人已挤出门去。

保姆提来了凉水和空木桶。大夫二话没说，便从床上抱起孩子，敏捷地脱去她的衣服，然后把它交到母亲手里，自己则用冰冷的井水给她浑身上下擦了一遍。擦完又同样敏捷地把她揩干，重新放到床上，用一条湿毛巾把她发热的小脑瓜裹起来。刚才还在他臂弯中哭叫过的孩子，眼下像已体会到洗这个冷水澡的益处，心里充满了感激似的。她的目光不再惊恐地游移不定，而是突然静静地、好奇地望着自己的母亲，最后深深吁了一口气，把两眼闭上了。

“她死啦！”保姆高叫一声，大哭起来，“我早就想，用这冷水，还大开着窗户——太太啊，我说您怎么竟容忍这样干？”

“马上住嘴！”陌生人呵斥她，“不然叫您出去！我希望，夫人，”他语气缓和下来继续说，“您不要指望我会创造什么奇迹。咱们所要进行的努力并非一夜之间就可见效的。孩子患着严重的神经炎，我们唯一要做的是必须防止脑髓受到感染。可您千万别一出现新的病征又激动起来。根据我的判断，目前病情没有加重的迹象。您瞧，她不是又睁开眼睛了吗？她下意识地感到，有人来帮助她了。她几岁来着？”

“刚满七岁几个星期。”

“好个漂亮的孩子！发育得很不错！您必定吃够苦头啦！”

热泪从母亲眼中滚落下来。她把脸贴到女儿搁在深色披衣外的发烫的小手上。这痛苦难挨的最后几小时里的一切惊恐不安，现在统统化作行行热泪，从她心中痛痛快快地流出来了。

最后，她终于从地上站起来，眼里闪着感激的光辉，坐到大夫为她推到床边来的一把扶手椅里。他自己也端过来一把椅子，坐在床边的脚头，目光沉静严肃地凝视着小姑娘的脸。两人都默默无语，只有为自己刚才的冒失行径感到害臊的保姆，才不停地忙来忙去，过不几分钟又给小姑娘换一次湿毛巾。室外一切都已归于平静，夜空中最后几片乌云已给风赶跑，月光已斜斜地投射进窗户里来，正好照在母亲那修长、白皙的纤手上，它在不断轻轻地抚摩着女儿的小手。暴雨汇成的无数小溪从房前潺潺流过，屋檐水掉下来，发出单调的滴答声；在住宅背后的厩舍中，车夫正在喂马，一边嘴里吹着一支小曲儿。

小姑娘蓦地坐起来，瞪大眼睛望着面前这个陌生人，问："他就是爸爸吗？爸爸没有死吗？让我亲亲他吧，妈妈。是的，他给我带来了什么礼物呢？——我想要他抱——可索菲在哪儿？啊，我的头！让爸爸扶着我的头——水，水！"

这么叫着，她那满头金发的小脑瓜又倒在枕上，疼痛使她紧紧闭上了眼睛。

艾伯哈特大夫站起来，递了一杯清水到那焦灼的小嘴边。

"谢谢，爸爸！"小姑娘说。随后又安静些了，只有那微微张着的紫红色的小嘴唇在一抽一抽的，表明她仍忍受着病痛。

"我得向您解释一下，"夫人转过脸来望着又回到座位上的沉默无言的大夫说，"我可怜的女儿怎么会讲这样的胡话。唉，可惜我不得不责怪自己，眼前这场可怕的灾难全是我自己造成的。我可爱的女儿的父亲是一位奥地利军官。我们结婚才几个月，我就不得不送他去参加意大利的战事。接着从科尔费利诺传来噩耗，他已永远与那次血战中的第一批牺牲者长眠在一起。从此我最大的心愿就是旅行去那儿，即使连向我指出我早早离开人世的亲人安息之处的小土丘也见不到吧，我至少也要呼吸呼吸我丈夫心脏停止跳动的地方的空气。而且我的小女儿也要求去。当她慢慢长大起来，能懂得我对她讲的父亲牺牲的情况了，要求也愈加迫切。不过老有这样那样的事使我未能成行。再说我还担心，孩子生性太过敏感，小心眼儿软弱得什么似的，此行很可能叫她受不了。您瞧，眼下我不是自作自受，就为了没能克制住自己对丈夫的思念。大夫，可惜您不在场，当我在公墓的大纪念碑旁给她翻译那位老残废军人的叙述时，她是那么专心地倾听着一字一句，刨根问底地向我问这问那，两颊绯红，两眼发亮——哪儿像个七岁的孩子！当我带着她踏上归途时，天冷起来了，当晚她就叫头痛，通宵不能入睡；可只字未再提她父亲，直到方才以为看见他坐在自己面前的时候。也许我停下来不继续赶路会好一些。但是我对那些意大利大夫不放心，也没有想到情况如此危险，如此紧迫。在自己的车里，我琢磨——因为一离开铁路线，我们就包了一辆驿车——我们可以使可怜的孩子睡得几乎跟在家中的小床上一般安逸，再说气候也温和，她自己又口口声声吵着要回家去。后来，碰巧在那段最难走的路上，却冷不防变了天，当赶到这家旅店时，我们心里真感谢上帝。然而，要是没有您的帮助，我们又会变成什么样子啊！”

她转过脸，避开这目光阴郁默不作声的人的注视，揩干了盈眶的泪水。随后两人又呆呆坐着，相对无言。他感到自己心中有一种欲望，巴不得请求她继续讲下去。在她的嗓音里，有一点使他感觉无限快慰的东西，听着它，就仿佛一只温柔的手在抚摩他那焦灼的灵魂似的。可他看见，她又自顾自地照料起她的孩子来了，再说，他自己又有什么可对她讲呢？这当儿，借着微弱的烛光和淡淡的月色，他开始打量起她的面貌来。她那高高的额头，她那双高贵、忧郁而柔和的眼睛，它们都唤起他对自己养母的生动回忆，她也同样带着温柔的关切，无数次地注视过他啊。眼前这妇人的体态丰满而轻盈，脖子长长的，脑袋的每一个动作都极为优美。浓密的深黄色柔发自如地披散颈后。她身上的一切都显示出是一位过惯了富足而高雅的生活的贵夫人，只是在突然降临到她最珍爱的宝贝的危险面前，生活里一切美丽迷人的东西全对她丧失了意义。

这时房门悄悄地开了，旅店伙计扛着一大桶冰走进来，一只手擦着额上的汗。他得意扬扬地指了指自己的怀表：离规定的时间还差十分钟。随即心安理得地把赏钱塞进自己的皮口袋，态度殷勤地问，是不是还有用得着他的地方。

大夫回答，他只管睡觉去吧；然后他亲手从自己旅行袋的衬里中撕下一块蜡布来，做成一个装冰的袋子，并教保姆如何把冰袋敷到病人头上去。

“不，”夫人说，“你现在去躺一下吧，约瑟芬；你已经三十六小时不曾合眼啦。”

“可太太您未必就睡了吧？”保姆表示异议道，“我不像您那样需要躺下休息。我至少还坐了一些时候嘛。”

“照我吩咐的做。”夫人回答，“我知道，即便我想睡，也一点儿用处没有。要是夜里安静一些了，明早上也许能睡一会儿。”

“请允许我摸摸您的脉！”大夫这时说。

他接着一句话没讲，便径直出房去了。两位妇女都惊讶地望着他的背影。保姆是个上了年纪的胖女人，一张圆脸满布着患天花后留下的坑坑洼洼，两只黑眼睛倒显得挺善良；她抓住时机，跟方才激烈地反对人家一样，现在又热情地唱起这位不相识的救助者的颂歌来。

“他样子有些古怪，”她说，“叫人觉得他本身也不怎么健康；不过从他的眼睛看出来是个心眼挺好的人。还有他做这做那和用手托着咱们宝贝儿的小脑瓜儿那样子，看上去就跟当了一辈子阿姨似的；可他却是位这么漂亮的先生，而且年纪也不可能多大；不过有时候他阴沉着脸坐在那儿，又使你觉得他生下来就不会笑似的；有时他还闭紧眼睛，好像心口里正觉着阵阵刺痛，却强忍着不让人有丝毫发现一样。”

话犹未了，被她们议论的人已走进来。他手里端着一大杯牛奶，像递药给一个孩子似的递给夫人。

“请喝了吧，夫人，”他说，“刚挤好的，对您的身体会有好处。要知道您为了完成自己的职责，太需要加强一下营养了，而此地又弄不到更好的东西。要是小宝宝也能喝一点，哪怕就那么很少的一点点，也很好啊。端给她，劝她试试。瞧，成啦。咱们必须想方设法恢复孩子的体力，以便她抗住任何新的侵袭。您现在听我的安排，到那边床上去躺下。我来守夜，还有阿姨也可以再坚持几小时。午夜过后我叫醒您，让她再去睡一下。不，不，”当她想表示反对的时候，他语气近于激烈地说，“您眼下得服从我，否则我只能认为，您对我表示的信赖并不是真的。”

母亲再一次走到床前，做过冰敷的孩子看来睡得挺安稳了。她冲着那稚嫩的小脸蛋弯下身子，吻了吻那双静静地闭着的小眼睛。

“我听您的。”她然后说，嘴角上漾起了淡淡的笑意，“您得答应我，情况一恶化就把我唤醒。”

他握了握她的手，然后坐到她在床边的座位上；保姆则帮着她先将后边角落里另一张床上的一大堆枕头搬开，侍候她躺下来。

一刻钟后，忠实的女仆踮着脚溜回来，冲坐着的大夫弯下腰，猝不及防地抓住他的一只手，飞快地按在自己的嘴上吻起来，一边压低嗓门嘀咕道：

“谢天谢地，她睡着啦！哈，大夫先生，您真会创造奇迹！咱们太太是四五天来第一次合上眼睛。在到达那该死的战场之前，先是难过和激动，随后孩子又……要是我肯告诉先生，咱们太太可是位天使哩……”

“等以后吧。”他打断她，“现在您也没任何事可做了，同样去躺下睡觉，我不叫您别起来。这儿完全用不着您，明天您可还得干事。枕头和被子足够用。自己去火炉边铺个床，好好睡一觉吧。不许顶嘴，听见了吗？您想用无益的唠叨把您太太吵醒怎么的？”

忠心的女仆怀着敬畏，恭顺地瞅着他，拖了一条鸭毛褥子到屋角里，几分钟后便传出来深重的鼻息，说明连日来她实在是太辛劳啦。

不多会儿月亮又隐没到云层背后，只有星空中反射下来的微弱的亮光，映照着孤独的守夜人透过窗户所能看见的一角湖水。这时他首先感到的是饥和渴，端起仍摆在桌子上的杯子来，将剩下的牛奶一饮而尽。他放下杯子，觉得看见夫人在床上剧烈翻动，便蹑手蹑脚走过去。夫人似乎正做着可怕的梦，只见她用双手蒙着眼睛，仿佛正在拭去泪水，接着手又无力地垂下来，继续睡去。他目不转睛地注视着这张美丽的面庞，看见梦中的一幕幕情景如何像反映在平静无风的湖面上的片片云影一般，反映在她的脸上：苦闷——惊恐——希望！眼下她嫣然微笑了，细腻的芳唇微微绽开，露出雪白雪白的牙齿。可紧接着额头又罩上阴影，双眉紧蹙，举起两手来使劲儿捏在一起。突然，他看见她的食指上戴着两枚结婚戒指，心中不由得嘀咕，这第二枚是本来属于孩子的生父的呢，还是这只美丽的手如今又另有所属了呢？然而，孩子的呻吟声不让他继续想下去；他只把一条差不多已经滑落的被子牵好，将这个陌生女人还穿着鞋的小脚裹得更紧一些，随后又回到自己的岗位上，换掉了那在一刻钟后已经融化的冰，还时不时地送几滴清水去滋润灼热的小嘴。

半夜，从湖上刮来一阵风，窗户都大开着，年轻的大夫不觉打了个寒噤。他随手从行李旁边操起一件衣服来，裹在自己身上。这是陌生妇人镶着绸里的又长又软的斗篷，他把它的兜头扯上来罩住自己的脑袋。霎时间，他便被一团奇异的紫罗兰香味包围起来，那绸子软软地贴在他的脸颊上，他体会到某种美妙而舒适的滋味儿。尽管他常常几分钟几分钟地硬闭上眼睛，而且眼皮一合面前就会晃过一个个稀奇古怪的画面，他仍旧毫无半点睡意。

蓦然间他张大眼睛，腾地一下从椅子上跳起来，浑身哆嗦着，透过窗户望着湖上发呆。只见在一片黑幽幽的湖水的中央，有一团白色的东西飘飘而来，宛如一个裹着白纱的女子，正慢慢朝着小房移动脚步。月亮重新探出身来，照在一团从群山中流散出来的雾气上；雾气孤零零地笼罩着湖面。接着，它让从峡谷里刮来的风给猛地一吹，便全部散尽了，湖面上又一片澄清。可是，这个唯一目睹了诡谲的气流变化的人仍然呆呆立着，两眼发直地盯住那团雾气消失的地方，额头上渗出冷汗，呼吸急促，两只眼珠瞪得差点儿滚出眼窝，一动不动地盯着那个地方，好似刚消失了的人影时时刻刻又会出现一样。突然，一只温暖的小手抓住这个失魂落魄的男子冰冷的手。

“是你在守着我吗，爸爸?”小女孩大声问，同时从床上坐起来。她把两条细瘦的胳臂伸向他的脖子，还未等他明白是怎么回事，就紧紧搂住了他，把灼热的小脸贴在他的肩上。“爸爸，”她喊道，“可别再离开，要不妈妈又会哭的，我也就一定要死啦!”

顿时，魔魇解除，他如释重负，不由得把那细小瘦弱的身体更紧地抱在自己胸前，好像它能给他以保护，使他不受敌对的力量侵袭似的。他把她这么紧紧地抱了好一会儿，感觉到在小女孩的爱抚下，自己的血液又开始流得平匀起来。他吻了吻她的小脸，一边抚摩她湿润的鬈发，一边问：

“你叫什么名字，好孩子?”

孩子惊讶地瞅着他。

“你是我的爸爸呀，”她说，“可怎么会不知道我是你的芙伦茨馨呢？噢，我明白啦，人家用枪打死了你，你就把我完全给忘了。你那会儿挺痛吗？”

“这个明儿告诉你吧。”他说，同时微带强制地把小姑娘放回床上，“现在咱俩都得悄悄儿的，不然就把妈妈吵醒啦。”

小姑娘听话地重新躺好，合上眼睛，但却始终握着自己忠诚的守护者的一只手，并不时地以完全清醒的流露出惊奇的目光瞅一瞅他。他呢，也一直望着孩子天真无邪的小脸儿，好像生怕一转过头去，眼前又会重新出现那些可怕的形象似的。

就这样，他一直熬到了第二天清晨。当突露在湖面上的光秃秃的山峰为第一抹朝霞染红的时候，旅舍中便活跃起来了。伙计赤着脚轻轻溜过走廊，小心翼翼地把脑袋探进门缝，冲着那差不多空了的木桶点了点，意思是问还要不要再去弄冰。医生无声地点一下头，他于是又出去了。第二个露面的是老板娘，同样轻手轻脚的，因为艾伯哈特对她摆了摆手，她只做了个一切听候差遣的表示就走了。一夜之间，怪客的慷慨大方就对旅店的全体人员产生了巨大影响。只有昨晚上喝醉了，经过一夜好睡仍未完全清醒的车夫，才趿着他那沉重的钉鞋乒乒乓乓穿过走廊，嘴里还高声抱怨、咒骂，惊得还在睡梦里的夫人动了一下，问是否已到再次起程的时候。

“还早着哩！”艾伯哈特回答，“您还可以再睡一小时。”说完他就赶紧去拦那个吵吵嚷嚷的人，不让他钻进病房中来。

当他几分钟后回到房里，发现母亲已经坐在自己孩子床边。

“干吗现在就起来了？”他问，口气中充满责备。

“还早吗？”她反问，“您大概是存心叫我感到羞愧吧。可惜让您给蒙骗了，由您单独在这儿代我守了一整夜。您干吗不让我也至少分担一点任务呢？”

“因为我不睡没关系，而您却太需要睡眠了。再说也没有什么一个人单独做不了的事。放宽心吧，夫人。我们大家都有理由对这一夜感到满意。”

“如此说危险过去喽？”

“我不能让您这样想。”他回答，“因为您答应过相信我，我也只能向您讲真话。不过您仍然可以放心，就现阶段来说，一切都好得不可能再好。再说店里的上上下下都挺不错，会尽自己的力量帮助咱们的。”

一道喜悦的光辉掠过夫人苍白的面庞。

“您说什么来着？帮助咱们？啊，亲爱的朋友……”她顿住了，向他伸出手来，眼里闪动着泪花。

他呢，也弯下腰去吻她的手，但骨子里却为的是要掩饰自己的激动。

“您难道相信，”他说，“在孩子脱离危险前我能离开您吗？只是请您别讲什么感谢的话，也别担心这会使我做出什么牺牲。最重大的牺牲我已经对您做出了。往后再发生的事只会使我心里更加轻松。”

她不解地望着他。

“可您对另一些人也承担着责任吧，”她说，“为了我留在这儿，您就尽不了对他们的责任啦。”

“不，”他声音低沉地回答，“一年来，我已是一个无所事事、东游西荡的人。出于一个在您看来也许是很无所谓的原因，我发过誓不再行医。为了您的缘故，昨天夜里我破坏了自己的这个誓言。如果您能容我继续待在这儿的话，那就只求您一件事，就是帮助我克服后悔情绪；这样，对我们彼此都会有好处。”

停了片刻，在为孩子把完脉以后，他又说：

“她睡着了。您要是想写封信向家里报告情况什么的，现在就可以放心大胆地办。车夫眼下正在套马，他会把信送到最近的驿站去的。”

“我没有任何人为我迟迟不归担心。”夫人回答，说时脸微微红了，“我们独自过着隐居般的……”

“没有任何人？”艾伯哈特莫名其妙地重复着，目光下意识地落在那只戴着两枚戒指的手上。

她发现这情况，立刻明白了他的意思。

“这第二只戒指嘛，”她坦然地说，“它并不意味着第二次婚姻。这只戒指是我丈夫的，他在感到死亡临近时从自己指头上脱下来，交给一位同事，让这位同事带回来给了我。从此，我拒绝一切想让我改变自己命运的诱惑，甚至与我丈夫的家庭疏远了，因为他们有一位近亲，自以为有权娶我。我对自己暗暗起过誓，活着只为了纪念自己故去的丈夫，教养我年幼的孩子；对于我来讲，这个誓言是神圣的。”

这当儿保姆一觉醒来，吃力地从床上坐起身子，一眼瞧见自己的女主人和大夫，顿时就完全清醒了，嘴里一边反反复复解释，是大夫严厉禁止她守夜的，一边连奔带跑，更卖劲儿地干起自己的事来。

“您洗洗孩子吧，像咱们昨晚上那样。”艾伯哈特说，“然后再让她喝点就要挤来的鲜牛奶。现在我得出去半个小时。您瞧，新的冰又送到了。在这荒山野岭里，我们得到比世界上任何地方都更好的供应，要知道这种病是所有的药房全帮不了忙的啊。回头见，夫人！”

他微微一鞠躬，走出房间去了。他随即来到湖边，解下一条拴在棚子中的小船，然后用力划着桨，让这轻灵的船儿迅速驶向湖心。

太阳还被高高的黑松林遮挡着，湖面上没有一丝儿风，空气显得十分沉重、憋闷，压得一夜未睡的艾伯哈特胸口异常难受。他越过船舷凝视着深湛的湖水。他发现船头激起的水花像水晶般又白又亮，湖心尽管在今天的晴空下却仍然黑幽幽的，如同一个无底深渊，心里不觉发起怵来。他想起路上一个樵夫对他讲过的话：这个湖是没有底的，像座深井似的可以一直往下，一直往下，直通到炼狱的大门口；当魔鬼们给狱火烤得受不了的时候，就跑到这湖里来洗澡。艾伯哈特抽回桨来，眺望着四周陡峭的湖岸，只见上边全是黑压压的一片针叶林。那些耸峙于林梢上的几块秃岩，眼下已褪去粉红色的曙光，恢复了灰白色的本来面目。要知道，此刻太阳已经奋力升起在空中，企图给这个生铁铸成的大黑锅似的死湖镀上一层金色。然而白费力气，在湖面上仅仅漾着一片眩目的白光；四周湖岸上的密林把光线全部吸收了，任何地方也不曾出现一点热烈愉快的色彩。只有在旅店近旁的一小块牧地上，有头红花斑的母牛在吃草，从屋顶的烟囱里也袅袅升起来蓝色的炊烟，这才给了他一点宽慰：原来在这蛮荒野境里，也能够住人呐。

在离对岸不远的湖中心有一座小岛，岛上稀稀落落长着几株白桦；他将船划到岛旁，拴在一个树桩上，脱掉衣服准备洗澡。这当儿他想起自己昨天夜里决定做的事，心中不由一惊。他觉得眼下还非完成此事不可似的，虽然已经不再心甘情愿了；他似乎跟这无底深渊结下了不解之缘，它有权要求他实践自己的诺言。刹那间，他真巴不得重新穿上衣服，快快把船划回去。可他马上又为自己的懦弱感到羞耻，晃了晃脑袋，驱走了一切恐惧，纵身跳入湖中。

寒冽的山水包围着他，使他冻得如同浸泡在阳光下正融化的冰雪中。他不得不使出浑身游泳技术拼命地游啊，游啊，以保持血液的流动。可是，当他最后钻出水来，脚埋在深深的青苔里，身子倚在一棵小白桦上，一边揩干身上的水一边轻轻松松地呼吸着，那惬意舒适的感觉真是几年来不曾有过。他眺望对岸的旅舍，只见在那间躺着病孩的屋子的窗户里，有一个人影在晃动。太远了，无法辨清那人的体态乃至面容。可是，只要想到在那座屋顶下呼吸着一些需要他、对他怀着希望的人，他已经心满意足。

这之后不久，在对面旅舍中那间低矮的病室里，小姑娘突然从床上坐起来，用搜寻的目光环顾四周，问：

“爸爸走了吗？他是不是又死了呢？我要他再坐到我身边来!”

“好孩子，”母亲吻着她的额头，要她安静，告诉她，“那位善良的先生不是你爸爸，你可不准乱叫。他是给你治病的大夫，你要是一切照着他的话做，病就会好啦。”

“不是我的爸爸？”小姑娘若有所思地重复着，仿佛要改变自己的想法得花大力气似的，“可他叫什么来着?”她问，“他总不会离开咱们吧?”

“瞧他不正好回来了吗，小心肝！”胖保姆赶紧对她说，这女人第一次又听见自己的宝贝神志清楚地讲话了，眼里不禁涌出热泪，“您快看啊，太太，他划桨划得那么有劲儿，好像恨不得马上回到咱们孩子身边似的。哈，真个好样儿的大夫！而且今儿个我看他比昨天还要漂亮得多！黑黑的胡髭，白白的皮肤，只是目光那么阴沉，真叫人担心他不怎么健康啊。”

这当儿她们看见他跳上岸，但是没有向房里的人打招呼，而是从门前走了过去；接着，她们听见他在外边与老板娘谈话。没过一会儿，他又回到房里，立刻走到病孩身旁，和蔼可亲地照料着她。他的到来似乎对孩子产生了奇异的影响，经他一诳，她便闭上小眼睛，呼吸也平稳起来。屋里鸦雀无声，简直能够听见外边的鱼跃。过了片刻，他站起身来，声音放得低低地说：

“她睡啦，烧也略有减退。但愿咱们能够清静几小时。我马上去关照所有人，让屋里保持安静。再说我自己也想躺一躺，等到我为咱们的小病号订的鸡汤炖好了再起来。”

“叫我怎样感谢您所有这些关心和好意啊？”母亲目光中洋溢着暖意，说。

“您就永远别讲一句感谢的话好啦。”大夫回答，语气突然变得生硬起来；说罢匆匆出房去了。

在对面他自己的小房里，昨晚上写的那封信还原封原样地躺在桌子上，大红的火漆印在他看来十分刺眼。尽管如此，他仍下不了狠心将信销毁，而是把它藏在夹子中。随后，他在床上躺下来，努力想睡着。无奈各种念头像讨厌的苍蝇一般围着他脑袋嗡嗡转，而且老觉得从对面传来小姑娘和那可爱的少妇的声音，使他一次一次撑起身来侧耳倾听；直到胡思乱想了好久好久以后，他才堕入一种不安的睡梦状态。

中午时分，老板娘来到他房里，发现他睡着了，正打算放轻脚步退出去。可他却即刻跳下床来，问是否一切都准备好了，随后就跟着她去到厨房里。

“汤在什么地方？”他问，边说边走到从许多大锅小锅中喷出惹人食欲的香味的灶台前。

那个正在一个罐子里搅拌着什么的渔家笨丫头，见他走过来吃惊得手中的木勺都掉了，张大嘴巴呆呆地望着这位怪人从一只锅子上揭下锅盖，一本正经地检查着锅里炖的东西。然后他要了一只汤盆，把浓浓的鸡汤舀进盆中，并细心地撇掉浮在盆面上的几茎草根。

他转过身来，正准备端着鸡汤往外走，却发现门口站着美丽的少妇。

“这样做对吗？”她妩媚地微笑着说，“您不好好睡觉，却亲自当起厨师来了。”

“我只给病人做饭。”他回答说，“健康人我留给咱们的店主太太去侍候，她不用我来瞎帮忙，就准赢得大伙儿的赞誉。咱们的病号还睡着吗？”

“她刚醒来。已经又问过您了。”

当两人回到房间里，小姑娘已经端端坐在床上，正朝着大夫微笑。接着，她乖乖儿地从他亲手递过去的汤盆中舀起几勺来喝了；她这样做仿佛不是由于饥饿，而只是因为他要求她这样做。她专专心心地听着大夫所讲的一切。他告诉她，他今天在湖上看见鱼跳舞来着，只要她好了，他就愿意领着她去抓鱼。临了，孩子的神志似乎又有些恍惚，微微闭上了自己蓝色的眼睛，小脑瓜儿又枕在了枕头上。

“您请放心。”大夫说，“咱们是一小步一小步地在走，可每走一步都前进了一点。您的约瑟芬应该继续勤换冰袋。眼下请您跟我出去。咱们的午饭已经摆好。”

“让我留在这儿，留在我的孩子身边吧。”她声音轻轻地请求说。

“不行。”他回答得很干脆，“您必须在户外待上一小时。这地方咱们可招架不了第二个病号，要晓得您的脉搏已经很快啦。咱们吃完后再来替换约瑟芬。”

说着他便带头往外走，她呢，也没勇气再说不。在屋旁的树荫下，紧靠着病室的窗口，已经摆好一桌供两个人用的饭食。老板娘正端上来一盘鱼，鱼之后又上烤鸡。两人吃着，谁都几乎不讲一句话，都在专心一意地想着自己的心事。只是时不时地，他强迫她把自己已在盘子里切好的肉真正送进嘴里去。

“您要不吃，我会见怪的，”他愉快地说，“菜单是我亲自定的。众所周知，当医生的都是些饕餮，我想我也没有败坏我们这一行的美誉。瞧您又侧着耳朵在听。我向您担保，咱们的小姐正在睡午觉，睡得要多香有多香。”

少妇望着他，脸上带着感激的微笑，但接着眼眶里却涌出热泪来，使笑容显得暗淡了。

“请原谅，我这心受的刺激太重了，”她说，“还一下子高兴不起来。我刚经受过一场剧烈的风暴，脚下的大地仿佛还在摇晃哩。明天我一定会表现得好一些。”

接下去两人又重归沉默，各自眺望着正午时分空气十分燠热的湖面。房后的小园里有一只知了鸣叫起来；躺在接客室长凳上午睡的店主鼾声大作；波浪拍击着船棚中两只轻轻摇荡着的小舟，发出咕噜咕噜的声响；近在身边的病室里，保姆轻轻哼唱着已经唱了多少年的催眠曲，把孩子再次送入梦乡。

平静的白天过去后，夜里又不安起来。烧重新发得厉害了，孩子不断地呻吟，好不容易才被按在床上。直到半夜，她才又安静一些。

大夫始终不曾离开病房一步。只是在傍晚，他出去抽了一支雪茄，边抽边围着房子散步，但每次走到敞开的病室窗前，都要静静地站一站，对一直守在床边的母亲说几句鼓励的话。夜里，他坐在她身旁——保姆已让他们打发去先睡了——突然间开了口：

“真奇怪，您女儿竟这样像您。刚才，我看见您在昏暗的烛光中向枕头弯下腰去，您女儿也带着异常懂事而机灵的病人常有的表情仰望着您。恍惚间我几乎就把您和她当成了两姊妹，再过十年，她不长得跟您一模一样才怪哩。”

“您也许对。”美丽的少妇回答说，“不过，她只是模样儿像我，所有精神方面却继承了她父亲，我常常都感到惊讶，这么小小年纪又是个女孩，怎么会与父亲如此毕肖。她那样诚实，那样无私，那样勇敢——我常常感觉我故去的丈夫在这孩子身上复活了似的。”

“您讲的这些品质，我在咱们短短的相识中，也从您的身上发现了许多。”

她摇了摇头。

“如果我看上去比我实际上勇敢一点儿的话，”她说，“那只是因为我生来太胆小吧。在您出现那会儿，我已经完全绝望，完全让恐惧与悲痛给压碎了。可是我又害怕让人看出来。我明白，要那样我以后听见自己说话的声音也会吓得晕倒的。可我丈夫却能满不在乎地正视一切哪怕最可怖的事情。这孩子也这样，能够做出任何牺牲而一点不考虑自己。”

“还有您呢？我可是想，您在这些个带来严峻考验的日子里，也并未顾惜自己啊。”

“难道对于一位母亲来说，也存在牺牲不牺牲的问题吗？”她反问道，“何况我在这样做时，还常常不得不以荣誉感来激励自己，而在其他母亲却是更加心甘情愿的事。我的女儿她可完全不是这样，尽管少年时代人通常都是自私的，而且也可以是自私的。我能够向您讲一百件小事。因为这些事，我有时甚至惊慌起来，要知道，心眼儿成熟得如此早，预示着命不会长啊。而且谁又晓得，我的预感会不会应验呢！”

艾伯哈特凝视着窗外的湖面，似乎没有听见最后这几句话。一会儿，他突然又开了口：

“您身边无疑有一张您丈夫的遗像。给我看看，好吗？”

她从脖子上摘下一条精致的威尼斯项链来，掰开悬在上边的宝石盒，递给艾伯哈特。艾伯哈特把相片端详了约莫五分钟，然后默默递还给她。过了半晌，他才说：

“是青梅竹马吗？”

“并非人们通常说的自幼相爱。我认识他的时候尽管非常年轻，而且在他之前没有一个男子给我留下过更深的印象，但我们是在认识后八个星期就结婚了，我尚不十分了解他对于我有多么可贵。认识他的全部价值，则是在我们极其短暂的婚后生活中，直到失去了他，我对他的感情才真正热烈起来。您要是认识他，您准会成为他的朋友；他可是从来没有过仇人啊。”

艾伯哈特从座位上站起来，放轻脚步穿过房间。这时他停在桌子跟前，拿起一本从旅行袋中露出一角来的书。封面上写着“露绮莉娅”这个名字，内容是莱瑙[①]的诗。

“您喜欢这位诗人吗？”大夫突然问。

“我自己也说不上来，他更使我喜欢呢，还是更令我讨厌。虽然我在其他时候相当敏锐，在他身上却正好辨别不清楚究竟什么是真实的，什么是虚假的。他的确受过不少苦。但我常常觉得，他似乎用了种种眩人眼目的手法，故意让他那些伤口张得大大的。我几乎不知道，我在旅途上为什么偏偏带着这本书。也许为了安慰自己吧。”

“用这位厌世轻生的诗人？”

---

① 莱瑙（1802—1850），奥地利诗人。

“为什么不可以呢？他死于癫狂之中。每念及此，我心中失去丈夫的悲痛就减轻了许多。试想，他的死多美好啊，年纪轻轻，为众人所爱戴，像英雄一般为国捐躯！这样，我心中永远珍藏着他的真实形象，既未为病痛和垂死的痉挛所败坏，也没因发疯而变得陌生。在我想来，没有什么比看见自己所爱的人丧失了理智更可怕啦。难道您不觉得这是再可怕没有的吗？”

艾伯哈特没有立刻回答，过了一会儿却提出反问：

“这么说，您的丈夫要是患了无法医治的精神病，您自己也希望他死喽？”

“请您免掉我回答吧。如果我讲真话，我会感到痛苦；而撒谎我又不会。”

“这样更好。”他说。她没懂他这话是什么意思。几分钟后，艾伯哈特离开了房间。

午夜去后一个小时，他又走回来，坚持要替换少妇。她无法违抗他那有支配力的态度，只请求他让他们三人轮流守夜；他答应了，而且这次说到做到。因为露绮莉娅夫人早上醒来时，保姆已坐在小姑娘床边，大夫却在外边接客室中的一条草袋上躺着，以便离得近一点，随时好叫。

发生这些事情后一个礼拜。艾伯哈特又坐在自己房中那张摇摇晃晃的小桌子前，烛焰仍如上次一般昏暗、摇曳；但月光却强烈地照射进来，房里亮如白昼，干什么都不成问题。艾伯哈特刚刚把在那个风雨之夜写的信匆匆重读了一遍，眼下正在往那些余留的纸上添加以下一大段话：

卡尔，我在八天后又来继续给你写信，但人却比开始写这封信时年轻了八年！至少是在我把镜子里自己的模样，与从这封信中冲着我狞笑的那张衰老的面孔做了一番比较后，我发现自己是大大地倒退了，退到了连你都不认识我的时候。那时我从未想到过死，尽管死每天都探头探脑地出没在我的解剖刀下，就像小儿科医生从来也想不到自己会得麻疹一样。在重读此信时，我冷静地研究了它那垂死者的难看嘴脸，就像研究任何一个素不相识的住院病人的嘴脸一样，只知道他是某床某号，如此而已。目前的这个转折，犹如一次幸运地度过了的危机，会使你感到高兴的吧。可我自己呢，凭良心说，却唯有抱怨。本来一切都料理好了，出门的行李箱也已收拾停当，和送行的亲友已最后握过手，告过别，耳畔已响起火车头的汽笛声——这时突然来一个人向我宣布，我误车啦！于是乎我只好坐在车站里，进不能进，退不能退，处境尴尬到了极点，要下决心把行李打开来继续住下去吧，连自己想想也觉得可笑。

我准备简单给你讲讲事情的来龙去脉，免得你认为我事到临头害了怕，又爱惜起自己来了，而且决心要把这个世界重新看作最美好不过的世界。不，卡尔，是对于自己职业的癖好作弄了我：我感到，比起结束我这条未老先衰的生命来，更加刻不容缓的是去拯救一条幼小的生命。我可以告诉你，我所讲的那个孩子是值得人劳这份神的。更何况还有她的母亲呢！

你倘使想，又是什么一见钟情的故事吧，那您就错啦。也许，你得想象有这样一个倒霉蛋，他被埋在塌陷的矿井中，过后好不容易让人给挖了出来，而我当时的感觉，就跟他来到阳光下呼吸着头几口新鲜空气时的感觉差不多。你也别担心我会把这个女人对你做一番详细描述。她是不是美，是不是可爱（按人们一般的理解而言），是不是聪敏，是不是有大小报纸所津津乐道的女人的种种美德——我统统不晓得。我只知道，我和她在一起就忘记了过去和未来，其他什么感觉都没有了，仅仅感觉到她在那儿，我在她的身边，而只要能永远这么下去，我就任何时候都不会有什么缺陷。你还记得，咱俩有一次如何为下面这件事大惊小怪的吧：正是那位写了《维特》的热情奔放的人，他竟然也能承认自己心中对一个女子产生的仰慕之情——

只要一想起你，
我就像仰望着
天空中的月亮……[①]

而我现在体验到的，我非常惭愧，不折不扣地就是这种感情。当初咱俩嘲笑过的对于月亮的仰慕，而今强有力地控制了我，我巴不得能去这溶解了我灵魂的清朗月华中无忧无虑地过一个长夜，哪怕为此而放弃将来生活的全部岁月。可是不成啊！

---

① 此系歌德致女友封·施泰因夫人的诗，题名为《狩猎者的夜歌》。

我必须努力加速这一天的到来，到时候我的小患者就得被送到有文明的地方去，在休养期间获得更良好的营养，而不是仅仅喝一位渔妇炖的鸡汤。然后我便成了一个多余的人，可以向死湖道别，以便回到山下的世界上去，回到有过这番经历以后对我说来更加死气沉沉的世界上去。我抱怨自己误了车，难道不对么？否则，这会儿我早已“到了站”啦。

可是，一个人为什么又不可以把他前经“自己命定之地”的旅行同样推迟个一周两周呢，何况这种旅行还既不择天气，也不择旅伴的呀？我可以告诉你为什么，卡尔，因为你不会为此鄙视我：我已经失去勇气了。我在重新发现这阳光明媚的大地上仍可很好住下去以后，面对着我一度准备跳下去的黑暗深渊感到不寒而栗，难道这就如此可鄙么？即使几天后我又要四处漂泊，过我长期来过的那种无家可归者的非人生活，但再没任何东西能从我头脑里清除掉这样一个思想：天地间总有一个我可以活下去的地方，总有一个避难所，就像索福克勒斯[1]剧中那个弑母者也有一个避难所，连复仇女神到了它门前也只好止住脚步，不敢去玷污那座圣殿。

我眼下当然一清二楚，我自己很遗憾同样不得不留在门外。这个女人，就算我能鼓起勇气去提议做她的终身伴侣吧，她也只好是婉言谢绝。她起过誓，卡尔，起过誓要忠于自己死去的丈夫。可起个誓又算什么呢？难道能叫它像链子一样捆住我

---

① 索福克勒斯（前 496—前 406），古希腊悲剧诗人；弑母者的故事见其悲剧《俄狄浦斯王》。

们，拴住我们，不让我们生长发展么？一个人的肌体只需七年就可完成整个新陈代谢。在业已更新的血肉之躯中，难道仅仅由于一个人在精疲力竭的一刹那曾经对自己的更新绝望过，他的精神就只能保持老样子么？我自己已经破了绝不再坐到病床旁边去的誓言，而且并不认为是自己的耻辱，倒认为是自己的光荣。然而，这个女人的誓言却无疑是世间最坚定的，绝不会有任何动摇。对待我她确实是一片好心，我相信，一旦我处于危难中，是不可能找到比她更忠实的朋友的。我可以向她要求一切，因为我救了她的孩子。但是，她自己整个人只属于她的幸福的过去以及她女儿的幸福的将来，我呢，对于我来说重要的却是现在……

我小心翼翼地避免问她住在哪座城市，家境如何，环境怎样。我希望一无所知地与她分手，免得将来什么时候产生再去找她、使那本不可能的事情变得可能的妄想。最后再痛享几天这种世间绝无仅有的处境的赐予吧，把人世的一切琐琐碎碎全都置之度外，在这天堂一般的蛮荒山野里；而据说在天堂里是既不兴什么求婚，也没有什么离弃的呀。然后就听天由命好啦——随便怎样都行！

命运为了向我证明我还不够死的条件，不得不在我心上划了这么一刀，以便我从它的悸动感觉出，我可怜的肌肉还很强健，我的血气还很旺盛，因此还可以坚持活相当时候——这真是一种罕见的治疗方法啊，虽然是残酷了点儿！

今天就写这些吧。我们在此处山里断绝了与外界的一切邮政联系。这封信在哪儿写完，什么时候写完，在哪儿交，什么时候交，都只有上帝知道，要是他也有工夫来关心咱们通信的话。再见！

艾伯哈特放下笔，聆听着对面病室中的动静。他听见了小姑娘清脆的语声，虽然已不再像发高烧那会儿似的急促得令人担忧，但在眼下这么晚的时候却总显得不一般，因为往常这时她早睡觉了呀。接下来他又听见母亲柔和的声音在诳孩子，而且看来马上奏了效；当艾伯哈特过去时，小家伙已经又睡着了。

“她刚才梦见您啦。”露绮莉娅夫人抬起头来对他嫣然一笑，说，“她给我讲了她的梦。她说您送给她一只白色小羊羔，脖子上系着红绸带，小嘴直接从她手里吃食来着。她已经玩了一会儿，才突然想起忘记向您表示感谢啦。她要我叫您，以便她补上对您的感谢。她这件事做差了，真是难过得要命啊。”

“可您干吗不叫我呢？”

“我告诉她，艾伯哈特叔叔不高兴听任何感谢话。他也送给了妈妈一些东西，可我尽管很希望，却任何时候都没能感谢他。所以，芙伦茨馨只要乖，赶快再睡着，好心的大夫就会比听见任何感谢话还要高兴。可惜您没有看见，这乖孩子怎么很快又规规矩矩躺下去，您瞧，又真睡着了不是，连额头上都汗涔涔的啦。咳，她可是对任何人都不像对您这样听话啊。”

艾伯哈特注视着安睡中的小脸儿，陷入了沉思。

“可惜我不是位女王。”美丽的少妇脸微微一红，继续道，“要是，我就会建议您在我的宫中住下来，做随时随地陪伴着我的御医。因为我实在不知道，没了您我们将来再碰到不幸该怎么办。只要有您在，我想我的女儿连伤风也不会吧。不过，我又庆幸我只是个普通女人。要是女王，也许就会希图以金钱和名誉这些东西，来报答您对她的爱女的侍奉。我呢，却始终念念不忘您的好处，心中永远怀着对您的感激。”

她说着把手伸给他，他异常激动地吻了吻她的手。

“露绮莉娅夫人，”他无言以对，只说，“现在已经十一点了。您该休息了，让我来接替您吧。”

“不，”她快活地回答，“我可没有咱们的芙伦茨馨那么听话，或者说我的瞌睡并不十分听我的话。让我再待一个钟头吧，您要是不困，就给我念点什么好啦。我在您那儿见过一部歌德，在所有诗人中您可是最推崇他了，因此想必乐意帮助我也多了解了解他。我很惭愧，昨天我翻了翻他的诗，老实说里头有许多对于我都是新的。”

“遵命。”他说，“不管您听多少遍，其中的大部分对于您都将永远是新的。这毫不奇怪。我本人的体会也完全如此。”

他取来那本书，是歌德诗歌的第一卷。他不加选择地从头一页念起，压低了嗓音，并无什么特别的朗诵技巧。可是，从这些以青春的热情培育成的花朵中所喷发出来的春天的醉人气息，他还从来没有感受得如此纯和如此深过。在念的过程中他连头都不敢抬，生怕碰见美丽少妇那像在无声地发出询问的目光。然而，当念到《狩猎者的夜歌》这首诗时，最后一节他结结巴巴地几乎就念不下去：

只要一想起你，
我就像仰望着
天空中的月亮；
一种宁帖之感
在心中油然生起，
不知为什么这样！——

他突然沉默了，让书滑到了孩子的床上，腾地一下站立起来。

“您怎么啦?”她惊恐地问。

“请您去把保姆从床上叫起来，”他转开脸回答，“让她代替我守夜；我在这儿憋得慌，必须出去一下。您瞧，我站起来以后已经好多了。我还想到湖上去划划船哩。”

他边说边往外走，丢下少妇，让她一个人在那儿百思不解，感慨万端。

第二天早上，两人见面问好，又成功地立刻恢复了无拘无束的愉快语调。对此小姑娘也帮了忙，她睡了个又甜又香的好觉。起床后，艾伯哈特亲自帮着在老板娘的大木桶里又给她洗了次澡，对她的神经明显地起了作用，使她不多会儿又睡着了。傍晚，艾伯哈特散完步带回来从山坡上采集的各式各样的羊齿植物和彩色石子。他久久地坐在芙伦茨馨床边，给孩子讲栖息在山野里的小鸟儿和其他小动物的故事；孩子倚着枕头，大眼睛观察着他带回来的那些宝贝，向他提出一个个聪明的问题，令他非常高兴。母亲坐在一旁刺绣，从外屋做晚饭的炉灶里传来炉火毕毕剥剥的爆响，渐渐天就黑了。今晚艾伯哈特没请人替自己值夜，但念诗一事也没再提起。

接下去的几个晚上也是这样。加之目前已不再需要严格的夜间护理，大夫本可以心安理得地待在自己房中。白天孩子也已能下床来活动几小时，因此他露面的次数大为减少，常常借口钓鱼到小岛上去，在那儿一直待到暮色苍茫才回来，要不就穿过松林进入峡谷，往上一直爬到冰洞跟前去。一次，应少妇的请求去山上采集夏天里最后的草莓的伙计回来说，他看见大夫一个人呆呆坐在山岩上，就像睁着眼睛睡着了似的。他对他讲“您好，老爷”，倒把他着着实实吓了一大跳，站起来点点头，便往更高处爬去了。他显然是不大对劲儿哩。头一天晚上一见他那么心不在焉地坐在板凳上，既不要吃又不要喝，伙计他可已立刻看出来啦。

接连着又如此过了好几天。总之，小姑娘的病情愈见好转，大夫的老毛病就愈加复发得厉害；他当初之所以突然成了健康人，完全是意外地担起那个义务的缘故。眼下的日子真憋得人受不了，他感到必须使它们有个结束才好。

一天上午，他再也受不住露绮莉娅那探询的忧伤的目光，不等开午饭就攀上那陡直的峡谷，去最后一次下他的决心去了。他今天刚发现一条越过山梁往南去的小路，就顶着正午的烈日，循着这条路一直走了好几个小时。只要这么继续朝前走，黄昏时分就可到达一座罗曼族人聚居的村子；在这座村子与死湖之间，隔着的便是一片片无路可通的冰原了。然后，眼下在他看来还不可能的事情就已成为现实，无须任何告别，对于那些他在他们的生活里不再有所作为的人来说，他已销声匿迹。他想了很久，觉得这再好不过，而且相信自己有这样做的力量。可是，等到光秃秃的石壁挡住他的视线，使他再无法回首遥望死湖，四周包围着他的已是一片不毛山野的时候，一股凄凉孤寂的感觉油然生起在他心中，他再也迈不开脚步，便一头倒在一座秃峰阴影下的野草里。他搜索枯肠，寻找出种种该回去的理由：他的信件和日记还留在山下；不知道露绮莉娅将为他多么担心；他有责任至少关心她们起程，送她们到最近的一座城市去。这件事今天就得办，他庄严地对自己起誓说。他决定打发伙计下山去替她们雇一辆车来。在二十四小时内一切都必须办妥，让分别变为既成事实，接下去就听其自然吧。

决心下定了，他感到心里松快得多，翻身从地上爬起来往回走。他打算高高兴兴地去消度命运赐予他的在露绮莉娅身旁的最后一点时光，要装出个无事人的样子。真不明白，他干吗会为以后的事发了那么多天的愁呢？

他采摘了一束没有香味的山花和羊齿植物，准备明天给芙伦茨馨带上旅途。他走着采着，不知不觉便下了山，等从山沟里钻出来时，正午的炎热已经过去。在他脚下的湖面上，平明无风，涟漪敛尽，只剩下岸边青葱的小牧地、巉崖上幽暗的松林以及最高处的灰色秃峰的倒影。他再往对岸的渔舍望去，由于目力很好，已能辨清那盖在屋顶上的一方方石板，院坝里跟在母鸡屁股后亦步亦趋的一只只灰白色鸡雏，以及挂在绳子上晒的一件件衣服。对那些生活在这座简陋的石板房顶底下的人，却连一点儿影子也看不见；在这一时刻，大伙儿通常都各自坐在自己的角落里，一边干点什么轻松活计，一边打打盹儿。唯其如此，当艾伯哈特看见那房门突然打开，走出一个面貌陌生的人来时，就更加感到惊讶。那是个穿着浅色夏装的高个儿青年男子，一张脸大半遮在一顶宽边草帽底下，给人看见的只是修剪得短短的军人式的胡髭。陌生人在房前站了一会儿，像是出来试一试空气和太阳的样子，然后冲着敞开的房门急急地说着些什么。不一会儿，露绮莉娅便从门里走出来，没戴帽子，只打着一把挺大的阳伞，把她肤色柔嫩的颜面罩在了阴影下。她跟着陌生男子走向船棚，不多时，艾伯哈特就看见两人乘着一叶小舟，驶过微波不兴的湖面，朝着对岸的小岛来了。陌生人有力地划着桨，船很快靠近岛子，他随即跳到岸上，伸手扶露绮莉娅下船。然后两人手挽着手，穿过白桦丛和高高的芦苇，沿着湖岸走去；显然是想踏访一下这个小岛。

艾伯哈特的心怦怦地跳得如此剧烈，身体不得不倚在一棵松树干上，以便克服突然发作的晕眩。这个陌生男子是谁呢，竟可以对她如此亲热；而她呢，为了讨他欢心，竟跟他到湖上来了，须知这正是她一直拒绝为自己的朋友和恩人做的事啊！她还与他手挽着手，一边走一边谈，看上去是那么兴高采烈，甚至把对自己女儿的关心也抛在脑后，足有一个小时之久，单单由保姆去照看她！管他是谁呢，他反正来得正是时候，以便结束这一场梦，结束此间山野的寂静使所有生活其中的人都堕入了的酣梦。作为一位老相识，他无疑使露绮莉娅回忆起了许多事情，回忆起了她在女儿生命垂危时所淡忘的一切，她在外面世界上的家，她的朋友和崇拜者；这一切对他艾伯哈特全是陌生的，这一切全召唤她回到自己旧日习惯了的生活中去，这种生活与他艾伯哈特毫不相干。这倒更好！已经下定的决心只会更坚定，不得不做的事情做起来也将更容易。要知道，他感觉得太清楚了，他是绝不可能与一个第三者分享对她的亲近的。

他三步并作两步地奔下山径，跑近旅舍门前已经膝头哆嗦，精疲力竭。转过屋角时，他瞅见柴棚旁停着一辆旅行马车，在冬天关牛的厩舍中站着两匹马，正冲着料槽喷鼻息。老板娘急不可耐地跑来像是想向他报告新闻，他不予理睬，径直走向小姑娘的病房，只见她坐在小桌旁，正玩着一个新布娃娃。

“马克斯叔叔来啦！”小姑娘兴奋得小脸蛋儿通红地向他高声说，“他给我带来一个布娃娃，眼睛还会动呐，随后又跟妈妈一块儿吃午饭，这会儿他们到岛上去了。可一会儿就会回来的，马克斯叔叔想用他的车接咱们走，可妈妈说了，你要不同意她绝不干。”

“芙伦茨馨，”艾伯哈特唤着，捧住孩子鬈发纷披的头，“我要是不能送给你这么漂亮的布娃娃，只能送一束野花给你，你仍然会喜欢我吗？”

孩子睁大了眼睛瞪着他。

“妈妈说过啦，除了亲爱的上帝，我最最喜欢的就应该是你，是你救了我的命。我真的也比爱任何人更爱你，只有妈妈我还要喜欢一些，再就是亲爱的上帝。”

艾伯哈特朝那甜蜜的小脸儿低下头去，先吻了吻孩子那对诚实的大眼睛，再吻了吻她苍白的小嘴。

“你做得对，芙伦茨馨，”他声音哽咽地说，“她的确配啊。这儿是一束野花，代我向妈妈问好吧。”

他扭转身，朝房门走去。

“您待在这儿好吗？给我再讲个故事好吗？”孩子在他背后大声喊。

“以后吧！以后！”除此他再吐不出一个字。

保姆恰好回房来，想要留住他，一见他那丢了魂儿似的模样非常惊讶。他却从她身边挤过去，奔回对面自己房中，一进去就把门闩死了。

等到他知道身边再无旁人，巨大的悲痛便一下子爆发出来；他倒身在一把椅子里；忍不住大声抽泣，但却没有泪，只是胸部像痉挛似的剧烈掣动。随后，他强自支持着，把拳头压在心口上，促使它安静下来，同时着手把自己的一点点衣物往旅行袋里塞。只有书信夹他还留在外面，接着就坐到小桌前，下意识地把给朋友的信拿到手里，像是想再加点什么似的，可是却找不出适当的话。他于是把信放到一旁，随后在一张白纸上为小姑娘写了一份简单的病历，打算留下以备将来有必要再请医生时使用。写完他感觉相当满意：他的措辞如此清楚，他手书的字母如此有力。

“我至少还没有失去理智呀！”他大声自言自语。

他刚写好，就听见外面传来一阵急促的男人的脚步声，接着就敲起门来。他心中猛地生出一种反感，要想装作不在又办不到，可为了免除这次会见，他真什么都愿牺牲啊。他打开门时的那张脸，硬是足以把来人给吓跑的；可那位蓄着金黄色胡髭的陌生人，却笑容可掬地跨进房来，看样子早做好受到不怎么热情的接待的思想准备，而且下了决心不受干扰。

“亲爱的大夫，”他亲亲热热地开了口，抓住艾伯哈特的手便使劲儿摇起来，“请您千万原谅，如果我来打搅了您。露绮莉娅已经告诉过我，谁要对您说一句感谢的话，谁就失去您的欢心了。可这帮不了您的忙，我才不怕哩，我是一位军官，我要在自己恩人面前也怕这怕那，才真叫丢脸啦。因此我告诉您，哪怕冒着在这之后与您决斗的危险也要告诉您，我将永远对您怀着感激，而您可以随时随地叫我为您效劳，就当我是您最知己的朋友一样。您创造了一个奇迹，大夫，您不只治好了那个在我像亲生女儿一般宝贝的可爱的小姑娘，而且特别是还治好了她的母亲。我可以告诉您，我几乎认不出她来了。要知道自从她的丈夫，我的可怜的哥哥安息在战场上的公墓里，她就开始了默默地过一个寡妇的伤心日子。她的朋友们想尽办法，都不能使她快活起来一点点！整整七年！依我想，这段时间已经够长啦，再深的悲痛也该过去了吧；咱俩私下讲，我对我哥哥的感情就非常深，但这七年对于我说来，已嫌太长了点儿。想当初，我也迷上了露绮莉娅；只因为我年轻一些，又是个不值钱的少尉，所以只好让维克多占了先。可维克多过世后，我就想，这下总该轮到我了吧；难道您不认为，大夫？谁知这么多年过去了，却一星希望都没有。这次我本想陪她去战场，再说我也有这个资格呀，结果却痴心妄想，遭到了一口回绝！那就等她回来再说吧，我琢磨。也许，这次扫墓正好会成为一个转折点哩。于是我就静等着她的归来，或者等着她至少来一封信，一等等了十多天，终于三个礼拜过去了，我开始担心起来，莫不她出了什么事吧？我向团里请了假，追踪她的下落，最后一直来到这死湖边。这下我发现她可完全变成了另一个人，不再那么郁郁寡欢，冷若冰霜，叫人不可接近。看起来，对于孩子能重归于她的感激心情，使她重新与生活取得了谅解。眼下情况已经发展到这样的程度，我已经可以对她使用比较亲切的称呼，唤她作‘嫂子’了——而所有这一切，亲爱的大夫，我都完全应感谢您一个人。是您打破了坚冰，带来了春天。而她本人的感受也一样，在谈起您时倾慕得要命，叫我几乎嫉妒起来，要是我不了解，是一颗充满感激的母亲的心在起作用的话。”

在这一番天真的自白之后，出现了短短的一段静默。这时候年轻的军官穿过房间，来到窗前，伸手敲了敲低矮的天花板。

“瞧您就在如此野蛮的洞窟中熬了这么久么？”他爽朗地一笑，又开了口，“是啊，当大夫的还不像当兵的给娇惯坏了！喏，从现在起咱们将尽一切可能，使您过得舒适一点。因为您将跟咱们走，这是不成问题的。露绮莉娅才不肯马上就放自己的家庭医生走啊。”

“我很遗憾，”艾伯哈特平心静气地回答，“您的嫂夫人对我期望得显然太多啦。我在此地的任务已经结束，小姑娘不但可以毫无危险地动身，而且甚至必须离开这儿，以便得到比这儿更好的营养。我本来正打算雇一辆车明天送她们，刚好就看见您的车了。由您护送她们在我看来再保险不过，所以您一定不要认为是我不友好，如果我今天便告辞的话。”

“这可不成！”青年军官真个是气急败坏地嚷了起来，“我告诉您，您这么说走就走，不出大乱子才怪哩。露绮莉娅和芙伦茨馨甚至还有保姆都会抓住您衣服不放，而我也一定会拔出剑来，截住您的去路！”

“就算你们会使我走起来更困难吧，但事情已这样定了。”大夫绷着脸回答，“因此，最好是您压根儿别提我的决定；等天色稍微暗下来，我就已经不辞而别。这儿我写了一张病历，请您收起来；但愿它对你们毫无用处。因为你们舒舒服服地、每天一点点地往回走，天气又这么好，对小姑娘的健康只会有好处。让我就这样向您告别吧，并请对尊嫂转达我最后的诚挚的问候。”

“大夫，”对方道，“您先别把话说死了。我希望您再考虑考虑。暂时我把病历收起来，并且离开您；我看见，我妨碍您写东西了。回见！”

“请您别暴露我的秘密！”艾伯哈特冲着他的脊背喊。

青年军官把食指搁在嘴唇上，然后举手行了个军礼，口中哼着愉快的曲调，大步穿过接客室走了。

艾伯哈特独自待了还不到十分钟，当他正像个决定逃跑的俘虏似的在荒凉的四壁中焦急地走来走去，突然听见接客室的门又响了，由远而近地传来他所熟悉的脚步声，使他全身的血液陡然一下涌到了心中。“真倒霉！”他自语着。语音未落，她已站在门口，并以一种令他惊慌失措的目光望着他，他不得不垂下眼帘。

“我的朋友，”她声音颤抖地说，“请原谅我再一次来到您的面前，虽然您竭力回避我。您甚至打算再见都不说一声就离开我们。我堂弟从您这儿回去时，我从他的神色已经看出来了，尽管一开始他企图否认。我自己也早已有过这样的预感，所以几乎一点不感意外，只是非常难过罢了。我心中说不出对您有多么感激，因此在临别之际，我是否再对您讲一点什么，从根本上看来也没有多少意义。

不过，就您而言，竟然不给我任何一点机会，哪怕对您仅仅做出微乎其微的报答，您的心胸未免也太狭窄了吧。我可是清楚地感觉到，我是完全有能力以自己的友情使您快活起来的，只要您也像我从第一刻起就毫无保留地信赖您那样，对我报以哪怕是些许的信任。您心中有着某种隐痛。要是我能够分担压在您心头的重负的十分之一，我有什么不可牺牲啊！您叫我怎么忍心和您分别，也许是永远永远地分别，同时却怀着内疚：那个人，那个像忠实的朋友一般给了我最无私帮助的人，他现在正在受苦，可我却既不了解他苦闷的原因，也不曾设法帮助他，仅仅就因为我害怕在他面前显得唐突无礼，好管闲事！不，”她越讲越激动，双颊不觉红了起来，“我知道，您不是出于自私，才加给我良心上这难以忍受的折磨，而仅仅是因为您太骄傲，不肯对一个妇女承认您那男子汉的痛苦。”

艾伯哈特一直静静地听着她，目光始终没离开地面；即使现在她讲完了，他仍然没有抬起头来望她，而是不得不集中全副精力，准备给她回答。

“谢谢您。”他语气尽可能平缓地说，“我知道，您是真心诚意地问我，对我怀着一片好意。请您相信，如果压在我心头的重负是任何人力所能消除的，那我绝不至于骄傲到连对您也不讲的程度。我既然可以帮助您，又有什么理由拒绝您的帮助呢？然而，有某些事情是不可改变的；对这种事情发出怨尤，或者以其拖累自己的朋友，在我看来至少也是愚蠢而软弱的表现，在一定情况下甚至已成了罪过。让咱们就这样分手吧，夫人。当您看见您的孩子又健康活泼起来，您心中与死湖联系在一起的所有不愉快回忆统统都会暗淡下去的，连同着这样一个人的形象，这个人……”

他突然顿住了，感到自己眼看就要失去控制，便两步跨到窗前，强使自己镇静下来。当他再转过身时，发现露绮莉娅脸色惨白，身子靠在门柱上，神情痛苦得与他在第一天夜里看见的没有两样。

“我的主啊，您怎么啦，露绮莉娅夫人？”艾伯哈特问，“我对您讲您帮助不了我，您干吗就激动成这个模样？要是您压根儿忍受不了您所谓欠着我的情这个想法，那就让我告诉您，咱俩的账清啦。为救您的女儿我是出了一些力，可您已经报答了我，因为您也救了我的命。”

她瞪着他，莫名惊诧的样子。

“是的是的，”他继续往下说，“在那边的桌子上，在我初次认识您的那个夜晚，我已经写下一封绝命书。眼下它还躺在这里，而如您所瞧见的，我已经改变主意了。至于我是不是得为此感谢您，这是另一个问题。压根儿不存在当然自有其不足之处。可是既活不了，又死不了，处于可悲的进退维谷境地——唉，够啦！对于您所救起来的这条生命是否还值得继续辛辛苦苦地活下去这个问题，您又能负什么责任呢？让咱们这难堪的告别别再拖下去了吧。咱们从此各走各的路，您回您的故乡，我呢，就让命运像个在路上踢石子的小孩一样，把我随便踢到哪儿就算哪儿吧。我感谢您，露绮莉娅夫人，为了在这山上度过的那些美好日子。长久以来，它们是我相信唯一一些重新真正生活过的日子。可惜，这样的日子终于结束了，就跟世间一切的一切都将结束一样。”

“可您为什么一定得如此？为什么您就不愿意跟我们一道走呢？”

她用恐惧的、近乎哀求的目光望着他，问。

“因为我……”他突然哽住了，目光开始在房中游移起来，最后落在桌上旅行袋旁躺着的那封信上，脑子里倏然闪现一念头，“您大概是想要一个证据，证明我懂得珍视您的友谊，而且也不过分骄傲，只要可能是会接受您的帮助的，对吗？那好，请您收起这封信，夫人，但得答应我，等到明天再看。您同意吗？”

露绮莉娅点点头，但没有瞅他。

“一切全在里边，”他说，“我没有勇气再重述一遍。您读完就明白了，我现在为什么必须走，而您也不应该留住我。喏，再允许我吻一次您的手吧。为了您活在这个世界上，请接受我的感谢。”他说着，异常激动地把她的手摁在了自己嘴唇上，“明天，您读过信后，代我吻吻您的女儿；在将来……我用不着请求您，无论如何，也要保持对我亲切的回忆。您又怎能不这样呢，您有着天使一般的心肠啊！而我……我将……永远永远不会……忘记您。”

艾伯哈特冲出房门，奔过走廊。他听见接客室中传出来芙伦茨馨的声音。小姑娘正在和保姆聊天，话语中还提到他的名字。他加快脚步，迎面碰见从外面进来的老板娘，尽管慌张仍没忘记抓一大把钱塞给她，对她道了再见。接着他便奔上通往下边山谷去的大道，急急转过第一个弯子，再不曾回过头来瞅一瞅死湖边上那所房屋。

他恍恍惚惚地跑了一刻钟，脑子里只有一个模模糊糊的念头，就是绝不能往回看，一看仿佛他就会失去力量似的。因此，到了谷底，他才突然发觉，自己是在往北朝着回德国的方向走，而本来呢，他是准备到伦巴底[1]湖边上去的。

“没关系！”他自言自语说，“我到哪儿不都是异乡人吗？”

他走到与大路并排着往下流去的溪沟边，喘喘气，捧起溪水来洗了洗发烫的额头，竖起耳朵倾听周围的动静。那溪水冲击山石所发出的清脆的声响，叫他陡然想起小芙伦茨馨第一次重新发出的欢笑声，不禁悲从中来，热泪立刻夺眶而出；他也让自己这悲伤的泪水痛痛快快流了好一会儿。直到从山下上来一个推着小车的人，才使他恍若大梦初醒。他想，此人很快就会停在死湖岸边的旅舍前，就会见着露绮莉娅和她的孩子；他自己呢，却今生今世再不会有此福分了！不过他仍矢志不移，继续往前走去，直走到他发现自己膝头打哆嗦，才感觉出最后这几小时对他精力的消耗太大啦。他于是在谷中的开阔地上找到一间过去供采石场工人用的小木棚，靠在旁边坐下去，下巴颏儿沉在胸脯上，一眨眼工夫就似醒非醒地打起盹儿来。

他这么坐了约莫一个钟头，完全处于一种既不感到痛苦也无所希冀的麻木状态，只在耳畔听见潺潺的溪水声，在脚旁看见野草和乱石，直到蓦地响起的马蹄声，以及缠上防滑链后慢慢从陡峭的山路上辚辚滚下来的车轮声，才将他惊醒。他脑子里忽地闪过一个预感，吓得猛一抬头，一看可不正是那位青年军官的旅行马车，在那高高的驭手座上，挨着车夫不正坐着那位忠心的胖保姆！只见她头戴一顶大草帽，帽檐上垂着块遮挡如今斜射进峡谷中来的日光的蓝

① 意大利北部地区。

纱巾。一上来，艾伯哈特想要从地上跳起，试图凭自己的两条腿甩掉他们。可是，就算在山道上他们会掉在他后边，一入平川不是仍可以轻而易举地赶上他么。于是，他悄悄地从地上爬起来，向着小木棚的门口溜去。“他们还没有发现我，”他想，“让他们赶到前边去，不也一样没问题了么。可干吗她不能就这么放我走呢?”

如此想着，他已进了木棚，脸上几乎带着羞愧，为着自己竟不得不像个流放犯人似的躲躲藏藏。在所有这些内心充满斗争的日子里，他的心还从来没像此刻似的疼痛过；此刻，他连最后一点力气也耗尽了，还不得不眼睁睁看着一个他认为并不配享受这一福分的人，带着他自己所失去了的东西凯旋似的打他面前走过。尽管这样，他仍忍不住凑到板壁前，小心翼翼地透过空空如也的窗洞往外张望，想最后见一见那些可爱可亲的面孔。

转瞬间他们已经近在眼前，他已能看清车里的情况。在靠对面的一角里，用披巾和毯子裹着，躺着看上去已经睡着的小姑娘。露绮莉娅坐在旁边握着她的手，眼睛却注意地搜索着大路。然而她那位年轻的护送者又在何处呢？“他会徒步赶上来的。”艾伯哈特想，“谢天谢地，他们过去了！现在好啦!”

谁料突然间，他听见马车嘎的一下刹住了。只见车夫跳到地上，走过去打开车厢门。接着露绮莉娅便匆匆下了车，直冲小木棚而来。一转眼，她已站在大惊失色的艾伯哈特面前，脸上微微泛着红晕。

“您这样做一点儿用处也没有，亲爱的朋友。”她声音颤抖地说，“您想逃避我们，但我们可以赶上您，一直追赶到您的藏身之处，紧紧地抓住您，不管您怎么反抗。因为我们需要您，我们不能没有您，您必须……”

“上帝啊，究竟出了什么事？”艾伯哈特大声嚷起来，完全搞昏了头脑，“未必是孩子突然又……”

“我的孩子正睡着呐，”美丽的少妇说，声音变得更低了，“可我们仍然需要您，亲爱的朋友，而且这一次——这一次是孩子的母亲——是她要把自己的生命托付给您！”

“露绮莉娅！”他忘情地叫了起来，抓住她伸给他的手，把她拉进小木棚，“我……我……我该怎样理解您呢？……您……您愿意啦……您能够啦……”

“我得请求您原谅，”她满脸通红地回答，“我没能等到明天；您一转背我就读了您的信，了解了信里的一切。接着我——这个我也得向您承认——我进行了激烈的思想斗争。后来我突然感到，要是放走您，我这一生就绝不会再得到宁静了。您为我牺牲了自己的誓言，由于我而决定继续活下去。为着报答您，我就只能把我所有的一切，包括我自己，全部交给您了。我发誓要忠诚的那个人，他生平别无他求，只求能使我幸福。我知道，倘使我现在能把事情的前前后后给他讲清楚，他就一定会解除我的誓约的。一当我心里明白这个道理，我便再也待不住了。我将全部真情告诉我堂弟，他心情沉重地留在旅舍里了。但是他仍然让我代他握握您的手。‘要是他能使你幸福，’他最后说，‘那我就要试一试能否恨他。’喏，我的朋友，在这种情况下您还有勇气吗？”

艾伯哈特再也站立不住，膝头一软就跪在她脚下，捧住她的双手，脸埋在了她的裙褶里。他一句话都讲不出来，只是结结巴巴地、不断地呼唤着她的名字。

“您这是干什么?”她朝他俯下身子，柔声地说，“起来，像个男子汉的样子；您应该成为我的支柱，我应该仰望着您——最近那么多日子以来我不是这样做的吗?”

他吃力地站起身。

“原谅我，”他在默默地拥抱过她，与她情深意长地接了个吻以后说，“完全是我这两条腿不肯再支撑着我的缘故。巨大的痛苦和巨大的幸福全挤在一天里，实在太多太多啦。不过我的心脏非常强健，足以承受重新产生的喜悦和希望。咱们上车去吧。我真巴不得能马上亲一亲咱们的孩子啊!”

失去了的儿子

十七世纪中叶，在伯尔尼[1]生活过一位贵妇人，一位家道富足而声望很高的市议员的遗孀，人称她为海伦娜·阿姆托尔夫人。她丈夫丢下她和两个孩子那会儿他们才结婚十二年，也就是她还处在青春妙龄、容貌艳丽的时候。可尽管如此，她仍拒绝了一个又一个哪怕再富有、再显赫的求婚者，不肯再嫁人，而且每次都宣称，她活在这个世界上仅仅还有一件事要做，那就是教育好自己的子女。然而，事情常常是这样，过分的热衷和孜孜以求只能招来相反的结果，海伦娜的情形也是如此。大的孩子是个男孩，父亲死时已经十一岁，生得虽然聪明伶俐，但却十分任性调皮，需要的是一位严厉的父亲来对他进行管教，而不是母亲的过分慈爱和百依百顺。海伦娜把这个儿子真当成自己早亡的丈夫的替身似的侍奉着，对他的那些常常是无理的要求也不能说任何一个不字。结果小安德雷阿斯年纪越大行事越不像话，给海伦娜造成了极大的苦恼，作为她溺爱儿子的偿报。当她认识到自己错误的时候，为时已经太晚。长辈们的忠告和恳求，甚至市政当局的严厉警告和处以罚款，也统统和母亲伤心的泪水一样，都已不能够再使性情变得粗野了的年轻人就范。这时候，海伦娜夫人才终于狠下心来，做出她在失去丈夫后最痛苦的决定，

① 瑞士城市。

即让儿子离开自己，到洛桑一位答应接待他的表兄家里去，希望洛桑的新环境和在这位富商表兄手下规规矩矩的工作，能治好他的坏德行。安德雷阿斯那年正好满二十岁，他也求之不得地乐于离开被他称作“熊栏”的故乡，到那说威尔斯语[①]的大地方去，希望在那儿过上更加快活、更加放荡的日子，不管表兄会怎样对他进行监视。在与自己的母亲和大约十二岁的小妹妹伊莉莎白告别时，他丝毫也没动感情；他只是小心谨慎地把大笔的盘缠藏在上衣里，母亲的叮咛嘱咐却一股脑儿抛到了脑后。果不其然，没过半年，从洛桑就送来了消息：安德雷阿斯不声不响地从城里逃走了，留下了一大堆赌债和酒债，而且把表兄交给他做生意的款子悉数卷走，仅在他写字台的抽屉里丢着一张让人家找他母亲要钱的条子。

海伦娜夫人毫不迟疑地偿还了这笔巨款和其他所有的债，对谁都只字不提这件事，碰上有不识趣的人问起她儿子的情况，总是回答：他混得挺好，时不时地还从旅途写了信来的。后面一点却也并非谎话，因为他每当钱花光了——这样的情况在他可是常事——就总来找母亲要；而她呢也有求必应。至于在他和她的信里还写些什么，就没有任何一个人知道了。她再不提自己儿子的名字，从此一次也没有主动谈起他，以致其他人终于也都不忍心再来触动她的隐痛，久而久之，死也好，活也好，对于全城的人来说安德雷阿斯这个人就几乎等于不存在了。这在他本人似乎正中下怀，他从来没流露过有重归故里的愿望。随后他成年了，想与他的监护人办理交涉，

① 此处指法语。

也只干脆寄来一个通知，要人家某月某日到斯特拉斯堡[1]的葡萄园酒店去找他，以便向他移交他父亲的财产。监护人是位年事已高的老先生，既不能也不肯千里迢迢地去会见他的年轻的被监护人。无奈，海伦娜夫人自己踏上那令人伤心的旅程，心中暗暗怀着最后一点希望，但愿这次再见能给儿子已经变得陌生了的心灵一个好的影响。可是，十天后她回家来时，凝聚在她脸上的哀愁比以前更加浓厚，从此谁都不能讲什么时候再看见她笑过。

然而，命运尽管给了她如此沉重的打击，却也在她身旁留下了一点安慰。一颗受伤稍稍轻一些的母亲的心，有此安慰大概也就可以平静下来了。那是她的另一个孩子，即比她失去了的儿子约莫小八岁的女儿莉莎白特丽[2]，她出落得再好不过，性情温驯，待人亲热，谁见了谁喜欢，与她的哥哥刚好相反。她这样一些良好的温柔的性格，虽可说是生来如此，却有不小一部分仍然是她自己严格地培养和锻炼的结果，因为在她小时候，特别是安德雷阿斯还在家里的那些年，她母亲对这个小女儿是严厉得太过分了的，正像她对自己那宝贝儿子迁就得太过分了一样。莉莎白特丽还在上小学的时候，就不知为这显而易见的不公平的待遇偷偷流过多少次眼泪。她不管怎么顺着母亲，都不可能讨得母亲的一句好话，或者赢得母亲的一次爱抚，而这一切母亲对于她那野性的儿子却是毫不吝惜的，这又叫小小的伊莉莎白怎能不伤心呢。不仅如此，母亲还常常把为儿子闯了祸生的闷气发泄在可爱的小姑娘身上；她哥哥呢，也非常难得理

---

① 德法两国之间的边境城市，现属法国。

② 伊莉莎白的别称。

睬她，好像世界上压根儿没有她这个人似的。不过就算这样，小姑娘仍然温柔、开朗极了，似乎她那颗心早早地已经成熟，看透了使自己母亲失去了常态的全部不幸，下决心要把母亲加给她的种种不公正待遇，当作一个病人的怪癖来加以忍受。

随后一些年，当安德雷阿斯已经从洛桑逃走，对于伯尔尼城的人已渐渐销声匿迹了，海伦娜夫人对女儿的态度才开始改善；她对女儿心地的纯洁高尚从来也不是看不见啊，她只是像受着恶魔的支使一样，自己造下了自己的不幸。现在，她那颗受了致命伤的母亲的心尽管仍然十分骄傲，不肯在女儿面前哪怕是叹一口气，让她看出自己为了儿子有多么难过；然而，在其他所有方面，她已经把女儿装进自己心坎里，并且常常表现出来，好像她要竭力给女儿以补偿，好弥补早年使她遭到的创伤或损失。诚然，她眼下仍旧不轻易对孩子表示爱抚。但是，只要她在晚上就寝前伸出自己细嫩白皙的手抚摩抚摩女儿棕发蓬松的脑袋，或者吻一吻她的眼睛，或者叫她一声“我的小乖女”，莉莎白特丽也会高兴得满脸绯红，心跳得躺在床上久久不能入睡。除此而外，海伦娜夫人还在自己那严肃的个性觉得可行的范围以内，留心为孩子寻找一些年轻人的娱乐，邀请她的女友礼拜天到她们这孤儿寡母居住的寂寞的住宅中来，到她们那座位于宅子背后的美丽的台阶型花园中来，夏天里还让她去参加青年们的郊游和乡村里的小型庆祝会；她只是无论如何都不同意女儿去和很多人一块儿跳舞，即便跳舞场上规规矩矩，严格遵循古老的风习也罢。仿佛在她内心深处有某种感觉，使她眼前老出现这样一个情景，即在她女儿正兴高采烈地跳舞的同一时刻，她儿子也许却无家可归，穷愁潦倒，绝望中正下决心要结束自己的生命啊。须知这样一种预感，就像个幽灵似的在她的心里投下了阴影，不管她是醒着还是在梦中。

阿姆托尔家族世代居住的宅子坐落在伯尔尼的上城，是一幢狭长的、古老的三层楼建筑，里边的墙上和屋顶都装着木头拼镶的护板，上面再蒙着已经陈旧的绸子，挂着厚重的帷幔，住起来相当舒服。底楼是账房以及家中的老用人住的房间，那位兼为厨娘和管家的忠心女仆人的房间；上楼就是主人母女的卧室，室内的窗户都朝着后面的园子；顶上一层从前是已故市议员的藏书室和办公室，后来成了安德雷阿斯的领地。摆着他的床铺的那间屋子，自从他出走以后，除开那个老女仆就谁也不曾再进去。母亲从来没跨过房门一步。妹妹有时不得不上楼去取一本书，也是屏住呼吸，轻手轻脚从门外溜过去，仿佛那房里不怎么对劲儿似的。

话说在九月里的一个晚上，那天莉莎白特丽正好满十九岁。白天为了庆祝女儿的生日，平素对她管束得十分严格的母亲为她邀来了六七个最要好的女伴，多数时候都让年轻人自己待在一起，尽情地唱歌和做各式各样的游戏，这样不知不觉就到了晚上十点。可是在熬过了闷热的白天以后，姑娘们眼下还手挽手地在黑暗的园子里一边溜达，一边叽叽咕咕地说着知心话，要不是眼看着河面上已经聚集起乌云，一场即将到来的暴雨吓得她们只好回家去的话，她们准会那样一直玩儿到深夜的。再说打着灯笼来接她们的女仆也已经到了，于是乎便匆匆忙忙地接吻告别，不一会儿在花园旁边的大起居室里又恢复了往常的宁静。这时候，夜空里正好传来第一个沉雷的吼声。

海伦娜夫人走到女儿身边。女儿正站在敞开着的阳台门前，目光越过幽暗的花园台阶，直望着下边的奥雷河，一副梦幻似的神不守舍的模样，就跟人们通常过完兴高采烈的节日，内心又品尝到孤独的滋味时的那个样子。母亲把手轻轻抚在女儿头上，女儿也一声不吭地仰头靠着母亲的肩，好像在那火蛇般掣动着要撕碎黑云的闪电面前，她情不自禁地想寻找一个保护似的。

“进去吧，孩子，”母亲说，“马上就要下雨啦。”

女儿默默地摇了摇头。她目不转睛地眺望着远方地平线上一条明亮的光带，那是在乌云后边很远处耸立着的雪峰，在明净的月华下所造成的壮丽景象。

“地球可真大啊，妈妈。”女儿说，“在那边的人们，他们既听不见也看不见这边的打雷和闪电。而更远一些，在那颗正好悬在红羊角上边的星星上头，就算是我们的整个地球都崩裂成了碎片，那儿的人们恐怕也不会发现吧。”

母亲一言不答。她的思想——她不知道它们现在何处，却非常清楚自己在想着谁，想着那个每当下雨刮风她都情不自禁地第一个要寻找的人，完全就跟许多年前天一黑下来她知道她的儿子还没回家时一样。

“河面对于天气变化有多敏感啊，”女儿又开了口，“难怪人们说，闪电一划下来，河上就会出现一层鸡皮皱。可瞧那些在下边岛子上的酒馆里的人，他们在这种时候还有心思拉琴跳舞！真是一伙不信上帝的蛮子。”

“这会儿不正好停下来了么，他们大概也害怕了吧。”母亲说，“任何人的心肠都不会那么硬，到了时候，他还是会听见上帝对他发出的警告的。可是咱们回屋去吧，这会儿雨点掉得已经有蚕豆大啦。”

“快瞧，妈妈，”女儿突然抓紧母亲的胳膊，叫道，“那下边出什么事儿了。酒馆的门被猛地撞开，人们一窝蜂挤了出来，中间还夹着个姑娘，看，明晃晃的宝剑！听，他们在相互谩骂！啊，真是一些野蛮的家伙！”

雷声正好静止了，越过花园中的台阶，从下面的河上清清楚楚地传来嘈杂的人声，其间夹着酒杯和酒瓶摔碎的叮叮当当的脆响，以及不顾这一切的打斗和喧嚣，仍一个劲儿地狂吹着的充满颤音和花音的木笛的鸣叫。

“我甘愿马上拿出一百个克朗来，”海伦娜夫人蹙额皱眉地说，“要是市里能够把下边这个罪恶的渊薮关掉。他们真的有可能逼得我搬到另一所房子里去度过晚年，仅仅就为不再看见和听见这一切。”

“而且偏偏是在这最宝贵的时刻，”女儿接过话头说，“周围一切这么宁静，人本来可以好好思考一下，梦想一点儿什么。快看，他们离开酒馆，拥到桥上来啦。我的主啊，他们在用刀剑相互刺杀哩。有一个给逼到了桥栏杆上——那个女的插开了他们——他的胳臂又可以活动了——要是人家把他给推到了河里边……”

“够了够了，”母亲用命令的口气说，“马上给我进去。这不是可以给信奉基督的人当戏看的，当旁的人比野兽还更凶残地相互攻击的时候，先再给我念一遍晚祷，然后咱们就上床睡觉。”

蓦地一道闪电从夜空划下来，把底下奥雷河岸边的房屋、河心小岛上的酒馆以及高高腾起的波浪都照得如同白昼一般明亮。刹那间，那拥挤在窄窄的桥面上的黑魆魆的人群也看得清楚了，只见一个便帽上插着根红羽毛的高个儿小伙子，正奋力抵抗着一大群人的攻击，帮助他的只有一个女的，这女人的脑袋上飘动着一块白色的头巾。刀剑闪烁着寒光，女人呼救的尖叫声响彻河边寂静的街道——接下去，在响起一声万丈高楼崩塌了似的巨雷的同时，瓢泼大雨也从云层中哗啦哗啦地灌了下来，漆黑的夜幕顿时又遮住桥上那疯狂的格斗，剩下的唯有从岛上酒馆的窗户中透出来的一点点红光。

母女俩吓得退进房里。当母亲在铺着地毯的房中慢慢踱来踱去的时候，莉莎白特丽则坐在桌旁，双手捧着放在面前摊开了的一本书，眼睛出神地盯着一只精美的威尼斯玻璃大花瓶——她的教父今天送给她的生日礼物。她根本别想再念晚祷，雷声加上雨声，完全盖住了她的声音；她更没心思去睡觉，那野蛮的打斗场面还一直呈现在她眼前，叫她心惊肉跳。她侧耳倾听着窗外。“啊，主啊，”她几乎是下意识地祈祷着，“让那一切都平平安安地结束吧！”——就在这当口，一道闪电把窗户和仅仅掩着的房门的缝隙照得雪亮，一股寒冷的夜风也随之窜进沉闷的房间里来。她猛地觉得，似乎看见在外边最高的一级平台上有一个黑影一晃而过，接着又一下子在玻璃窗后边闪出来，随后又重新消失了。

“妈妈，”她压低嗓门叫了一声，“咱们把门关上吧。有人翻过园墙来啦，刚才……”

她还没来得及把话讲完，门就猛地推开了，冲进来一个男子。

“看在主的分上发发慈悲吧，”他喊道，一半由于已经精疲力竭，一半也是表示哀求的意思，他马上跪倒在海伦娜夫人跟前，“不管您是谁，高贵的夫人，都救救我这个无辜受追逐的人吧！他们紧紧跟在我后边。哪儿……”他大声问，同时定了定神，伸出满是血迹的手把滴着雨水的头发从眼睛上拢开，“哪儿可以让我藏身。我要怎样做才能打动您的心呵？您要是知道这一切是怎么发生的，您要是知道我怎样在完全平白无故的情况下落到了如此可怕的境地，给人当作杀人凶手加以追赶——啊，高贵的小姐，”说到此处他转过头去望着脸色苍白的姑娘，她正好毛骨悚然地发现了他便帽上那根红色羽毛，“啊，高贵的小姐，您要是有一位兄长，您是那样爱他，而他这时也刚好与我一样，正不得不在异乡恳求别人的庇护的话，那么您就求求您的威严的母亲，让她别把我赶到黑夜里去吧，天晓得有怎样的耻辱在那儿等着我哟。看在您的亲生儿子的头颅分上，高贵的夫人……”

“住嘴！”海伦娜打断了他，低沉的嗓音颤抖着，在这个逃亡者听来甚至比那天公的怒吼还更可怕。她同时失魂落魄似的盯着逃亡者，吓得女儿飞跑过去扶住她，担心她会昏厥摔倒，这种情形很快就过去了。

“把阳台门关起来，”她急忙命令女儿说，同时把身子倚在一把圈椅的扶手上，“然后去叫瓦伦廷。一个字也别对他说。可是得快！我觉得已听见脚步声从园子里走上来了。”

姑娘转瞬间便闩上阳台门，随即又从另一道门跑出房去。有一会儿，房里只剩下陌生人和母亲。

“您拯救了我的荣誉和自由，”他结结巴巴地说，“也许还有我的生命。不过请相信，高贵的夫人，承受您的恩惠的绝不是一个无耻之徒，绝不是一个为人所不齿的败类。我自己的母亲倘使知道我落到了强盗们的手中，她一定会不惜以自己全部的财产来赎她儿子的性命的，而对于您的高尚行为……”

“您什么都别再讲啦，”海伦娜夫人打断他说，“我所做的一切并非为了您。瞧您还在流血啊……”她说不下去了，目光盯在陌生人肩头上的一个地方，只见大滴大滴的鲜血正浸过黑色的上衣从那儿往外冒。

“不要紧。”他很快回答，同时把手套按在伤口上，“我几乎毫无感觉。上帝既然要我赎罪，就不会更危险的。可是我担心……”

这当儿莉莎白特丽走进房来，身后跟着家中的老仆人。

“瓦伦廷，”夫人吩咐说，“领这位客人上楼去，安排他上床——在那间房里——你自己知道的。不能让任何人知道他在咱们家，多纳特由我自己去关照。你是懂一点外科手术的，对吗？瞧瞧这位先生的伤口，在楼上的柜子里有绷带——抽屉里还放着一些衬衫——要好好服侍他，就当他是我的亲生儿子一样。快走！脚步声已经近了！”

大伙儿全都忐忑不安地倾听着。果然，透过哗哗的雨声，外面园子里已传来说话的声音。老仆人赶紧把陌生人推出房门，房里只留下母女俩面对面站着。

“孩子，”母亲声音颤抖地说，“你暂时到多纳特房里去一下。我是不得不撒谎啦，我可不愿意叫你也听见。”

“妈妈，”女儿回答，“让我待在您身边吧。在楼下我会担心得要命的。相信我，这对您没啥妨碍。何况在我眼里，您所做的一切都是为了救一个人的命呢。”

这当儿，通花园的门砰砰地敲了三下。

“以法律的名义！”外面一条低沉的嗓子喊道，“快开门！”

“谁这么晚了还来打门？”海伦娜夫人应着，声音镇定得好像压根儿就未发生任何事情似的。

“法警和夜巡队！”外面回答，“快开，不然咱们就砸啦！”

“去开门，莉莎白特丽，”海伦娜夫人大声吩咐女儿，以便外面的人能听清楚她说的每一个字，“我可不得不讲，咱们古老的伯尔尼城真行出新规矩来啦，巡逻队竟然深更半夜闯进和平市民的家。我希望您能表明您有足够的理由进行这样的拜访，法警先生。”她冲着来人威严地说，“您知道我是什么人，您知道我在自己家里是不可能窝藏警察正在追捕的罪犯的。”

法警急忙把所有的屋角都窥视一遍，狼狈地停在身材高大的海伦娜夫人面前，给她那坚定的目光盯得垂下了眼睛。

“请原谅，阿姆托尔夫人，”他嗫嚅道，同时做了个手势，叫他的两个下属留在外边，自己则尴尬地把捏在手里的刀柄转过来，转过去，“咱们正在追赶一个亡命徒。他在下边的岛子上肇事，干了杀人的勾当。咱们赶到时，酒馆的人说看见他逃到上边来了，很快地越过了围墙、篱笆和花坛。咱们果真发现他的足迹进了府上的园子，在那扇窗户旁边还捡到他一只手套。所以我就认为自己有责任……”

“闯进我的家来，仿佛我的家就是个杀人凶手的窝藏所似的，对吗?”海伦娜夫人截断他的话，目光严厉地瞪着他，使这个一大把胡子的粗汉像个被当场逮住的罪犯一样低下了脑袋，眼睛盯着自己踩在花地毯上的水迹印，一副极为难堪的嘴脸。

“去吧，可下次得看清楚要敲的是什么人的门。明儿个我将向市长和市议会提出质问，质问他们为什么容许有人在岛上胡作非为，使住在附近最安分的市民也遭了殃，让巡逻队深更半夜来光顾，并且蒙受窝藏凶犯的嫌疑。”

法警还打算说几句表示歉意的话，可夫人威严地举手一指门，不让他再开口。他垂头丧气地往外走去，刚跨过门槛，莉莎白特丽便推上门闩，然后一下子倒在圈椅里，口里深深喘了一口气，刚才那短短的一幕把她吓得真够呛。

“你待在这儿。”母亲过了一会儿说，“点支蜡烛，我想上去看看。”

“妈妈，”女儿鼓起勇气表示不同意，“您是不是先别……瞧您现在脸色这么苍白，那样你会受不了的。”

海伦娜夫人一言未答，从女儿手里接过烛台就表情木然地往外走，仿佛最坏的事情也不过如此似的。不错，她是一位严肃的妇女，一位骄傲的妇女，从来自视甚高，绝不肯下作到干撒谎骗人的事。可是，她刚才却降低了自己的人格，在自己的心目中，当着自己女儿的面，而这样做是为了一个陌生人。这个人没有任何其他要她做出如此重大牺牲的权利，仅仅是在对她进行恳求时，触到了她埋藏在内心深处的痛苦而已。

她走出去的那扇房门仍然半开着，莉莎白特丽听见她如何拖着沉重的步子，三步一歇五步一停地爬上楼梯，好像为了完成她那艰难的旅程，即再次走进她那个已经失去的儿子的房间里去——多少年来她从未再跨进这间房子一步——她不得不一次一次地停下来给自己鼓劲打气似的。

“他昏过去了。”在门口迎着她的老仆人说，“我已替他包扎了一下。可当我给他穿上干净衬衣时，他却跟个死人似的倒在了我怀里。我想去弄点冷水来，别的没什么危险，只是血流得像喷泉一样，这叫他吃不消啊。”

他匆匆忙忙奔下楼去，女主人则进到房中。

陌生人躺在床上，闭着眼，嘴痛楚地微微张着，露出了光洁的牙齿。金黄色的头发从惨白的额头上抹向了脑门儿，给血和雨水打得湿淋淋的。地板上扔着他的便帽和绸外套，以及一件让鲜血完全浸透了的衬衣，是老仆人适才用干净衣服替他换下来的。海伦娜夫人在陌生人身上重新见到自己亲手为儿子织成的细亚麻布衬衣，见到了她绣在上边的几个字母，整个身子就哆嗦起来，膝头一软几乎倒了下去。为了不再看屋子里的其他东西，她死死地盯着陌生青年的脸。这张脸尽管毫无血色，却仍透着温和、善良和孩子般的稚气。当初，她从他的衣着一眼便看出来，他准是个正派人家的子弟；眼下，他恳求她的动人声音还在她耳际回响。一股母性的感情在她心中油然而生，大颗大颗的泪珠从她憔悴的脸颊上滚落下来。一会儿，老仆人取回来一罐清水，准备替昏迷中的青年冲洗太阳穴。

“让我来吧。”女主人说，从他手里接过了海绵，“到咱们的厨房里去弄点好醋，再加一瓶咱们的陈年葡萄酒。等到他一醒过来，就会感到饿的。”

接着，她清洗掉了陌生青年头发里的血污，把冰凉的海绵敷在他的嘴唇上。这样一来他就苏醒了，慢慢地睁开了眼睛。当他发现高贵的夫人——他的救命星坐在自己床边，便打算坐起来，说些什么。海伦娜夫人却温柔地按住他的身子让他别动，要他听任自己的安排。

“我已经好些了。”他轻轻叹口气说，同时抓住夫人的手，按到自己嘴唇上去，“呵，您对我的恩德太大啦！要是我的母亲能见到您就好了！您与我素不相识，完全可以把我想得很坏很坏。让我先只告诉您，这一切是怎么发生的吧。”

“今天什么都别讲。”海伦娜夫人打断他，轻轻用手按住他的嘴唇，“您失血太多，必须先补起来。我现在把您交给我的老用人，他会通宵守着您的。我希望您安心睡觉，明天起来就好个差不多。晚安！”

她走出房时，对所有那些必定会引起自己伤心回忆的室内陈设再没看一眼。可是一到外面黑暗的楼道上，她便把头倚在墙边，偷偷地饮泣起来。不过就那么几秒钟，随后，她又重新昂起头，下楼上女儿那儿去。

“瓦伦廷认为没有危险，”她说，“咱们该睡觉去了。”

“妈妈，”女儿问，“您相信他会是个杀人犯吗？瞧他那副模样儿，恐怕连头牲口都不会伤害，更别提人。”

“可是，他又怎么会跑进岛上那个酒馆去呢？”母亲反问，但更像自言自语。

“因为他是个外乡人。”女儿抢过话头回答，“他讲的不是咱们瑞士德语，这您大概听出来了吧，妈妈？”

“用不着为此白费脑筋，”母亲一下子掐断话头，“上床去吧，孩子。暴风雨已经过去了。”

说完，母女俩便走进卧室。女儿还先念了一遍晚祷，然后便上了床。可是直到半夜以后好久好久，两人谁也没能合眼。莉莎白特丽老是看见陌生人那一双忠厚但却惊慌不安的眼睛，看见他如何向她恳求，要她使母亲可怜他，看见他额头上的鲜血，看见他帽子上的红羽毛，最后又听见那个夹在桥上争斗的人们中的女人所发出的尖叫。海伦娜夫人呢，却屏息聆听着楼上的动静。要知道，现在躺着受伤青年的那个房间，正好在她卧室上面。想当初，她曾躺在床上熬过了多少个不眠之夜，睁着眼睛等啊等啊，直等到安德雷阿斯玩够唱足后归来；终于，楼上响起踉踉跄跄的脚步声，但这带给她的却不是睡眠，而是眼泪。眼下，上面可是够安静的啊。只是时不时地能听见老瓦伦廷轻轻咳嗽的声音。海伦娜夫人手支着枕头坐起来，想要祈祷一下。“主啊，我的上帝，”她默念着，“求你保佑他在异乡也找到一个母亲，找到一个在任何困厄中都给他以帮助的母亲。要是没有任何人再怜悯他的话，那就让他迷途知返，回到自己真正的母亲身边来吧。在重新握一握他的手以前，我是死不瞑目啊！”

第二天，朦胧的晨光刚透过几扇小圆窗照进卧室里，海伦娜夫人已经起床，匆匆穿好了衣服。

“你再睡一会儿吧，孩子。”她对同样开始在床上动弹的莉莎白特丽说，“我这会儿想上楼去，看看咱们的客人怎么样了。”

女儿也躺不住。她悄悄爬起来，穿好衣服，踮起脚尖跟在母亲身后。在楼梯上，她碰见手里端着一只小碗的女用人多纳特。

“早上的汤他没喝一点儿，”忠心的老婆婆说，“还虚弱得要命哟，拿汤匙的手都直哆嗦。可除此以外就是个非常俊秀的人儿哩，小姐。像他我是决不会出卖的，宁肯把自己的舌头咬下来也不干。”

姑娘什么也没回答，径直溜上了楼。为了不弄出嘎嘎的响声，房门只是半掩着，她因此能看清躺在床上的陌生人。只见他正微微抬起头来，向海伦娜夫人致意；夫人则站在他面前，问他夜里睡得怎样。

“我不知道，高贵的夫人。”小伙子回答，“这儿，我这位忠心的看守，他也许知道得更清楚，我夜里是否睡得安静，或者说了胡话，或者用手和脚四面乱打乱蹬过。但我知道自己一直在做梦来着，梦见的都是最最可爱的事物，完全不是血啊，伤口啊什么的。今儿早晨一觉醒来，心头却又立刻感到一阵刺痛：昨天晚上竟让您受了那么大的惊，可您还压根儿不了解自己挺身相助的是个什么人哩。不行，”他看见她又想制止他说话，便抓住她的手，更加激动地讲下去，“现在我不能让您就这样离开我，尽管我在二十四小时内一个字不吐，对我的健康会好一些。我这么躺着，让那位好心的撒马利亚人[1]和尤其是您去猜想：你们辛辛苦苦看护的可能是个坏蛋，倒不如随他被打得半死地在街上给法警发现，送到收容游民和斗殴者的下等医院去更好些——这可会叫我发疯的啊。我之所以落到今天这步田地，全怪我年少气盛，不知检点，总认为只要襟怀坦荡，问心无愧，就不至于堕入魔道的。对此我父亲却经常地直摇头，告诫我说：谁要想不弄脏自己的手指，就别去抓沥青；你要不愿跟着学狼嚎，就千万别混进狼群中去。还有当我从奥格斯堡动身的时候，我的母亲对我真是千叮咛万嘱咐，要我一定只在好人家进出，躲开一切下流的人。结果鸡蛋又一次想显示自己比母鸡更聪明。因为您瞧，夫人，我就这么高高兴兴地离开了家门。而我的故乡，它是一座多么美丽的城市啊，眼下又是那样充满了欢乐，再说我本人在取乐方面也不比其他人落后。但总觉得故乡对于自己太狭小了，一心想出来见见世面，特别是渴望到我父亲经常讲起的瑞士来看一看。我父亲年轻时在伯尔尼学过手艺，在本城富有的织布匠奥弗登比尔家里，您想必也知道这位师傅吧。后来他在故乡落了脚，娶了我母亲，自己也开起一家大织布作坊，只不过经常地还爱回忆这边的情形，所以我一表示想上这儿来的愿望，他便满口赞成。我甚至相信，他认为在这儿的师傅家有一个闺女，我正好可以来和人家配成一对儿。要知道我尽管在奥格斯堡已经长到二十五岁，可是却还不曾与任何一位长着蓝眼睛或黑眼睛的姑娘有过任何牵连啊。这样，我在两个星期前就骑着马动了身，兴致勃勃地向着南方走来，随后又乘船渡

---

① 撒马利亚人是《圣经》中的救死扶伤者，此处指老仆人。

过美丽的波顿湖，于昨天傍晚天擦黑时在上帝保佑下高高兴兴地进了‘熊沟’旁那道城门，不过并未像俗话说的那样马上连人带门一股脑儿冲进奥弗登比尔先生家中去，而是在‘鹳巢’客栈下了马，然后就上街去城里四处溜达，像我每到一处新地方时那样，总要先穿街走巷，看看这个，瞅瞅那个，以便不慌不忙地对每一个地方的民情风俗都很好地了解一下。昨天算我倒霉，匆匆离开客栈时竟不曾吃一点东西。要知道骑在马上紧赶慢赶，雨老是下不下来，天气又闷热得要命，我突然感到口渴难当，觉得如果不能马上弄到一瓶酒来润润喉咙，嗓子眼儿必定就会冒出烟来似的。当时我正好在下米城打从那座岛子旁边经过，听见酒馆里边不断有跳舞的音乐传出来，便向一位衣着讲究的市民打听，那里是不是有好酒可喝。酒嘛倒挺不错，他回答，可酒客们却太差劲儿，他要是按照我的穿着所做的判断不错的话，我在那样的地方是找不到和自己相同的人的。

“‘就算是羊圈牛栏我也得进去’我笑着回答，‘只要在某一只挤奶桶里盛着红葡萄酒就行啊。’我说完就丢下那位好心人，径直过桥朝着酒馆走去；他却目送着我，很不安的样子。

“可等我一推开酒馆的门，我立刻发现我那位忠实的朋友的劝告不是没有道理的，即使是在不通人性的牲畜的厩舍里吧，恐怕也要比那儿文明一些，规矩一些。那是不是个贼窝我不清楚，可它里边的大多数人样子看上去都要么才从绞架上逃下来，要么正拼命地朝着绞架奔去，既有男也有女，我一进去全拿眼睛斜瞟着我，彼此用胳臂肘顶顶撞撞，那意思好像说：嘿，这是只什么公鸡，竟敢混到咱们乌鸦群中来了？可我呢，既羞于当胆小鬼，又认为自己乃是个外乡人，即便在一个本地人必定遭殃的场合也不会有什么麻烦吧，便大起胆子在一处角落里寻了一个空座儿，坐下来，要了一升红葡萄酒。由于我只是不声不响地喝着，人们似乎也很快就习惯了我，加之多数人都已经喝得糊里糊涂，要么正喋喋不休地扯乱弹，要么正在与自己的娘们寻开心。在这些女人中间有那么一个，看上去大概是最干净的，至少是穿得最整洁，辫子也梳得挺光亮，但除此以外也和其他所有女的一样只是个下流货。她没跳舞，也没唱歌，连酒似乎也不对她的口味。她坐在一个大块头男人怀里，这个男人穿的衣服早先该是挺讲究的，眼下却已让雨水和酒渍给玷污了。还有他的面貌，要不是从额头到鼻根横着来了道红色的刀疤，再加上眼睛充血，胡子也乱蓬蓬的，从前一定也不会丑吧。我禁不住把这一对儿瞧了又瞧，看见男的正在桌子上掷骰子，每回掷赢了就用脑袋撞撞姑娘的肩膀，让她把钱收进去。可是不论赢也好输也好，似乎都令他不耐烦，脸色总是阴沉沉的。女的呢，每次总是抓起摆在他面前的一把长长的匕首，用光闪闪的刀刃把桌上的硬币刮到旁边，就像人家用笤帚扫垃圾一样。在整个过程中他俩没说一句话。只有他的那两个赌友，两个都一样地红着面孔，绿着眼睛，都是年纪轻轻的粗野家伙，操着法语和西班牙语不断地诅咒着，用拳头狠命捶打桌子。终于，姑娘对这一切似乎感到厌烦了，一边痛痛快快地打着呵欠，一边转过头来东瞅西瞅，目光正好落在刚才她压根儿不曾注意到的我身上。因为我进酒馆那会儿，她正伏在自己情夫肩膀上打盹儿呐。眼下想必是我的衣着引起她的兴趣，要不就是我手上戴的这枚戒指，要不就是她看上了我别的什么。总之，她开始肆无忌惮地向我送起秋波来，并用手在自己情夫背上向我做着各种暗号，可我却一点不明白是什么意思。见我不搭她的茬，反倒更快地喝自己的酒，以便尽早地逃出这鬼地方，她便从那个脸色阴郁的赌棍膝头上跳下地来，仿佛这座位叫她感到不舒服了似的，然后大大方方地坐到我身边的板凳上，仰起脑袋，看上去像是想更好地睡觉，暗中却对我挤眉弄眼，还偷偷地将自己的脚靠到我的脚旁。那个脸上带着一道刀疤的家伙似乎立刻嗅出气味儿不对，操着法语严厉地喝令她马上回去；看见姑娘仍继续装睡，他更气势汹汹地从座位上跳起来，冲着我大吼，要我滚出去，还说是看见我向姑娘递过暗号，才勾引她离开了他的怀抱的。我呢，对这个野蛮人也窝着一肚子火，表面上却保持着镇静，回答说，在这儿谁也没权利叫我出去，因为我并不曾碍着谁，而且跟所有人一样也付了自己的酒钱。他一听火冒三丈，猛地一把将那女的从板凳上拽起来，同时冲着酒馆老板直嚷嚷，怪他不该让自己店里混进可疑的客人，这种人跑来只是为了监视大家，骂我是个密探和送人上绞架的坏蛋，等等。当他的姑娘护着我，开始对他破口大骂时，这家伙便伸出手来抓我的衣领，扯坏了我衣服上的皱襞。这时我自然已看出情形不妙，加之他那些酒友和赌友也虎视眈眈地站到了我面前，那个靠这帮渣滓为生、因而犯不着袒护规矩市民的酒店老板也直截了当地向我宣布，他的宝店只接待体面的爷儿们，像我是不该来插足的。'好吧，”我说，'那我就不再扫大家的兴。'说着就把酒钱扔在桌子上，准备从这场怎么也不会给我带来光彩的纠葛中脱身。谁知门把手已经抓在我的手里，那女的却突然冲上来搂住我，柔声地央求我带她一块儿走，说那帮家伙她已经感到讨厌，咱俩倒是可以一块儿溜达溜达的。'Allez-vous en，'我告诉她，'je ne ve ux pas de vous.'[①]并结结巴巴地讲了我能拼凑起来的所有威尔斯语。这当口，外边已经雷雨大作，店里吵闹声也越来越厉害，因为她的姘头跟着追了上来，死劲想把她从我身边拉开，其他人则猛呼乱叫，呐喊助威，声音之大盖过了外边的响雷。可她呢，却死死抱住我不放，就像一只把爪子卡进树干中的野猫似的，使我又恼又气，气恼中还夹着害怕，心里想：要是你慈祥的母亲看见你这光景才好哩！——蓦然间，天空划下一道急促的电光，连那班野蛮人都吓得直往后退，乐师们也停止了奏乐，店主婆更大声地祈祷起老天来。我抓住这个空子，摆脱死乞白赖地缠着我的女人，抢步出了店门。我已经又到了桥上，心里正感激上帝保佑我安然无恙地脱了身，谁料那一群野蛮人却突然跟踪追来，而且手里都操着明晃晃的家伙，一上桥就把我围在中间，要不是他们都醉醺醺的，脚下踩不实在，我肯定完了。这时那威尔斯姑娘却勇敢地赶来帮助我。当她看见自己脸上带着刀疤的旧情人正用匕首冲我肩膀刺来时，便疯了似的发出一声尖叫，把我挤到桥栏杆上，用自己的身体遮挡住我。在此生命危急的关头，我才飞快拔出挂在腰间的短剑，朝着四周一阵乱砍，所有的人纷纷退去，只剩下我那让酒和爱情冲昏了脑袋的主要对手。只见他不要命地直着身子向我冲来，一下子正好扑在我的剑尖上，像头被打痛了的公牛似的狂吼一声，就脸朝下扑倒在地，再不出一点声音。顿时周围一片死寂，能听见的只有

① 法语，意为：走开，我不要你。

雷声，和桥下江水发出的哗哗声。可是，当接连着又亮起一道道闪电的几秒钟里，可以清清楚楚看见一支巡逻队正向着岛上开来。‘把他抬到小船上去。’我听见他的一个同伙喊。‘他已经完了。’另一个同样大声说，‘最好立刻推他到河里。’这当儿那女的却已经动手，抱住了微微呻吟着的情人的肩膀。‘Allons,’她喊着，dépêchez-vous. Voi la les gendarmes! On nous attrappera tous.’[①]狭窄的桥面上顿时一片混乱，人们都忙着把受伤的同伙搬上船，谁也不再来管我，我于是得以在沉沉的夜色和哗哗的雨声掩护下，未受阻拦地逃了出来。以后的一切您都了解啦，夫人。您现在只要想想，倘使上天不曾打动您的心，您没有给我以庇护，我的遭遇又将怎样！我得到的将是洗刷不清的耻辱，被人当作斗殴的肇事者，甚至当作杀人凶手在一家下流酒馆中给当场逮住；没有一位正人君子会出来证明我的无辜，奥弗登比尔先生充其量只能到狱中探望我一下，对我替自己做的辩解怀疑地直摇头，而不会写信告诉我父亲，他为有我这个后辈来重温旧情感到高兴。然而，夫人，我在您的眼光里看到的却是，您没有把我当作一个轻浮的撒谎者，而是对我的少不更事怀着同情；您将不会拒绝伸出手来帮助我。”

年轻人急切难耐地讲完这么一长篇故事，情绪显然非常激动，因为，他本来可能遭到的更可悲的下场，已经具体而生动地呈现在他的眼前。这会儿他重又倒在枕头上，深深地叹一口气，闭上了眼睛。

---

① 法语，意为：走，赶快。巡逻队来啦！会把我们通通抓起来的。

“放宽心，”海伦娜夫人对他说，黑色的眼睛里闪着晶莹的泪花，“在这个家里您什么也不会缺少。既然已让您睡在这间屋子里，那我就将待您跟我的亲生儿子一样，尽管并非您身上的一切都告诉我，我可以相信您刚才说的话。瓦伦廷认为，一个星期以后您就会痊愈。在这之前我只要求您一件事，就是我们觉得怎样好您就怎样做，切不可让烦躁情绪和忧郁念头来加重自己的伤势。由于您自己的胳臂动弹不得，要是您又觉得好的话，那我就给您母亲写一封信，告诉她您现在何处，并不存在危险，等等。”

“啊，您的心可太好啦，”年轻人大声感叹着，抓起海伦娜夫人的衣袖按在嘴上吻，“您待我真的就像母亲一样。您把我心里想着，但不敢请求的事，主动地提出来了。可是我清楚，您这样做，对于我亲爱的母亲将是多么大的慈悲啊。要知道，两位老人坐在家中，就像两只刚把自己的孩子放出去做第一次飞行的鸟儿一样蹲在窝里，显然是心神不宁的啊。而且我还答应过他们，一到目的地马上向他们报告情况。喏，如果您要写到我，就请对她讲得婉转一些，最好别提我住在府上的真正原因，等我以后再如实地详细说明一切吧。您可写上：奥格斯堡，左依格街，马丁娜·布鲁克尔夫人收。我母亲她可是太胆小了，我又是她的独子，她一直小心翼翼地照看着我，把我当作个女儿似的；我呢，因此也总是特别留神，尽量少给她造成烦恼。喏，她要知道她的库尔特在到伯尔尼后的第一晚就吃了多么大的亏，便再也不会有安宁了——一直到知道我脱离险境。不过您会清楚该怎么办的。您肯定了解，对一位母亲讲些什么，才能使她多获得安慰，少遭受惊骇。”

他讲到最后几句话脸色又变得苍白起来，瓦伦廷急忙赶过去，用药水擦他额头，同时相当清楚地向女主人示意，她待得太久啦。海伦娜夫人轻声地又对他做了几点必要的指示，然后踮起脚尖走出来。在外面的楼道上，她发现了莉莎白特丽。

“你偷听了，是吗?”她声色俱厉地问。

“请原谅，妈妈。”女儿回答，“我实在憋不住，我必须听听这一切是怎么发生的。赞美上帝，感谢上帝，我说得不错，他是无辜的。”

“下去吧，孩子，”母亲说，“这儿没你的事儿。如果有谁来，就说我不见客。我得坐下来，给他的母亲写信。”

可是到底还是来了一位客人，老多纳特既打发不走他，莉莎白特丽也不可能独自对他进行接待。他乃除市长以外城里最显赫的人，而且与海伦娜夫人沾点亲戚关系，即大法官亲自登门拜访来啦。他以市议会的名义，就昨天夜间的打扰表示歉意，并说今后对岛上那些乌七八糟的现象将采取有力措施，具体地讲就是将关闭那家早已成为城里父老乡亲们眼中钉的酒馆。至于夜里发生的流血械斗，直至目前还没揭出事情的真相。肇事的双方都像钻进地里去了似的无踪无影，地上的血迹早已让雨水冲得个干干净净，从哪儿也打听不出他们姓什么叫什么，以及从什么地方来的。仅仅在城市下游大约一小时路程的地方，有人截住了一条没人驾驶、顺水漂流的小船，这条小船原来是用铁链拴在桥边上的。另外，“鹳巢”客栈的老板前来报告说，昨天傍晚有谁存了一匹马在他店里，可马的主人出去后再不见回来。

听着这一番报道，海伦娜夫人好几次都变了脸色，但是却不曾吐露一个字，使人家疑心她是个知情者，同时也小心翼翼地避免讲任何直接的谎话。接着又剩下她一个人，便开始给奥格斯堡的马丁娜·布鲁克尔夫人写信。在信里，凡是可能使那位母亲对儿子的行为产生怀疑的情况，她都谨慎地避而不提，只在结尾时以热情诚恳的话语做出许诺，她将像亲生母亲一般照料库尔特，因为她自己——写到此她无声地叹了口气——没得到上天的恩典，在身边没有可照料的亲生儿子。

这封信当天下午她就亲自送到驿站去了。她去的时候由女儿陪伴着，平常没有女儿一道她也是难得出门的。一路上，两人谁都没提她们那位秘密的客人，可是脑子里想的却又净是他。到了晚上，两人默默坐在一块儿纺线的时候，情形还是这样。只是已经很晚很晚了，多纳特来讲病人发烧发得更高，怎么也睡不安稳，一个劲儿地说胡话，说着说着有一次还叫着自己母亲的名字硬要从床上爬起来，声称要立刻骑上马回家去——这时候，母女俩才提出来商量，像现在这样不把任何职业大夫牵扯进秘密中来，而仅仅依赖老瓦伦廷的经验和知识，一是可不可能把伤治好，二是能不能对此承担责任。说起瓦伦廷，他四十年前在为阿姆托尔先生雇用之前，的确也是跟一位外科大夫学习过一阵子的。可海伦娜夫人终于还是亲自上楼去，想要看一看伤情。伤口看上去似乎并没什么可担心的，忠实的护理人也让她相信，那使老女仆大惊小怪的说胡话现象，只是由于小伙子气血太旺的缘故，他担保在二十四小时之内，一切危险都会过去。海伦娜夫人了解瓦伦廷这老头子，知道他话不多，但在开口讲出来之前总是掂量过了的。她在发高烧的青年床前站了一会儿。他认不出她了，只是有一次偶然抓住她的手，叫了她一声妈妈，脸上突然现出高兴的神色，亲亲热热地对她说起话来，要她相信他的心并未让奥弗登比尔先生的闺女拴住；她该知道，他在找到像她那样的女子之前是不肯结婚的。然后又操着法语狠狠骂岛上酒馆里那个小娘儿们，叫她不要缠着他，她可是把酒全都泼到他上衣上去啦，她甭想使媚眼就把他手上的戒指给诓去，以及诸如此类的胡言乱语。不过从他所说的所有这些话中间，聪明而善于识人的海伦娜只看见一颗确确实实是善良而纯洁的心，不禁大为感动，胸中对上天如此奇妙地送来让她照料的这个陌生青年，对这个别人的骨肉，产生了一种母亲的温情，而且这种情感时时在增长，以致使她自己都责怪起自己来，怎么竟让这个年轻人挤进自己心中，取代了从前完完全全为失去了儿子的苦恼所占据的位置。

这一夜仍然是不安的，第二天同样如此。不过诚如瓦伦廷所预言的那样，到第三夜就变得安安静静了。当翌日清晨海伦娜夫人去探望她的客人的时候，他目光清朗地望着她，并抬抬受伤的手臂对她表示欢迎，尽管动作还显得不够灵便，但痊愈是已经在望了。夫人冲他和蔼地点了点头，叫他不要干傻事，不要早早地就以为自己恢复了健康。小伙子呢，尽管嘴上又带着朝气勃勃的笑容，仍满严肃地做出保证，一定像个未成年的小娃娃似的叫干什么就干什么。话虽如此，母女二人晚上坐在灯光下，莉莎白特丽正在钢琴前练习一支那会儿刚从威尔斯地方传来的舞曲，门上却响起了轻轻的敲击声。从来没在这么晚的时候接待过客人的母女俩战战兢兢地应一声“请进”，她们年轻的客人就由瓦伦廷搀扶着走了进来。瓦伦廷一声不吭地耸了耸肩，意思是他再也管不住这个不听话的病人，要是因此引起什么不良后果，他可是不担干系的。库尔特，由于看见自己第一次重新有了行动自由，苍白的脸上泛起了红晕；他丢下自己的护理人，带着愉快优雅的神态，屈下一只膝头跪到表情严峻的女主人面前，求她宽恕他违背禁令自己已经下了床。他这样做也没有其他目的，只是想向他的两位救命恩人道道晚安，向他从那可怕的一晚以后就不曾再见到的小姐表示一下感谢，感谢她为他扯了纱布，剪了绷带。——瞧着他那高高兴兴、诚诚恳恳的神气，是不可能再责怪他的。就连今天晚上他一进来吓得比那个雷雨之夜还要厉害的莉莎白特丽，也很快恢复了无所拘束的自然态度，能够用一些聪明而俏皮的言辞来回答他的亲切的话语了。经母亲一示意，她便去端来一盘水果和点心。年轻客人白天忌了一天食，在得到瓦伦廷允许以后，没怎么让人劝便拿起一个多汁的嫩梨，用雪白的牙齿啃着吃起来。

“夫人，”他开始说，“我真无法向您形容，我坐在这张桌子旁边感到多么舒适。那晚上当我看见你们的灯光越过台阶射下来，我脚步匆匆地奔向你们的时候，我做梦也想不到我能如此愉快、安适地坐在这里，享受着这样的美味。我得告诉你们，我在家里是个十分娇惯的儿子，虽然我被无拘无束的生活和种种新奇的事物吸引来此旅行，旅途中在那些小客栈里尽管也有佳肴可吃，有烈酒可饮，我仍然十分想念我自己家里的干净餐桌，虽然我们的女仆端上桌来的只是些简单的饮食。在旅途中的任何床铺上都得先把自己的斗篷铺上去，不然就不肯在上面睡觉。喏，在您这儿我却感觉几乎跟在自己母亲家中一样，只是还更加讲究一些。还有就是我在家里既当儿子又当女儿，在这里却只是个受到宽容的外人；而之所以受到宽容，是因为如我的老年的朋友告诉我的，您的儿子正好出门去了，家中仅留下一位闺女——我的母亲盼一个闺女盼了很久仍没有得到。”

听见他提起远在异乡的游子，老仆人感到非常尴尬，便悄悄溜出房间去了；莉莎白特丽却赶紧插进来宽母亲的心，调皮地说，人们所盼来的常常是自己的烦恼，她母亲如果肯讲老实话，就一定希望有另外的人陪自己，而不愿意身边有一个傻女儿。她脑子里尽转着无聊而愚蠢的念头，叮叮咚咚地弹起琴来就是老半天，不是把烤肉烧焦就是把粥煮煳，让大把大把的钱花费在买手绢和缎带上。母亲听了脸上露出淡淡的笑容，说，女儿描绘的情景大致差不多，只不过稍嫌阴暗了一点；可尽管如此，人人还是得将它看成是上天对于自己罪孽的惩罚，不论好歹都得加以忍受。讲到最后一句，她的表情又变得苦闷起来，心里想，上天加在她身上的惩罚可是太沉重了啊。然而两个年轻人却几乎没有发现她的表情的变化，而是继续以轻松愉快的调子交谈着，仿佛已经是认识多年的老朋友似的。不知不觉间，他们已在一起坐了一个多小时，等莉莎白特丽为小伙子弹完三支在当时流行的舞曲，从钢琴旁站起，外面教堂的钟楼上已送来午夜的钟声。

接下来的一些白天和夜晚也过得差不多，只是对于两个年轻人来说——大概母亲也是如此——白天的时间显得越来越长了，因为只有到晚上才能关上大门，不担心有任何客人闯进来，他们才好围坐在起居室的烛光下，聊他个半夜。三人都感觉似乎从来就是这样的，而且再不可能变成其他样子。至于为此得谨守秘密，防止产生危险，又赋予他们如此规规矩矩地待在一起以偷食禁果似的魅力，即使如海伦娜夫人这位严肃的母亲吧，也无法完全不受它诱惑呐。她为人太聪明了，不会看不到在她秘密的客人可能被某个邻居发现以及她为掩护他撒的谎会败露这个危险之外，已经出现了另一个危险。在此之前，莉莎白特丽与年轻人交往的次数很少，时间也很短，如今却已跟这位陌生男子一起在同一所房子里生活了十一天。如果说，母亲在洞悉他那诚实善良的心灵后对他产生了好感的话，那么，对于女儿来说，要对他的种种优秀品性和才能完全视而不见，就太不可能了。小伙子呢，尽管举止无拘无束，却仍小心翼翼地不流露自己的内心情感，在那些密切相处的漫漫长夜里，他对姑娘说的话没有一句叫人听起来是超出了兄妹关系的。如果真像小伙子讲的那样，他只是只不想建窝的候鸟，那么这对于女儿就更加糟糕，她作为母亲就更加有责任使一切尽快结束。她责怪自己软弱，竟下不了狠心提醒如今已完全恢复健康的客人，他可以动身了，要知道他是压根儿没想到这一点啊。她感觉，一旦她不再有一个儿子可以关心，不再能听见这个陌生青年亲热地管自己叫“母亲”，或者甚至与她的女儿一起争着喊她“妈妈”，她就会失去多少东西啊。她还找到一个说服自己的理由，就是催着客人动身太有失体统。所以，当终于从奥格斯堡来了一封由青年的双亲写的信，她的心里就同时既感到宽慰，又感到难过了。在这封信的结尾处，父母亲叮嘱儿子切不可滥用救了他性命的高贵夫人的好客热情，而应伤一好马上回家，让惦念着他的母亲看到他真的不再有什么危险；这次他因自己的年轻莽撞而受的惩罚还是够轻的。

在年轻的库尔特对他的两位恩人念完信以后，好长时间谁也没有说一句话，接下去也只讲了些严肃的事情或不关紧要的事情。他们谁都知道，但又谁都不愿意承认，这是他们如此坐在一起消磨掉的最后一晚了。后来母女两人还坐了很久很久，一会儿弄弄这，一会儿搞搞那，根本没有睡意。莉莎白特丽还出房去吩咐了多纳特一些什么。她进来时手里握着一张纸条，脸色却白得跟那纸一般。

“妈妈，”她结结巴巴地说，“这是多纳特刚交给我的。是他写的哩。您愿意先念一念吗?”

“你念得啦，”母亲回答，“不会有什么坏事。”

“啊，妈妈。”姑娘低声说，“我不能，我的眼睛已经模糊了。我知道，这一定是来告别啦。”

“那就给我吧！”海伦娜夫人道，同时展开了信。“他问你，”她过了一会儿说，“如果他向我提出来娶你做妻子，你会不会反对。他说，他之所以书面提出这个问题，是因为他感到遗憾，你一直都仅只对他表现出乐乐呵呵的样子，他不能不担心你会不答应他；而要真是这样，他就不愿让你再见到自己，他将来个不辞而别，使自己那颗不幸的心尽可能离开这个地方远远的。”

姑娘听罢一言不答，她的母亲也沉默了好半晌。可是蓦地，海伦娜夫人感到女儿的手臂搂住她的脖子，泪湿的眼睛贴在了她的脸颊上，温软的小嘴凑近她耳朵喃喃地说：

“好妈妈啊，要是他不爱我，我倒真宁肯死去！”

母亲呢，便把她抱在怀里——还从女儿很小的时候起她已没有这么抱过她了——将她紧紧贴在自己心口上，声音哆嗦地说：

“愿上帝祝福你们，我的好孩子。你们可带给了我许许多多的安慰啊！”

这一夜，母女俩谁也未能合眼；直到天快亮了，她们才打了一会盹儿。随后女儿又首先醒来，尽管很希望让自己的妈妈再休息休息，却迫不及待地想起床去给自己的爱人写回信。终于，海伦娜夫人去到楼上，发现她的客人——也许是同样很晚才合眼吧——仍然在沉沉酣睡，便坐到他的床边，注视着他那年轻善良、在睡梦中都焕发着希望和勇气的光辉的脸。她这么坐了一会儿，见他仍不醒来，便唤着他的名字叫他。小伙子吓得一下子坐起身，慌乱中一下子变成了哑巴，加之更担心母亲已经知道他给小姐写的信，她对此将说些什么呢？可是，海伦娜夫人尽管表情仍然严肃，一开口却已给了他安慰和信心。

“亲爱的孩子，”她说，“您在咱们家已经住不久了。在您给我女儿写了那么一封信以后，我不便再劝您继续享受我们这虽说微不足道，但却出自一片至诚的好客情谊了。一当您准备停当，我们就分手，瓦伦廷将送您从花园的后门出去，然后您可回‘鹳巢’客店，在店里索取您的坐骑，为此您得编出一篇尽量可信的故事来，说清楚您这么久上哪儿去了。我还希望，您在离开我们家之前与我女儿谈话要仍然当她完全是个外人似的。她深深地爱上了您，而我自己，我坦白对您讲，也是非常希望能有您这样一个人做自己的儿子，因为很遗憾（她说到此深深地叹了一口气），我自己的亲生儿子已经失去了，详情我将来会告诉您的。不过尽管这样，我还是不希望您的父母产生这样的想法，好像我们照料您养伤，使您心中对我们充满感激，目的就是为了能给女儿找个丈夫似的；再说，您自己也可能后悔，也可能到世界上去转一转以后，就无法再理解自己在身边没有其他人的情况下怎么竟会对我这单纯的女儿着了迷。总之，您应该离开我们，不必对我们做出什么许诺，或者要求我们给您什么许诺；我女儿也需要时间来好好勘察一下自己年轻的心，看看她是否让同情和冒险的魅力给弄昏了头，真相信您是上天给她送来的一位夫婿。等到您和您的父母谈过这件事，征得他们的同意，并且自己的决心也坚决了以后，就请通知我们一声，书面也好，口头也好。到那时，上帝将会给你们的结合以祝福，要是这一结合在天国里已经以另一种方式实现了的话。但眼下先离开我们吧，亲爱的孩子。我这就到楼下去等着您来用早点，要知道我可不愿让您空着肚子走出我的家，虽然您那颗充满渴望的心我还不得不让它再节制一下。”

小伙子倾听着海伦娜夫人的话，幸福得不知说什么好。夫人慈母般地吻了吻他的额头，然后站起身来走了。可是，他如果从这表示好感的举动中汲取希望，以为她对其余的事情不会再那么严格，在临别时也许会允许他拥抱一下他的可爱的姑娘，那么他就算还不了解海伦娜夫人真正的个性，不了解在这位母亲心中严厉和慈爱是奇妙地交织在一起的。告别时的情况完全如她预先向他宣告的那样，要不是莉莎白特丽在伸出手给他握时向他投来深情的一瞥，使他觉得仿佛听见了一长篇海誓山盟的表白似的，那他离开时心中就不会充满喜悦和希望，倒是会产生出怀疑，怀疑他在这儿是否找到了一颗愿和自己生死与共的忠诚的心。他在楼上房中的桌子上留下了一只戒指。戒指用一张纸裹着，纸上仅仅对母亲写了一句话：“这件纪念品望夫人暂时加以保存，直到她允许将它赠予她女儿的时候。”

为了感谢用人们对他的服侍，他重重犒赏了瓦伦廷和多纳特，弄得两位老实人惊慌失措地跑来找海伦娜夫人，说什么库尔特先生一定是掏错钱啦。可当他们发现莉莎白特丽小姐眼睛已哭得红红的，他们又自动悄悄退了出去，然后便在一起动起脑筋来，想猜出究竟是怎么回事。

趁着大多数市民都待在自己家里的午休时分，库尔特被神不知鬼不觉地送出了阿姆托尔夫人家的花园。在接下来的几小时里，不论母亲还是女儿，谁也不曾开口，哪怕只随随便便聊几句。可她俩却又比以往任何时候都更加你关心我我关心你，并且彼此做出各种小小的爱的表示，只不过几乎都不敢正视对方的眼睛，仿佛各人都有自己的秘密要瞒着对方似的。——天气渐渐地凉起来了，母亲正想去对独自在下边花园中散步的女儿说，她应该戴上帽子和围巾，然后陪她去城里走一趟，这当儿，瓦伦廷突然跑进来，神色慌张，急急忙忙地报告说，那位十二天以前曾经拜访过海伦娜夫人的法官老爷又来啦，问夫人是否在家。法官自称来此负有一项重要而紧迫的使命。海伦娜夫人首先想到的就是库尔特到底还是出了岔子啊。她只来得及嘱咐老仆人，千万别对莉莎白特丽提起法官再次造访的事，这位气派十足的老先生已经跨进房来，表情比上一次严肃得多，郑重得多，要求阿姆托尔夫人和他单独谈谈。在他被让进那间小小的书房兼办公室，面对着夫人在一张圈椅里坐定以后，他又一次一次地清喉咙，把上衣不住地牵来扯去，最后才窘态毕露地开了腔：

“鄙人用不着预先申明，尊贵的夫人，在我们这座古老的城市里，无论是官还是民，人人都如何不只对您的家族和府上怀着敬意，而且对您本人也是如此；就像您已故丈夫的令名和留给人们的记忆一样，您的德行也被视为一切基督徒的榜样。因此，所有认识您的人都一致努力，使您的苦恼尽可能减轻，还尽量地安慰您，使您忘记上天加给您的不幸。您不会没发现，大伙儿都下决心不在任何时候触动您那不肖的儿子给您造成的创伤；而我本人，既然与您有着朋友加亲戚的非同一般的关系，就更加如此，倘使不是我的职责要求我非这样做不可，我就真的不会在您面前提到您那失去了的儿子的名字。因此请您不要回避问题，不要有所保留，使我的任务难上加难，而是明明白白地告诉我，您最近了解您的安德雷阿斯些什么，您估计他眼下在何处。”

“您既然问起，”海伦娜夫人尽管心怦怦跳着，却不动声色地回答，“那我就不得不很遗憾地告诉您，从我上次见着我那不幸的儿子到这个万圣节，已经整整四年过去啦。四年中，不论口头还是书面，我都没有得到他的任何消息。现在我可倒想问问，是什么又让您和市里的议员先生们关心起这个久已音信杳无的人来了呢？不管他做了些什么孽吧，他九年来至少是没有给自己的故乡添任何麻烦啊。”

法官又再次清清喉咙，为着寻找最得体的措辞而停了好一会儿，然后才显然十分尴尬地说：

“请您保持冷静，我尊敬的朋友和亲戚，如果我讲的话听起来显得古怪离奇，您可不要吓着。截至目前还仅仅是猜测，上帝保佑，也许就啥事儿都没有。您大概还想得起巡逻队闯进府上来那个夜晚，想得起下边岛上发生的野蛮械斗吧。为了此事，我第二天曾来拜访您，代表市议会向您表示歉意。那家酒馆，那家给您造成了很多不快的酒馆，自此就被关闭了，这样便消除了一个供人在夜间为非作歹的罪恶的渊薮。自那天晚上以后，就连那些肇事者及其同伙也销声匿迹，以致使我们产生怀疑，以为是巡逻队的人酒喝多了头脑发烧，见了鬼来着。谁想到昨天傍晚，在我们正准备散会的时候，却带进来一个年轻女人。这女人去恳求圣乌尔苏拉公墓的掘墓人，要他替她把藏在自己房里的一具尸体偷偷埋掉，说这家伙是在一次斗殴中受了致命伤，如果事情张扬出来，她作为一个异乡人，很怕被追究法律责任。这女人勉强讲不到十句德语，看样子比一个法国娼妓好不到哪里去；她拿出自己不多的一点钱来给掘墓人，作为他替她隐瞒过失的酬劳；可是掘墓人却忠于职守，向当局告发了她，把她拖到法庭上来了。在这样的情况下，她也很快下决心承认上述一切；只是不管我们如何严加审讯，她现在仍口口声声讲，她在那可悲的事件里没有罪。死者是她的情夫，把她从里昂带出来到过不少地方，那天夜里在岛上和一个陌生人发生争执，让这人用剑戳倒在桥上。当巡逻队靠近时，她刚好来得及在两位旅伴的帮助下把快死去的情人搬上一只小船，顺流而下，运到了她前一天住进去的小客栈里。另外两个人一看同伙已没有多少活命的希望，便溜之大吉；只有她忠心耿耿地日夜守护着受伤者，并骗店老板说，他正一天天好起来，只要老板守口如瓶，他痊愈后会重重酬谢他的。直到男的咽了气，她才害怕起来，不知自己怎么得了。那天晚上掷骰子赢来的现钱，已在治伤时花得一干二净，为了付安葬费，她不得不把自己的一点点首饰变卖给犹太人。为自己将来的生计嘛，她样子满不在乎地接着说，她是毫不担心的。她年纪轻轻，感谢上帝，长得也不叫人讨厌，只要能从法庭获得无罪释放，再到一个能听懂她话的地方去，就万事大吉。那个死鬼待她虽说不错，穿、吃、用都由着她，但她跟着他却很少感到快乐。他脾气暴躁，再说除去名字以外也并非真正的法国人，她相信他是阿尔萨斯出生的吧。他名叫拉波特，走南闯北地到过不少国家，曾在荷兰人那儿当过军官，从来不乐意谈自己的过去。他之想起到瑞士来，完全是因为在其他地方混不下去。但她也没弄清楚，他是在这儿的什么地方埋得有宝藏呢，还是知道这儿有一些欠了他债的好朋友，他只需去敲敲这些人的门，便重新又可以舒服一阵子了。所有这些都是实话，更多的她自己也不知道啦，随便人家怎么盘问，她都只能讲这些。

“听完了‘小花’——那法国女人这么称呼自己——这篇供词，市长就吩咐把那具还藏在小客栈里无人知道的尸体于昨天深夜转移到医院里，在太平间的尸床上停放起来，以便先做好验尸记录，然后再把这个不属于本城市民的死者葬到城外的义冢里去。至于那流浪的法国女人，则暂时被拘押去医院的钟楼上。今天早晨，我们去到太平间，听法医报告验尸结果，即在第四肋与第五肋之间，让一把德国式宽刃剑戳了一个窟窿，受伤者能苟延残喘地拖那么多天，可以说是个奇迹。接着便检查他的衣服和为数不多的几件东西，结果没有任何情况可以补充那女人的供词，也不曾引起对这供词的怀疑。在死者所持的荷兰军官身份证中，他自命为拉波特先生或德·拉波特[①]；此外身上便再没有任何证件。这时法庭书记官已经准备结束记录了，法医却突然提醒大家，要大家注意死者在痉挛的左手上戴着一枚戒指印章。那是一个很粗的金箍，样子打得很是奇特，嵌着一颗血红血红的钻石，戴在他手指上已经不可能再捋下来了。可是您知道我是个古董爱好者，所以便端起灯来，弯下腰去仔细看那金箍，这一看不禁大吃一惊。原来在钻石上刻着一个族徽，一个与——可您千万不要吓坏了，我已说过，完全可能是巧合——一个与阿姆托尔家的族徽毫发不爽的族徽：两根立柱撑着一个门楣，立柱之间敞开一扇门扉，门楣上方有一颗吉星高照。蜡烛开始在我手里颤抖起来，而当我紧接着看了看死者那张惨白的、胡须蓬乱的脸以后，它抖得就更加厉害了。原来在这张乍看觉得完全陌生的面孔上，我发现了一点特征。这样的特征——我请您原谅我，尊敬的夫人，要是我使您难受了的话——这样的特征，我是在您丈夫的脸上，在我那位如今已安息于上帝怀抱中的高贵的朋友脸上看见过的，即他下葬那天，我最后一次站在他尚未盖起来的棺木旁的时候……”

显赫的男子吃力地讲到此处，便沉默下来，但却一直鼓不起勇气正视一眼坐在自己对面的那个女人，虽然他尚无法估量，这个女人所面临着的不幸全部加起来有多么巨大。他到底不了解，她的两个孩子的命运，都由陌生死者是不是她的亲生儿子这一事实来决定

① 法国人的姓氏前加上“德”字，一般表示贵族。

啊。

“别着急，我尊敬的朋友，”他终于又说，同时伸手抹去额头上的冷汗，“我当时打定主意，对谁都不讲自己的这个发现，仅仅只告诉市长本人；他是位信得过的男子，对您的家族怀着诚挚的友谊，这夫人您是清楚的。我问他，这个可悲的猜测是否就让它埋在咱俩心中算了呢？看起来，或者说有可能在人们记得起的年代以前，阿姆托尔家族有某个支系迁移到威尔斯的地区去了，在那儿把自己的姓氏改成了拉波特或德·拉波特，以便让当地人念起来更顺口，可是族徽却保留了下来。至于在被一道深深的刀疤弄丑了的死人脸上的那个特征，我却对他只字未提。因为，当我俩随后又去揭开盖尸布来看时，他本身并未发现死者与安德雷阿斯有任何相像之处，虽然他记得起，他在九至十年之前是见过安德雷阿斯不少次的。尽管如此，他仍认为不应对您隐瞒这件令人惊异的事。即使出乎意料，这个在此得到极其可悲下场的人果真是您可怜的儿子，那么也不能不允许您来对这颗由您养育成的头颅进行祝福，祝它得到永久的安息。市长他认为，这对一位母亲来说将是痛苦中的某种安慰。何况从结案手续来讲，也不能仅仅满足于取得一个流浪女子的口供，而放着近在眼前的最可靠的证人不加过问；再说，为了防止在以后的死亡事件、遗产继承等等问题上再出现任何争执，也有必要把本案弄个水落石出。总之，市长责成我来看您，告诉您这件事，恳请您去医院走一趟，并且按照您的愿望尽可能秘密一些，以免引起不必要的注意和不快。”

说罢，法官便从座位上站起来，走到窗前，给海伦娜夫人时间，以整理思路和做出决定。大约有一刻钟之久，在小小的书房中毫无声息，只有一只大钟在嘀嗒嘀嗒走着；这只钟还是莉莎白特丽的爷爷送给自己儿媳妇的结婚礼物，在它铝制的字盘上也刻着阿姆托尔家的族徽。屋外同样一片沉寂，只偶尔听得见有一群乌鸦噪叫着从花园中飞过，或者一只熟透了的苹果砰地掉到地上的声音。

最后，海伦娜夫人站起来，向着那位经过考验的朋友走去；他呢，则满怀忧虑和同情，望着她呆滞的眼睛。

“谢谢您，”她说，“谢谢您来看我，并且以如此委婉的方式，完成了这个艰难的使命。请转告可敬的市长先生，今晚九点前后我将去医院，希望他能派一个可靠的人在那儿的侧门等我；我不愿意在这痛苦之行中给任何人看见，然后拿去四处传讲。其他一切都让上帝安排吧，他大概会这样做的。”

“我将亲自在医院的侧门旁等您。”法官回答，“求上帝使您的身心都更加坚强，保佑我们的希望得到证实：这件事仅仅是个偶然的巧合而已。”

“但愿如此。”海伦娜夫人说，声音低沉得使人感觉她已完全绝望。

客人随即走了。当只剩下她一个人时，她立刻跪倒在地上，痛苦于是像汹涌的潮水，把她那母亲的心田完全淹没了。

花园中传来女儿与老多纳特谈话的声音，从迷离恍惚的状态中她惊醒了，这时天已经完全黑了。紧接着，莉莎白特丽跑进房来，发现母亲正坐在写字台前，仿佛只顾着翻阅账本和信件，竟不知道已经是晚上了似的。

“好妈妈，”莉莎白特丽大声道，“他还给我写了一封信呐，是一个男孩刚交给多纳特的。他写这封信时已经出了咱们家的大门，因为您只允许他‘从远方’给我写信来着。您愿意念一念吗？他说，对他的忠诚我完全可以放心，就像对您的慈爱我可以放心一样。他讲，除了死亡，什么也不能再把我俩分开。”

她把信递给母亲，母亲却没有接。

“让我单独待一会儿吧，孩子，”她回答，“我有点事情要考虑。”

女儿一听便往外走，乐得独自享受她的幸福去了。海伦娜夫人在那漆黑的书房里又坐了约莫一小时，脑子里翻腾着种种最阴郁的念头，真正是连一线光明也没有啊。她不曾有过一瞬间的怀疑，那个死者手上戴的戒指，就是安德雷阿斯第一次跟着她去领圣餐时，她给他亲自套到指头上的。而且，她也不相信它会偶然地跑到另一个人手上。那个胸部带着剑伤，此刻僵卧在医院太平间里的人不是别个，正是她无比疼爱的儿子，她为他痛哭过真不知多少次的儿子。而那个杀死他的人，尽管是出于自卫，她却又将自己的女儿许给了他。也许过不了几个星期，这个人就要来到她这只剩下一名孤女的家中做新郎，兴高采烈地把她的另一个孩子也给带走。也就是说，由于这个年轻人，她已把自己的两个孩子全都失去了。一时间，她真恨这个人，她诅咒他跨进她家门的那一时刻，诅咒自己答应给他保护并为此而撒了谎、对追捕者矢口否认他存在的舌头。可紧接着，她又在心里收回这一个个诅咒，因为，她在想象中仍看见这个无辜被追逐的青年忠厚的面孔，听见他那悦耳的声音；而且，她又想起自己说过的话，想起自己曾答应他要像亲生母亲一样待他；还有，她女儿在最后一晚拿着信跑来对她讲的那些话，也在她耳际回响起来：“好妈妈啊，要是他不爱我，我倒真宁肯死去！”她了解自己的女儿，知道她这话不是随便说说的。她还感到很对不起这个孩子，使她那么多年都几乎没有享受到应有的母爱。她难道不会狠狠地责怪自己的兄长么，他在四处浪荡了许久以后才窜回故乡，结果却只给母亲心里增加新的苦难，并且毁掉妹妹终生的幸福？“不，”坚强的女人自言自语，“不能这样！除了我自己，谁也不应负责。我才是造成他这极其可悲的下场的真正罪魁祸首，都怪我自己愚蠢，对他太软弱，太迁就，爱他爱得过了分。除了我，谁也不该受惩罚。我不仅不能因为上帝给了我另一个儿子来代替已失去的儿子而感到欣慰，我还将失去我的女儿，一个人孤寂地活下去，心中永远怀着自己用两度说谎所换来的哀痛！”

海伦娜夫人又陷入阴郁的沉思，直到大教堂的钟敲了九下。她猛然一惊，但马上就集中全部心力使自己镇定下来，大声呼唤莉莎白特丽，让女儿给她拿来帽子，说自己还要出去一趟。莉莎白特丽心里对母亲这么晚还外出感到惊异，嘴上却不敢问，再说近来经历的异常的情形也太多了，她没闲工夫老是去吃惊，加之她自己的心思又集中在另外的事情上了。可老瓦伦廷却忍不住问女主人，他是否应该点盏灯笼为她照路。海伦娜夫人只默默摇了摇头，用叠成双层的面纱遮住脸，离开家走了。

去医院的路并不远，她却好几次都觉得自己走不到目的地了。“我主耶稣啊，”她默默祈祷着，“让我离开这个人世吧！你的女仆受的苦太多啦，太重啦！”尽管这样，她仍身不由己地不断向前，向前，一直要走到能让她最后见一见她那失去了的儿子的地方，多少年来，她日思夜想地渴望再见到的那张脸啊。

等她终于走到那所有一座摇摇欲坠的小礼拜堂的古老医院旁边，便有一个身着黑袍的男人向她走来，低声唤她名字。她马上认出是她的法官朋友，但再没有和他讲任何话。那位精明的男子也立刻用钥匙打开侧门，领她走进院内。他俩来到一间厅堂，里边燃着一支蜡烛，昏暗的烛光中一名守夜的工友正歪在长凳上打盹儿。沙沙的脚步声惊醒了他，法官冲他摆摆手，他便躺着不动了，只是睡意蒙眬地瞅着法官点燃另一支蜡烛，领着那个夫人往里走去。他们下了几级台阶，穿过一条长长的甬道，到了一扇半掩着的地窖门前。

“您要是觉得自个儿进去更好，就请把蜡烛接过去，”法官说，“我在这儿的甬道中等着您。”

她点点头，一声不吱地从他手中接过锡烛台，走进存尸室去了。

那是一间低矮的斗室，穹顶是用方石块砌成的，光秃秃的四壁已因烟熏和年代久远而变成黑色，室内没有任何家具。只在室中央立着一张胡乱钉成的木床，床里铺着一堆已差不多腐烂了的麦秸。就在这麦秸上，和衣躺着一具尸体，长大的四肢伸得直挺挺的，灰色的罩尸布几乎盖不住他。海伦娜夫人擎着灯走过去，一群正在啃他皮靴的老鼠吓得从麦秸中跳出来，窜回洞里。妇人没有注意到这个情况，她两眼死死盯住尸床放脑袋的一头，在那儿，从罩布下露出来一个饱满而白皙的前额，只是直到眉心横着留下了一道暗红色的刀疤。妇人把烛台搁在墙凹里，鼓起最后一点力气走到床前，掀开罩布。仅只看了那呆滞的、仍被生与死的搏斗所扭曲的面孔一眼，她便瘫倒在尸床旁。

不过并非昏厥，昏厥倒可以使她的心灵麻木，不再感到痛苦。只是双脚不再能支撑住她，她的神志依然清晰，而且心中清楚地感觉到，所有的旧创伤如何一下子重新裂开了，开始流出热乎乎的血。她双膝跪着，两手握在怀中，眼睛直勾勾地凝视着她已死去的儿子惨白的面孔。这张面孔对她似乎是陌生的，而且愤怒地从她面前转开了，去瞪着那黑色的穹顶。上帝啊，只要这双眼睛能睁开来最后瞅她一瞅，这两片失声的嘴唇能张开再叫她一次妈妈，她真愿意牺牲自己的生命，放弃自己可怜的余生啊！

在外面甬道中等候的男子觉得，他仿佛听见在存尸室中响起了一声叹息。他不知道该怎样解释这声音。他只认为，如果海伦娜夫人认出来是她儿子的话，他就该让她哭个够，不能进去打搅她。可突然间，他却听见她的脚步声又朝门口移动过来，再看时她已经端着灯跨出了地窖门。只见她身板挺得笔直，仿佛锤也锤不弯似的，一双眼睛大大地张着，直瞪瞪地毫无一点表情。他什么也不敢问她。

“我让您久等了，”她说，“本来毫无必要。做母亲的只用一眼就能判明真假。只是我太累了，不得已休息了一下。”

“这么说不是他喽？”忠实的朋友高兴得嚷起来，“谢天谢地！”

“绝对不是！”妇人回答，“咱们走吧，这地方太可怕。”

她擎着灯走在头里，脚步稳健地跨上一级级台阶，在守夜人坐着的厅堂中把烛台放回桌子上，手丝毫没再颤抖。

“听着，”法官吩咐睡眼惺忪的守夜人说，“你负责通知掘墓人，明早上五点钟来把尸体葬掉。”

“墓坑已经挖好了，老爷，”守夜人说，“就在去年葬那个杀死自己亲老子的凶手汉斯·小弗里施旁边。”

“这可不行，”法官回答，“不应该使他蒙受这样的耻辱，让他作为一个外乡人安息在城墙边就够啦。再说，那女的不是自愿付钱给掘墓人吗？这点得注意一下，基里安。”

“还有件事得请示一下，”守夜人插进来说，“可以给那个威尔斯小姐送点酒和她想吃的烤鹌鹑去吗？她愿意付钱，她说。此外，她情绪倒是挺好的；有几个外乡人到钟楼上去看她，和她聊了三个小时。眼看到了晚上，看守才轰走他们，这下那小姐可不开心了，刚刚让看守来叫我去陪陪她，说她直闷得慌哩。”

“一切都应按照规定和惯例，该怎么对待她就怎么对待她。”法官不耐烦地说，“明天她获得了自由，又可以随心所欲地继续去干她那罪恶的营生，只要不在咱们管辖的区域里就成。明儿见，基里安。”

他转过脸来看海伦娜夫人，她已经朝着厅堂门口走去，身子倚在黑暗中的一根门柱上。他一边领她出医院，送她回自己家里去，一边咒骂那个不要脸的婆娘，说她刚刚害死了可怜的异乡人，还没等人家让泥土给盖起来，又已经扔出她的钓饵，在勾引新的倒霉蛋了。这个拉波特不是阿姆托尔，他总算一块石头从心上掉下啦，他告诉海伦娜夫人。他表示，他真是非常希望安德雷阿斯本人有朝一日能够改邪归正，以报答为他受尽了痛苦的母亲。至于他自己作为市议会光荣的一员，则感到有责任向尊贵的夫人表示诚挚的谢意，感谢她不辞辛劳，作此深夜之行。

海伦娜夫人一直沉默不语，直到法官向她道别，祝她一夜安宁。

这祝愿自然不曾变成现实。随即又起了飓风，一整夜地呼啸着，狂吼着，活像要把大地给抖散摇塌似的。楼上安德雷阿斯住过的那间屋子有扇板窗给吹开了，在旁边的墙壁上摔打得哗啦哗啦直响。刚睡着的莉莎白特丽吓得一下子在床上坐起来，正瞧见母亲摸黑走出卧室门，听见她踏着楼梯一步步爬上去；随后，她好不容易才制服那扇板窗，使楼上恢复了平静。莉莎白特丽等母亲下来等了好一会儿，最后终于自个儿睡着了。要知道海伦娜夫人一直待在楼上的黑屋子里，仿佛在那儿倾听风暴的咆哮，比去听自己女儿轻轻的鼾声更令她心中好受些；莉莎白特丽不只在梦里呼唤着她的库尔特，还给他取了许多甜蜜的名字。

拂晓时风住了，天上却下起细细的冷雨来。雨越下越密，大地和河流终于被罩在一面灰蒙蒙的帷幕里。清晨五点钟，掘墓人已带着两名助手在公墓的围墙边掘好一个坑，把一具胡乱拼成的棺材放下坑去。今天他干得比哪次都匆忙马虎，坑不够大，棺材只得斜搁在坑里。由于天气太恶劣，本该来送葬的牧师也忘记了自己的职责，掘墓人只好越俎代庖，为那可怜的灵魂念了一遍“我们的圣父”，念完便急急匆匆铲了几大块土在坑中，剩下的工作则丢给两个助手。他正准备赶回家去，在自己温暖的卧室里再补一会儿瞌睡，却发现在离新坟不远处的一具十字架前，跪着个女人，用一块黑纱巾裹起来的头靠在墓碑的座子上。可那早已是一座孤坟，安息在其中的死者的遗族不是全都到国外去了吗？这女人又在那里干什么呢？不过，既然她不声不响地待着，似乎冒着雨仍专心一意地在祈祷，他也就不忍心去赶她走。一瞬间他曾想，大概就是那个替死者付安葬费的威尔斯女子吧，可后来又在市政厅听人说，这娘们儿那天一直睡到日上三竿，法警去押解她离开伯尔尼城的地界，才把她从酣睡中叫起来。

过了几天，不知是谁给他送来一笔为数可观的款子，说是补给他忘记付了的安葬费。他也没有多伤脑筋，只管照收不误，就当这笔意外之财是天上掉下来的。

接着发生的事就用不着多讲了。第二年春天，按照传统习惯在女家举行了库尔特·布鲁克尔和莉莎白特丽·阿姆托尔的婚礼。奥格斯堡的族人都郑重其事地来到女家，向丈母娘及阿姆托尔家族表示敬意。婚礼上所需的一切应有尽有，莉莎白特丽也不好抱怨嫁妆不丰，或者喜筵上用的葡萄酒不陈。但是却缺少一点，那就是丈母娘的笑脸。不论本族人，还是外族人，她对谁倒都是和和气气，彬彬有礼。当客人对她讲，小两口儿真是天生的一对，这样美满的结合必将给双方的家庭带来荣幸，她也点头表示同意。然而在那欢腾热闹的筵席上，盛装的她却木呆呆地坐着，活像个幽灵似的。新郎家的亲戚们以前不了解她，现在渐渐摸到了点情况，便相互咬着耳朵说，这是那失踪了的儿子造成的苦闷，越是今天这样的场合她的感受越加痛切。可是新郎本人对他岳母的想法却不如此，他感到挺奇怪，她在那些天里既不曾握过他的手，更没有拥抱过他；而当他去年住在她家里养伤，伤快好了又向她女儿求婚时，她对他这个外人却是这么做过的。临了，他终于鼓起勇气向她说出自己的疑问，说要是她对他的感情已经变了，那么就请告诉他原因，只要他力所能及，他就要将它消除掉，只愿敬爱的岳母大人又能待他以笑脸。可是岳母却摇了摇自己花白的头，仅仅回答道，她苦闷的原因不在他库尔特，而在她自己的命运，面对命运，人的意志是无能为力的。这样，在婚礼期间的后几天，她仍旧是沉默寡言，不苟言笑，尽管待人也不失和气。只是一对新人动身前往他们的新家那天，她才一边吻别女儿，一边眼泪就簌簌地滚落下来，好像她的心在胸中溶解了，急切地要从眼眶里涌出似的。当她的女婿把她的双手按在嘴唇上吻的时候，她也伸出冒着冷汗的手去抚摩了一下他的前额，嘴里喃喃地，谁也听不懂说了些什么。随后她便转身而去，还没等准备动身的人走出家门，已将自己关在房里。

此后海伦娜夫人就在伯尔尼度过了自己不多的余年，杜门谢客，足不出户，终日阅读宗教典籍。只不过对于穷人和受苦受难者，她家的大门却随时都是敞开着的。女儿出嫁后一年，从奥格斯堡就接连来了几封信，催请她赶快去参加外孙儿的受洗礼；她却以年老力衰，不便远行为理由没有去。实际上，人家却不止一次碰见她在城外僻静的小路上匆匆行走，把老瓦伦廷甩在身后好几步远的地方。她从来也不对他讲一句话，仿佛讲话这件事她压根儿已经不会了似的。只是在临终的病榻上，她感到自己已经不行了，才叫人去请城里的牧师来，和牧师一起单独待了几个钟头。至于她当时忏悔些什么，牧师在后来只告诉了海伦娜夫人的一位外曾孙；他远道来伯尔尼，特为祭扫一下自己外曾祖母的墓。海伦娜夫人生前已将她的墓地选定在公墓的围墙边上，紧靠着那个早已陷塌下去的小土包。因为，在这小土包底下，安息着她的失去了的儿子。

克莱奥帕特拉

谁要去柏林那园林化的城郊走走，徜徉在老动物园幽寂的森林中，穿行于那里的一座座汇集着财富和艺术珍宝的宫殿之间，谁就会发现，在那些新建成的美轮美奂的住宅群里，这儿那儿还有一幢风格式样比较朴实的古老别墅。这种别墅不重奢华，大多退到了离车道有些距离的地方，藏身在古老的槭树和合欢树的荫蔽之中，不屑用喷泉呀塑像呀什么的来吸引过往行人的视线。一道大铁栅栏，把它仅仅点缀着少许花丛的平整草坪与车道隔开。只有到了别墅背后，才允许园丁施展他的技艺，把那些在温室内培育成的奇花异卉移栽到一处处阳台和露天的座椅周围。一切仍遵循着真正的贵族原则，保持着“不打眼”的高尚趣味。

一个美丽的夏日的傍晚，在一幢上述那种美好的往昔留存不多的别墅前面，停下了一辆豪华马车。从车中，先跳下来一对体态轻盈的青年男女，为的是小心翼翼地去搀扶车上的那位肥硕笨拙的老太太。铁栅栏外，一些无事闲走的邻居站住脚，观察着正在下车的三位贵人。从他们的言谈中可以知道，那位头发浓密卷曲、蓄着一撇小胡子的魁梧青年是 L 男爵，那位年轻的金发女郎是男爵的表妹和未婚妻，那位老太太是女郎的养母；她曾经在宫中为公主伴驾，随后隐退到自己的庄园里，一心培养教育她这侄女，是位很有身份的贵族老小姐。男爵同样拥有自己的骑士庄园，只不过几个月前又买下这块地产，为的是在城边上也有个落脚下榻的处所。一个从前见过——在里边见过——这幢别墅的人，现在要是再跨进去，就会没完没了地向你描述，那里边的整个装修已经如何被彻底改造，如何地富丽堂皇而又饶有情趣。

三位贵人早已消失在被茂密的常绿藤蔓包围起来的楼门中，好奇的邻居们还继续讲啊讲啊。这当儿，男爵挽着老太太的胳膊往前走，那美丽的少女则袅袅婷婷地款步在两人身边。一当她跨过几天后即将成为她的家的房子的门槛，便有些心慌意乱地摘下头上的草帽，好像觉得热似的，同时又暗暗伸出手去探寻自己未婚夫的手，把他的手偷偷捏了一下才又放掉。她整个人沉浸在一种甜蜜幸福的亢奋中，好像这时刻受着诱惑，要去突破她毫无拘束地行动于其中的贵族世界的种种礼仪规范，随心所欲地干上点什么蠢事，以纾解纾解她那过分充实的心胸。从会思考之时起，她便爱上了这个男人。他是她远房的表兄，当他上她父母家来时，她还在玩布娃娃。当时他是位年轻的准尉，还没蓄胡子，已经成了跳舞场上女士们渴望的对象，心里怀着种种别样的征讨计划，对她这小女孩几乎不屑一顾。随后他自然是长时间地从她的眼前消失了，然而却留在了她的心里。要知道，几年前他未经通报突然跨进姨妈的家门，穿着一身便装，俨然是位成熟男子汉的样子，姑娘却立即认出他来，并且马上又在心中感到那儿时曾有过的恼恨：看样子，她仍然没有给他留下多少印象。他干吗那样心不在焉，那样陌生冷漠和寡言少语呢？也可能，他正为自己的许许多多事情在伤脑筋吧。他为了稳妥地处置刚刚从父母手里继承的大宗遗产，不是正准备买进一些庄园么？接着又分手了两年。两年中他只偶尔来信，而且总是写给姨妈的，对自己的表妹仅仅顺带问候一句半句而已。可是，等他第三次再来时，那长长的考验期终于产生了愉快的结果。一天，他突然问她，她是不是还跟十二年前一样对他怀有好感，她惊慌失措地回答，他怎么就了解一个八岁女孩究竟怀有什么感情呢。他于是给她讲了一段她自己也差不多忘记掉的往事：一次，她父母家有聚会，她便从儿童室溜出来，藏在客厅的门旁边，好偷听正站在钢琴前唱一首浪漫曲的年轻准尉的歌声；突然被女家庭教师逮了出来，她仍绯红着脸恳求，要人家哪怕只允许她把他的那首歌听完。姑娘嬉笑着，涨红了脸，试图逃出窘境，骂表哥还那么年轻就自负得要命，这时他便向她承认，当初自己也没怎么把这对于她的幼稚心灵的胜利当一回事。不过在往后的一些年，他却常常忆起那位小偷听者，并且为久别后第一次拜访时在她的钢琴上发现了同一首歌，心中好生诧异。现在他不再能奢望用歌声征服她了。他讲，他对这娱悦人的艺术已完全荒疏，心力已用到一些严肃的事情上。再说，他也失去了年轻时的自信；如果问为什么在再次见面后的两年中他一直保持缄默，那么原因仅仅是他真正怀有疑虑，不知道自己是否还配拥有她这样的珍宝啊。听到此，姑娘流着喜悦的泪水，像个孩子似的信赖地搂住他的脖子，凑近他耳朵悄声说，除去做他的妻子，她从未梦想过获得任何其他的幸福哟。

今天也一样，她随他初次走进这所漂亮房子，走进这所他们订婚后男爵才请人秘密装修的房子，目光却只在那些华美的壁饰上一溜而过，仿佛未意识到所有这一切都即将为她所有，而是在这座迷人的小宫殿中，将真正属于她的唯有房子的主人本身似的。在明亮的前厅的厚地毯上站住了，男爵问她，眼前装着镀金栏杆的漂亮的灰色大理石楼梯，上方由彩色穹顶天窗采光的宽敞通风的厅堂，以及下边厅中养在茂盛的石榴和棕榈之间的烧陶大钵子里的朵朵睡莲——这一切是不是令人悦目赏心，她呢，也仅仅点点头，很有些心不在焉。一名仆人打开正对楼户入口的双扇门，他们走进凉爽的餐厅，看见了窗外的花园。太阳已经落到槭树高高的树梢后面，不过日光一点未显暗淡。

“让我们先去花园里吧，”她请求，“再过一会儿小鸟们都会悄没声儿的喽！”

姨妈却骂她这位未来的主妇，说她不该只对花园感兴趣，而应渴望去视察自己的整个王国，直至厨房和地窖。可姑娘已经推开餐厅高大的玻璃门，走到外边宽宽的露台上，抢在另外两人之前蹦蹦跳跳地跑下那不多的几级台阶，到了花园中。

“那是什么呀？”她突然站着脚，样子十分惊讶地问。她可爱迷人地捧着手表示赞叹，随即又张开双臂，完全不顾姨妈会怎么想，一下子扑向自己的爱人，搂住了他的脖子。

“我干得不错吧？”他说，同时吻了吻她明亮的前额，“我可知道，你不喜欢我搜集来装饰咱们这所小房子的最美的油画和雕像，打算仍旧做个未开化的小女孩，对你来说，一只在这露台上四处觅食的可怜的小麻雀，比所有长上了翅膀的胜利女神还更加重要呐。你呢，在咱们庄园上鸡啊，鸭啊，鹅啊一类普通家禽不会少见，所以我就在这只漂亮的大笼子里，为你养了一些珍禽异鸟。”

“你真了不起！”她说，拉住未婚夫的手就要到那高敞的鸟舍跟前去，“我感觉就像在《一千零一夜》的童话里似的。真的吗？所有这些珍奇的鸟儿都将属于我吗？将由我饲养它们，照料它们吗？”

她站在镀金的栅栏前，惊喜得两眼放光地瞅着笼内；笼子被隔成了若干小间，关着近百只大大小小最稀罕的雀鸟。在笼子中央，竖起一株人造的小树，密集的秃枝之间有一群细细小小的鸣禽在上下翻飞跳跃；与此同时，另一些个头儿较大的异鸟，则在自己独占的宽敞的隔间里，成双成对地来来回回踱步。咕咕声、啁啾声、叽叽喳喳、呼哧呼哧和脚爪踏地之声不绝于耳，叫人把笼中那五色斑斓的一群真是看不够。

突然，这欢乐的小世界好像整个叫一种巨大的恐怖给攫住了，所有的羽毛全耸立起来，所有的鸣唱全静息无声，就连笼子里最快活的居民，也失去了继续啄食的兴致。却原是在鸟舍顶上一个敞着门的小塔楼里，蹲着一只长毛的大猿猴，在虎视眈眈地盯着下边的三个人，看样子，他们只顾欣赏它美丽的邻居而完全无视于它，这畜生不高兴哩。它用左前臂拖着细长的铁链，一跃跃到鸟舍微微倾斜的顶棚上，然后无声地攀住栅栏往下爬，直朝着漂亮的少女站的地方爬去；很显然，她比其他人对这猢狲有更大的吸引力。可她呢，这当儿正好叫一对银雉的愉快幸福家庭给看迷了，心里只有那一群才孵出来在新盛满的鸟食钵周围拥挤着的小银雉。不料蓦然之间，她感觉自己的克什米尔白绸披衫的一角让谁给拽住了，掉头一看身边竟是一张枯瘦狞恶的猴子面孔，不禁发出一声惊叫。她下意识地退了几步，谁知猴子却用小小的拳头紧握着白色缨络不放，另一条臂膀仍吊在栅栏上使身体荡来荡去，同时龇牙咧嘴地冲姑娘点脑袋，做出种种愚蠢的鬼脸，是的，如果没有铁链拴住，它肯定还会穷追不舍的。不过，除去一点儿幸灾乐祸，它看来并未怀什么恶意，倒是带着几分骑士的自尊，要对这美丽的女士献一献殷勤哩。可是转瞬间，它那瘦削的脸孔立刻扭曲了，露出人类的仇恨表情。原来，年轻人一发现它如此冒失唐突地来对自己的未婚妻表示好感，马上抓起园丁靠在栅栏上的棍子，一边厉声吓唬，一边举起棍子要打这放肆的畜生。猴子呢，似乎不甘心这么便宜地放弃自己的猎物。它久久地承受着主人愤怒的目光，用桀骜不驯的姿态反过来向主人挑衅：它巨大的下巴转动得发出嘎嘎的响声，像是在磨牙齿，准备自卫反抗。然而，当棍子真的呼啸着猛抽下来，落在它的背脊和那条偷香窃玉的胳膊上，它马上发出尖厉的叫声，在痛楚和狂怒中扯掉了抓在爪子里的衣裙上的白缨络，几跳几跳窜到鸟舍顶上，逃回它那棍子够不着的小塔楼里去了。在那儿，它若无其事地往自己住处的门槛上一蹲，翻来覆去观察它抢去的缨络，一副若有所思的样子，只是时不时地偷觑它的主人一眼。这时候，男爵已扔掉棍子，回到两位女士身边。

“采齐莉亚，瞧你吓得脸色有多苍白！”他拉住未婚妻的手，说，“我看呐，得把这讨厌的住客撵出去，否则它会败坏掉你对你那些鸟儿的全部兴致和乐趣。本来那个小塔楼也并非为它这类家伙建造的。我听了人家的话，以为那上边养一只鹰，会挺不错。可后来我又不忍心把那高贵的鸟儿与它欢乐的同类隔离开，看见它在那边孤独而又悲哀。于是，为了不让塔楼空着，我就买了那几天刚好有人来兜售的这个坏东西。可现在得叫它滚蛋，免得它再吓着你，我的心肝宝贝儿。”

姑娘笑了，脸上又有了血色。

“我不知道我是怎么搞的，”她说，“平常我才不这么胆小呐。不过，你也发现了吧，从它那绿幽幽的眼里，闪射出某种鬼魅的凶光，某种没法形容的卑鄙和敌意，是不是？从前我读过有关浮士德博士的民间故事书，据传他就曾让一个变成了猴子的魔鬼供自己役使。这会儿看见它蹲在那上边，似乎它唯一的乐趣就是败坏其他生物的乐趣，我马上便不由得想起浮士德和魔鬼的故事。行行好，阿希巴德，把它给人家吧，就算让那小塔楼空一些时候也不要紧！”

“这畜生太讨厌，”姨妈说，“加上嘴脸还怪像一位从前我在上流社会常见面的法国修道院院长，后来在一个春暖花开的日子里，这家伙干了一件顶叫人恶心的事，便被逐出了咱们的圈子。他也同样讨厌地把长长的白牙磨得嘎嘎响。”

“您大概还想让我们相信人死了会投胎转世吧，亲爱的姨妈！”男爵打趣说，“不过，咱们趁天不太黑还是进屋去好，花园嘛待会儿在月光中仍然可以再逛。”

他说着又挽起老太太，三人一起回到了楼里。前厅中已经点上灯，透过磨制得很精美的水晶灯罩，灯光柔和地照着睡莲，而楼梯仍然承受着从穹顶的窗户射下来的阳光。他们上楼时，采齐莉亚的小手又拉住自己爱人的手。她变得沉默寡言了，还不时地唉声叹气，思虑重重的模样。姨妈却喋喋不休，兴高采烈，把房子的装修陈设称赞得无微不至。

"自然你不能在这儿长住，阿希巴德。"她最后说，边说边跨进楼上的一间漂亮客厅；客厅的位置与底楼的餐厅相当。"采齐莉亚如果不是个少心眼儿的孩子，准会感觉出你爱她的这种最委婉的表示：你把她带进一座小楼，楼里刚刚住得下你们两个，压根儿没打算再邀请第三个人呐。"

"谁知他能在这儿坚持多久呢？"未婚妻笑盈盈地说，"很快，他一定会把这天国中的小屋换成一个大庄园，那儿将有足够的地方供我俩过真正标准的婚姻生活，也就是丈夫和妻子分住大楼两侧，各自有单独的房间哩！"

男爵正想说句笑话当作回答，从隔壁走进来一个仆人咬着耳朵向他报告什么。

"好的，"男爵说，"你马上把它点上。一盏灯，采齐莉亚，是今天早上我在腓特烈大街的一家艺术品商店物色到的，以最后完成楼里的布置。在这家店里，我总是找什么得到什么，不怕其他所有的艺术品商全不买我的账。那盏灯是件青铜杰作，样式古朴，趣味高雅，我指示把它放到一间小屋子里最好的地方；在那儿，我打算和你一起度过早晨和黄昏。但愿它也使你喜欢。"

"顺带还送来了一件艺术品，"仆人补充说，同时在前边带路，拨开了那条把小屋子和客厅隔开的沉甸甸的丝织门帷，"送东西的人传老板的话，这一件是设想放进壁龛中的；男爵老爷肯定知道为什么。可它要是不讨人喜欢，他们就会取回去。"

"一件艺术品？"

"是的，一座女雕像，手里攥着条蛇，从头到脚都上了颜料。

我暂时把它立在基座上，等着老爷进一步的指示。”

“我倒想起来啦，”男爵转过身去对未婚妻说，“今天早上想为壁龛物色合适的装饰而没有成功，确实委托过店里代我找一座精美的小雕塑。这下我真急于知道，这么快他们到底弄了什么来。”

这么说着，他们踏进了小屋子。它单单以形状和色调，便给人留下不同一般的印象。它呈狭长形，比例十分得当。长方形的一条边深深凹进去，形成一个带半圆形穹顶的壁龛，壁龛中只摆着一张四只脚镀了金的美丽卧榻，榻前立着张大理石小桌子。两侧的墙壁被漂亮的大理石柱分隔成一块一块，以轻松的笔触在明亮的背景上画着南国风光，并用精致的阿拉伯花饰框了起来；当窗的一面墙完全让挂着红绸幔子的高高的阳台门占去了，它的额枋同样呈半圆形。两扇阳台门敞开着，风越过大理石栏杆从花园吹进来，远远地可以看见园内的树的尖梢在夕阳里闪亮。天色还明亮得足以辨认出壁龛中的所有物件。但见从一个假窗内突出来一块略略高于卧榻的宽宽基座，座上立着那只有真人一半大小的稀罕雕像；它由于上了酷似真人的温暖的颜色，从灰色的大理石墙背景上一下子就分明凸现了出来。

它雕的是一个美女，像是突然要晕倒了似的仰坐在一张矮靠椅上，只在腰肢以下围着深色的裙子，背倚着椅靠，看样子准备入睡。她的秀发打散了，像波浪一般泻下前额和后颈，发间编着一串串珍珠，从太阳穴两边垂下来盘绕在颈项和胸前面。这在休息的女子似乎抓着一条蛇，一条细长的蛇，放在自己怀里爱抚。现在这蛇正蠕动着往上爬，昂着小小的脑袋，带鳞的身躯贴在女子赤裸的皮肤上，并且用牙轻轻去咬她的乳房。女子一只手无力地闲垂在怀中，另一只手小心地握着那滑溜溜的爬虫，生怕用大了劲儿的样子，生怕握狠了蛇会使正在进行的可怕勾当半途而废。然而，她长长的睫毛下那双大眼睛，目光似乎并未盯住自己的胸部，而是受笼罩着死亡阴影的阴郁思想困扰，茫然凝视着面前的空中。与此同时，她的嘴翕开来，成就一个淫邪痛苦的微笑；在她丰满而无血色的嘴唇后面，闪现出一排白牙。然而，最终完成那神秘不祥之感的，却是雕塑家给他的作品毕肖酷似地着色的绝妙艺术，从绣着金线的绿色衣裙的经纬，到眼里浮泛的光泽；从小小牙齿上的珐琅质感，到珍珠和南国美女天鹅绒一般柔软的肌肤同样散射的莹莹光彩，全都如此。这美女活像在呼吸，活像被咬痛得身体轻轻地战栗。

三个人在明亮的夕晖中突然来到塑像前，受到的感染和影响也强烈极了，以致谁都说不出一句话来。特别是男爵，他先是一声惊呼，之后完全呆住了，双手撑在大理石桌面上，目光直瞪着那个妖媚女子的脸，激动得没法克制。直到仆人上前来，准备点那盏用细细的链子从天花板垂到小桌子顶上的铜灯，他才如梦初醒似的倒退几步，试图用平静的语气开始讲话。他请姨妈注意这少见的巧事：他今天早上买的这盏灯，边沿上正好也盘着十二条蛇，作用是从它们张开的口中吐出灯焰；现在可好，又背着他把第十三条蛇送进他家里来啦！老姨妈也对那神秘不祥的塑像表示困惑不解，她说：

“谁要是眯缝着眼去瞅，特别是现在当它由顶上来的灯光照着的时候，谁就会以为看见的是一个活人处于如此可怕的状态中，只是离得较远罢了，不然真想扑过去，从她手里扯下那恶毒的畜生，用脚踩死它!”

“您说得很对，姨妈，”男爵神不守舍地回答，“不过它只是件雕像，什么感觉都没有。怪就怪那盏灯，它还在摇来荡去，让光线在那绿色的游蛇身上晃动，才唤起了恐怖的错觉。然而稀罕总归稀罕啊!”他像自言自语似的加上了一句。

姨妈转过身，匆匆浏览一番两侧墙壁上的风景画，就走到正对房门的另一道高高的门前面。“这道门通哪儿?”她问。

“通卧室，亲爱的姨妈，”男爵很快回答，“让仆人给您照亮，您一定得去瞧一瞧我为采齐莉亚准备的漂亮梳妆台。当我还一个人住在这里，”他用更快活的调子往下讲，“我就自个儿睡在壁龛中。不过现在那雕像一定会赶我走，它真叫太奇怪喽——”

他突然哽住了，又带着近乎恐惧困惑的神情，盯住那位不幸的女王[①]阴沉忧伤的脸。

这时，他感到采齐莉亚的胳膊搂住了他的脖子。

“亲爱的，”她说，“如果你当真要让咱俩于美好的清晨在这儿共进早餐，还有你什么时候晚回家来，要让我夜里坐在这儿等候你，那么，就让人把这可怕的雕像从壁龛中搬走，或者把它退还给那位艺术品商人更好一些；要知道它叫我胸口憋得慌，好像是我一生中见过的最可怖的东西，要是我得在一间摆着这垂死的女人的房里度过一整夜，我必定会死去。她难道真的美吗？我不齿于提出这个问题。我从未对你隐瞒，对于某些你非常欣赏的东西，我还一窍不通

① 指埃及女王克莱奥帕特拉七世（前 69—30）。她以妖冶迷人、善用权谋和美人计著称，数度靠结亲的策略掌握了国政。即将出现的小说女主人公与她同名。

哩。可是，我尽管渴望通过你，通过我俩的幸福结合学到许多东西，这我知道，我却永远不会看着这雕像而不感到恐怖的。是啊，我曾听你自己说过，一件真正的艺术品，就算它是表现最深沉的痛苦吧，也该使心灵得到解脱才是。现在面对着眼前这个形象，你心中是不是也觉得就跟正视死神本身的面孔一样呢？”

“肯定！”男爵回答，目光仍然死死盯住雕像，“然而，这幽灵的身上不也存在着某种魅力么？那位艺术家究竟从哪儿获得它的呢？它是一种甜蜜的恐惧感，像下面这些难忘的诗句所表现的似的：

你难道没瞧见我怀中这个婴儿，
在梦中正将我乳头吸吮？

要能知道这魅力从何而来，我将不惜牺牲——”

男爵又哽住了，一任未婚妻拉起他的手去吻，吻后又恳求似的把它捧在她的双手里。

“你知道，”她说，“你要继续这样为了这个妖精而忘记了我和你自己，你会叫我嫉妒的。对于一位活生生的美人儿，不管你如何倾倒，如何殷勤，我也许都会处之泰然，无动于衷。没有任何女人能像我一样爱你，因此归根到底，我也不怕接受任何一时间自以为能使你更加幸福的女人的挑战。只有这种大理石雕刻的和油彩画出的美女，从来都令我担心。有一次我整夜未能入睡，就因为你在晚上大谈了米洛的维纳斯。你把自己的心灵放进了她大理石的胸脯里，因为她是个哑巴，所以任你把她吹得神乎其神，也不会叫你失望；

而我呢，尽管不无一点生来的小聪明，在你眼里却可能不时地显得挺傻气的。”

如此推心置腹的一席话，男爵仿佛只听见了它的声音。当姑娘不再言语，他只是搂紧了她，什么也没回答。

“阿希巴德！”她呼唤道，同时瞅着他的眼睛，越来越不安。

“好啦好啦！”未婚夫说，轻轻抚摸着姑娘浓密的金发。“我会把它弄走的，叫你再也见不着它。到阳台上去吧，这儿的空气快把人闷死了。”

眼下，室外的花园已静卧在蔚蓝色的暮霭中，空气也纹丝不动。越过花圃，他们眺望通向林苑深处的小路，在那边正有一只夜莺开始鸣唱。在下面的鸟舍中，多数的鸟儿都已经安息。可在它顶上的小塔楼里，却蹲着那只猴子，这家伙一见阳台上的姑娘，就开始莫名其妙地挥动那白缨络，把它抛到空中又再接住，自己则越来越疯狂地扭住鸟舍的顶子翻上翻下，蹦蹦跳跳，不时还发出像一个挨了揍的孩子似的难听呜咽声，其间还杂以磨牙的嘎嘎响，听起来恰似在对谁进行恶毒的嘲笑。

“我不知道怎么搞的，”未婚妻说，说时打了个寒战，裹紧了肩上的披风，“今天的一切，快乐也罢，恐惧也罢，都叫我非常激动。亲爱的，你最终会对我大失所望啊。你原想娶回一个快活而未被娇惯的妻子，一个挺适合过乡居生活的妻子，现在却发现我也是个神经质的胆小女孩，会产生各式各样幻想，成为和她共同生活的人们的负担喽。是的，现在还来得及，”说时，她带着天使一般纯洁的微笑，仰起脸望着男爵，“你还可以改变想法，抛下我，试一试用这残忍的治疗方法，看能不能把我锻炼得坚强起来。”

男爵用一个长吻封住她的嘴，算是回答了所有的问题。这样他俩都没有听见，那猢狲当时在下边如何暴跳狂吼，如何捡小石子向楼里扔。就在此刻，姨妈也回到他们身边来了，对自己刚才的参观极为满意，对那成百种男爵精心挑选的梳妆用品赞不绝口；可它们呀，是准备来叫新娘子喜出望外的喽。

“你将住在一座真正的仙女宫里，孩子！”老太太结束自己的赞歌，“除去弄走那讨厌的猢狲和这抱着一条蛇的可怕女娃，我真不知道还有哪怕一丁点儿不满意的。不过现在咱们该走啦，采齐莉亚。咱们今晚上还约了女裁缝，和她碰头商量商量，即使是一位幸福的未婚妻也不便放过机会呀！”

老姨妈催着回家去，连这之前已经装在光闪闪的水晶盘里摆好在客厅的水果，也不肯尝一尝。只是却不掉一对年轻人的情和太亏待自己，她才端起一只盛满香槟的玻璃杯来碰杯，祝愿即将在这新居里开始的新婚生活幸福甜蜜。

“再过五天，”她笑笑说，“我就不能对这金子一般的女孩说这讲那啦，到时候她自己已是这房子的女主人。只要她还真心诚意地挽留她的老姨妈多待一刻钟，我都一定会非常高兴的。”

姨妈这样兴致勃勃地唠叨着，让阿希巴德挽着走下楼梯；采齐莉亚却又默不作声。当载着两位女士的马车已驶离别墅前的台阶，未婚夫仍久久伫立着，眺望着柏林动物园内笼罩在夜色中的树丛。在那些树底，眼下还人来人往，热热闹闹，千万双脚蹴起的灰土，将凝成一片尘云，顺着林荫大道向下滚去，滚去。男爵对回房里去感到不乐意。随后却想起还有一些业务信函需要写，还得发各种各样的指示，才又慢慢走上楼去。

到了客厅，他发现餐桌上的蜡烛都还亮着，那杯采齐莉亚喝了一半的香槟酒，在烛光里红彤彤的。他的头脑处于一种奇怪的疲惫状态，手机械地抓起酒杯，一点一点地饮干了它，然后很快放它回去。“还有五天！”他自己对自己说，那光景就像在念一句法力无穷的咒语，以抵御和祛除埋伏在他周围的种种恶鬼一样。

仆人走进来，问是不是要灭掉壁龛内的灯。

“让它点着吧！”主子回答，“只是替我把那边书房的灯也点起来，我打算在那儿过夜。”

随后，他突然心血来潮，抓起烛台快步向那把小屋隔开的门帷走去。进了小屋，他第一眼便急忙寻找壁龛内的雕像，而当他看到它，蓦地大吃一惊：显然因为刻画得太逼真，加之又在忽闪晃动的灯光中，他产生了错觉，以为那女子在他进屋时试图站起来，可接着又软弱无力地瘫倒在靠椅上了。错觉消失后，他强迫自己走拢去，把烛台放到大理石小桌上，不慌不忙地潜心观看起这神秘的女子来。他在她面前伫立得越久，额头就变得越阴郁，嘴唇四周就抽搐得越显痛楚。他似乎忘记了身边的一切，似乎看着那女子的脸庞便堕入了一道往事的深渊；这深渊离得很远很远，全没任何现实的音响可以企及啊。

他这样失魂落魄地待了多久，他自己也不知道。直到门帷突然拨开，一位好友快活的面孔出现在他身边，男爵才回过神来。

“Bonsoir[①]，阿希巴德，”来人叫道，同时亲热地把手伸向被突然惊醒的男爵，“我没打搅你吧？至少我是够小心的，一直等到来访的女士们又离开了，才闯进来。在大门外我碰见她们的马车，有幸受到了姨妈和侄女二位的挥手致意。——可你这是怎么啦？你神情严肃，看起来不像在这儿接待过自己的未婚妻，倒像立了临终的遗嘱似的。难道说真没有任何幸福是圆满的么？”

男爵从壁龛前退回来，看样子想把朋友的注意从他自己潜心观看的对象上引开。他还强装笑颜，热情地握住伸过来的手。“没事儿，一会儿就过去了的。”他说。——随后，他却突然改变主意，抓过烛台，走到雕像紧跟前，让烛光直射到那幽暗的面庞上。“你认识这张脸吧？”他嗓音颤抖地问。

从朋友口里迸出一声惊呼。接着，他架上眼镜，走拢去一声不响地从头到脚细看起那奇异的女雕像来。看得出，一个名字已挂在嘴边上，他好不容易又把它吞了回去。

他是那种不太少见的天性厚道的人。这种人养成了忘我无私地赞赏自己朋友的特殊本能，以致反倒对自身的价值抱着怀疑的态度，到最后竟会完全拒绝考虑自身存在的意义。他出生在德意志中部某小邦的一个古老而富有的家庭，因而早早地被领进了广大的世界，但却永远没能克服掉生性中特有的某种柔弱和羞怯。他不情愿地闯进了外交界，可是没能在啥时候以完成一项较重大的使命来增强他的自信力。于是他听天由命，遇事总把更加精力充沛或者更加幸运

① 法语，意为：晚上好。

的朋友让到前面，对别人的成功全无嫉妒地感到喜悦。因而到哪里他都被看作社交场中最好的伙伴，最富牺牲精神的朋友，被看作一个能干而消息灵通的想办什么都能办到的人。每当有谁哪怕只是稍微提一提他的这些能耐，他总会满脸通红，总会忙不迭地摇头声明，人家太过誉他啦。他的一些较亲近的熟人还议论说，他在偷偷地写诗哩。于是突然又冒出来一个隐隐约约的传说：十年前，在他故乡的皇宫剧院上演过一出悲剧《坦克雷特》，便出自他的手笔。可是他矢口否认确有其事，说什么该剧大获成功一部分原因在于宫里的照顾，因为大伙儿把王太子看作是它的作者。然而从此在他的密友圈子里，这老兄便得了个坦克雷特的别名，也没再表示反对。他从不扫任何人的兴，即使这要他自己付出代价。他一直很崇拜阿希巴德，在与他相处时也是如此。知道内情的人都对这软弱的年轻人耸耸肩膀，表示不解：他曾长期追求一个姑娘，自然是以他那腼腆的方式；如今他的朋友使这姑娘成了自己的未婚妻，他看样子竟毫不介意，泰然处之。这倒霉蛋儿心里到底怎么回事，至今只有他自己清楚。不过，可以清楚地看出来，他一刻也不容嫉妒心理去影响他俩相互信赖的旧谊。因此，有些人背后说他什么都平平庸庸，但是一点却非常非常精通在行，即做一个好朋友。这些人说的看来真有道理。

当阿希巴德问他认没认出雕像的那张脸时，也是做好朋友的天赋叫他没有开口。他知道，对他的朋友来说，回忆那段往事必将再痛苦不过。然而，事情明摆在眼前呐，遮掩又有什么用？

“奇怪，真的！”他终于吞吞吐吐，眼睛却不瞅阿希巴德。

“可不是吗!”男爵急忙抢过话头,“不可能是错觉!看第一眼我就感到震惊。现在我已研究了每一细小的特征,认出了她所有的迷人之处,所有的不幸悲哀。”

“我当初只匆匆见过她两三面,”朋友回答,“因此,我说不准,她到头来是不是仅仅为那种一见之下就叫我吃惊的异国女子而已。可你自然该更加清楚她。”

“我太清楚喽!”男爵喃喃着,目光狂热地死死盯住雕像右臂上的一个地方;在那儿的深色皮肤上,用细腻的墨蓝色颜料重重地刻画着一个奇怪的记号。

他把烛台放回桌子上,抱着双臂站在那儿,陷入了深深的沉思。良久,朋友二人默默无言。

“可这像怎么到了这儿,成了你的收藏呢?”坦克雷特终于问。

“这也是个谜啊。我将进行调查,也许会查出一些情况,叫我再得不到一点安宁喽!你是位作家,坦克雷特。谁知道呢,没准儿我会供给你素材,让你再写一出悲剧。看样子有位板起面孔的报应女神追踪着我,正当我快获得无上幸福之时对我撒下了她的罗网。确确实实的呀,如果真是这样,我遭的报应就比我的过失更多更重喽!”

“老天保佑你!”他朋友说,同时靠过去,“走,离开这不祥的雕像,告诉我你害怕的是什么,然后咱们再考虑考虑,能不能挽救。那整个的罗曼史我只了解很少一点。当初在巴黎看见你们在一起,我已感到担心,怕你陷得太深,会招来不幸。一些年以后,咱俩再见面,我只忍不住泛泛地暗示一下,就发觉触到你的隐痛了,因此克制住自己的好奇，心想等你自己乐意开口再讲吧。可我做梦也想不到，这一刻真会到来啊！”

“是啊，”阿希巴德叹道，“谁会想到，她将活生生地再现在眼前！而且恰好现在，在我举行婚礼的五天前，而且以如此感人的形象，真叫我丧失掉了所有的理智！啊，你不可能知道，当初我付出了怎样的代价，才了结了与她的事！我初次遇上她，心里便有一个声音对我发出告诫；现在我可以自诩，我确实诚心诚意进行过抗拒，不肯屈服于她的魅力。当时，你发现我们在莫里哀大街同居那会儿，我不过刚收留她两个礼拜；而我与她的第一次邂逅，却已是两个月前的事。事情发生在香榭丽舍大道上，我正与一帮熟人散步，不经意看见她坐在一条长凳上，膝间摆着一篮子捆扎成一束束的紫罗兰。她带富有罕见的东方异国情调的脸庞，立刻引起我的注意；我不顾同伴们的取笑，走到她跟前，问命运之神怎么让她流落到了巴黎。可一当她抬起那双大眼睛来无限忧伤地仰望着我，我浑身异样地一哆嗦，心中顿生同情，忍不住想去关心帮助她，因为她的模样儿明明告诉我，她是个不幸的女孩子。可是，同时有一种更强大的力量制止了我，不准我过分流露自己的情感。我买了一束花，只问了问她叫什么名字。‘克莱奥帕特拉’，她回答，用她那只有你自己听见的音调。同伴们对她说种种奉承话，她毫无反应，就像一句法语都不会，只用她那双眼睛紧紧盯着我。我们继续散步，过了好一会儿我偶然掉过头，却发现她胳臂上挎着小花篮，迈着安详沉稳的大步，跟着我们来了。周围净是些步履细碎、轻飘的巴黎女郎，她那么个走法，更使她高大修长的身材显眼突出。

“她终于从我的视线中消失了。由于下午还有不少约会，我完全没再想刚才那件事。你清楚，在巴黎新的印象如何迅速赶跑旧的印象，更何况我来这里还不足一个星期啊。可是，谁知傍晚去剧院前我再回宿舍去一下，又在我身后约莫一百步的地方，看见了克莱奥帕特拉。她真的一直尾随了我两个小时，只是没有再靠拢来罢了。对这个情况，我不禁产生了一些想法，必须承认还是不怎么愉快的想法；可是我却相信，对于她对于我自己，我都有责任一开始就把路堵死。因此当我再跨出家门又在附近看见她，发现她似乎存了心今天还要继续跟踪我，我就径直朝她走去，用尽可能不客气的腔调对她说：‘我想我已付过花钱啦，你干吗还老跟着我？我用不着你当跟班，不想与你再有任何关系！为了你不白白糟蹋自己的时间——这儿！——’说着我又扔了一枚五法郎的银币在她花篮中，急忙转身走了。要知道，她脸上那无言的凄楚，我感觉一秒钟一秒钟地在占有我的心。接着，我还看见她低垂着头，像是无可奈何似的顺从地离开；我咬了咬牙，才制止住自己再唤她回来。我到底庆幸自己这么容易便脱了身，因为一些好朋友的各式各样遭遇，我还记忆犹新：他们极其可悲地中了那些狡猾小妞儿的圈套，直到毛被拔光才脱了身。

“随后，有约莫十天光景，我没再碰见克莱奥帕特拉。她那一开始还不时浮现在脑海里的脸庞，已经开始变得模糊了。一天清晨，我比通常早一点走下我的住宅的楼梯，一到门房前边的走道，发现家中几乎所有的用人都聚集在那里，一看，他们围着一个瘫坐在椅子里的女人，由于脑袋低低地垂在胸脯，叫我一开始没认出她。用人告诉我，这姑娘是今天一大早在大门外被发现的，当时她不省人事，现在还没有完全苏醒过来。很显然，她在外边已躺了半夜，因为衣裳叫毛毛雨给淋湿透了，她躺的那块地方却仍然是干的哩。

“我走拢去，神志不清的姑娘在一个好心肠的女仆扶持下稍稍扬起头来，我大吃一惊，认出原来是她。她呢，好像也终于恢复了神志，因为一见我身体猛地哆嗦起来，也许是想起上次我粗暴地赶走她的情况了吧；直到我上前问她——自然像完全不认识的样子——有哪儿不好，她才重新平静下来。——‘没什么。’她回答，努力地露出微笑，而就在这一瞬，她看上去突然美得不能再美，周围富于同情心的人们全都相互咬着耳朵，对她赞叹不止。‘她准是饿啦，’女仆说，‘应该给她喝碗牛肉汤，换一身干衣服。’——我立刻吩咐为她准备早餐，问门房太太肯不肯暂时关照这可怜的姑娘，为此我当然会好好给她酬谢。直到做好必需的安排，眼见她大大地喝过几口牛肉汤，生命的元气又回到她脸上以后，我才去办自己的事，把克莱奥帕特拉留给其他人照顾。

“你一定理解，我中午再跨进家门时，心跳得颇有些厉害。我发现她坐在门房家的起居室里，显然已休息过来了。她怀里抱着门房太太的婴儿，见我进来马上把小家伙放进摇篮里，然后谦卑地站起身，像是准备等我又把她赶走似的。门房太太告诉我，她仅仅吃过饮食就好了，并且向她承认，自己三天来只靠两只小面包吊着命。这时我才问她，怎么会落到这步田地，而听着她的讲述，我坦白告诉你，我仍旧是将信将疑。她自称是一位法国工程师的闺女，父亲曾在埃及为总督效力多年，最后娶了个埃及女子。她有过几个姊妹，可全都害热病死去，终于母亲也死啦。如此一来，父亲便离开了埃及，为的是不把自己最后的一个孩子也葬在异国的泥土下。他带她回到巴黎，其时她还是个十岁小女孩。在这座城市里，父亲苦苦挣扎了一些年，在他两年前去世时，所有的遗产仅够支付丧葬费而已。父女俩原本在城外一位园丁家当房客。出于怜悯，房主让孤女仍然住在家里，因为他自己反正没有小孩。一开始，她在那儿还过得不错，只需帮助他卖卖花罢了。可是最近几个月，园丁的老婆对她没了好气儿。我从她的暗示里不难猜出，那没生养的妇人对这漂亮的姑娘吃了醋，因此经常和丈夫干起仗来。干来干去的结果是，园丁的老婆坚持要这外姓女子离开他们家。从此，她便无家可归，四处流浪，很快花光手头的一点点现钱，终于在饿得奄奄一息时挣扎到了我家门口，仿佛在这个世界上，她再不会有更好的归宿。

“这整个故事，如上面说过，我听起来是颇不以为然；或者讲得更合乎实际一点，我是极力把自己掩蔽在无中生有的怀疑背后，因为我的心啊，太叫我同情这可怜的女孩啦。还在当天，我便去城外走访园丁夫妇的邻里，得知她讲的句句字字是事实，没有谁说这老好姑娘什么坏话，相反，在所有年轻人中她倒以冷漠和随和著称，在园丁家里同样也没任何过错，错只错在她比那位太太年轻而又貌美。

“现在怎么办？门房太太倒是很乐意收留她，看样子这妇人已喜欢上她的被保护人，她的孩子们也挺高兴待在克莱奥帕特拉身边，她的丈夫呢，除去喝酒已对什么都不再提得起劲儿。可是，要和她生活在一个屋顶下，我却担心我自己，于是做出一个英勇的决定，也真够难为我哟。我决定送她去巴黎城另一头的一位时装店女老板店里。从可靠的介绍人处得知，这位老太太挺正派，挺可敬。我让克莱奥帕特拉在那儿学习所有她还一点不会的手工，并且请老太太答应对她严加管教，不叫她去站柜台，免得貌美而缺少处世经验的姑娘成为第一个缠上她的花花公子的牺牲品。

“我宣布这个决定时，她毫无表情，不知心里是高兴还是不高兴。她整个处于一种无意志的睡梦状态，使人刚一见她所产生的兴趣又慢慢减弱下去；要知道，在这个美丽的躯体里，看样子灵魂还在酣睡，抑或就压根儿没有任何兴奋激动的能力哩。随后，在跟着门房太太登上出租马车去好心的拉里维埃夫人店里时，我见她仍旧是那副神气，因此与她告别情绪便相当平静了，真的希望事情就此了结，将来我只是在每月向时装店女老板付伙食账时，才会想起克莱奥帕特拉的存在。

“这样约莫过了三个礼拜，我坚持抗拒与她再见的诱惑；而要去见她的借口是足够多的。最后，我再想起她时已经无动于衷，就跟想霍勒斯·韦尔内的剧作《斯美拉》中的一个人物差不多，因此很赞赏自己如此干脆利落摆脱了危险的纠葛，实在是明智。

“然而，我大大地失算啦！

“一天傍晚，我无忧无虑地回到家里，发现桌上摆着一封信，信封的尺寸欠规范，地址是吃力地涂上去的，一个个字母老大老大。我立刻有不祥之感。可不是吗，信是她自己写的，内容仅为一声绝望的恐怖的呼叫：‘请快来接我——我在这儿快憋死啦——我什么也不缺，但要是留在这儿就非死不可！’总共不过五六行，然而无可辩驳地说明她确实已绝望了。

“我没做书面的道德说教，立马驱车去到了拉里维埃夫人店里——这，你大概也认为是自然的吧？好心的太太亲自开门迎接我，对我的到来喜形于色，尽管克莱奥帕特拉的那封信她一个字都不知道。

“‘近几天我正想写信给您，’我在走廊上便问她的女寄宿生的情况，她于是说，‘这好孩子脑袋瓜儿里有什么不对劲儿。她毫无怨言，叫干什么干什么，做活儿虽说没有天才，却非常非常勤奋，可人却一天天消瘦下去，叫你看着她那么皮包骨头，两眼失去光泽，真叫心里不忍。还有，她整天几乎不吃不喝，夜里能睡上四个小时就算多的喽，我相信。当我问她有哪儿不舒服，她只是摇摇脑袋。在我的那些女工中，各式各样傻瓜和疯子全有。不少时候，整个作坊会叫她们笑得震动起来。维尔日妮——咱们现在这么叫她来着，因为她原来那个名字太带异教色彩啦——维尔日妮她总是坐在中间连口也不开一开，尽管她生着一副好牙齿，笑起来真迷人啊。我那些姑娘断定，她害相思病喽。有一天我直截了当地问她，她只傻愣愣地瞅着我，就像我问的是她有没有造一百法郎的假钞票似的。’

“我提出，她没准儿缺少运动吧。回答是：不，她在干完自己那一点点活儿后，每天都跟太太出去散步，自然总是戴着面纱的。甚至她还参加过一次郊游呐；然而一切仍是老样子。

“接着我请求领我去见她，在那间已经收工的大作坊里把她碰着了。她正与一个较年长的女工友单独坐在窗户边，一见我，立刻站起身来，脸上有了血色，同时垂下长长的睫毛，一句话不讲。我向她伸过手去，问她过得怎么样，她浑身剧烈颤抖，只把脑袋点了点。随后我叫她取过帽子和面纱，说我打算带她散步去。她一听兴奋得忙不迭地跑去取来自己的东西，拥抱了老太太，接着便跟我走下陡峭的楼梯，到了街上，深陷的脸颊却始终是红扑扑的。

“她吊在我胳臂上轻得如一根羽毛。我呢，尽量好言好语地启发她，要她说出在拉里维埃太太家是否有什么抱怨不满。不！人家待她格外地和善。——她是不是想念自己出生的祖国了呢？要不要我送她回亚历山大港去呢？这么一问，她立刻泪如泉涌，拼命地摇脑袋。——在整个过程中我心情怎样，你能够想象。临了儿，我求她还是再试一试留在老太太店里，人家待她那么和善，她最后到底会适应的嘛，她一听突然站住脚，脸色唰地白了，呼吸急促地说道：‘您不如立刻杀死我好些！我这样没法活下去！’

“我真叫一筹莫展喽。为了先叫她平静下来，我领她到了一家由一对诚实的德国夫妇开的 maison garnie① 里。‘你就在这儿过夜，维尔日妮，’等漂亮的小客房中只剩下我们两个人，我对克莱奥帕特拉说，‘明天我再来，然后咱们看下一步怎么办。既然你那么反感，我也不想强迫你回老太太家去。晚安，我可怜的孩子！’

“我伸手给她，她却站在我对面，一副痛苦无助的可怜样儿。我脑子里突然闪过一个念头：也许干脆把事情挑明，是迅速治好病的最好药方，尽管这药很苦。

“‘孩子，’我说，‘病根在哪儿，我看得太清楚啦。你爱我，我

① 法语，意为：有伙食的旅店。

不在身边你就不快活。可是这会有什么结果呢？我不能娶你做妻子，即使我更加喜欢你，倾心你，我也不会那样做。而要白白让你不幸，你又太令我心疼了。我告诉你这些，虽然现在它使你难受；可是你必须知道全部真情，为了你能学会适应你的生活。你必须努力把我忘掉。明天只能是我们的最后一次见面。为着你，为着纪念你那好样儿的父亲，我有责任这样做。因此你要理智，孩子，让我继续做你的朋友，别为难我！’

“我对她讲了诸如此类的许多话，奇怪，她竟默默听着，一点不动声色。是的，我几乎又相信自己弄错了，必须在生理上去寻找她的病因。于是，我把她再一次托付给好心的店主夫妇，在离开她时已做出决定：明天再来看她时一定带上一位有经验的医生。

“可是，就这样并不能叫我心安理得，驱走我心头的种种思虑，更别提对那个奇怪的女梦虫的好感啦。每见一次面，她都对我变得更具诱惑力。我彻夜难眠。千百种不成熟的计划掠过我的脑际。第二天我起得很迟，然而比十个小时之前并不聪明一点点。

“我刚坐下吃早餐，门突然一下子被推开了，急急忙忙冲进来我那位诚实的开旅馆的女同胞，脸色苍白得像幽灵一样，向我报告了可怕的噩耗：我昨天托付给他们的那位小姐，她自杀啦！一清早老板娘听不见她一点动静，就去敲她的门，因为老板娘感到事情有些蹊跷。最后他们只好砸开了锁，发现她和衣仰卧在长沙发上，紧身内衣的绳子松开了，她用一把小刀在自己左乳房下边捅了好几处伤口，衣服全给血染红啦！她还有呼吸，但很微弱，眼睛已经闭上。老板娘的丈夫——旅馆老板马上跑去请大夫，她自己则来报信，好让我去亲眼看看那个惨样儿。

“我不用对你描写，我怀着怎样的感情奔去现场。我到时发现大夫已忙着在检查伤口。他检查的结论是伤得不重，因为没有碰着那些宝贵的内脏。只是严重失血可能要了她的命，如果再过几小时才来抢救的话。医生还没走，克莱奥帕特拉已苏醒转来。她见我站在床前，脸上立刻现出恐惧和羞愧，像是生怕我会骂她，那模样儿真是说不出地动人啊。我凑近她的耳朵，搜索枯肠地说着温柔爱抚的话语。她嫣然一笑，随即又合上了眼睛。

“唉，她真美啊!”

阿希巴德男爵不再吱声，把脸埋在双手里。他的朋友也用手撑着脑袋。两人就这样坐在大理石桌子旁边，好半天都互不理睬，似乎谁也不忍心再去瞅一瞅壁龛中那张凄惨的面庞；对男爵刚才所讲的一切，它全无反应，唯报以木然的一笑罢啦。

终于，阿希巴德男爵回过了神，站起来几步穿过小屋，站在了敞开着的阳台门旁。通过这门，月光和清凉的夜气涌流进来，令他心神一振。朋友跟了上去，用一条胳臂亲切地搂住他的肩膀，说：“当我看见你俩在一起，一个比另一个更叫人羡慕，我做梦都想不到会是这样。”

“欢乐很短暂啊，悔恨却很绵长，”阿希巴德阴郁地回答，“不过，我在对你吐露真情之后，心里这会儿已经轻松多了。你一定会同意我的想法：在经历了上面讲的那些事以后，再抽身跑掉，只考虑自身的安宁，只考虑自身这以迅速的一刀两断也许可挽救的安宁，是需要我有一种超人的乃至非人的勇气的呵。可是，她的安宁呢，不是早已无条件地牺牲了吗？我不知道，在此绝望的处境中，一位吹毛求疵的道德家有何见教。够啦，该发生的事终于发生。

“正好在我们最幸福的时期，你见到了我俩。那阵子，我还有力量——或者讲够懦弱？——压根儿不考虑未来会怎么样。她自己呢，更是只要幸福还存在，就一忽儿也想不到它啥时候还会结束。后来，她有时也发现我神不守舍，有思想负担的样子，但是却做梦也没想到，原因可能正是她自己。这种时候，她会做出最大努力，在我面前显得加倍地快活。她没法变成一个喋喋不休的法兰西女人。每当有旁人在场，她多半又会沉默寡言，堕入她那种梦寐状态，好似眼前已不见我，或者我还只有一半属于她自己。可是，客人走了门一关上，她整个人立刻活跃起来，她立刻想方设法地叫我明白，在这个世界上，她只属于我一个人。啊，好朋友，我们这心是何等固执，何等不知好歹，何等专横暴虐呐！你相信吗，她对我如此一往情深，仍不能赶走那一开始就叫我提防她的不祥的异类感？即使在欢乐陶醉之中，我心里仍保留着一个清醒点，仍有一个声音在对我喊：她之属于你与一个漂亮女奴属于她的主子并无多少差别；或迟或早，事情总会结束，就像《一千零一夜》里一则童话总会被念完，被淡忘，而不可能伴随我们一生，成为我们唯一的和全部的东西！每当这时，我便忧心忡忡，不知该用什么办法使她没了我照样能活下去，即使代价是叫她恨我，也求之不得喽。

“这样的矛盾心理，你可以想象，如何败坏了全部的欢乐。我明明知道，我和她继续生活在一起，到头来都必定会不幸啊。可是呢，她看样子活着仅只为了我，叫我又怎么能忍心抛弃她哟！而且，恰好在巴黎那些童话般的日子里，我又怀着一种对自己也是谜一般的不安，回忆起了采齐莉亚曾经投向我，投向当初那个年轻准尉的童稚的目光；同时，一张已经长成大姑娘的她的照片——我明白母亲把它寄给我不无用意——已极其秘密地藏在我写字台的抽屉里，让我经常地取出来，怀着复杂的感情去独自端详观看。——一次，我不小心叫维尔日妮撞见了；我现在也这么叫她。为了不伤她的心，我谎称照片上是我妹妹。这话使她陷入了沉思，样子倒不像不信任我。我完全可以对她讲，月亮上那个人是我兄弟，她也绝不会允许自己怀疑喽。只不过，她看来第一次伤了脑筋：我竟然还会属于其他人，而不仅仅属于她。于是我得对她讲我家里人的情况。'你母亲会喜欢我吗？'她听后只提出了这一个问题。接着，她主动把谈话引到别的事情上，好像有一种直觉明白告诉她，别让我想自己的故乡为妙。

"真够稀罕啊，那竟成了我们的最后一个晚上。第二天上午，我接到母亲来信，她催我火速回家，要是我还想在父亲生前见他一面的话。——当时我正坐在我爱人对面进早餐。她也破天荒地收到了一封信。读着这信，她先是显出惊愕，随后却乐起来。我们两个都读完后，她带着她那迷人的微笑，望着我。'给！'她递过信来说，'真可笑。但愿你的那封理智一些。'我沉思着点点头，机械地接过她手中的信。一个署上了全名的年轻人，以热情洋溢但并不过火的措辞，向她表白爱情，甚至提出来要娶她。他说，他知道维尔日妮和我是什么关系。不过他也知道，他比我对她心更真；而我，迟早会抛弃她，叫她倒霉的。他讲认识她父亲，很怪她太无知，误入歧途。要是她还能下决心悬崖勒马，把手伸给一位真诚的朋友，就请她给他回信；至于其他一切，他自会负责料理。

“当我把信不声不响地、神情严肃地放到餐桌上，她笑吟吟的就像个孩子。她以为，我真担心她会听那个追求者的话，为了不让我胡思乱想，使气氛轻松愉快，她极力撒娇和说笑，极力向我表示她的无限情意。啊，好朋友，在她那半是孩子气、半是狐媚迷人的百般爱抚中，要狠下心来当天就偷偷离开她远走高飞，我真太痛苦了啊！那一刻，她在我眼里比任何时候都更高贵，都更值得我为了她牺牲一切；她坚定不移地相信我俩永不会分离，比任何时候都更令我感动。

“终于，我用强迫自己开玩笑的办法解脱出自己，带着破碎的灵魂逃到那家小旅馆里；旅馆的老板娘一直还对克莱奥帕特拉怀有一颗慈母之心。我请她在傍晚我通常回家吃晚饭时去看姑娘，告诉她我母亲的信的内容。为了使这位好太太自己相信她所言不谬，演起她的角色来轻松一些，我把信留给了她。我请她讲，我必须昼夜赶路，没法带上克莱奥帕特拉，除此也想免去她和我告别时难分难舍的哀痛。不过，我会回来的——我可能回来。我不在时希望她好好保重，心情愉快。在我的写字台里，我留下了一笔可观的款子——实际上，除去采齐莉亚的照片，我什么也没带走。

“事情就这样——现在还有什么好讲呢？你知道，我回到柏林，发现我的好父亲真已经去世，没了他母亲无力生活下去。当时她便病了，一年后也离开了我。在这种情况下，我怎么好马上扔下她，回巴黎继续过我那梦一般的生活呢？是的，在我又见到采齐莉亚，一见之下立刻认识到唯有她能使我幸福之时起，我在巴黎的生活已使我觉得如像一个鸦片吸食者的梦幻，加倍地可疑可虑！

“到了我估计留下的款子快用完时，我便写信给我好样儿的德国女同胞，给那位旅馆老板娘。我新汇了一笔钱到她那里给被遗弃的可怜的女孩支用，请她回信谈谈情况，同时也把我眼下的处境毫不隐瞒地告诉了她。三个星期以后回信才来：维尔日妮有一段时期深居简出，看样子一个人过得挺平静，后来却突然失踪了。四处打听寻找一点结果没有。

“我在自己乡居生活的寂寥中读着这样的回信，内心充满矛盾和痛苦，然而身边没有一个人能帮我排解排解。‘她死了！是你害死了她！’我现在对自己说，并在幻想中为自己绘制出一个个可怖景象。但有时我又仿佛听见另一个声音：‘她活着哩！没有你她死不了！有一天，你完全没想到她却来到你面前，像你曾经使她不幸一样把你的一生给毁掉！’——如此地夜以继日，一周一周，一月一月——先自我谴责，随后又在自己面前为自己辩解，搞得我就像被命运揪住了头发摔来打去似的心神不宁，苦不堪言。——你，朋友，尽管是位作家，读过不少悲剧，也没法想象那时一直伴随着我的良心痛苦的十分之一啊！

“可是，一个月又一个月过去了，巴黎方面完全没了消息，我内心的痛苦也慢慢减弱下来。等一整年同时也是为我母亲吊丧的期限满了以后，我心上真好像掉下一块石头似的轻松了。我又敢于抬起头来正视新的生活，心想对过去已赎够了罪。于是，我心里也渐渐生出勇气，去向采齐莉亚求婚。我以为，一切条件都已具备，只需去到她纯洁的身旁，只需得到她，就能最后完成我灵魂的洗涤。——现在可好，现在我感觉又犯下了新的罪行，我竟还有脸向她求婚！”

男爵再次沉默无语，呆呆望着树林背后月色皎洁的夜空。从脸上的表情看不出来，他是否听见朋友怀着真诚的同情说的安慰他的话语。突然，他打断坦克雷特，急匆匆地问：

“你相信有偶然的事吗？”

“好朋友，”坦克雷特回答，“我算不上好诗人，更不是哲学家。可就算现在我能为有或者没有提出最雄辩的证明，又能帮你什么忙呢？别推论来推论去，你应该只考虑一件事：现在你最重要的责任就在让采齐莉亚得到幸福，而使从你自己的过去钻出来的那个幽灵离她远远的，免得破坏她的宁静。首先你得叫人搬走这座雕像，而且要搬到一个你有把握再也见不着的地方。因此我不能从你手里把它接过去。即使找不到任何愿意要的人，情况再糟不过，我也宁肯把它砸碎，而不让它这样来折磨我。”

“你说得对，”阿希巴德男爵嗓音低沉地回答，“必须弄走它，可要弄到可靠的人手里。把它砸碎？很难找到一个人忍心对它下手啊。你自己瞧瞧，朋友：砸碎它不几乎像要杀死一个活人吗？也许——要是把它沉进某处深水里去——啊，不，不！那更加可怕！那等于淹死它，闷死它！”

男爵说完又走到壁龛前，两眼盯住雕像，目光带着恐惧。他的朋友开始担心，怕他一直激动下去，会钻牛角尖想不开。

“咳，”朋友说，“这么一直瞅着那张脸苦思冥想对你没好处。走，陪我去俱乐部，或者，你要不肯去人多的地方，咱俩就到动物园散散步，找个地方吃晚饭。等你喝下几杯陈年的西班牙甜酒，你会更冷静地考虑这一切。”

“让我待在家里吧，”阿希巴德抑郁地回答，“我还有几件事要处理，然后想睡觉，希望睡一觉以后能把有些事忘掉。我感谢你的友情。我还会经常需要你的友情，可今天晚上——”

“我看出来了，你渴望独自待着，”坦克雷特说，边说边取过帽子，“我明天再来，希望见到你情况已经好转。晚安，阿希巴德！”

坦克雷特走了，男爵也离开小屋，叫仆人熄掉了灯台上的残烛，给他送一些清水到书房里去。书房内空间高爽，四壁排列着书橱，装饰着精美的铜版画，挺舒适的；在房中的写字台上，立着一张采齐莉亚妩媚迷人的水彩肖像。看样子，男爵在这儿觉得好受多了。他喝了几杯水，给他的管家和远方亲戚们写了一批信，然后久久地坐在写字台前，静静地吐着烟圈，灵魂却沉浸到了面前这位温柔少女那明亮的蓝眼睛中。他心里似乎清楚地感觉到，他汹涌激荡的血液已渐渐地，渐渐地，在他的血管中平静下去。只在额头顶上还有一点压抑感，他希望睡一觉能消除掉。他吩咐仆人拿来被盖枕头，铺在长沙发上给他过夜。正当他吹熄灯躺下身去，忽然从花园一侧静静的楼前传来一点声响，令他一怔。那声响就像有什么东西轻手轻脚地爬上了阳台，随后又小心翼翼地推开仅仅掩着的阳台，走进了小屋中。随后又恢复宁静，使阿希巴德在一瞬间以为是自己产生了错觉。可是他却放心不下，急忙从沙发上爬起来，披上绸睡衣，抓过一根装着重重的金属头的手杖作武器，轻轻推开客厅门走进去。地毯减弱了他的脚步声。他屏住呼吸，溜过月光朗照的大厅，侧耳听着门帷背后那小屋内的动静。仍旧声息全无。他已经打算回书房去，只是临走看似多此一举地掀了掀门帷，往里瞅了一眼。这一瞅他可吓坏了，一时间像成了个木头人，只觉背脊上掠过一股一股凉气。

要说呢，他看见的情景本来并不可怕，在其他人眼里多半会显得滑稽可笑的。月光射在壁龛前那大理石小桌的镀金桌腿上，闪闪发亮；只见在桌面上静悄悄地蹲着那只猴子，身体缩成了一团，像是叫面前的雕像给看得失了魂，落了魄，它耳朵那么尖，竟没听见外边客厅的门开了。它仍把从采齐莉亚那儿抢来的白缨络攥在爪中，另一只爪子却惬意地搔着它那毛发蓬松的脑袋，嘴里又发出磨牙的轻微嘎嘎声，时不时还夹杂一点像是叹息或抽泣的声音。这时它站了起来，那无声无息、一动不动的雕像似乎令它不安。它四条腿全趴在桌上，像只陀螺似的打起转儿来，白缨络紧紧咬在牙齿中间，同时发出一种越来越响、越来越恐怖的狺狺声。突然，它一跃蹿到卧榻上，抱住凸出来的像座将身子完全站直了，随后猛地一跳，大胆地跳到雕像的怀中，跟骑马似的坐好了，仿佛想凑到跟前仔细观察那神秘的女郎的样子。它伸出细长的毛茸茸的指头去摸她美丽的肩膀，还好几次爱抚地在她修长的手臂上摸来摸去。它微微欠起身，弯下脑袋，像是想去咬那条可能令它讨厌的细细的绿蛇，就在这一刹那，它毛发倒竖地一惊，急忙回首四顾：它背后立着主人高大的身躯，手杖已举在空中眼看就要打下来！猴子一声尖叫，跳下它的座位，跃过睡榻和桌子，朝着阳台门逃去。可是双扇玻璃门早无声地关上了，它从这儿出不去，立即又抓着窗框往上攀，然而气急败坏的阿希巴德挥舞起的手杖，已重重打在它的腰间，它一松爪子，叫唤着掉到了地上。接着，这猢狲满屋子乱窜，哪里也找不着逃路，每挨一下揍都迸发着新的呜咽。年轻人恼羞成怒，发了狂似的挥舞着手杖死死追赶，它在小屋里逃来逃去好几个回合，绝望中终于让本能驱赶着重新跳进壁龛，以雕像的怀抱做自己的避难之所。它蹲在那儿浑身颤抖，两只绿色小眼睛忽闪忽闪地射出奇异的光，等着事情的进展。它似乎猛然意识到，雕像一定会保护它，至少会叫它不再担心挨打，要知道打下来也一定会碰着雕像呐。它没想错。它的追逐者呆呆地站在了对面，于是一人一兽便以仇恨和厌恶的目光彼此打量着，恰似两个势均力敌的对手。这么过了好一会儿，阿希巴德才回过神，走到阳台前面，把双扇门拉开。随后他退到门帷背后，在客厅里待了几分钟。等他再走进小屋，猴子已经没了踪影。

年轻人深深吸了一口气，回头四望。在离开这不祥的小屋之前，他不得不咬咬牙，去把阳台门重新关起来。一回到书房里，他马上插紧门闩，好像担心什么鬼怪幽灵会一直跟踪到这儿来似的。随后，他精疲力竭地倒在一把圈椅里，久久地瘫坐在那儿，直到最后下决心再点上灯，到一本书中去寻求对那些一直缠绕追逼着他的可怕幻象的逃避。

夜里的一段时间他就这么过了。直到月亮落下去后，他才有了睡意。第二天早晨，他一照镜子，看见自己全然不适合结婚的脸，吓了一跳；他两眼红肿，像在梦里哭了几个小时似的。他无法再跨进那间小屋，心里想，到室外走走会对他有益。他走进花园，见那只猴子又蹲在鸟舍顶上的小塔楼里，仿佛什么事也没发生一样。园丁告诉他，早上发现猴子在花园里跑来跑去，就用几枚杏子和无花果毫不费力地逗它回到塔楼中，把铁环重新戴在它胳臂上，而且拧得更紧了一些。阿希巴德男爵吩咐他，如果一时还找不到一个买主要这畜生，今天夜里一定得把塔楼的门锁上。说完，男爵便进城去。

他首先来到那家艺术品商店，可店主能告诉他的并不多。一个陌生青年，多半是个法国人，衣着寒碜，神色慌乱不安，雇一辆出租马车把那雕像运来店前，问店里买不买。他漫天要价，可一当老板告诉他，他这件东西可能有一个人喜欢，不过那么高的价格却不会付，他也不等问一问预想中的买主，就心满意足地收取了部分定金，慌里慌张奔出店去了，活像害怕这笔交易会令他自己后悔似的。毫无疑问，他还会来取他的余款，因为他认为，对他这件作品，估价不是太高，而是太低。

阿希巴德请求店主，那年轻的艺术家一露面就立刻让他上他别墅去。随后，男爵在城里最热闹的大街上糊里糊涂地逛了几小时，进过一家咖啡店，翻了几份报纸，在一些画店和照相馆的橱窗前东站站，西瞅瞅，然而不论到哪儿看见的都是同一张脸。这么样磨蹭到了他通常去看采齐莉亚的时间。今天他比以往任何一天都更加急不可待地盼着这一时刻的到来啊。可是，当他终于走上楼梯，却经常停下来深呼吸，因为他胸前就像压着沉重的铅块一样。姨妈一如既往地亲切接待他，可却告诉他，今天不能让他见他的未婚妻，因为采齐莉亚一夜都没睡安稳，甚至还稍微有些发烧，大夫于是叫她卧床休息，只不过是为了小心起见，要知道举行婚礼的日子近在眼前了呀。姨妈还讲，昨天采齐莉亚回家来突然背心发凉，也许是她对那讨厌的畜生还心有余悸，神经紧张吧。阿希巴德闭而未提自己昨天夜里的惊心遭遇，马上告了辞。他现在几乎觉得，不让他见采齐莉亚倒更好些。他不相信自己有力量在采齐莉亚面前显得无拘无束，开朗愉快。他怎么忍心连累她，让她分担那在他自己头上投下了阴影的不幸命运呢？

下午，他吩咐给他的一匹马装上鞍，希望骑它跑几小时使自己感觉疲乏，这样夜里就睡得安稳。晚上他很迟才回家来，一进门便问是不是来过一位陌生人。什么人也没来过，只有他的朋友坦克雷特留下对他的问候便走了。在楼上书房里的写字台上，他发现一封采齐莉亚用铅笔写的信；信里温情脉脉的话语使他内心感到轻松、宁帖。他马上给她写回信，说没见到她他这一天真是百无聊赖，他相信他俩结合前的这些日子简直熬不过去哩；他让信中充满最热烈的情感，最温柔的请求，求她只想愉快和幸福的事情；他祝她睡得香甜，就像他自己也希望睡得香甜一样，他因此还等着她对他道晚安呐。他用火漆把信封好，差人立刻送进城去。随后他打发走仆人，想早早地躺下安息。

昨天夜里失眠，今天又奔波一天，他疲倦得也很快睡着了。可是不到半夜，他已经醒来，尽管房里放下了窗帘，只透进来一点淡淡的月光。四周一片寂静，他清楚地听见客厅内的座钟钟摆来回摆动的声音。接着钟敲十一点，随后又敲十二点，一点，两点，可他的瞌睡仍然不肯回来。这时候外边天空罩上了乌云，唰唰地下起夜雨来。可是，一连几个小时在床上辗转反侧，头脑里的思想越来越可怕，失眠的男爵额头却依然发烫，并未因下雨而凉下来。最后，他再也受不了啦，便起床穿好衣服，打算去雨中清爽清爽发烧的脑子。谁想他马上又改变主意：他之所以不得安宁，怪只怪旁边的壁龛中立着那座雕像；要是他做出大胆的决定，立刻弄走它又会怎样呢？他只需要把它搬到花园中的小凉亭去，这上边的空气便会干干净净，不再有任何眼下使他失眠的恶灵游荡其间。至少他得尝试尝试嘛。

他有一瞬间想到去唤醒一个仆人，但某种羞耻感使他却步。下定了摆脱要压垮他的恐惧的决心，他终于离开书房，跨进了一整天都避之唯恐不远的小屋。屋里现在黑沉沉的，他不再能认出克莱奥帕特拉的样子。可他不嫌多余，还在像上搭了一块大绸巾，然后才把它从基座上搬下来，抱起它脚步轻轻地走下黑暗的楼梯，到了花园中。

他每走一步，都感到自己的负担更加沉重。好在雨中的冷空气吹拂着他的头，给了他新的力量。到达楼前的平台以后，他把像倚靠在石栏杆上歇了歇气。黑幽幽的花园死寂地展现在他眼前，只从他左手边的鸟舍内，传来几个睡梦者在栖木上发出的声响。但在鸟舍顶上的小塔楼中，那只猴子却像突然醒了。阿希巴德听见它先是轻轻地摇门，接着就摇得越来越厉害，越来越不耐烦。这时候，已传来它在用牙齿咬门上的锁的声音；再过一会儿，它又像用整个身子在撞门。与此同时，它还把一声声呼啸和呜咽送进夜空，真是既可怕又凄惨。这一切，叫平台上孤独的偷听者，心里挺不好受。他又抱起沉重的雕像，匆匆向黑幽幽的花园的深处走去。他额头上渗出大颗大颗的汗珠，胸部剧烈起伏着，不时地停住脚步；他觉得，怀里的雕像似乎快变成铅铸的，眼看就要把他压进地里去。随后，他的意志力再次获胜，他又继续往前迈步。现在还剩五十步就到目的地了。可蓦地，他听见背后有什么在地上爬行，离他越来越近，越来越近。他以为是邻家的一只猫，便扭过头去。突然，他血管里的血液像冻结住了，他大叫一声，放开怀里抱着的雕像，让它落在碎石地上，发出沉浊的响声，与此同时，他惊慌得要命地把双手伸向脑袋。原来跟在他身后的是那只猴子，这时已跳到他后颈窝上，用两只冰冷的后爪死死搂住他脖子，前爪则疯狂地抓他的头发，并把尖利的指甲掐进他的太阳穴中。这些仅仅是一瞬间的事。须知在疼痛和惊惧中，阿希巴德的头脑还保持着最后一点清醒，立刻同时动用双手，左手抓住猴子的腰，右手抓住它脖子，随即痉挛似的握紧拳头，捏得猴子狂叫一声，松开脚爪，绝望中在男爵头顶紧挨太阳穴的地方咬了一口，从它的敌人手里挣脱出去。随后它纵身上了旁边的树干，仍旧不时迸出一声野性的吼叫，直至远远地消失在了暗夜里。

这出闹剧过去后约莫一小时，园丁睡在里边的小屋突然有人敲门。这位老仆人从睡梦中被吵醒了很不高兴，厉声问外边是谁呀。他听出是主人的声音，惊讶得急忙开了门，可一见男爵坐在小屋前的长凳上，一副失魂落魄的模样，一边脸颊自太阳穴以下鲜血淋漓，头发乱糟糟的，衣服湿透了而且满是泥污，真叫他吓得半死。看样子男爵像摔了一跤，昏头昏脑地在雨地躺了好久来着。他自己做的解释语无伦次，莫名其妙。他要一杯水喝，偶然提到在花园后边躺着一个什么人，他要园丁把那人弄进亭子里去。他说话不时惊恐地伸手去摸后颈窝，像是感觉那儿还有一个重负；直到他一口气喝干了水，才稍稍恢复神志，可以让园丁搀扶着回楼里去了。这一来其他仆人也醒了，都在交换着可怕的猜想，因为他们全很关心自己的主子。没有谁敢直接去问他，他自己呢，一直沉默不语。他严厉禁止去请一位大夫。回到楼上自己的房里以后，他用一条橡皮膏贴住了太阳穴上边的伤口，命令仆人留在客厅里守着，不放任何人进他房里去；他说他想睡觉，现在也能睡了，因为空气已经干净。——可不是吗，没过几分钟，他真已堕入沉沉的睡乡。

第二天中午，他还在睡着，他忠实的朋友坦克雷特已来问他的安。仆人们能对这位满怀忧虑的探访者讲的昨天夜里的情况，只可能令他更加不安。他答应下午再来。可是一回家就发现公使留给他一项刻不容缓的使命，只好满足于当晚再派个信使去阿希巴德府里，信使随后也带回来他希望听到的消息：男爵老爷睡了一整天，信送到时，他正要人给他开饭。对自己昨天夜里发生的事，他看样子压根儿没再考虑。

正因此，他毫无思想准备的朋友更加吓坏了。当时他还躺在床上，住宅的门铃便猛地拉响起来，阿希巴德脸色惨白得跟死人似的进了他寝室。

“早上好，剧作家，”他说，嗓音异样地颤抖着，流露出惊恐，“你躺着别动，我马上就走，我自己也完全不知道我来你这儿干什么；可街上的人全都放肆无礼地盯着我看，我只差一点儿就想问他们，我的一双眼睛真的长在鼻子底下了吗？我的脑袋真的变成了个玻璃球，能让人看见思想在里边蠕动，就像茧子里的蚕蛹一样吗？

而且，我在家里访客不断，因此再没有可待的地方。呵，坦克雷特，我的朋友，天地间无家可归的可怜虫之多，是咱们的警察局做梦也想不到的呐！”

“上帝保佑，阿希巴德，”他朋友从床上跳起来，叫道，“你这是怎么啦？你像在说胡话，几乎站立不稳，这儿额头上还有一条手指头长的伤口——我的好人，你既然感觉自己病了，干吗还在城里乱跑，而不派人去请医生，安安静静……”

“我想最好先把门关严实，要是你允许的话，”阿希巴德很快回答，“可钥匙我让它留在里边，要知道，一个畅通的钥匙孔，什么怪物钻不进来啊！好啦，现在让我给你讲吧！”

然而他什么也没讲，而是一屁股坐进椅子里，仰脸望着天花板，像是想检验一下眼睛是否还张得大似的。同时，他用细长白皙的手指头叩击着椅子扶手，呼吸困难的样子。

朋友心情沉痛而又激动，望着他那张完全失去了血色的脸，久久未说一句话。他现在才发现，在男爵黑色头发底下的两边太阳穴上，各有一条血印，而那道伤口尽管贴着橡皮膏，仍看得出是火红火红的。不过它眼下似乎并不痛，至少阿希巴德的神情不再那么紧张，已渐渐地平静下来。

“说得对，安安静静！”阿希巴德打断朋友，苦笑了笑，“只是说来容易。你以为我是个傻瓜，没有在自己家里感到担惊受怕的足够理由，会这副模样跑出来，让满街的顽童跟在背后瞧热闹吗？而且——”他畏葸地瞅了一眼房门，“谁能给我保证，她不会一直追赶我到你这儿来呢？不过，我倒有些希望她这样做。她真来了，你就可以告诉她，这样把人家赶出家门，紧紧追逼善良的人直至人家的婚床上也不放过，一而再再而三地翻搅那些悲惨的往事，是很恶毒的呵。我自己已对她讲过了，可我不再有力量左右她。”

“左右谁？谁来了？谁在追逼你？看在所有圣者分上，别净胡说八道好不好，要不我自己也会让你搞得失去理智的！”

“你好点了吗，阿希巴德？”朋友问。

“好点了，”男爵回答，勉强笑了笑，“我不再孤零零一个人，再说这把结实的椅子至少护住了我的背。你一定得把它让给我，坦克雷特。我拿我那把墨西哥摇椅和你换，它不像这把似的安全。”

“随你的便。可是，你到底怎么落下这难看的伤疤的呢？”

“伤疤？噢，是的是的，你指这条口子。因为有一些更严重的情况，它我倒真忘记了。叫我怎么一五一十地告诉你呢？一个人到头来竟然与魔鬼的化身动手动脚，想起就挺恶心。也许那也只是迷信吧，对不对？然而，比最丑恶的魔鬼还讨厌得多的是，那可怜的美人儿又从死人堆里钻了起来，要用她那冰冷的嘴唇来亲吻你呀！看样子你不相信，好朋友。你们作家嘛就这德行！你们让人相信你们头脑里编造出的最荒诞无稽的废话，而对我这种人亲眼看见的，亲手抓过的……”

“看在老天分上，我求你啦，阿希巴德，快说到底怎么回事！”

“好！我想想看，我是否还全回忆得起来。昨天你不是出城去，碰见我在睡觉吗？不错，我睡了觉。一个人大白天睡了十个小时，然后又吃喝一个钟头，他该不会是疯子，或者在发高烧吧？我先做此声明，免得你不假思索地来劝慰我，说我一切全是梦见的，或者我精神失常了。我神经完全正常，完全是清醒地考虑到，在别墅里没有哪间屋子会比我们将来的卧室更安全，更不受幽灵们的骚扰。难道你不认为我这考虑对吗？可你哪里想得到，某些人有多放肆！

“不管怎么讲，在晚上约莫十一点的时候，我走进我们那漂亮宁静的新房，不是准备马上又去睡觉，因为我白天已在里面睡过了，而是去重读采齐莉亚写给我的所有信件，从它们开头的大写字母，直至最近涂上的铅笔痕印，通通细读一遍。我并且带上了她的照片，把它放在床边的小桌子上的灯前，随后自己躺到床上，躺得是我八天以来在那张临时卧榻上从未有过的舒坦。好久我没这样感觉良好了。除去太阳穴上的一点点灼痛，我也不再觉得发烧，而是头脑异常清醒，就像血管中不再热血奔涌，而是潺潺地流着清凉的泉水一样。我考虑起一些事情来，可所有的想法都令人愉快，就连平常那些总令我不安的也如此。而且我完全不感到奇怪，倒认为十分自然：任何怀有敌意的东西就是不敢靠近这张床嘛。这么想着，我听见了打十一点，十二点；而随着钟的最后一声敲击，真稀罕啊！床边的灯突然灭了，我禁不住又因迷信而微微有点激动。不错，灯也会自然地熄灭。可是，正当我还在考虑是再点上它，还是干脆争取入睡，突然听见楼下有了响动，像是餐厅通花园的门被打开随后又关上了似的。接着，我听见从楼梯上传来轻飘的脚步声，像是出自一双赤裸的小脚；再过片刻，客厅的门被轻轻地推开了，那脚步踩过地毯，渐渐靠近我，到了小屋的门帷前似乎静静地停了下来，为的是倾听一下如果闯进去有没有被逮住的危险。我感到事情不好了，你会理解。我急忙起床，披上必需的衣服，奔到未曾上锁的门边，凑着锁孔往外窥视。不巧阳台门的窗帘被拉严了，小屋内黑沉沉的。可是，我正好把眼睛凑近那小小的锁孔，对面的门帷便分开了，只见——她本人走了进来！”

“维尔日妮？一个可怕的梦！”

“梦？你愿怎么想就怎么想。我却知道我知道的事。不，好朋友，我手里掌握着确凿的证据，只不过待会儿才告诉你。我刚才讲到哪儿啦？对，讲到她穿过门帷走了进来，就像她活着时一个样，只是让我觉得变小了点儿，我敢打赌，她真是我从壁龛内搬走的克莱奥帕特拉，因为一个人在花园里感觉寂寞，并且渴望着折磨我，就又从下边溜上来啦。你摇脑袋，可怜的多疑者？我告诉你，要是你像我一样亲手把她抱下去，你也一样感觉到这个身体只是因长眠而僵硬了，冰凉了，不用费太多的周折，她血管里的血液就会暖和过来的。我不是曾经把她搂在自己跳动的心口上吗？她尽管是石头雕成，不也一定会感到我如何搂着她吗？现在她更苏了，发现了我之所以搬走她，只是为了让自己与另一个女子结合。啊，朋友，她要是现在不来问我是否已把她完全忘记了，她就是从来没爱过我喽！”

阿希巴德凝视着天花板，脸上痛苦得无以名状。“是的，我不能够怪她，”他说，忧伤地自顾自地接连点着脑袋，“可她干吗非得带上她丑恶的伙伴，带上那条蛇和那只猴子呢？当她跨进小屋时，那绿蛇像项圈一样盘在她脖子上，那猢狲在身后替她牵着长长的裙裾。她穿着你见过的那条绿色长裙，她把它系得高高的，让胸脯、肩膀和整个身体裹在皱褶里，像是感觉寒冷。现在她站住了，我看得明白，她的目光透过锁孔触到了我的目光，因为她冲我微微点着脑袋，样子并非不友好，只是显得有点惊讶：干吗没受到我更好的接待。我呢，却下不了决心从门后退开，放她进新房里来。这情况她也发现了。我看见她更加难过，一次一次地唉声叹气。她呢，似乎认了命，掏出一面小镜子来递给猴子，然后坐到壁龛里的卧榻上，那讨厌的畜生则往她面前的大理石桌子上一蹲，捧起镜子来让她照。她开始解散她长长的黑头发，然后又重新辫起来——唉，那是怎样的一头秀发啊！它一直打齐她的膝盖，我俩曾多少次抚弄着它，把时光消磨哟！就是眼下，秀发里仍飘散出一股股特有的芬芳，一股股龙涎香和茉莉花混合成的美妙气息，我对它是太熟悉啦；还有那条珍珠项链，还有她垂在耳下的两只大大的金耳环，同样如此。克莱奥帕特拉一直静静地照着镜子，一次也没再来寻找我的目光；只有那猢狲不时地扭过头来冲我狞笑，做出种种嘲弄我的姿态，气得我恨不得马上开枪打死它，哪怕付多大的代价都可以。然而这时姑娘已站起身，在小屋中慢慢地踱来踱去，目光沉静地朝着前方，像是期待着在她梳妆打扮得如此美丽以后，不会再有门不对她打开。她用一枚发针人为地把衣裙收拢在左肩上，裸露出了两条玉臂；她那么踱着，一只手始终按着心口，正好按在她当初自己用小刀刺伤过的地方，也是后来那蛇曾经吮吸过的地方。蛇一直静静地盘在她脖子上。可我觉得它闪射着一种绿光，至少在窗帘拉得很严的小屋内，我能看清楚一切。不过对此我不打保票。因为当时我无论怎么讲都挺激动，很容易对一些细节判断错误。正因此我把主要情况看得特别清楚，信或不信都由你。我看见，她越来越不安，越来越不安，突然朝我卧室的门走了几步，吓得我猛地哆嗦了一下。然而，那猴子紧紧拽住她，于是在她与它之间展开了一场无声而可怕的战斗。无耻的畜生扯掉了她肩上的衣服，伸出爪子去抓她头发，她又恼又怕，双颊充血。突然，她软弱无助地站住了，像是已被猴子制服。可谁知她出其不意地任衣服掉下去，一下将那蛇扔到自己对手的脑袋上，猛地向我冲来，冲开了我倚在上边的房门，一跨过门槛就赤身裸体地倒在了我脚下。'快把门插上！'她有气无力地对我喊，'快，不然我们两个全完啦！'——我不再有自己的意志，照她的话办了。随后寂静无声。朦胧中，我只听见她在我跟前呼吸，便弯下身去。可正当我向她伸出手臂去扶她，她自己却像弹簧似的跳了起来，一冲冲向婚床，钻进我自己刚刚才躺过的被窝，只把脑袋露在外面。

"我呆若木鸡，又是恐惧，又是怜悯，又是气恼，又是苦闷，站在那儿一句话说不出来。不过我向你保证，我就像现在大白天一样完全清醒；只是我对所见的任何东西都不特别惊异这点，事后叫我感觉最可惊异。我听见猴子在前边的小屋中暴跳如雷，像是拼命想摆脱缠在它脖子上的蛇。后来，从阳台传来一阵叮叮当当的响声，像是有一块大玻璃被石头击中，碎落了一地。

"猴子从阳台的破窗跳出去了，随后又恢复寂静。我已弯下腰，想透过锁孔看看外面。可幸好我还及时地退了回来。因为突然之间，一道绿光射过小孔，进了室内就眼看着伸展开来，变成那条蠕动向前的绿蛇，嗖的一下已射到床上，真叫不可理解。由于蛇身上的闪光，卧室里又明亮起来。

“啊，我脑袋好疼，我脑袋好疼！”阿希巴德突然叫起来，用手捂住受伤的太阳穴，“可你坐着别动，坦克雷特。先得让我把心上的石头全抖搂掉，随后再请你用出你的全部聪明才智，对它进行抚慰。我只求你别打断我。啊，要是你亲耳听见一切，听见她的嗓音，听见她如何一动不动地躺在那儿的床上轻声啜泣，就明白我好不容易才狠下心来，走到床边对她讲：这不是她躺的地方，她该起来，让我一个人睡；要不，我心中对她残存的爱情将化为对她的厌恶！——我当时自然心里很不好受，因为要是她回答说，她可是有与我重温旧情的权利啊，又叫我能对她讲什么呢？然而，那可怜的人儿压根儿没想到责备我。‘让我只在被里待一会儿，使我暖和起来吧！’她说，‘下边花园里怪冷哩，我的衣服又被抢走啦。你的床柔软温暖，我却困得要死。要是我能在这儿睡着，我会非常快活。过来一下吧，用手摸摸我的心口，感觉感觉它已多么冰凉。干吗你总是离这床老远老远的？’——‘弄走那讨厌的毒蛇，’我说，‘你带这畜生来我家里干什么？它叫我厌恶！’——‘什么我带它来？’她回答，‘是它缠上了我，你清楚为什么。不过你瞧，它挺温驯，不会伤害任何人，除去我；而我又自己把乳房伸给了它。自从再不能拥抱你，我总得按一点什么在心上嘛。你瞧你瞧，它乖乖地躺在那儿，吮着我的心血睡着了。它还剩下来不多的几滴，而它们，这最后的几滴，属于你啊！’

“说着，她推开被子，让我看她心口上的创伤。泪水一下涌进我的眼里。‘维尔日妮，’我说，‘难道什么也救不了你？难道你的一生和我的一生，就这样永远给毁了吗？’——唉，真希望你能看见她怎样甜甜地微笑着，对我讲：‘你会活下去的，而我又有什么关系啊？不过，要是你肯再对我行行好，那就请把嘴唇贴到我的伤口上；我一直渴望的都是这个，眼下来找你，也仅此目的哟！’——‘我不能啊，’我回答，“那毒蛇叫我害怕。’——她一听抓起那不动弹的畜生，把它缠在手臂上，突然，蛇在我眼里就变成了一只闪着金光的绿臂钏，钏上还有两粒红宝石熠熠生辉。‘你现在行了吧？’她说。于是我战栗着吻她深色的伤口，感觉她四肢突然哆嗦一下，然而她仍旧静静躺着，只用手轻轻抚摸我的头发，把我的头温柔地按在她心口上。‘我感谢你，’她说，‘这下好了。这下你可以瞧瞧我的脸。我不是又变得年轻漂亮了吗？’——唉，坦克雷特，她是年轻漂亮，不过，她的美已被呵上死的气息，叫我看着心流出了血，说道：‘是的，你漂亮，从来没有过的漂亮。’——‘现在你瞧，’说着，像感觉冷似的，她又开始扯被子去盖住胸部，‘我早知道喽，你又会喜欢我的。我要老在你眼前，就不会发生后来的事情。可如今你迷恋上了那个金黄头发的，这个黑头发的只好毁啦。——是她吗？’她突然撑起身来，注视着我床旁边的相片，问。‘你当初告诉我她是你妹妹。你干吗欺骗我？我可从来没对你保什么密呀！’——随后她那大而失神的眼睛把房间巡视了一遍。‘这么说就这儿喽！’她又开了口，‘她将成为这儿的女主人。是啊，一定是这样。我呢，再不会有温暖的床铺啦！’

“我不得不听她讲所有这些话，好朋友啊，心里真说不出的难过。我把我的脸俯向她的脸，让我的泪水流满了她的双颊。我再也不感到像一开始那样有任何的恐惧和反感。只是担心她会在我手里死去，使我浑身颤抖。‘你能原谅我吗？’我像失魂落魄似的对她耳语。她张大双眼望着我，一时间似乎完全不明白我问的什么。‘听着，’她说，‘我仔细想了想，为了让你们留在人间，享受从我这儿偷窃去的美好生活，我就不得不下地狱，这可是太残酷啦。我要不愿意呢，也就压根儿用不着吃这个苦；而我也真不愿意呀！’她突然厉声叫道，吓得我退了回去。她完全变了脸，两眼喷着火光；她猛地坐起身来，抖了抖脑袋，黑色的长发披散到两肩上。‘别让我再见到这金发女人！’她大叫道，‘我的侍从在哪儿？替我牵裙裾的畜生在哪儿？它是死神也罢，魔鬼也罢，反正够能干的，可以把她这张面孔弄走。别急，这样也行啊。醒来吧！’她说着摇了摇她的臂钏，那绿蛇又活了转来。‘这儿，这儿还归你，可怜的傻瓜！’说着就把那活物扔向照片，只听咣啷一声，玻璃相架碎了。同一瞬间，我感到两片冰冷的嘴唇挨到我口边，一双胳臂将我紧紧搂抱住，像要挤碎我的胸部似的，我怎么挣扎也脱不了身，不禁一声大叫——这时我才感觉那铁石心肠的幽灵放开了我，胳臂沉下，嘴唇松脱，还有那条蛇发出的光也已消失；我呢，则失去知觉，晕倒在了地上。

“我清醒转来时，周围仍然一片漆黑。我渐渐地才想起刚才的所有情况，吃力地从床边的地上爬了起来。一开始，我企图说服自己，所有只是一场噩梦。可是，等我随后点起灯来四面一瞧，就发现了再清楚不过的迹象和证据。采齐莉亚相片的玻璃框碎了，相片颜色暗淡，像是被恶灵呵了一口气。床上的枕头余温犹存，并且散发着她秀发上的龙涎香的气息。我端着灯走进外边的小屋，那儿自然一开始并未发现任何异样。然而，等我走到阳台门前，却见门上的玻璃打碎后撒了一地；这里尽管晨风吹拂，也仍然残存着那种我十分熟悉的气味。它再清楚不过地告诉我，是谁到过这儿!”

阿希巴德男爵不再吭声，闭上双眼，像是讲完最后这句话业已筋疲力尽。他的双臂软耷耷地从靠椅的扶手上垂下来，脑袋缩在肩窝里。直到他的朋友惊慌地奔过去，用凉水冰了他的额头好一阵，他的呼吸才又有力起来，并且睁开了眼睛。

“不是吗？”他捏着坦克雷特的手嗄声说，“不得不经历这样的事，不得不告诉自己：你对此毫无办法，你就是罪魁祸首——真是太可怕啦!”

“已经没事儿了,”坦克雷特安慰他说，“不会再发生这样的情况。不过，你千万不能再独自一人到城外过夜。我现在不放你走，咱们先一块儿进早餐，等你体力恢复一点了，我陪你去见你未婚妻。归根结底，最好的办法还是你告诉她一切，这样，在她面前，你就不再有心病。而以我对她的了解，敢说她绝不会为这桩不幸的往事离开你，相反倒会想尽办法宽你的心，直到你把它永远忘记。”

“你可能有道理,”阿希巴德回答，“不过现在还不是告诉她的时候，后天我该结婚了吧？我预感到，事情并没完全了结。现在你想要我怎样都可以。我浑身无力，心灰意懒。让我试一下能不能吃喝点什么。也许吃了会好受点。”

坦克雷特叫来仆人，吩咐马上开早饭。可是刚咽下第一口，阿希巴德就宣称什么吃起来都是苦的。还有他的额头又疼起来啦。

“你看怎么样?”他朋友说，“我去请我的医生来；你呢，静静地坐在这儿。也许问题很容易解决：我不懂多少医术，就知道你脉搏不完全正常。答应我，安安心心地一直等到我回来！”

坦克雷特说什么病人都只管点脑袋。于是，在对仆人又做了几点指示以后，他便匆匆离开男爵。为了及时找来大夫，他跳上了一辆马车。事实上也才半小时，他已带着很侥幸找着的大夫，重新登上楼梯，并且一边走一边对大夫做最后的嘱咐，使他知道如何对男爵的稀罕病情正确诊断。谁知到了楼上，却迎面碰见张皇不安的仆人。他报告说，男爵老爷一个人在房里坚持不到五分钟，就离开了；只是口头上保证马上回来。他极力劝他别走，可没有用。他到底不好强迫他啊。

坦克雷特吓坏了，但仍希望会看见阿希巴德再走进屋来。直到白白地等过了好几个小时，他自己也担心得再也在家里待不住。他急忙赶往采齐莉亚的住处，发现姨妈尽管对未婚夫昨儿个一整天未露面感到奇怪，却还是无忧无虑地在期待着他的光临。坦克雷特小心翼翼地不扫老太太的兴。采齐莉亚呢，已经从她轻微的不适完全恢复过来，又妩媚如同白昼，非常亲切和愉快地与他握手；因为她知道，他对她的爱人真是一位忠心耿耿的朋友。然而，这忠心叫他付出了多大的代价，做出了怎样的牺牲，还有现在他是心情多么沉重地离开她的，采齐莉亚却丝毫不了解。想当初，他克己地，毫无怨尤地把她让给了阿希巴德，因为他相信，阿希巴德能比他自己使她更幸福。现在可好，她处于被牵扯进那不幸者的黑暗过去的危险中，他没法再驱走一种对那位更受青睐的朋友近乎敌意的感情。不过，等他走到城外阿希巴德的别墅前，这种感情立刻消失了，使他忐忑不安和手脚战栗的已是能不能找到自己的朋友，和他的朋友情况怎样了。园丁告诉他，男爵老爷刚才是出城来过，不过并非一个人，而是由一位从未见露面的衣着寒碜的年轻人陪着；他们交谈操的是法语。后来，老爷上楼去了，却吩咐他领陌生青年去花园里的凉亭；那座捧着一条蛇的雕像就在亭子里。法国青年把雕像用几块布包扎好，让园丁帮着搬上了一辆出租马车。紧接着，男爵老爷也走下楼来，手里拎着个小旅行袋，留下话道，他今晚不回来过夜。他没告诉任何人究竟去哪儿，不过想来不会远行，因为已经万事齐备，后天就要举行婚礼。

“我还得告诉老爷您一点，”园丁继续说，“现在我相信弄清楚了男爵老爷的额头是怎么受伤的啦；怪那只猴子呗。我曾照老爷的吩咐把它锁在上边的笼子里，这使它发了狂，起了报复心，跟它这类畜生常见的那样。它瞅准了男爵夜里走进花园去的工夫，从笼子里挣脱出来，对他进行袭击，使他受到突如其来的惊恐。要说嘛，老爷受伤流血本身并不要紧，更严重的是给吓坏了。第二天，我再见不着那畜生的影儿。可是，昨天夜里它肯定又来了，并且围着小楼鬼鬼祟祟转悠，发现门窗全关得严严实实，便捡一块大石头扔阳台门，目的仅仅是恶作剧罢了。一张玻璃被打碎了，我在小屋里发现了那块石头；今天一早，在花园的碎石路上，我看见猴子留下的清晰脚印。那儿，您自己瞧瞧！”

园丁指着地上，果然猴子的爪印还清晰可辨。他们继续谈着，一名仆人从楼里出来，递一封他老爷临到与陌生青年上车前写的信给坦克雷特。坦克雷特预感到事情不妙，急忙拆开信，读到了急急草就的以下几行字：

我必须离开，不知何时归来。清账很费工夫，到头来会把我变成乞丐，叫我根本没脸再见人。看在你我朋友分上，代我料理采齐莉亚那边的事吧！对她讲什么全由你决定。可怜的姑娘，命运竟注定她把心给了我这最不幸的人！而我——事情刻不容缓。再见！愿上帝保佑你能听到我的音讯啊！

一直到下午很晚了，忠实的朋友坦克雷特仍在进行思想斗争，下不了决心去采齐莉亚那儿。好不容易挨到她身旁，他现在仍不忍心告诉她事情真相。对未婚夫如此突然失踪做任何其他解释，在他看来都比像上边那样可怕地旧事重提更好，对姑娘伤害更少；不幸的未婚夫本已站在新生活的门槛上，却让那笔旧日欠下的债给突然推回到往昔的深渊里去啦。就连让她以为他处于生命危险之中，也比想到可能这样失去他对未婚妻的心灵少一些刺痛呵。所以，坦克雷特便苦思冥想出一则童话，在讲出来时自然不免有些语无伦次。好在两位女士听得吓昏了头，没发现他的破绽。他讲什么阿希巴德多年前与一位法国军官约好了决斗，结果一拖再拖，最近对方竟写来侮辱人格的挑战信，事情再不能不了结啦。他本人——坦克雷特收到阿希巴德临行留下的一封信也大为惊恐，尤其是因为他对决斗的时间地点一无所知。不过呢，他猜想阿希巴德是去巴黎了；他愿意立刻请假去追赶出走的朋友，要是这样做对安慰两位女士有什么用处的话。

这么讲着，他清楚地看出那金发女郎的内心震撼多么剧烈，他自己的心也不禁流血了。当姨妈一个劲儿地叫苦抱怨，火冒三丈时，采齐莉亚却控制住了自己。只有那么一会儿，她两眼充满了大滴大滴的泪珠。接着，她用长长的睫毛挤碎了泪珠，模样儿高贵动人地把手伸给朋友，说：

“您去追吧！正是在眼下，他肯定不能没有您这样一位朋友。他让您留下来，只是为使我们有个依靠，可我已经挺过来了，还可以给姨妈帮助。您去吧，把他健康地带回来！啊，我的上帝，我绝不能够失去他！”

就这样，她自己催促朋友赶紧离开了她。可是，坦克雷特尽管自己也心急，却没可能乘当晚的火车动身。有些事情拖住他，叫他必须等到第二天。而且很遗憾，他不得不对自己说，他晚点走也并不会误什么事。对于在巴黎找到阿希巴德，找到后又能马上劝他回来，坦克雷特自知希望甚微。终于，在熬过焦急难耐的几天之后，他到达巴黎，很遗憾地证实了自己的忧虑：阿希巴德和那不幸的少女一样，果真毫无踪迹；还有他去找的那家旅店的德国老板娘，也一年多没有他们的任何消息，不知他们后来命运如何。一周过去了，追踪没一点结果。这期间，他不忍心写信给采齐莉亚。他的沉默必定已使她明白，他根本没有任何可靠的情况向她报告。等他终于垂头丧气，两手空空，又回去敲那可怜地被遗弃的未婚妻的门，他才知道，两位女士受不了闻风而来的众多好奇者的同情，已逃到老姨妈的庄园上去，临行留下了话，请坦克雷特赶到她们那里去。坦克雷特呢，感觉这已超出自己的承受能力，便立刻写信告诉她们，他的奔走结果多么可悲，说什么他遗憾没法去当面告诉她们情况，一些重要公务叫他脱不了身。他写道，只要打听出那神秘失踪的未婚夫哪怕一丁点儿消息，他就马上通知她们。

然而，他很快就失去了这样做的一切可能。第二天，他已得到通知，他的政府交给他一项光荣使命，让他在这一年剩下的时间里，马不停蹄地从北方的一个宫廷奔向另一个宫廷。这期间，他给采齐莉亚和她姨妈写过不少信，可是全无回音。等到十二月，他终于返回在柏林的老寓所，所干的头一件事就是在众多的来信中寻找他朋友的笔迹。然而他的希望落空了：无论从阿希巴德那儿，还是从两位女士的任何一位那儿，都未给他寄来只言片语。经过考虑，他感到别无他法，只好亲自去庄园打听是不是真的发生了最可怕的不幸，抑或只是他这个朋友，叫人家完全给忘记啦。——到了庄园上，刚扯过门铃，就听见穿过前厅，响起了令他的心激动不已的嗓音和脚步声，正慢慢地向他靠近，靠近。门开了，门内站着他那被认为已不在人世的爱友。转瞬间，两个已拥抱在一起。

不久，他们恢复了言语能力。当阿希巴德已经冷静下来，说他事先知道了今天坦克雷特要回柏林，因此存心叫他大吃一惊，坦克雷特却仍旧不声不响地打量着朋友，像是想从他的脸上读出这不幸的人前些时候的全部遭遇。自然，在这张脸上是让命运留下了一些痕迹，足以引起一位挚友的深思。他额头的创伤已经结疤，但两边太阳穴的头发变得雪白的了，其余的头发仍然是深颜色。不过，坦克雷特虽然记忆犹新，却再不见朋友在可悲的最后那天的紧张慌乱神色，眼下，他脸上有的只是一种严肃沉静，目光似乎又坚定明亮地注视着现实的生活。

“来，”阿希巴德说，“咱们别老站在这里。我答应过采齐莉亚马上领你去见她。我们把姨妈留在我那庄园上了，她老人家不乐意冬天旅行。我们却已进城去采购了一通，准备好了过圣诞节的东西。我们估计多半会在这儿等到你，然后带你去我们幽静的乡居一起过节。”

两人走到街上，阿希巴德挽着朋友的胳臂。“不去那地方，”他说，“尽管我已经完全好了。可我还下不了决心再跨进那所房子，更别提带我妻子一块儿去，因为她已什么都知道啦。是的是的，她甚至知道得比你还多，可我又不准她写信给你，真是难为她啦。原因是我对法国的邮局心存疑虑，尤其当信是寄给你们这些外交官的时候。如果要讲什么话，最好莫过现在这样手挽手地讲喽。走！这条僻静的路直通我们的住所。虽然我并不存心避开熟识的面孔，因为多亏你和你那聪明的决斗故事，我可怜的采齐莉亚才没成为柏林的故事，可对于车马的喧闹，我的神经仍然十分敏感。是啊，老伙计，咱们经历了一场艰苦的战斗，忍受了沉重的失败。今天，我们还能自由地呼吸，真的不是我们自个儿的功绩，而是一些化作人形的救命天使努力的结果；是她们，展开她们爱的披衣，盖住了我们所有的创伤和罪孽。当我俩最后一次见面时，我也清楚地感到，你那儿是我最好不过的庇护所。可谁知你刚一出门，我就被某种神秘的力量拽起来，尽管虚弱疲劳却离开了舒适宜人的避难所，任它带领着走完那一条条奇异稀罕的路。当时的确还不是休息的时候啊。你想想，有多奇怪：我刚走出你家不到二十步，就碰见转手给我克莱奥帕特拉的那个艺术品商，而他身旁又走着个陌生人，走着把雕像卖给他的年轻雕塑家。他俩正上我家去哩。在我当时的状况下，你理解，这一巧遇叫我多么激动；自然更别提那法国年轻人对我迫不及待地提问所给予的回答啦。当时没马上说清楚一切，更多的情况，是当晚促膝对坐在开往巴黎的快车包厢中，才闹清楚的。那座雕像成了包厢的第三名乘客，不过用布裹住了，因此叫我能够容忍。——我的旅伴是个沉静而腼腆的青年，年龄不超过二十五岁，生性热情却压抑住了，可在我们的交谈过程中没少表现出来。他在巴黎念完了大学，可因为穷却在那儿待不下去。别无选择，他回到了故乡第戎；在这小城里，他得到自己做商贩的叔叔一家的接济。看样子，他在那儿苦撑苦挨了好些年，却没能很好施展自己的天才。因此，他已打算再一次背井离乡，谁料有一天，叔叔家里来了位不速之客，叫他把其他一切通通忘记啦。人家告诉他，头天傍晚，一个衣衫褴褛的陌生女子，在赶了几天路后精疲力竭，打从叔叔家门前经过，一见门上牌子的姓氏，便突然站住了，可接着走进店里，打听这儿是不是有她的亲戚，因为她父亲也姓同一个姓来着。结果真搞清楚了，第戎这位安分守己的市民与埃及总督的那位工程师，确实是一对远房叔伯兄弟，可怜流浪女子总算找到自己的亲人啦。可是对于'从哪儿来''上哪儿去'等问题，她都回答得挺勉强，而且立刻请求过了这一夜就放她走，因为有急事呵。结果自然没能这样。第二天早晨，她企图从为客人准备的舒适床铺里起来，却一下子晕倒在枕头上了；医生诊断，她还能不能跨出这所房子一步，都难说喽。

"好心的亲戚们于是决定把她像亲女儿一样留在家里养病，她自己呢，似乎又回到了原来的麻木不仁状态，人家要她怎样她就怎样。可她仍旧非常美，性情温柔得格外招人爱怜，使她的恩人们心甘情愿为她做出最大的牺牲。熬过冬天以后，她病情明显好转。她又能在房里来回走动，嘴唇和脸颊也恢复了红润。这一来，那位初睹芳姿就对她产生好感的年轻艺术家真的全完啦。他现在每天都来，而她呢，也允许艺术家以她为模特雕一尊像。她的名字，她的母国，她心中的哀苦，都使他自然而然地把她塑造成了另外那个克莱奥帕特拉[①]。为什么他给雕像上了色呢？我问年轻人。他回答：'对她这个人身上的一切，小而至于指甲的形状，手臂上青色的文身图案，等等，我都狂热地迷恋上了，因此不把那些哪怕最不显眼的特征都一一如实描摹出来，决不甘心。我指望一边塑像一边接近她。可我很快看出，我枉费心机。她呢，从未存心引诱我；最后，我再也控制不住自己的热情，但看来赢得的只是她的怜惜，而片刻也未使她动心喽。'年轻艺术家真诚而急切地追求着克莱奥帕特拉，她的回答是：她已属于另一个男人；只要这个人还活着，她另嫁他人就是对上帝犯罪。——年轻艺术家随后苦苦哀求她，要她考验一下他对她的爱，他对她的忠诚。他讲，他不忍见她为一个负心人毁掉自己而袖手不管。终于，她有一天回答他说，如果他想为她做点什么，那就动身去德国，打听打听她的爱人是否还活着吧。她自然只叫得出我的名字，并告诉他我当初去柏林了。不过她把我描绘得十分准确，并叮嘱他一定带上雕像，说只要一见这像，我准保会想起一切一切。这样，年轻人尽管极不情愿，倒真的动身了，一部分动机是要逃避

① 指埃及女王，参见前注。

心灵的折磨：成天见着她，又总带着同样的失望之苦从她身边走开。只是呢，他根本没认真想来寻找我；他自然不情愿让我得到她啊。仅仅为了不失言，他才到柏林来了。到这里以后，看样子很快他就日子不好过，没办法，只好变卖自己唯一的所有。也可能，他希望卖掉雕像能摆脱自己可怕的心病。谁知道他却后悔起来，那天早上又去找艺术品商，试图取消这笔买卖。刚才收回自己的宝贝，他看样子真是幸福到了极点，丝毫未想是谁帮他达到了目的，全然不感觉难堪尴尬。可是，我们离第戎越近，他便越缄默，越不安。我的心情如何，你完全可以想象。她出现在我面前会是什么样子呢？我该怎么办呢？要不是我当时浑身热血激荡，神志迷糊，这样一些令人绝望的问题早叫我受不了啦；不出二十四小时，它们准会挤破我的脑袋！

“在熬过可怕的三十六小时后，我们抵达第戎，又正好在大清早。在夜行列车中，我那位旅伴和我一样，也没能合眼。我看见，他脸色惨白，神情迷乱；我发现，他几乎站立不稳，我呢，因为发烧的缘故，两条腿倒迈得格外地飞快。就这样，我们跨进了他叔叔的家，年轻人一下怔住了。似乎一切都令他觉得陌生，都使他感到惊讶。在里边一间屋子里，我们听见不少女性的声音。一位穿着黑衣的妇女拉开房门，我头一眼看见的，是屋子中央放着一具灵柩。我咬紧牙关走进去，久久地注视着那微笑的苍白的脸庞，听人家告诉我，她死在大前天的夜里。也正是那一夜，她出现在了我新房中！随后，我人事不省地倒在灵柩旁，过了许多许多个礼拜，才算恢复元气。

“我这人真配让一位天使坐在我床边上，眼里噙着喜悦的泪水，冲着我微笑么？啊，我的朋友，要是炼狱之火能纯洁净化一个可怜的悔恨的灵魂，使他有资格进天国，那么，在我连续不断发高烧做噩梦的夜里，我已受够了炼狱的熬煎啦！可尽管这样，我还不敢断定，我已得到解脱。我必须先知道了一颗女性的心有多么仁慈宽容，多么高尚珍贵，我才相信了这个事实。年轻的艺术家给我家里写了信，她一辗转得知我的处境，就毫无顾忌地跟姨妈一道追踪到第戎，接替那些在这之前护理我的好人，担起了服侍照看我的职责。她到我病榻前不足一天，我的梦呓已把你好心地瞒着的一切全告诉了她。自然呐，我发烧讲的胡话也让她了解到，她的形象已深深铭刻在我心上！

“现在就谈这么多吧！咱们已经到了，在楼上那些明亮的玻璃窗后面，她正等着咱们哩。走，好朋友！让咱们试一试，看一个被宽恕的人能不能再一次享受人生。”

附　录

授奖词

瑞典学院常务秘书 C.D. 沃森

几个国家的许多著名作家被提名为本年度诺贝尔文学奖候选人。瑞典学院已经选定一位由六十多位德国艺术家、文学家和哲学家一致提名的作家。他的名字叫保尔·海泽。这个名字唤起我们青年期和成年期的回忆。我们仍然记得他的作品，尤其是他的中篇小说所给予我们的艺术享受。现在，他是一位老人，但依旧生气勃勃。如果评奖委员会的职责是表彰最有意义的文学作品，那就不能忽略这个人物。除了真正的价值，评奖委员会不受年龄或其他任何考虑的左右。

保尔·海泽一八三〇年生于柏林。他的父亲是语言学家卡尔·威廉·海泽，一位温和而坚毅的学者。海泽或许是从他的犹太母亲朱丽·莎琳那里继承了热烈活泼的性格。海泽在许多方面是大自然的宠儿，幸运地在一个无忧无虑的家庭中长大。他在柏林学习了一段时间，然后在波恩大学跟随弗里德里希·迪兹学习拉丁语言学。一八五二年在柏林取得博士学位。随后，海泽获得一份奖学金，使他能旅游意大利，得以通晓意大利艺术和文学。很快，他与一位艺术史家的女儿玛格丽特·库格勒订婚；他是由他的赞助人——诗人埃玛努伊尔·盖贝尔引进她家的。他不知道上哪儿谋求职位，盖贝尔不止一次帮助他，解除他的一切物质忧虑。根据盖贝尔的推荐，马克西米连二世提供他一个在慕尼黑挂名的教授职位。他的唯一义务是参加国王的文学晚会。一八五四年五月十五日，他与玛格丽特结婚。这对幸福的年轻人定居在慕尼黑，此后海泽一直生活在那里，除了偶尔侨居他所心爱的意大利。因为这里不是细述海泽生平的场合，此后的情况只需提一下就够了：在玛格丽特死后几年，他再次结婚，这一次是可爱的安娜·舒伯特。

一八五五至一八六二年，海泽写了他的头四卷中篇小说，变成这一体裁的大师。在海泽众多的中篇小说中，我们这里举出《拉罗比亚特》（1853）；富有威尼斯色彩的《安德雷亚·德尔菜》（1859）；感受深刻的《奈利纳》（1875），取自莱奥帕尔迪生平的一段插曲；伦理深刻的《母亲的画像》（1859）以及描写奇异的抒情诗人的《马利昂》（1855）。海泽的中篇小说遵守严格的写作规则，但不损害故事的魅力和自由。他发展他自己的中篇小说理论。他写道："一部有文学价值的中篇小说，应该表现一种重大的人类命运。它不应该是日常琐事，而应该向我们揭示人性的新侧面。有限的故事容量要求严格的集中。"

人们说得很对，海泽是现代心理中篇小说的创造者。他的中篇小说很少有倾向性，这可能是为什么我们较之他的长篇小说《世界的孩子们》（1872）和《乐园》（1875），更喜欢他的中篇小说的歌德式的客观性。这两部长篇小说处理道德问题，前者写道德摆脱狭隘教条的束缚，后者写艺术对抗严格的清教主义。这两部作品无疑表明了作者的人道主义。在《乐园》中，还有对于慕尼黑艺术家世界的生动描绘。在《逆流》(1904)中，海泽转而反对决斗的习俗，勇敢地向根深蒂固的偏见挑战。在去年发表的《维纳斯的诞生》(1909)中，显然有一种奇妙的青春活力；他在这部作品中，一如既往地着重发展他的终生的美学信仰，一方面捍卫艺术的自由，反对片面的苦行主义；另一方面批驳模拟低级、普通和愚昧生活的自然主义技巧。

然而，海泽不仅是长篇和中篇小说作家，他也是当代德国最重要的抒情诗人。他写有一些可爱的诗体中篇小说，其中采用三行诗节押韵法的《蝾螈》(1879)特别令人难忘。虽然戏剧不是他的天然媒介，但他也写了一些出色的剧本。我们从五十多部剧本中举出两部，一部是爱国主义剧本《科尔伯格》(1865)；另一部是趣味盎然的《赫德利安》(1865)，其中赫德利安的智慧和悲哀获得最动人的结合和再现。

海泽的文学趣味是独立不羁的。尽管他十分钦佩他的朋友易卜生的《觊觎王位的人》和《赫尔格兰德的勇士》，但他既不喜欢《群鬼》，也不喜欢随后的象征主义剧本。他酷爱音乐，但瓦格纳不像贝多芬、莫扎特、舒伯特、肖邦和勃拉姆斯那样感动他。

在生活的一切紧急关头，他也保持同样的独立不羁。他的朋友盖贝尔由于在一首致国王威廉的诗中，表示希望在普鲁士下面出现一个统一的德国，结果失去了在巴伐利亚宫廷中作为诗人的俸禄。

于是，海泽也在一封恭敬的信中提出辞职，因为他在每一点上都赞同盖贝尔，希望能与他共命运。

海泽的作品在意大利几乎像在德国一样受欢迎。而他的许多出色的译作使意大利文学闻名德国。正是由于他，莱奥巴尔迪、曼佐尼、福斯科罗、蒙蒂、帕里尼和吉乌斯蒂如今在那里受到广泛阅读和推崇。

但是，绝不能以为这位才华横溢的海泽常被称作命运的宠儿，因而始终无忧无虑，始终受到他的国家上层赏识。作为父亲，他为自己几个可爱的孩子的夭折而伤心苦恼。他以一些深沉的诗歌表达他的悲哀，尽管诗中的忧郁闪射出无穷的美……

至于文学观点，这是确实的：这位阿波罗式的、迷人的诗人早就享有盛名；然而，这同样也是确实的：有一段时间，形势发生变化。自然主义在八十年代兴起，并统治此后十年的舞台；它对传统观念发起攻击，尤其把矛头对准它的最强劲的敌手海泽。那些人追求轰动、效果、稀奇古怪的突破和丑恶现实的彻底再现，他们不惜一切代价诋毁海泽。对于他们来说，海泽过于和谐，过于爱美，过于希腊化和崇高。海泽不屈服。他们的粗野行径伤害了他的形式感，他认为文学应该在理想的光芒照耀下看取生活，应该美化现实。他的细腻敏感的短篇小说《默林》(1892)，以一种刚强的方式表达了他的受伤的感觉。现在，潮流已经重新折回；如果不是由于自然主义者们的宗派厌恶，海泽可能会更早地被他的国家提名为这项世界奖金的候选人。现在，一切似乎发生了奇迹般的变化。这位光荣的老人已成为各地的崇拜对象。他是慕尼黑的荣誉市民，那里的一条街道已用他的名字命名；他已经淹没在荣誉之中。在这众多的荣誉之上，瑞典学院根据许多批评家的推荐，再给这位老诗人锦上添花，授予他这份珍贵的诺贝尔奖。

海泽走的是他自己的路。在审美上，他一直忠于真实，但依照这样一种方式，即反映外在真实中的内在真实。席勒的名言“生活是严肃的，艺术是宁静的”，正确地表达了一个深刻的真理；它能在海泽的生平和著作中找到。美应该是自由的和再创造的，它既不应该奴隶般模仿现实，也不应该将现实拽进尘土。它应该具有一种崇高的纯朴。海泽揭示这方面的美。他不教导道德，这样做会剥夺直接的美，但他的作品中不乏智慧和崇高。他不教导宗教，但他的作品中没有任何会严重伤害宗教感情的东西。虽然他着力强调宗教的伦理方面而非教条方面，但他尊重每一种严肃的观点。他宽容，但不冷漠。他赞美爱情，但他颂扬的是爱情的神圣性而非世俗性。他喜欢忠于本性的人们，但他最同情的是那些忠于高尚的而非低劣的本性的人们。

海泽因病未能出席这个庆贺仪式。他的作品已经给千千万万读者带来喜悦，我们感谢他。我们向慕尼黑路易森斯特拉斯的住宅致以问候，多年来，那里已成为缪斯之家。

林凡　译

保尔·海泽自传

我于一八三〇年三月十五日生在柏林。父亲是皇家大学教授K.W.L. 海泽，母亲出身犹太家庭，名叫朱丽·莎琳。我是他们的第二个儿子。八岁至十七岁，我上完大学预科，然后进入柏林大学，在博克和拉赫曼指导下学了两年古典语言学，并在埃玛努伊尔·盖贝尔和弗朗茨·库格勒的友好支持下，涉猎一切种类的诗歌。我又在波恩大学改学了一年拉丁语言学，导师是这门学科的奠基者 F. 迪兹。一八五二年初，我以一篇研究普罗旺斯诗歌中的叠句的论文获得博士学位。同年秋天，我得到普鲁士文化大臣批准，前往罗马。我在南方各地逗留了一年，在意大利图书馆里继续我的拉丁语研究。研究成果在一八五六年由 W. 赫茨出版。

一八五三年，我的创作成果远胜于研究成果。一八五四年春，在埃玛努伊尔·盖贝尔的建议下，巴伐利亚的马克西米连二世根据我的一些出版的作品，提供我一个在慕尼黑的职位，年俸一千盾。我的义务是参加他的所谓酒会，即学者和诗人们一周相聚一次的文学晚会。在我动身前，我与库格勒的女儿玛格丽特结婚；她生了四个孩子，于一八六二年秋去世。五年后，我与慕尼黑的一位青年女子安娜·舒伯特结婚；四十四年来，我们一直幸福地共同生活，除了两个孩子和我前妻的一个儿子的夭折。

直至我的亲爱的王室赞助人逝世，我的前四十年生活，我已在我的《青年时代的回忆和忏悔》（柏林，1900）中做了详细说明。从那时起，我远离外界的事情；我的一生没有特殊事件或惊险遭遇，全部奉献给了写作。下列这些著作是由考德出版社出版的：

《作品集》（1871—1910），三十六卷；《戏剧集》（1864—1905），三十六卷；《长篇小说、中篇小说、抒情诗和叙事诗》（1902—1912），第一集十二卷，第二集四十卷；《十八世纪中叶以来的意大利诗人：翻译和研究》（1889—1905），五卷。

由其他出版社出版的有：《德语中短篇小说宝库》（1871—1876），二十四卷；《外国中短篇小说宝库》（1872—1876），十四卷；《新编德语中短篇小说宝库》（1884—1888），二十四卷。另外，还译有一部J.C. 纳沃的《西班牙建筑史》（1858）。

林凡　译

补译及再版后记

应主编之约补译了一个中篇:《克莱奥帕特拉》(1865)。它与前几篇的思想艺术风格大体一致，只是采用了暗示性的心理描写手法，故事情节更富神秘色彩。作品揭示了爱情非理性的一面，同时也张扬了人性中总是存在着的“善”。

这个集子1983年初版以来颇受读者青睐，还得到前辈大师如钱钟书先生的称赞，这些都足令我和为丛书呕心沥血的刘硕良主编欣慰。钱先生信中“大有表微发幽的功绩”和“公平扼要”等语，是对后学的鼓励和鞭策；更重要的，是他中肯地指出了《译本前言》的不足。借本书再版的机会，我对海泽的“猎鹰理论”(falkentheorie)再说几句。

钱先生提示的 starke silhouette(浓重的侧影或侧面像)，相当于我们要求小说有鲜明的人物形象和个性；in einem einzigen kreis nur ein einziger konflikt(在单一的圆周或圈子中只有单一的矛盾)，相当于我们讲故事应情节集中、线索明晰、矛盾突出。所有这些，确系海泽的理论特点，读者从他的作品中也不难得到印证。除此值得特别一说的是，海泽的成功之作都各有自己的“鹰”:《犟妹子》中安东尼那件失落海中的衣服，《特雷庇姑娘》里那条被女主人杀了的忠实老狗……《克莱奥帕特拉》那座妖冶神秘的雕像。它们无不在故事中反复出现，于情节发展的关键时刻促成和决定矛盾的急剧转化乃至解决，起着点化和升华主题思想的作用。这“鹰”，海泽也曾称为 dingsymbol（象征物），很像戏剧中那件最重要的道具，对整个作品常常起着画龙点睛的作用。“鹰”者，“龙睛”矣，至少就其作用而言是这样。

以上补充不知当否，敬请钱先生和读者诸君指教。

杨武能

1992年初夏

锦水河畔，四川大学

诺贝尔文学奖作家文集 ⊙ 普吕多姆卷·黛莱达卷·米斯特拉尔卷

枉然的柔情

[法] 苏利·普吕多姆 / 著
胡小跃 / 译
定价：50.00元

邪恶之路

[意] 格拉齐娅·黛莱达 / 著
黄文捷 / 译
定价：50.00元

风中芦苇

[意] 格拉齐娅·黛莱达 / 著
蔡蓉　吕同六 / 译

柔情

[智] 加布列拉·米斯特拉尔 / 著
赵振江 / 译
定价：50.00元

爱情书简

[智] 加布列拉·米斯特拉尔 / 著
段若川 / 译
定价：30.00元

漓江的书，买了再说！

图书在版编目（CIP）数据

特雷庇姑娘 /（德）保尔 · 海泽著；杨武能译 . --
桂林：漓江出版社，2021.3
（诺贝尔文学奖作家文集）
ISBN 978-7-5407-8599-4

Ⅰ . ①特… Ⅱ . ①保… ②杨… Ⅲ . ①中篇小说 – 小说集 – 德国 – 近代 Ⅳ . ① I516.44

中国版本图书馆 CIP 数据核字 (2019) 第 005556 号

TELEIBI GUNIANG
特雷庇姑娘
［德］保尔 · 海泽　著
杨武能　译

出版人：刘迪才
策划编辑：张谦
责任编辑：辛丽芳
书籍设计：石绍康
责任监印：张璐

出版发行：漓江出版社有限公司
社址：广西桂林市南环路 22 号　邮编：541002
发行电话：010-65699511　0773-2583322
传真：010-85891290　0773-2582200
邮购热线：0773-2582200
电子信箱：ljcbs@163.com
微信公众号：lijiangpress
印制：北京中科印刷有限公司
［北京市通州区宋庄工业区 1 号楼 101 号　邮编：101118］
开本：880mm × 1230mm　1/32
印张：15.75　字数：322 千字
版次：2021 年 3 月第 1 版
印次：2021 年 3 月第 1 次印刷
书号：ISBN 978-7-5407-8599-4
定价：55.00 元